원수들, 사랑 이야기

원수들, 사랑 이야기
Sonim, di Geshichte fun a Liebe

아이작 바셰비스 싱어 장편소설 김진준 옮김

SONIM, DI GESHICHTE FUN A LIEBE
by ISAAC BASHEVIS SINGER (1972)

Copyright (C) Isaac Bashevis Singer, 1972
All rights reserved.
Korean Translation Copyright (C) The Open Books Co., 2008, 2009
This Korean edition published by arrangement
with Farrar, Straus & Giroux, LLC, New York.

이 책은 실로 꿰매어 제본하는 정통적인 사철 방식으로 만들어졌습니다.
사철 방식으로 제본된 책은 오랫동안 보관해도 손상되지 않습니다.

지은이의 말

나는 히틀러의 유대인 대학살을 몸소 겪어 보지는 못했지만 그 시련에서 살아남은 난민들과 더불어 오랫동안 뉴욕에서 살아왔다. 따라서 이 작품은 결코 일반적인 난민들의 삶과 그들의 고단한 일상을 다룬 것이 아님을 일찌감치 밝혀 둬야겠다. 내 소설의 대부분이 그렇듯이 이 책도 특이한 주인공과 특이한 사건들로 이루어진 특별한 정황을 제시하고 있다. 등장인물들은 나치의 피해자들일 뿐만 아니라 자신의 성격과 운명의 피해자들이기도 하다. 혹시 그들이 난민들의 보편적 삶과 일치하는 부분이 있다면 그것은 예외 또한 규칙에 바탕을 두고 있기 때문이다. 사실 문학에서는 오히려 예외가 곧 규칙이다.

이 소설은 1966년 〈Sonim, di Geshichte fun a Liebe〉라는 제목으로 『주이시 데일리 포워드 *Jewish Daily Forward*』에 처음 연재되었다. 알리자 셰브린과 엘리자베스 슈브가 그것을 번역했고, 엘리자베스 슈브와 레이첼 매켄지와 로버트 지루가 편집을 맡아 수고해 주었다. 그들 모두에게 감사한다.

아이작 바셰비스 싱어

지은이의 말
5

제1부
9

제2부
171

에필로그
363

노벨 문학상 수상 연설
365

역자 해설
〈망명자의 언어〉 이디시어를 전 세계에 알린 작가
371

아이작 바셰비스 싱어 연보
379

제1부

제1장

1

헤르만 브로데르는 돌아누우면서 한쪽 눈을 떠보았다. 머리가 몽롱해서 여기가 미국인지, 치프케프인지, 아니면 독일의 수용소인지 알쏭달쏭했다. 심지어 립스크[1]의 건초 다락에 숨어 있는 상상까지 해보았다. 이따금씩 이렇게 여러 장소가 한꺼번에 떠올라 뒤죽박죽이 되어 버린다. 지금 이곳이 브루클린이라는 것은 알고 있었지만 엉뚱하게도 귓가에는 나치들의 고함 소리가 들려오는 것이었다. 그들은 그를 끌어내기 위해 총검으로 건초 더미를 푹푹 찔러 대는 중이었다. 그는 건초 속으로 점점 더 깊이 파고들었다. 총검의 칼날이 그의 머리를 툭 건드렸다.

완전히 깨어나기 위해서는 결단력이 필요했다.「그만!」그는 자신에게 소리치며 벌떡 일어나 앉았다. 벌써 해가 중천에 떠 있었다. 야드비가는 이미 오래전에 옷을 입었을 것이다. 헤르만은 침대 맞은편의 벽에 걸린 거울을 통해 자신의 모습을 볼 수 있었다. 찡그린 얼굴, 한때는 붉었지만 지금은 누르

[1] Lipsk. 폴란드의 소읍.

스름하고 희끗희끗하며 그나마 얼마 남지도 않은 머리카락, 부스스한 눈썹, 그 밑에는 예리하면서도 온화해 보이는 푸른 눈, 좁다란 코, 움푹 꺼진 뺨, 얄팍한 입술.

헤르만은 잠에서 깨어날 때마다 마치 밤새도록 레슬링이라도 한 사람처럼 꾀죄죄하고 흐트러진 모습이 되기 일쑤였다. 오늘 아침에는 넓은 이마에 검푸른 멍까지 들어 있었다. 그는 멍든 곳을 만져 보았다. 〈이건 또 뭐야? 꿈속의 그 총검 때문에 이렇게 된 건가?〉 그런 생각을 하자 미소가 떠올랐다. 사실은 간밤에 화장실로 가다가 벽장문의 모서리에 부딪힌 것이 분명했다.

그는 여전히 졸린 목소리로 소리쳤다. 「야드비가!」

야드비가가 문간에 나타났다. 그녀는 폴란드 여자[2]였다. 장밋빛 뺨, 들창코, 연한 빛깔의 눈동자. 머리칼은 아마(亞麻)처럼 밝은 색이었는데, 뒤로 넘겨 둥글게 말아 핀 하나로 고정시켰다. 광대뼈가 볼록했고 아랫입술이 도톰했다. 한쪽 손에는 대걸레를 들고 다른 손에는 작은 물통을 들고 있었다. 옷은 이 나라에서 흔히 볼 수 없는 디자인의 빨간색과 초록색 사각 무늬가 찍힌 드레스였고, 발에는 낡은 실내용 슬리퍼를 신고 있었다.

야드비가는 전쟁이 끝난 후 1년 동안 헤르만과 함께 독일의 수용소에 있었는데, 이젠 벌써 3년째 미국에 살고 있는데도 여전히 폴란드 시골 처녀의 싱그럽고 수줍음 많은 모습을 간직하고 있었다. 그녀는 화장도 전혀 하지 않았다. 영어는 몇 마디만 겨우 배웠을 뿐이다. 오죽했으면 헤르만이 그녀에게서 아직도 립스크의 여러 가지 냄새가 나는 것 같다고 생

---

[2] 이 책에서 〈폴란드인〉이라는 말은 주로 〈유대인이 아닌 폴란드인〉을 가리킨다.

각했을까. 침대에 누워 있을 때 그녀는 캐모마일의 향기를 풍겼다. 지금 부엌에서는 빨간 무가 익어 가는 냄새, 햇감자 냄새, 딜[3] 냄새, 그 밖에도 여름과 흙을 연상시키는 냄새, 그리고 뭐라고 딱 꼬집어 말할 수는 없지만 립스크에서의 기억을 불러일으키는 어떤 냄새가 흘러나오고 있었다.

야드비가는 상냥하면서도 나무라는 듯한 시선으로 헤르만을 바라보며 고개를 절레절레 흔들었다. 「너무 늦게 일어났어요. 난 벌써 빨래도 해놓고 장까지 보고 왔다고요. 아까 아침을 먹었는데, 벌써 또 배가 고프네요.」

야드비가는 폴란드 시골 사투리를 썼다. 헤르만도 그녀에게 폴란드어를 썼지만 가끔은 그녀가 알아듣지 못하는 이디시어[4]로 말하기도 했다. 기분 내킬 때마다 그 신성한 언어로 성경 구절을 인용하거나 심지어 『탈무드』[5]의 몇몇 구절까지 덧붙이는 것이었다. 야드비가는 언제나 잠자코 들어 주었다.

「식세,[6] 지금 몇 시야?」

「10시가 다 됐어요.」

「그럼 옷을 입어야겠군.」

「홍차 좀 마실래요?」

「아냐, 필요 없어.」

「맨발로 돌아다니지 말아요. 슬리퍼 가져올게요. 내가 광을 내놨어요.」

「또 광을 냈다고? 슬리퍼에 광을 내는 사람이 어디 있어?」

3 *dill*. 미나리과 식물로, 열매나 잎을 향미료로 사용한다.
4 *Yiddish*. 중부 및 동부 유럽 출신의 유대인과 그 후손들이 사용하는 언어. 히브리어, 아람어와 함께 유대 역사상 가장 중요한 3대 문어이다. 이스라엘의 유대인들은 대부분 히브리어를 사용한다.
5 *Talmud*. 유대인 율법 학자들이 유대 율법과 해설을 집대성한 책.
6 *Shikseh*. 유대인들이 비유대계 여자를 얕잡아 이르는 말.

「말라비틀어졌더라고요.」

헤르만은 한심스러워 어깨를 으쓱했다. 「도대체 뭘로 광을 낸 거야? 구두약? 당신은 아직도 립스크 촌뜨기라니까.」

야드비가는 옷장에서 그의 목욕 가운과 슬리퍼를 가져왔다.

그녀는 그의 아내였고, 이웃들도 그녀를 브로데르 부인이라고 불렀다. 그러나 헤르만을 대하는 그녀의 태도를 보면 두 사람이 아직도 치프케프에 남아 있고, 그녀는 여전히 그의 아버지 레브[7] 슈무엘 레이브 브로데르의 집에서 하녀 노릇을 하고 있는 듯했다. 헤르만은 유대인 대학살로 온 가족을 잃었다. 그나마 헤르만이라도 살아남은 것은 야드비가가 고향 마을 립스크의 건초 다락에 그를 숨겨 준 덕분이었다. 그녀의 어머니조차 그가 숨어 있는 곳을 알지 못했다. 1945년 해방이 된 후 헤르만은 한 목격자를 통하여 자신의 자식들이 끌려가 죽임을 당한 뒤 아내 타마라마저 총살당했다는 소식을 들었다. 헤르만은 야드비가와 함께 독일로 갔다가 난민 수용소에 들어가게 되었고, 그 후 미국 비자를 얻고 세속 결혼식을 통해 그녀와 결혼했다. 당시 야드비가는 기꺼이 유대교로 개종하려 했지만 헤르만은 자신조차 더 이상 따르지 않는 종교를 그녀에게 짐 지우는 것은 무의미한 일이라고 여겼다.

독일로 가는 더디고 위험한 여행길과 군함을 타고 핼리팩스로 건너가는 항로, 그리고 뉴욕까지의 버스 여행에서 시달릴 대로 시달린 야드비가는 지금껏 혼자 지하철을 타는 것조차 두려워했다. 그래서 자기가 사는 집에서 몇 블록 이상은 한 번도 가본 적이 없었다. 사실 어디에도 갈 필요가 없었다. 머메이드 애비뉴에서도 그녀에게 필요한 것들을 얼마든지

---

7 *Reb*. 성인 남성, 특히 랍비를 가리키는 경칭.

구할 수 있었다. 빵, 과일, 채소, 코셰르[8] 육류(헤르만은 돼지고기를 먹지 않았다), 이따금씩 구입하는 신발이나 드레스 등등.

헤르만이 집에 있는 날이면 두 사람은 해변 산책로를 함께 거닐곤 했다. 헤르만은 도망치지 않을 테니까 너무 바싹 달라붙지 말라고 몇 번이나 말했지만 야드비가는 언제나 그의 팔을 꽉 붙잡고 다녔다. 그녀는 온갖 소음과 아우성으로 귀머거리가 될 지경이었다. 눈앞에 있는 모든 것이 마구 진동하며 뒤흔들렸다. 이웃들은 바닷가에 함께 가자고 졸랐지만 미국으로 건너온 뒤로 야드비가는 바다를 무서워했다. 파도가 치는 것만 보아도 속이 울렁거렸다.

가끔 헤르만이 야드비가를 브라이튼 해변의 카페테리아[9]에 데려갔지만, 그녀는 고막이 찢어질 듯한 굉음을 내며 고가 철도를 지나가는 열차들, 날카로운 소리와 함께 이리저리 질주하는 자동차들, 그리고 거리에 몰려다니는 수많은 사람들에게 좀처럼 익숙해지지 못했다. 그녀가 길을 잃을 경우에 대비하여 헤르만이 로켓[10]을 하나 사서 그녀의 이름과 주소가 적힌 쪽지를 넣어 주었는데도 야드비가는 안심하지 못했다. 그녀는 글로 쓴 것이라면 아무것도 믿지 않았다.

사실 야드비가의 인생은 신의 섭리로 보일 만큼 크나큰 변

---

8 *kosher*. 〈적합〉이라는 뜻으로, 유대교의 율법에 맞는 사물, 특히 음식물을 가리킨다. 1) 구약 성서의 「레위기」 11장과 「신명기」 14장에서 금하는 짐승, 새, 물고기를 먹지 않고, 2) 짐승이나 새는 셰히타*Shechita*라는 제의적 도살 방법으로 잡아야 하고, 3) 잡은 고기에 결함이 있는지 엄격하게 조사하고 소금을 뿌려 남아 있는 피를 다 빼낸 후 대퇴부의 좌골 신경을 떼어 내야 하고, 4) 고기와 젖을 함께 넣고 요리하지 않으며 그릇도 따로 사용한다.

9 셀프 서비스 식당.

10 *locket*. 사진 등을 넣을 수 있는 작은 금속 케이스.

화를 겪었다. 헤르만은 3년 동안이나 전적으로 그녀에게 의존하며 살았다. 그녀는 건초 다락에 숨어 있는 헤르만에게 물과 음식을 갖다 주고 그의 대소변을 내다 버렸다. 그리고 그녀의 동생 마리아나가 건초 다락에 올라갈 일이 있을 때는 야드비가가 사다리를 타고 올라가서 헤르만에게 미리 알려 주었고, 그러면 그는 건초 속에 파놓은 굴속으로 더 깊이 숨어들곤 했다. 새로 벤 건초를 갈무리하는 여름철마다 야드비가는 그를 감자 저장실에 숨겼다. 그녀가 한 일은 어머니와 동생까지 위험에 빠뜨릴 수도 있는 행동이었다. 그 헛간에 유대인이 숨어 있다는 것을 나치가 알게 되는 날에는 세 여자를 모두 총살해 버릴 것이 뻔했기 때문이다. 어쩌면 마을을 통째로 불태워 버릴지도 모르는 일이었다.

그리고 지금 야드비가는 브루클린의 아파트 위층에 살고 있었다. 그녀에게는 두 개의 호화로운 방이 있었고, 거실, 화장실, 그리고 냉장고와 가스 오븐이 있는 부엌이 있었고, 전기도 들어왔고, 게다가 전화기까지 있어서 헤르만이 책을 팔러 나가더라도 그녀에게 전화를 걸 수 있었다. 헤르만이 일 때문에 멀리 가 있는 경우에도 그의 목소리를 들으면 마치 가까이 있는 듯한 느낌이 들었다. 그리고 헤르만은 기분이 내킬 때마다 수화기에 대고 그녀가 좋아하는 노래를 불러 주곤 했다.

아하, 우리에게 아들이 생긴다면,
천상의 하느님을 찬양하세!
우리 아기 어디에 재워야 할꼬?
천상의 하느님을 찬양하세!
저기 저 아래 길거리

눈밭 속에 대야 하나 있으니
우리 아들 그곳에 눕혀 놓고
달콤한 자장가 불러 주리라.

아하, 우리에게 아들이 생긴다면,
천상의 하느님을 찬양하세!
우리 아기 무엇으로 감싸 줄꼬?
천상의 하느님을 찬양하세!
그대 넉넉한 앞치마와
내 양털 목도리 여기 있으니
이것들로 단단히 감싸 주면
매서운 추위에도 끄떡없으리.

그러나 노래는 노래일 뿐이었다. 헤르만은 야드비가를 임신시키지 않도록 조심했다. 어미에게서 자식들을 빼앗아 총살해 버리는 세상에서 다시 자식을 낳는다는 것은 말도 안 되는 짓이었다. 야드비가에게는 헤르만이 구한 이 아파트가 자식 없는 아쉬움을 달래 주었다. 그곳은 늙은 시골 아낙들이 아마포를 짜거나 이불 속에 넣을 새털을 뽑으며 이야기하던 마법의 궁전 같았다. 벽에 붙은 단추만 누르면 등불이 확 켜졌고, 수도꼭지에서는 찬물과 뜨거운 물이 쏟아져 나왔고, 손잡이만 돌리면 불길이 타올라 요리를 할 수 있었다. 그리고 욕조도 있으니 날마다 몸을 씻어 이나 벼룩이 얼씬도 못 하게 할 수 있었다. 게다가 라디오까지! 헤르만은 아침이든 저녁이든 폴란드어 방송에 다이얼을 고정시켜 두었다. 그래서 폴란드 민요, 마주르카,[11] 폴카,[12] 일요일엔 성직자의 설교,

---

11 폴란드의 경쾌한 춤곡.

그리고 볼셰비키의 손아귀에 떨어진 폴란드의 소식 등이 방 안 가득히 울려 퍼졌다.

야드비가는 글을 읽지도 쓰지도 못했기에 헤르만이 그녀의 어머니와 동생에게 보내는 편지를 대필해 주곤 했다. 그리고 마을 교사가 대필해 준 답장이 오면 다시 헤르만이 그녀에게 읽어 주었다. 때로는 마리아나가 편지 봉투 속에 곡식 낟알, 잎이 달린 작은 사과나무 줄기, 혹은 조그마한 꽃송이 따위를 넣어 보내곤 했다. 머나먼 미국 땅에서도 립스크를 잊지 말라는 뜻이었다.

그렇다. 이 머나먼 나라에서 헤르만은 야드비가의 남편인 동시에 오빠, 아버지, 그리고 신이기도 했다. 그녀는 헤르만의 아버지 집에서 하녀 노릇을 할 때부터 이미 그를 사랑하고 있었다. 그리고 지금 이렇게 이국땅에서 그와 함께 살면서 그녀는 헤르만의 진가와 지혜에 대한 자신의 생각이 옳았다는 것을 새삼 확인하게 되었다. 그는 이 세상에서 살아가는 방법을 잘 알고 있었다. 기차나 버스를 탈 줄도 알았고, 책이나 신문도 읽을 수 있었다. 혹시 집에서 필요한 것이 있으면 헤르만에게 말하는 것만으로 충분했다. 그가 직접 구해 오기도 했고 배달원이 갖다 주기도 했다. 야드비가는 헤르만이 가르쳐 준 대로 작은 동그라미 세 개로 서명을 대신했다.

한번은 그녀의 영명축일(靈名祝日)[13]이었던 5월 17일에 헤르만이 이곳에서 〈잉꼬〉라고 부르는 새 두 마리를 선물했다. 노란 놈은 수컷, 파란 놈은 암컷이었다. 야드비가는 사랑하

---

12 19세기 초 보헤미아 지방에서 발생하여 전 유럽에 퍼진 4분의 2박자의 경쾌한 춤곡.

13 자신의 세례명과 이름이 같은 성인의 축일. 폴란드에서는 생일보다 더 중요하게 여긴다.

는 아버지와 여동생의 이름을 따서 그들을 보이투스와 마리아나라고 불렀다. 야드비가는 어머니와 별로 사이가 좋지 않았다. 야드비가의 아버지가 세상을 떠난 후 어머니는 두 번째 남편을 얻었는데, 그는 의붓자식들에게 손찌검을 하곤 했다. 의붓아버지 때문에 야드비가는 결국 집을 떠나 유대인들의 하녀 노릇을 해야 했던 것이다.

다만 헤르만이 집에서 보내는 시간이 좀 더 많았다면, 혹은 적어도 밤마다 꼭 집에 들어와서 자기라도 했다면 야드비가는 자신이 더 바랄 나위 없이 행복하다고 생각했을 것이다. 그러나 그는 생계를 위해 이리저리 여행하며 책을 팔아야 했다. 그가 집을 비울 때마다 야드비가는 문에 줄곧 체인을 걸어 놓고 지냈는데, 그것은 도둑이 무서웠기 때문이기도 했지만 이웃들을 막기 위한 것이기도 했다. 이 아파트 건물에 사는 늙은 여자들은 러시아어, 영어, 이디시어 등을 섞어 가며 그녀에게 말을 걸었다. 그리고 어디서 왔느냐, 남편은 무슨 일을 하느냐 등등 그녀의 삶에 대해 꼬치꼬치 캐묻는 것이었다. 헤르만은 될 수 있으면 그들에게 아무것도 말해 주지 말라고 경고했다. 그리고 영어로 〈죄송하지만, 지금 좀 바빠서요〉라는 말을 가르쳐 주었다.

2

욕조에 물이 차오르는 동안 헤르만은 수염을 깎았다. 그는 수염이 빨리 자라는 편이었다. 하룻밤 사이에 얼굴이 벌써 강판처럼 까칠까칠했다. 그는 화장실 선반의 거울 앞에 섰다. 몸은 홀쭉했고, 키는 평균보다 좀 큰 편이었고, 낡은 소파나 안락의자에서 비어져 나온 솜뭉치를 닮은 털이 좁다란 가슴을 수북하게 뒤덮고 있었다. 그는 늘 먹고 싶은 만큼 먹는데도 좀처럼 살이 찌지 않았다. 목과 어깨 사이가 움푹 꺼지고 갈비뼈의 윤곽이 드러날 정도였다. 목울대가 마치 자기 의지를 가진 것처럼 오르락내리락하고 있었다. 그의 모습은 몹시 지쳐 있는 사람 같은 인상을 풍겼다. 그는 거기 선 채로 공상에 빠져 들기 시작했다. 나치들이 다시 득세하여 뉴욕을 점령해 버렸다. 헤르만은 지금 이 화장실에 숨어 있는 중이다. 야드비가가 문을 막고 페인트칠을 하여 벽처럼 보이도록 만들어 놓았다.

〈어디에 앉는 게 좋을까? 여기 이 변기로 하자. 잠은 욕조 안에서 자면 된다. 아니, 너무 짧겠구나.〉 헤르만은 다리를 뻗고 누울 만한 공간이 있는지 보려고 타일 바닥을 살펴보았다. 그러나 대각선으로 눕는다 해도 무릎을 세울 수밖에 없을 것 같았다. 어쨌든 이곳엔 빛도 들어오고 통풍도 된다. 이 화장실에는 작은 안마당으로 향한 창문이 있기 때문이다.

헤르만은 매일 야드비가가 얼마만큼의 음식을 갖다 줘야 연명할 수 있을지 상상해 보기 시작했다. 감자 두어 개, 빵 한 조각, 치즈 한 조각, 식물성 기름 한 숟가락, 이따금씩 비타민 한 알. 그 정도라면 1주일에 1달러쯤으로 충분할 것이다. 많아 봤자 1달러 50센트. 책도 몇 권 갖춰 놓고 글을 쓸 수 있는 종이도 있었으면 좋겠다. 립스크의 그 건초 다락에 비하면 이건 호화판이다. 그리고 장전된 리볼버 한 자루를 손 닿는 곳에 놓아두자. 아니, 기관총이 낫겠다. 나치가 이 은신처를 발견하고 잡으러 오면 환영의 뜻으로 총알 세례를 퍼붓고 마지막 한 발은 나 자신을 위해 남겨 두는 거다.

욕조에 물이 넘치기 직전이었고 화장실 안에는 수증기가

자욱했다. 헤르만은 황급히 수도꼭지를 잠갔다. 이렇게 걸핏하면 공상에 빠져 드는 버릇이 이젠 강박 관념처럼 느껴질 정도였다.

그가 욕조 안으로 들어가자마자 야드비가가 문을 열었다.
「비누 가져왔어요.」
「아직 남았는데.」
「향수 비누예요. 냄새 좀 맡아 봐요. 세 개에 10센트 줬어요.」
야드비가는 자기가 먼저 비누 냄새를 맡아 보고 그에게 건네주었다. 그녀의 손은 아직도 농사꾼의 손처럼 거칠었다. 립스크에서 살 때 그녀는 남자 한 사람 몫의 일을 거뜬히 해냈다. 씨도 뿌리고, 풀도 베고, 타작도 하고, 감자도 심고, 심지어 톱질이나 도끼질로 장작까지 마련했다. 브루클린에서 이웃들이 그녀의 손을 부드럽게 해줄 거라면서 온갖 로션을 갖다 주었지만 여전히 노동자의 손처럼 못이 박인 그대로였다. 그녀의 종아리는 근육이 발달하여 돌처럼 단단했다. 그러나 그 밖의 부분들은 모두 매끄럽고 여성적이었다. 젖가슴은 희고 풍만했으며 엉덩이도 토실토실했다. 서른셋이라는 나이에 비해 훨씬 더 젊어 보였다.

야드비가는 동틀 녘부터 잠자리에 들 때까지 한시도 쉬지 않았다. 끊임없이 할 일을 찾아내는 것이었다. 이 아파트는 바다가 그리 멀지 않은 곳인데도 열린 창으로 먼지가 꽤 많이 날아들었고, 그래서 야드비가는 하루 종일 씻고 닦고 빨고 문질렀다. 헤르만은 자신의 어머니가 야드비가의 부지런한 성격을 늘 칭찬하던 것을 떠올렸다.

야드비가가 말했다. 「자, 비누칠 해줄게요.」

그러나 사실 헤르만은 혼자 있고 싶었다. 이곳 브루클린에서 나치들을 피해 숨어 있는 공상을 하다가 아직 세부적인 문제들을 다 해결하지 못했기 때문이다. 가령 창문도 독일 놈들이 발견하지 못하도록 위장을 해놔야 한다. 그런데 어떤 방법이 좋을까?

야드비가가 비누칠을 하기 시작했다. 등, 팔, 사타구니. 그는 아이들을 낳고 싶어 하는 그녀의 소망을 이뤄 주지 못했고, 그래서 그녀에게는 그가 아이를 대신하는 존재였다. 그녀는 헤르만을 어루만지거나 장난을 치고는 했다. 그리고 그가 집을 비울 때마다 영영 돌아오지 않을까 봐 두려워했다. 한없이 넓고 복잡한 미국 땅에서 길을 잃을 것만 같았다. 그래서 그가 돌아올 때마다 기적처럼 여겨졌다. 그녀는 그가 오늘 필라델피아로 가서 하룻밤을 자고 온다는 것을 알고 있었다. 그래도 아침은 함께 먹을 수 있으니 다행이었다.

부엌 쪽에서 커피 향기와 빵 굽는 냄새가 솔솔 풍겨 왔다. 야드비가는 양귀비 씨를 넣은 롤빵을 치프케프에서 먹던 것과 똑같이 만드는 방법을 스스로 터득했다. 그리고 헤르만을 위해 온갖 별미를 준비하고 그가 좋아하는 음식들을 만들었다. 경단, 보르시치[14]를 곁들인 무교병 경단,[15] 우유를 넣은 기장죽, 고깃국물로 끓인 귀리죽 등이었다.

그녀는 날마다 그를 위해 새로 다린 셔츠와 속옷과 양말을 준비해 두었다. 그녀는 그를 위해 더 많은 일을 해주고 싶어 안달했지만 그에게는 필요한 것이 별로 없었다. 그는 집보다 길에서 보내는 시간이 더 많았기 때문이다. 그녀는 헤르만과 대화를 나누고 싶은 마음이 간절했다. 「기차는 몇 시에 출발해요?」

14 *borscht*. 빨간 무, 버섯, 야채 등을 넣은 수프.
15 *matzo balls*. 이스트를 넣지 않고 구운 무교병(無酵餅)을 가루를 내어 달걀, 소금, 후추와 함께 버무려 빚은 경단.

「뭐? 2시.」

「어젠 3시라고 했잖아요.」

「2시 조금 지나서니까.」

「그 도시가 어디쯤 있죠?」

「필라델피아 말이야? 미국이지 어디겠어?」

「거기 멀어요?」

「립스크 기준으론 멀다고 해야겠지만 여기선 기차로 몇 시간만 가면 돼.」

「누가 책을 사고 싶어 하는지 어떻게 알죠?」

헤르만은 잠시 생각해 보고 대답했다.「나도 몰라. 살 사람을 찾아보는 거지.」

「그럼 그냥 여기서 팔지그래요? 여기도 사람들이 많잖아요.」

「코니아일랜드[16]에서 말이야? 여긴 사람들이 책을 읽으러 오는 게 아니라 팝콘을 먹으러 오는 곳이라고.」

「책은 어떤 것들인데요?」

「아, 그야 여러 가지가 있지. 다리를 놓는 방법, 살 빼는 방법, 정부를 운영하는 방법. 그리고 노래 책, 소설책, 희곡, 히틀러의 생애……」

그러자 야드비가가 심각한 표정을 지었다.「그런 돼지 같은 놈에 대한 책을 쓰는 사람도 있어요?」

「돼지 같은 놈들에 대한 책도 많아.」

「그것 참.」야드비가는 곧 부엌으로 가버렸다. 얼마 후 헤르만도 부엌으로 갔다.

야드비가가 새장의 작은 문을 잠가 두지 않아서 잉꼬들이 부엌 안을 날아다니고 있었다. 보이투스가 헤르만의 어깨 위에 내려앉았다. 보이투스는 헤르만의 귓불을 콕콕 쪼거나

---

16 브루클린 남쪽 해안의 유흥지.

그의 입술과 혀끝에 묻은 빵 부스러기를 쪼아 먹는 것을 좋아했다. 야드비가는 헤르만이 목욕과 면도를 하고 나서 아까보다 훨씬 더 젊고 원기 왕성하고 행복해 보이는 것을 보고 놀라워했다.

그녀는 헤르만에게 따끈따끈한 롤빵, 흑빵, 오믈렛, 그리고 크림을 넣은 커피를 차려 주었다. 그녀는 늘 그를 잘 먹이려고 애썼지만 그는 좀처럼 충분히 먹지 않았다. 헤르만이 롤빵을 한 입 뜯어 먹고 옆으로 치워 놓았다. 오믈렛도 맛만 보았다. 전쟁 통에 위가 오므라든 것이 분명했지만 야드비가는 그가 옛날부터 그렇게 소식을 했다는 사실을 떠올렸다. 그가 대학 시절에 바르샤바에서 공부하다가 집에 돌아올 때마다 그의 어머니도 그 문제로 아들과 말다툼을 하곤 했었다.

야드비가는 걱정스러워 고개를 절레절레 흔들었다. 그는 음식을 씹지도 않고 꿀꺽 삼켰다. 2시까지는 아직 시간이 넉넉한데도 자꾸 시계를 들여다보았다. 그리고 금방이라도 벌떡 일어날 것처럼 의자 끄트머리에 앉아 있었다. 그의 눈은 벌써 벽 너머를 응시하고 있는 듯했다.

그러다가 갑자기 달라진 어조로 이렇게 말했다. 「오늘 밤엔 필라델피아에서 저녁을 먹을 거야.」

「누구랑 먹을 거예요? 혼자?」

그는 야드비가에게 이디시어로 말하기 시작했다. 「혼자라니. 그거야 당신 생각이지! 오늘 저녁은 시바의 여왕이랑 먹을 거라고. 내가 책 장수라면 당신은 로마 교황의 마누라겠지! 내가 그 사기꾼 같은 랍비 밑에서 일하다니……. 그래도 그 인간이 없었다면 우린 지금쯤 쫄쫄 굶고 있을 거야. 그리고 브롱크스에 있는 그 여자는 정말 스핑크스 같은 여자야. 내가 당신들 세 명을 상대하면서도 아직 돌아 버리지 않은 게 그야말로 기적이라고. 쳇, 쳇!」

「내가 좀 알아듣게 말해 봐요!」

「알아들어서 뭐 하려고? 〈전도서〉에도 나오듯이 지혜가 많으면 번뇌도 많은 법이야.[17] 언젠가는 진실을 알게 되겠지만, 여기서는 아니고 나중에, 우리가 죽은 뒤에도 혹시 구질구질한 영혼들이 남아 있다면 알게 되겠지. 그게 아니라면 진실 따위는 차라리 모르고 넘어가는 게……」

「커피 더 마실래요?」

「그래, 더 줘.」

「신문엔 어떤 기사가 났어요?」

「아, 휴전을 했다는데 오래가진 못할 거야. 금방 다시 싸우기 시작할 거라고. 멍청한 놈들, 도대체 질리지도 않는 건지.」

「어디 얘기예요?」

「한국, 중국, 어디나 다 똑같아.」

「라디오에선 히틀러가 아직 살아 있대요.」

「히틀러가 죽었더라도 그 자리를 대신할 놈은 얼마든지 있어.」

야드비가는 잠시 침묵을 지켰다. 그녀는 빗자루에 몸을 기대고 있었다. 이윽고 그녀가 말했다. 「1층에 사는 그 백발노인이 그러는데요, 내가 공장에서 일하면 일주일에 25달러는 벌 수 있을 거래요.」

「당신도 일하고 싶어?」

「집 안에 혼자 있으면 좀 쓸쓸해서요. 그런데 공장마다 너무 멀더라고요. 좀 더 가까이만 있으면 나도 일하러 갈 텐데.」

「뉴욕엔 가까운 곳이라는 게 없어. 지하철을 타고 가든지, 아니면 그 자리에서 꼼짝 말고 있어야지.」

---

17 구약 성서 중 「전도서」 1:18.

「난 영어도 못하잖아요.」

「수업을 들으면 돼. 원한다면 내가 등록해 줄게.」

「그 할머니가 그러는데요, 알파벳도 모르는 사람은 안 받아 준대요.」

「내가 가르쳐 줄게.」

「언제요? 집에 붙어 있는 날도 없잖아요.」

헤르만은 그녀의 말이 옳다는 것을 알고 있었다. 그리고 그녀 나이에 공부를 시작한다는 것도 쉬운 일이 아니었다. 그녀는 동그라미 세 개로 서명을 해야 할 때도 얼굴이 새빨개지고 땀을 뻘뻘 흘렸다. 그녀에게는 아주 간단한 영어 단어를 발음하는 것조차도 대단히 어려운 일이었다.

헤르만은 그녀의 폴란드어 사투리도 대부분 이해할 수 있었지만 가끔 밤중에 그녀가 쾌감에 휩싸였을 때 정신없이 횡설수설하는 사투리는 도저히 알아들을 길이 없었다. 낱말도 표현도 생전 처음 들어 보는 것들이었기 때문이다. 혹시 고대의 시골 부족이 쓰던 말이 아닐까? 어쩌면 다신교 시대? 헤르만은 오래전부터 인간의 정신 속에는 한 사람이 일생 동안 경험한 것 이상의 그 무엇이 깃들어 있다는 것을 알고 있었다. 유전자는 지나간 시대의 일들까지 기억하고 있는 듯하다. 하다못해 보이투스와 마리아나조차도 누대에 걸친 조상 잉꼬들로부터 언어를 물려받은 듯싶었다. 그들은 분명히 대화를 나누었고, 종종 거의 동시에 같은 방향으로 날아오르는 것을 보면 서로 상대방의 생각을 알고 있는 것이 틀림없었다.

그러나 헤르만은 남들은커녕 자기 자신조차 이해할 수 없었다. 그가 휘말려 버린 복잡한 상황은 그야말로 어처구니가 없을 정도였다. 그는 사기꾼이었고 죄인이었다. 또한 위선자이기도 했다. 그가 랍비 램퍼트에게 써주는 설교문들은 수치스러운 흉내 내기에 불과했다.

그는 자리에서 일어나 창가로 걸어갔다. 몇 블록 저쪽에서 바다가 출렁거리고 있었다. 해변 산책로와 서프 애비뉴 쪽에서 코니아일랜드의 여름 아침을 말해 주는 소음이 들려왔다. 그러나 머메이드 애비뉴와 넵튠 애비뉴 사이의 이 작은 골목은 조용하기만 했다. 가벼운 산들바람이 불어왔다. 이곳에는 몇 그루의 나무가 자라고 있었다. 그 나뭇가지에서 새들이 재잘거렸다. 밀물이 생선 냄새를 실어 왔고, 그 속에는 딱 꼬집어 말할 수 없는 냄새, 무엇인가 썩어 가는 악취도 섞여 있었다. 헤르만이 창밖으로 고개를 내밀어 보니 해변에 버려진 오래된 난파선들이 보였다. 그 미끌미끌한 선체마다 딱딱한 갑옷을 입은 생물들이 다닥다닥 붙어 있었다. 반은 살아 있고 반은 태고의 잠에 빠진 것들이었다.

그때 책망하는 듯한 야드비가의 목소리가 들렸다. 「커피 다 식어요. 식탁으로 돌아와요!」

3

헤르만은 집을 나서자마자 계단을 뛰어 내려갔다. 빨리 사라지지 않으면 야드비가가 도로 불러들일지도 모르기 때문이다. 헤르만이 먼 길을 떠날 때마다 그녀는 마치 지금 나치가 미국을 지배하고 있어 그의 목숨이 위태로운 상황인 것처럼 작별 인사를 하곤 했다. 그의 뺨에 뜨거운 뺨을 맞대고 제발 차 조심하고, 끼니는 거르지 말고, 잊지 말고 꼭 전화하라고 당부하는 것이었다. 그녀는 마치 주인에게 집착하는 개처럼 그에게 찰싹 달라붙어 떨어질 줄 몰랐다. 헤르만은 너무 바보처럼 군다고 그녀를 놀려 대곤 했지만 그녀의 헌신적인 도움은 영원히 잊을 수 없었다. 그는 속임수와 거짓말을 일삼았지만 그녀는 언제나 솔직하고 진실한 여자였다. 그러나 밤낮으로 그녀와 붙어 있는 것은 도저히 견딜 수 없는 일이었다.

헤르만과 야드비가의 집은 낡은 아파트였다. 이곳에는 건강을 위해 맑은 공기를 마셔야 하는 늙은 난민 부부들이 많이 살았다. 그들은 근처의 작은 시나고그[18]에 가서 기도를 드렸고 이디시어 신문을 읽었다. 날이 더워지면 벤치와 접의자를 길가에 내다 놓고 여럿이 둘러앉아 잡담을 나눴다. 옛 조국, 미국인이 된 자식들과 손자들, 1929년의 월 스트리트 주가 폭락, 그리고 증기탕이나 비타민이나 새러토가스프링스[19]의 온천욕으로 병을 고쳤다는 등의 이야기였다.

가끔은 헤르만도 그런 유대인들이나 그 아내들과 친분을 쌓고 싶었지만 자신의 삶에 여러 가지 복잡한 문제가 얽혀 있어서 그들을 피할 수밖에 없었다. 지금도 그는 혹시 그들 중 누가 불러 세우기라도 할까 봐 흔들거리는 계단을 내려서자마자 오른쪽으로 방향을 틀어 재빨리 거리로 빠져나갔다. 랍비 램퍼트에게서 받은 일이 늦어진 탓도 있었다.

헤르만의 사무실이 있는 곳은 4번 애비뉴에서 가까운 23번가의 한 빌딩이었다. 스틸웰 애비뉴에서 지하철을 타야 하는데, 거기까지는 머메이드, 넵튠, 또는 서프 애비뉴를 통해 걸어갈 수도 있고 해변 산책로를 지나갈 수도 있었다. 노선마다 나름대로 매력이 있었지만 오늘은 머메이드 애비뉴를 선

---

18 *synagogue*. 유대교 회당(會堂). 예배, 집회, 학습 장소로 사용되는 공동체 예배당이다.
19 뉴욕 주 동부의 온천 휴양지.

택했다. 이 거리는 동유럽 같은 분위기를 풍겼다. 벽에는 작년 지성순간(至聖旬間)[20]의 성가대와 랍비들과 유대교 회당의 좌석료 따위를 알리는 포스터들이 아직도 남아 있었다. 레스토랑이나 카페테리아에서 닭고기 수프, 카샤,[21] 촙트리버[22] 등의 냄새가 흘러나왔다. 빵집들은 베이글과 달걀 쿠키, 스트루들[23]과 양파 롤빵 따위를 팔고 있었다. 어느 가게 앞에서는 여자들이 통 속을 뒤적거리며 딜로 양념한 피클을 건져내고 있었다.

헤르만은 식욕이 왕성했던 적이 한 번도 없었지만 나치 시절의 굶주림 때문에 지금도 음식만 보면 약간의 흥분을 느끼곤 했다. 오렌지, 바나나, 체리, 딸기, 토마토가 담긴 나무 상자와 바구니 속에 햇살이 쏟아져 내렸다. 여기서는 유대인들도 자유롭게 살 수 있다! 큰길은 물론이고 샛길에도 히브리어 학교들이 줄줄이 간판을 내걸었다. 심지어 이디시어 학교도 한 군데 있었다.

길을 걸으면서도 헤르만의 눈은 나치가 뉴욕에 쳐들어올 경우에 대비하여 끊임없이 은신처를 물색했다. 이 근처 어딘가에 지하 방공호를 하나 만들어 놓을까? 가톨릭 성당의 뾰족탑 속에 숨으면 될까? 게릴라 활동을 한 적은 없지만 요즘은 사격하기 좋은 위치를 궁리해 볼 때도 많았다.

---

20 *High Holy Days*. 유대력의 설날인 〈나팔절(로시 하샤나*Rosh Hashana*)〉부터 〈속죄절(욤 키푸르*Yom Kippur*)〉까지의 열흘을 가리킨다. 대체로 태양력의 9월 또는 10월에 해당한다. 〈야밈 노라임*Yamim Noraim*〉 또는 〈속죄의 열흘*The Ten Days of Repentance*〉이라고도 한다.

21 *kasha*. 거칠게 탄 메밀가루로 끓인 죽.

22 *chopped liver*. 쇠간 또는 닭의 간에 양파, 삶은 달걀, 소금, 후추 등을 넣고 갈아 만든 유대 음식. 주로 호밀 빵에 발라 먹는다.

23 *strudel*. 과일, 치즈 따위를 밀가루 반죽으로 얇게 싸서 화덕에 구운 과자.

헤르만은 스틸웰 애비뉴에서 오른쪽으로 돌았다. 달착지근한 팝콘 냄새를 머금은 후끈한 바람이 밀려왔다. 여리꾼들이 사람들에게 놀이공원이나 여러 가지 여흥을 즐기러 오라고 소리쳤다. 회전목마도 있고, 사격 연습장도 있고, 50센트만 내면 죽은 자들의 영혼을 불러 주는 영매들도 있다고 했다. 지하철역 입구에서 눈이 퉁퉁 부은 이탈리아인 하나가 긴 칼로 쇠몽둥이를 두드리면서 그 소란 통에도 쩌렁쩌렁 울려 퍼지는 목청으로 같은 말 한마디를 끊임없이 되풀이하여 외치고 있었다. 콘에 담자마자 녹아 버리는 소프트 아이스크림과 솜사탕을 파는 사람이었다. 해변 산책로 건너편을 바라보니 우글거리는 사람들 너머에서 바다가 반짝거리고 있었다. 이곳의 다채로운 빛깔들과 풍요로움과 자유로움은 ─ 비록 모두 값싸고 조잡한 것들이긴 하지만 ─ 볼 때마다 헤르만을 놀라게 했다.

그는 지하철역으로 들어갔다. 열차마다 승객들을 쏟아 내고 있었다. 대부분은 젊은이들이었다. 유럽에 있을 때 헤르만은 이렇게 흥분한 얼굴들을 본 적이 한 번도 없었다. 그러나 이곳의 젊은이들은 짓궂은 장난보다 신나게 노는 것을 더 좋아하는 것 같았다. 남자애들은 빽빽거리며 소리치고 숫양들처럼 서로 밀쳐 대며 뛰어다녔다. 그중에는 눈동자가 까맣고 이마가 좁고 머리가 곱슬곱슬한 젊은이들이 많았다. 그들은 이탈리아계, 그리스계, 혹은 푸에르토리코계였다. 엉덩이는 펑퍼짐하고 가슴은 봉긋하고 키는 작달막한 여자들이 점심 도시락과 모래밭에 깔 담요, 그리고 햇볕을 가릴 양산과 선탠로션을 들고 있었다. 그들은 깔깔 웃으며 껌을 씹었다.

헤르만은 고가 철도를 타기 위해 계단을 올라갔고 곧 열차가 도착했다. 문이 열렸을 때 그는 열풍이 훅 밀려오는 것을 느꼈다. 환풍기가 윙윙거렸다. 알전구들의 빛 때문에 눈이 부셨다. 붉은 시멘트 바닥에 신문지와 땅콩 껍질이 떨어져 있었다. 반라의 흑인 소년들이 고대의 우상 숭배자들처럼 몇몇 승객의 발치에 무릎을 꿇고 구두를 닦았다.

 누군가 두고 간 이디시어 신문이 좌석에 놓여 있었다. 헤르만은 신문을 집어 들고 헤드라인을 훑어보았다. 한 인터뷰에서 스탈린은 공산주의와 자본주의가 공존할 수 있다고 선언했다. 중국에서는 인민군과 장제스 군이 전투를 벌이고 있었다. 신문의 안쪽 지면에는 난민들이 마이다네크, 트레블링카, 아우슈비츠[24] 등 수용소의 참상을 고발한 기사가 있었다. 북부 러시아의 강제 노동 수용소를 탈출한 목격자의 증언도 있었다. 그곳에는 랍비, 사회주의자, 자유주의자, 사제, 시온주의자, 트로츠키파 등등이 수용되어 금을 캐면서 굶주림과 각기병(脚氣病)[25]으로 죽어 간다는 것이었다. 헤르만은 자기가 이 같은 참사에 웬만큼 단련되었다고 생각했었다. 그러나 이렇게 새로운 잔혹 행위를 대할 때마다 번번이 충격을 받곤 했다. 이 기사는 언젠가 반드시 평등과 정의에 바탕을 둔 체제가 확립되어 세상의 질병을 치유할 것이라는 희망적인 말로 끝을 맺었다.

 〈그래? 아직도 세상을 치유하겠다고 열심이란 말이지?〉 헤르만은 신문을 바닥에 떨어뜨렸다. 〈더 나은 세상〉이니 〈더 밝은 내일〉이니 하는 말들이 그에게는 고통받으며 죽어 간 이들의 유해를 모독하는 일처럼 느껴질 뿐이었다. 희생자

---

 24 Majdanek, Treblinka, Auschwitz. 모두 폴란드에 있던 나치의 강제 수용소이며 집단 학살로 가장 악명 높은 세 곳이다.
 25 비타민 B₁ 결핍증. 말초 신경에 장애가 생겨 팔다리가 붓고 마비되며 전신 권태의 증상이 나타나기도 한다.

들의 죽음은 결코 헛된 것이 아니라는 식의 상투적 표현을 들을 때마다 분노가 솟구쳤다. 〈그렇다고 내가 뭘 어쩌겠다는 것인가? 나 역시 악행을 저지르고 있는데.〉

헤르만은 서류 가방에서 원고를 꺼내 읽으며 메모를 했다. 그가 생계를 꾸려 가는 방법도 지금까지 그가 겪어 온 다른 일들에 못지않게 괴상망측한 것이었다. 그는 한 랍비의 대필 작가가 되었다. 그래서 그 역시 사람들에게 에덴동산 같은 〈더 나은 세상〉을 약속하고 있었다.

헤르만은 원고를 읽으면서 눈살을 찌푸렸다. 데라[26]가 우상을 팔았듯이 랍비는 하느님을 팔아먹고 있었다. 헤르만이 자신을 정당화할 수 있는 근거는 하나뿐이었다. 랍비의 설교를 듣거나 그의 수필을 읽는 사람들도 대부분은 완벽하게 정직한 사람들이 아니라는 점이었다. 현대 유대교의 목표는 딱 하나였고, 그것은 바로 이교도[27]들을 흉내 내는 일이었다.

열차의 문들이 열렸다가 닫혔다. 헤르만은 그때마다 고개를 들었다. 뉴욕에도 틀림없이 나치들이 돌아다니고 있을 터였다. 연합국들은 75만 명에 달하는 〈잔챙이 나치〉들을 사면한다고 발표했다. 살인자들을 재판하겠다던 약속은 처음부터 거짓말이었던 것이다. 누가 누구를 심판한단 말인가? 그들이 말하는 정의는 속임수였다. 그렇다고 자살해 버릴 용기도 없는 헤르만으로서는 그저 한 마리 지렁이처럼 눈을 감고 귀를 막고 마음마저 닫아 버릴 수밖에 없었다.

헤르만은 유니언 스퀘어 역에 도착하면 급행에서 완행으

---

26 Terah. 아브라함의 아버지. 유대교의 경외(經外) 전설에 의하면 우상을 만들어 파는 사악한 자였다고 한다.

27 *Gentile*. 이 책에서는 유대인 이외의 모든 민족, 즉 유대교 이외의 종교를 믿는 사람들을 가리킨다.

로 갈아타고 가다가 23번가에서 내려야 했다. 그런데 바깥을 내다보니 열차는 벌써 34번가 역에 들어서고 있었다. 그는 계단을 통해 반대쪽 승강장으로 건너가 남행 열차에 올라탔다. 그러나 이번에도 내릴 역을 지나쳐 커낼 가까지 가 버렸다. 지하철에서의 이런 실수들, 그리고 물건을 치워 놓고 어디에 두었는지 기억하지 못하고, 엉뚱한 길거리를 헤매고, 걸핏하면 원고나 책이나 공책 따위를 잃어버리는 버릇이 마치 저주처럼 헤르만을 따라다녔다. 잃어버린 물건을 찾느라고 호주머니를 뒤지는 일이 일상이었다. 툭하면 만년필이나 선글라스가 온데간데없이 사라졌고, 지갑도 증발해 버렸고, 심지어는 자신의 전화번호까지 머릿속에서 지워져 버리기 일쑤였다. 우산을 새로 사면 그날 안으로 어딘가에 두고 나왔다. 고무 덧신을 신고 있다가도 몇 시간 만에 잃어버렸다. 때로는 악귀나 도깨비들의 장난이라는 생각이 들 정도였다. 어쨌든 그는 마침내 랍비가 소유한 여러 건물 중 하나인 어느 빌딩에 있는 자신의 사무실에 도착할 수 있었다.

4

랍비 밀턴 램퍼트에게는 책임지고 있는 신도들이 따로 없었다. 그는 이스라엘의 히브리어 신문에 글을 실었고 미국과 영국에서 발행되는 영어권 유대인들의 각종 잡지에도 기고하고 있었다. 지역 문화 회관이나 심지어 대학에서도 강연 요청이 들어오곤 했다. 그러나 랍비는 스스로 연구하고 글을 쓸 만한 시간도 없었고 참을성도 없었다. 그는 부동산으로 재산을 모았다. 요양소를 대여섯 개나 갖고 있었고, 버러파

크와 윌리엄스버그[28]에도 아파트 건물을 여러 개 지었고, 몇백만 달러짜리 공사를 수주하는 건설 회사의 공동 경영자이기도 했다. 그에게는 리걸 부인이라는 늙은 비서가 있었는데, 일을 게을리 하는데도 그녀를 계속 쓰고 있었다. 아내와는 별거하다가 다시 합쳤다.

랍비는 헤르만이 자신을 위해 해주는 일을 〈자료 조사〉라고 불렀다. 그러나 헤르만이 실제로 하는 일은 랍비의 책이나 기고문이나 연설문 따위를 대필하는 것이었다. 그가 히브리어나 이디시어로 원고를 작성하면, 누군가 그것을 영어로 번역했고, 그 다음엔 세 번째 사람이 교정을 보았다.

헤르만은 벌써 몇 년째 랍비 램퍼트를 위해 일하고 있었다. 랍비는 아주 복잡한 인물이었다. 뻔뻔스럽기도 했고, 관대하기도 했고, 감상적이기도 했고, 비열하기도 했고, 잔인하기도 했고, 순진하기도 했다. 그는 『차려 놓은 식탁』[29] 중에서 별로 중요하지 않은 주석까지 기억해 낼 수 있었지만 모세 5경[30]의 한 구절을 인용할 때는 종종 실수를 저질렀다. 그는 주식 투자든 도박이든 가리지 않고 돈을 벌어 각양각색의 자선 사업에 기부했다. 키는 180센티미터도 넘었고, 배는 올챙이배였고, 체중은 118킬로그램이었다. 그는 돈 후안[31] 흉내를 내려고 했지만 헤르만은 곧 랍비가 여자들에게 인기가 없다는 사실을 알게 되었다. 그러나 랍비는 아직도 진실한 사랑을 찾고 있었는데, 전혀 가망이 없어 보이는 이 같은

28 둘 다 뉴욕 브루클린의 한 지역으로 유대인들이 많이 사는 곳.
29 *Prepared Table*. 랍비 요세프 카로(1488~1575)가 편찬한 정통파 유대인들의 율법 지침서 『슐칸 아루흐*Shulcan Aruch*』를 영역한 제목.
30 *Pentateuch*. 구약 성서의 첫 5권, 즉 「창세기」, 「출애굽기」, 「레위기」, 「민수기」, 「신명기」.
31 Don Juan. 스페인의 전설적인 바람둥이.

탐색의 과정에서 웃음거리가 되기 일쑤였다. 한번은 애틀랜틱시티의 한 호텔에서 어떤 여자의 남편에게 콧잔등을 얻어맞은 일도 있었다. 그는 종종 수입보다 지출이 더 많았는데, 사실이든 아니든 간에 소득 신고서에는 그렇게 썼다. 새벽 2시에 잠자리에 들었고 7시에 일어났다. 중량 9백 그램짜리 스테이크를 깨끗이 먹어 치웠고, 아바나산 시가를 피웠고, 샴페인을 마셨다. 혈압이 위험 수준을 넘나들어 의사가 심장마비를 조심하라고 경고했지만 예순네 살의 나이에도 여전히 원기 왕성해서 〈정력가 랍비〉라는 별명이 붙을 정도였다. 전쟁 당시에는 군목으로 복무했다는데, 그때 대령까지 진급했다고 헤르만에게 자랑하기도 했다.

헤르만이 사무실 문턱을 넘어서자마자 전화벨이 울리기 시작했다. 헤르만이 수화기를 들기가 무섭게 랍비가 기세등등한 베이스 톤의 목소리로 고함을 지르기 시작했다. 「도대체 지금까지 어디 있었나? 오늘 아침 일찍 출근하기로 했잖아! 애틀랜틱시티에서 하기로 한 강연 원고는 어떻게 됐어? 내가 다시 검토해야 한다는 거 잊어버렸나? 안 그래도 할 일이 많은데 말이야. 그리고 어쩌자고 전화기도 없는 집으로 이사한 거야? 내 밑에서 일하는 사람은 내가 언제든지 연락할 수 있어야 한단 말이야. 생쥐처럼 구멍 속에 틀어박혀 있으면 곤란하다고! 하, 자넨 아직도 세상 물정 모르는 풋내기야! 여긴 치프케프가 아니라 뉴욕이라고. 미국은 자유 국가야. 여기선 그렇게 숨어 있을 필요가 없단 말이야. 불법 행위로 돈을 번다든지 그 밖에 무슨 나쁜 짓을 하고 있다면 또 모르지만! 내가 오늘 마지막으로 얘기하겠는데, 자네가 사는 집에 당장 전화를 놓지 않으면 우리 사이는 끝인 줄 알아. 아니, 내가 그리로 가겠네. 할 얘기도 좀 있으니까. 그 자리에 꼼짝 말고 있어!」 랍비 램퍼트가 전화를 끊어 버렸다.

헤르만은 작은 글씨로 부리나케 글을 쓰기 시작했다. 랍비를 처음 만났을 때 그는 폴란드 시골 여자와 결혼했다는 사실을 밝히기가 껄끄러웠다. 그래서 자신은 홀아비이며 조국에서 온 어느 가난한 친구의 빈방에서 셋방살이를 하고 있는데, 재봉사인 그 친구의 집에는 전화기가 없다고 둘러댔던 것이다. 브루클린에 있는 헤르만의 집 전화는 야드비가 프라치 명의로 등록되어 있었다.

랍비 램퍼트는 헤르만에게 재봉사의 집으로 찾아가도 되냐고 자주 물었다. 랍비는 캐딜락을 타고 가난한 동네를 돌아다닐 때면 특별한 쾌감을 느끼는 사람이었다. 그리고 자신의 거대한 몸집과 말쑥한 옷차림이 사람들에게 깊은 인상을 심어 주는 것을 확인하면서 즐거워했다. 다른 한편으로는 남에게 호의를 베푸는 것도 좋아했는데, 이를테면 궁핍한 사람들에게 일자리를 구해 주기도 했고 자선 시설에 들어갈 수 있도록 소개장을 써주기도 했다. 지금까지 헤르만은 그럭저럭 랍비가 자신을 찾아오지 않도록 설득할 수 있었다. 재봉사가 너무 내성적이라서 손님이 찾아오는 것을 싫어하고, 게다가 강제 수용소에서의 경험 때문에 약간 정상이 아니라서 랍비를 집 안에 들어오지 못하게 할 수도 있다고 설명했던 것이다. 그리고 재봉사의 아내가 절름발이이며 부부 사이에 자식도 없다고 슬쩍 덧붙임으로써 랍비의 관심을 더욱더 약화시킬 수 있었다. 랍비는 딸을 둔 가정을 좋아했기 때문이다.

랍비는 그동안 몇 번이나 헤르만에게 이사하라고 종용했다. 심지어 결혼 상대를 소개해 주겠다고 나서기까지 했다. 그리고 자기 소유의 아파트에 입주하라고 권하기도 했다. 그러나 헤르만은 그 늙은 재봉사가 치프케프에서 자신의 목숨을 구해 준 적이 있으며, 자신이 방세로 내는 몇 달러의 돈이 절실한 형편이라고 설명했다. 거짓말이 거짓말을 불렀다. 랍비는 종종 이민족과의 결혼에 반대하는 연설을 하거나 글을 쓰곤 했다. 랍비의 요청으로 헤르만 자신이 그 주제에 대한 원고를 집필한 적도 한두 번이 아니었다. 한마디로 〈이스라엘의 원수들〉과 어울리지 말라는 경고의 글이었다.

그런 랍비에게 헤르만 자신의 행동을 어떻게 설명할 수 있단 말인가? 유대교는 물론이고 미국의 법률이나 윤리의 측면에서 보더라도 그는 분명히 죄를 지었다. 헤르만은 랍비뿐만 아니라 마샤까지 기만하고 있었다. 그러나 그것은 자신도 어쩔 수 없는 일이었다. 야드비가는 너무 착하기만 해서 따분했다. 그녀와 이야기를 나눌 때도 마치 혼자 있는 것 같은 기분이 들 정도였다. 마샤는 마샤대로 너무 복잡하고 고집스럽고 신경질적인 성격이라서 역시 사실을 말해 줄 수가 없었다. 그녀에게 그는 야드비가가 불감증이라고 둘러댔고, 마샤가 남편 레온 토르치네르와 이혼하자마자 자신도 야드비가와 헤어지겠다고 엄숙하게 맹세했다.

육중한 발소리가 들려오더니 랍비가 문을 열고 나타났다. 키도 큰 데다 뚱뚱하기까지 해서 문간을 간신히 통과했다. 이 거대한 사내는 얼굴이 불그스름했고, 입술은 두툼했고, 코는 매부리코, 그리고 검은 눈동자의 퉁방울눈을 하고 있었다. 그는 밝은 색 양복에 노란 구두를 신었고 금실로 수놓은 넥타이에 진주 장식 핀을 꽂았다. 그리고 긴 시가를 물고 있었다. 파나마모자[32] 밑으로 희끗희끗한 흑발이 삐져나와 있었다. 양쪽 손목에는 루비 커프스단추가 반짝거렸고 왼손에

32 테가 넓은 남성용 여름 모자. 중남미 열대산 야자나무의 어린 잎에서 섬유를 뽑아 만든다.

는 다이아몬드 인장 반지가 빛나고 있었다.

그는 물고 있던 시가를 뽑아 들고 방바닥에 재를 털면서 버럭 소리쳤다. 「이제야 쓰기 시작했잖아. 벌써 며칠 전에 다 끝냈어야 하는 건데! 이렇게 마지막 순간까지 기다리게 하는 건 곤란하다고. 도대체 뭘 그렇게 써 갈기는 거야? 벌써 너무 길어진 것 같은데 말이야. 랍비들의 회의는 치프케프의 원로 모임과는 다른 거라고! 여긴 폴란드가 아니라 미국이란 말일세. 그건 그렇고, 『발셈』[33]에 신기로 한 수필은 어떻게 됐나? 벌써 보내 줬어야 하는데 말이야. 마감일이 정해져 있다고! 자네가 못 하겠으면 못 한다고 미리 말해 줘야 다른 사람을 찾아볼 거 아닌가. 내가 〈딕터폰〉[34]에 녹음해서 리걸 부인한테 타이핑하라고 시킬 수도 있고.」

「오늘 안에 다 해놓겠습니다.」

「지금까지 쓴 것만 우선 넘겨주게. 그리고 마지막으로 말하겠는데, 오늘은 꼭 자네 주소를 가르쳐 줘야겠어. 자네 도대체 어디서 사는 거야? 지옥인가? 아니면 아스모데우스[35]의 성인가? 아무래도 자네가 어딘가에 마누라를 감춰 놓고 나한테만 안 보여 주려는 것 같단 말이야.」

헤르만은 입이 바싹 마르는 것을 느꼈다. 「저도 마누라가 있었으면 좋겠습니다.」

「마누라를 원하면 하나 얻으면 되잖아. 내가 참한 여자를 골라 주기까지 했는데 자넨 만나 보려고 하지도 않았어. 뭐가 무서워서 그러는 거야? 자넬 억지로 결혼식장에 끌고 갈

---

33 *Bal Shem*. 유대교에서 예지력과 치유력 등의 신통력을 가진 사람을 가리키는 말.

34 속기용 구술 녹음기의 상표명.

35 구약 성서의 외경 중 하나인 「토비트서」에 등장하는 호색한 악마.

사람은 아무도 없다고. 자, 어서 주소나 말해 보게.」

「정말 이러실 필요 없는데요.」

「잔소리 말고 가르쳐 주기나 하라고. 이렇게 주소록 수첩까지 꺼내 들고 있잖아. 자, 어서.」

헤르만은 브롱크스 주소를 불러 주었다.

「자네 동포[36]는 이름이 뭔가?」

「조 프라치.」

「프로치. 특이한 성이군. 철자가 어떻게 되지? 그 집에 전화를 놓고 이 사무실로 청구서를 보내라고 해야겠는데.」

「그 친구가 허락하지 않으면 설치할 수 없을 텐데요.」

「그 사람이 무슨 상관이야?」

「벨 소리가 울릴 때마다 겁을 내거든요. 수용소가 떠올라서요.」

「다른 난민들은 모두 멀쩡하게 전화기를 쓴다고. 자네 방에 놔두면 되잖아. 이건 그 친구를 위해서도 좋은 일이야. 그 친구가 그런 환자라면 의사에게 연락하거나 도움을 청할 수 있어야 하니까. 정신병자들! 미치광이들! 그러니 몇 년마다 한 번씩 전쟁이 터지는 거라고. 그래서 히틀러 같은 놈들이 집권하는 거야. 난 자네가 날마다 여섯 시간씩 이 사무실에서 근무하길 요구하겠네. 이건 우리가 이미 합의한 거니까. 사무실이 노상 잠겨 있다면 그건 사무실도 아니잖나. 난 자네 말고도 골칫거리가 많은 몸일세.」

랍비 램퍼트는 잠시 말을 멈췄다가 다시 이렇게 말했다.

---

36 landsman. 영어에서는 〈랜즈먼〉으로 발음하며 〈뱃사람 seaman〉에 상대되는 〈뭍사람〉이라는 뜻이지만, 여기서는 〈동향인(同鄕人)〉을 뜻하는 독일어 〈란츠만 Landsmann〉에서 나온 말이다. 주로 유대인들끼리 〈동족〉을 일컫는 말로 사용한다.

「난 우리가 사이좋게 지내길 바라는데 자네 때문에 그게 좀 어렵단 말씀이야. 자네를 많이 도와주고 싶지만 자넨 조개처럼 문을 닫아걸고 있으니까. 도대체 무슨 비밀이 있기에 그렇게 겹겹이 감추는 거야?」

헤르만은 금방 대답하지 않았다. 그러다가 마침내 이렇게 말했다. 「저 같은 경험을 한 사람은 이 세상에서 살아가기가 힘든 법이죠.」

「진부한 소리, 쓸데없는 생각일세. 자네도 남들과 다름없이 엄연히 이 세상의 일부야. 설령 죽음의 문턱을 천 번쯤 들락날락했더라도 이렇게 멀쩡히 살아서 먹고 돌아다니는 한, 그리고 실례지만 용변도 보고 있는 한, 자네도 남들처럼 피와 살을 가진 인간이라고. 나도 강제 수용소 생존자들을 몇백 명이나 알고 있지만, 그리고 그중엔 실제로 불가마 문턱까지 갔다가 아슬아슬하게 살아난 사람도 더러 있지만, 지금은 다들 이 미국 땅에 살면서 멀쩡히 차도 몰고 다니고 사업도 한단 말이야. 사람은 이승에 있거나 저승에 있거나 둘 중 하나라고. 한 발은 지상에 두고 한 발은 하늘에 둔 채 살아갈 수는 없단 말일세. 자넨 지금 생존자의 역할을 연기하고 있을 뿐이야. 도대체 이유가 뭔가? 딴 사람이라면 몰라도 나한테만은 솔직해야지.」

「그러고 있습니다.」

「도대체 고민이 뭐야? 어디 아픈가?」

「아뇨. 그렇진 않습니다.」

「혹시 발기 부전인가? 그건 다 신경성이야. 신체적인 문제가 아니란 말일세.」

「발기 부전은 아니에요.」

「그럼 도대체 뭐야? 아무튼 자네한테 억지로 우정을 강요하진 않겠네. 하지만 오늘은 꼭 연락해서 전화를 놓으라고 할 테니까 그런 줄 알게.」
「조금만 더 기다려 주세요.」
「왜? 전화기는 나치가 아니야. 사람을 잡아먹진 않는단 말이야. 혹시 노이로제가 있다면 병원에 가봐. 정신과 의사를 만나 보는 것도 좋겠지. 괜히 겁먹을 거 없어. 미친 사람들만 그러는 건 아니니까. 멀쩡한 사람들도 정신과에 많이 간다고. 나도 한동안 정신과에 다녔고. 나한테 친구가 하나 있는데, 바르샤바 출신의 베르호프스키라는 의사야. 내가 보내서 왔다고 하면 바가지를 씌우진 않을 걸세.」
「솔직히 말씀드리는 건데요, 랍비님, 전 정말 아무 문제도 없어요.」
「그래, 문제없겠지. 우리 마누라도 자기 말로는 아무 문제 없다고 하지만 누가 봐도 틀림없는 환자란 말씀이야. 걸핏하면 스토브를 켜놓은 채 장 보러 나가기 일쑤지. 욕조에 물을 틀어 놓고 그 속에 수건을 빠뜨려 배수구가 막혀 버린 적도 있었어. 내가 책상 앞에 앉아 있는데 갑자기 카펫이 물바다가 돼 있더라고. 그렇다고 왜 그런 짓을 하냐고 따지기라도 하면 다짜고짜 히스테리를 부리면서 오히려 나를 욕하는 거야. 바로 그런 일 때문에 정신과 의사가 있는 거라고. 상태가 너무 심해져서 정신 병원에 갇혀 버리기 전에 치료를 받아야지.」
「예, 예.」
「흠, 아무리 말해 봤자 입만 아프지. 지금까지 쓴 거나 어디 보자고.」

제2장

1

헤르만이 책을 팔러 나간다고 말할 때마다 사실은 브롱크스에서 마샤와 함께 밤을 보내는 것이었다. 그녀의 아파트에는 그의 방도 하나 있었다. 마샤는 게토[37]와 강제 수용소에서 몇 년을 보내고 살아남은 여자였다. 그녀는 트레몬트 애비뉴의 어느 카페테리아에서 출납원으로 일하고 있었다.

마샤의 아버지 메이에르 블로흐는 돈 많은 남자의 아들이었다. 바르샤바에 자산을 소유하고 있던 레브 멘들 블로흐는 알렉산드로베르 랍비[38]와 한 식탁에 앉는 영광을 누린 사람이었다. 그의 아들 메이에르는 독일어도 구사할 수 있었고, 상당한 명성을 가진 히브리어 작가였으며, 또한 미술 후원자이기도 했다. 그는 나치가 폴란드를 점령하기 전에 바르샤바를 탈출했지만 결국 카자흐스탄에서 영양실조와 이질로 숨을 거두고 말았다. 마샤는 정통파인 어머니의 강요로

---

37 유대인 강제 거주 구역.
38 폴란드에서 19세기에 일어난 유대교 하시디즘 일파 〈알렉산더파〉의 최고 지도자.

베스 야코프[39]를 몇 군데 다니다가 나중에 히브리어와 폴란드어를 함께 사용하는 바르샤바의 한 고등학교에서 공부했다. 전쟁 동안 마샤와 어머니 시프라 푸아는 각기 다른 게토에 수용되었고, 그때부터 줄곧 만나지 못하다가 1945년 해방된 후 루블린[40]에서 재회할 수 있었다.

헤르만 자신도 히틀러가 일으킨 재앙을 겪고 간신히 살아남았지만 두 모녀가 어떤 방법으로 목숨을 건졌는지는 도저히 짐작할 길이 없었다. 그는 건초 다락에 숨어 거의 3년을 보내야 했다. 그것은 영원히 채울 수 없는 인생의 공백기였다. 나치가 폴란드를 침공했던 그해 여름, 그는 치프케프에 살던 부모를 방문 중이었고 그의 아내 타마라는 두 아이를 데리고 날렌체프에서 친정 식구들과 지내고 있었다. 그곳의 한 온천에 친정아버지의 별장이 있었던 것이다. 헤르만은 처음엔 치프케프에 숨어 있다가 나중에는 립스크에 있는 야드비가의 집에 숨었고, 그래서 게토와 수용소의 강제 노동을 모면할 수 있었다. 이따금씩 나치들의 고함 소리와 총성을 듣긴 했지만 그들과 얼굴을 마주 대한 적은 없었다. 그는 한번도 햇빛을 보지 못한 채 몇 주를 보내곤 했다. 그의 눈은 어둠에 익숙해졌고, 손과 발은 오랫동안 쓰지 않아서 점점 감각이 둔해졌다. 걸핏하면 벌레와 들쥐와 시궁쥐들에게 물리곤 했다. 한번은 고열에 시달리기도 했는데, 야드비가가 들판에서 뜯어 온 약초와 자기 어머니에게서 훔쳐 낸 보드카로 치료해 주었다. 헤르만은 『탈무드』에 등장하는 현자 초니 하마골과 자신을 동일시하곤 했다. 전설에 의하면 이 현자는 70년 동안이나 잠을 잤는데, 깨어나 보니 세상이 너무 달라

39 *Beth Yaakov*. 정통파 유대교의 여학교.
40 Lublin. 폴란드 동부의 도시.

져 있어 차라리 죽게 해달라고 기도했다고 한다.

헤르만이 마샤와 시프라 푸아를 만난 것은 독일에서였다. 마샤는 레온 토르치네르 박사와 결혼했다. 그는 과학자였는데, 들리는 말로는 어느 새로운 비타민을 발견했거나 그 발견에 도움을 준 모양이었다. 그러나 독일에 있는 동안 토르치네르는 날마다 밀수꾼들과 카드놀이를 하면서 낮은 물론이고 밤 시간의 태반을 보냈다. 그는 고상한 폴란드어를 구사했고, 여러 대학이나 교수들의 이름을 들먹이면서 모두 자신과 관련이 있었다고 주장하곤 했다. 그러나 금전적인 면에서는 〈연합〉[41]에서 나오는 돈과 마샤가 옷을 수선하거나 개조해 주면서 벌어들이는 얼마 안 되는 수입으로 근근이 살아가는 정도였다.

마샤와 시프라 푸아와 레온 토르치네르는 헤르만보다 일찍 미국으로 건너왔다. 헤르만은 뉴욕에 도착한 후 우연히 마샤를 다시 만날 수 있었다. 그는 처음엔 탈무드 토라[42]에서 교사로 일하다가 어느 소규모 인쇄소의 교정원이 되었는데, 랍비를 만난 것도 그곳에서였다. 그 무렵 마샤는 남편과 별거 중이었다. 알고 보니 레온은 자기 말처럼 무슨 발견을 한 적도 없었고 박사라는 칭호를 쓸 자격도 없는 사람이었다. 그는 지금 어느 부동산 업자의 미망인이라는 돈 많은 연상녀의 애인이었다. 헤르만과 마샤는 독일에 있을 때부터 사랑하는 사이였다. 마샤는 어느 집시 점쟁이가 헤르만과 다시 만나게 될 것을 예언했다고 말했다. 그 집시는 헤르만의 생

41 *the Joint*. 미국 유대인 연합 배급 위원회 *American Jewish Joint Distribution Committee*의 속칭. 1914년 창설된 유대계 자선 단체로, 당파와 종파를 초월하여 전 세계의 유대인 난민 구제를 목표로 활동했으며 현재는 유대인 이외의 민족을 돕는 일에도 적극적으로 나서고 있다.
42 *Talmud Torah*. 종교 교육을 강조하는 유대교 초급 학교.

김새를 자세히 설명하면서 두 사람의 사랑이 장차 고통과 분란을 불러올 거라고 경고했다. 그리고 마샤의 미래를 예언하다가 무아지경에 빠져 실신해 버렸다.

헤르만과 그의 첫 아내 타마라는 둘 다 유복한 가정에서 성장했다. 타마라의 아버지 레브 샤흐나 루리아는 목재상이었고, 처남과 동업하여 유리 사업도 겸하고 있었다. 슬하에 두 딸이 있었는데 바로 타마라와 셰바였다. 셰바는 강제 수용소에서 죽고 말았다.

헤르만은 외아들이었다. 후샤틴[43]의 랍비를 추종했던 아버지 레브 슈무엘 레이브 브로데르는 치프케프에 집을 몇 채나 소유한 부자였다. 그는 한 랍비를 고용하여 아들에게 유대식 교육을 시켰고, 폴란드인 가정 교사를 따로 두어 세속적 학문들을 가르치게 했다. 그는 아들이 현대적 사상을 가진 랍비가 되기를 바랐던 것이다. 그러나 렘베르크에서 김나지움[44]을 다닌 어머니는 아들이 의사가 되기를 바랐다. 헤르만은 열아홉 살 때 바르샤바로 가서 대학 입학 자격시험에 합격한 후 바르샤바 대학 철학과에 입학했다. 그는 어렸을 때부터 철학에 매료되어 이미 치프케프 도서관에 있는 철학책들을 모조리 읽어 버린 뒤였다. 그리고 바르샤바에 있는 동안 부모의 반대를 무릅쓰고 당시 브시흐니차의 생물학도였던 타마라와 결혼해 버렸다. 그러나 두 사람은 거의 처음부터 금실이 안 좋았다. 쇼펜하우어를 신봉했던 헤르만은 결혼도 하지 않고 이 세상에 자손을 남기지도 않겠다고 마음먹은 터였다. 타마라에게도 이런 결심을 밝혔지만 그녀는 제멋대로 덜컥 임신해 버렸고, 낙태를 거부하면서 가족들의 협조

43 우크라이나 서부의 마을.
44 독일의 9년제 중등학교.

를 얻어 헤르만에게 결혼을 강요했던 것이다. 그리하여 아들이 태어났다. 한동안 타마라는 열렬한 공산주의자였는데, 심지어는 아들과 함께 소비에트 러시아에서 살겠다는 계획까지 세울 정도였다. 그러더니 나중에는 공산주의를 버리고 포알레이 시온 당[45]의 당원이 되었다. 이때쯤에는 타마라의 부모도 헤르만의 부모도 이들 젊은 부부를 계속 뒷바라지할 처지가 아니었으므로 두 사람은 가정 교사 노릇을 하면서 생계를 꾸려 갔다. 결혼한 지 3년째 되던 해에 타마라가 딸을 낳았다. 당시 헤르만이 언행일치의 철학자로 첫손을 꼽았던 오토 바이닝거[46]의 표현을 빌리자면 〈논리적 판단력도 없고 기억력도 없고 부도덕하며 성적 도구에 불과한 존재〉가 태어났던 것이다.

전쟁 당시는 물론이고 전쟁이 끝난 뒤에도 헤르만은 가족에 대한 자신의 태도를 후회할 때가 많았다. 그러나 근본적인 생각까지 달라진 것은 아니었다. 여전히 자기 자신도 인류 전체도 신뢰하지 못하는 그는 자살 직전의 우울한 기분으로 살아가는 숙명론적 쾌락주의자였다. 종교는 거짓말만 늘어놓는다. 철학은 처음부터 무력한 것이었다. 진보라는 이름의 헛된 약속은 모든 시대의 희생자들을 모독하고 그들의 얼굴에 침을 뱉는 짓에 지나지 않았다. 시간이라는 것이 정녕 인식의 한 형태, 또는 이성의 한 범주에 불과하다면 과거도 오늘 못지않은 현재일 것이다. 그러므로 카인은 계속 아벨을 살해하고 있다. 네부카드네자르[47]는 아직도 제데키아[48]의 아

45 *Poalay Zion*. 시온 노동당. 마르크스주의를 따르는 유대 민족주의자들의 정당.

46 Otto Weininger(1880~1903). 오스트리아 철학자. 유대인이면서도 유대인을 혐오했고 여성을 비하했다.

47 Nebuchadnezzar(B.C. 605?~B.C. 562). 유대 왕국과 예루살렘을 정

들들을 죽이고 제데키아의 두 눈을 뽑는다. 케셰니에프의 학살은 결코 멈추지 않는다. 아우슈비츠에서는 유대인들이 영원히 불타고 있다. 스스로 삶을 끝맺을 용기도 없는 자들이 이런 상황을 벗어날 수 있는 길은 하나뿐이다. 자신의 의식을 마비시키고 기억을 질식시키고 마지막 한 가닥 희망마저 포기해 버리는 것이다.

2

사무실을 나선 헤르만은 브롱크스로 가는 지하철을 탔다. 여름날의 열기 속에서 사람들이 서로 밀고 밀리며 바삐 걸음을 재촉하고 있었다. 브롱크스행 급행열차에는 빈자리가 하나도 없었다. 헤르만은 손잡이를 붙잡았다. 그의 머리 위에서 선풍기가 돌고 있었지만 바람은 전혀 시원하지 않았다. 그는 석간신문을 사지 않았기 때문에 광고판을 읽을 수밖에 없었다. 스타킹, 초콜릿, 통조림 수프, 〈품위 있는〉 장례식 따위의 광고였다. 열차가 좁은 터널 속으로 질주해 들어갔다. 열차 안을 환하게 밝힌 불빛도 완강한 어둠을 막아 내지 못했다. 역에 도착할 때마다 사람들이 또 우르르 밀고 들어왔다. 향수 냄새와 땀 냄새가 뒤섞였다. 여자들의 얼굴에서 화장이 녹아내렸다. 마스카라가 줄줄 흐르고 덕지덕지 엉겨 붙었다.

승객들이 차츰 줄어들었다. 열차는 이제 지상으로 올라와

복한 바빌론의 왕. 성서의 〈느부갓네살〉.
48 바빌론에 의해 망한 유대의 마지막 왕. 성서의 〈시드기야〉. 기원전 597년에서 기원전 587년까지 재위.

고가 철도를 달리기 시작했다. 공장의 창문을 통해 헤르만은 기계 주변에서 분주하게 움직이는 백인이나 흑인 여자들을 볼 수 있었다. 나지막한 쇠붙이 천장이 있는 홀에서 반라의 젊은이들이 당구를 쳤고, 어느 옥상 위에서는 수영복을 입은 여자가 간이침대에 누워 저물어 가는 햇빛으로 일광욕을 하고 있었다. 푸르스름한 하늘에는 새 한 마리가 날았다. 건물들은 그리 낡아 보이지 않았지만 왠지 아주 오래되고 쇠퇴해 가는 듯한 느낌이 이 도시를 감싸고 있었다. 마치 지구가 혜성의 꼬리 속으로 들어가 버린 것처럼 황금빛으로 이글거리는 먼지투성이 안개가 모든 것을 뒤덮고 있었다.

열차가 멈춰 섰고 헤르만은 문 밖으로 뛰쳐나갔다. 그리고 철제 계단을 달려 내려가 공원에 들어섰다. 그곳에는 나무와 풀이 자라고 있었다. 들판에 자라는 것들과 다를 바 없는 모습이었다. 새들이 이리저리 날아다니고 나뭇가지에 내려앉아 짹짹거렸다. 저녁이 되면 공원 벤치들도 모두 만원이겠지만 지금은 몇몇 노인들만 앉아 있을 뿐이었다. 한 노인이 파란 안경과 돋보기를 이용하여 이디시어 신문을 읽고 있었다. 또 한 노인은 바짓가랑이를 무릎까지 걷어 올리고 류머티즘에 걸린 다리에 햇볕을 쬐고 있었다. 한 노파가 굵은 회색 털실로 재킷을 짜고 있었다.

헤르만은 왼쪽으로 방향을 틀어 마샤와 시프라 푸아가 살고 있는 거리로 접어들었다. 그곳에는 집이 몇 채밖에 없었고, 그나마도 잡초가 무성한 공터를 사이에 두고 띄엄띄엄 떨어져 있었다. 오래된 창고 건물도 하나 있었지만 창문은 모두 벽돌로 막아 버렸고 출입문도 항상 닫혀 있었다. 어느 무너져 가는 집에서는 한 목수가 가구를 만들다가 〈미완성〉 상태로 팔아 버렸다. 유리창이 깨져 버린 빈집에 〈팔 집〉이라는 팻말이 걸려 있었다. 헤르만은 이 거리가 동네의 일부로 남아 있어야 할지, 아니면 다 포기하고 사라져 버려야 할지 망설이고 있는 것 같다고 생각했다.

시프라 푸아와 마샤는 현관 베란다가 무너져 버린 건물의 3층에 살고 있었다. 1층은 비어 있어 창문을 널빤지와 양철 판으로 대충 가려 놓은 상태였다. 흔들거리는 현관 계단을 올라가면 건물의 입구가 있었다.

헤르만은 2층까지 올라가서 걸음을 멈추었다. 피곤해서가 아니라 공상을 매듭지을 시간이 필요해서였다. 만약 지구가 정확히 브롱크스와 브루클린 사이에서 둘로 쪼개져 버린다면 어떻게 될까? 그때는 여기서 사는 수밖에 없다. 야드비가가 있는 반쪽은 다른 항성에 이끌려 다른 별자리로 옮겨 가게 될 것이다. 그렇게 되면 어떤 일이 벌어질까? 영겁 회귀에 대한 니체의 이론이 사실이라면 1억만 년쯤 전에 이미 그런 일이 있었는지도 모른다. 스피노자가 어딘가에 썼듯이 하느님은 당신이 할 수 있는 일이라면 뭐든지 다 한다고 하니까.

헤르만이 부엌문을 두드리기가 무섭게 마샤가 문을 열었다. 그녀는 키가 큰 편이 아니었지만 날씬한 몸매와 고개를 꼿꼿이 세우는 버릇 때문에 키가 제법 큰 듯한 인상을 주었다. 머리는 불그스름한 흑발이었다. 헤르만은 그 빛깔을 가리켜 불타는 흑단(黑檀) 같다고 표현하곤 했다. 그녀의 피부색은 눈부시게 새하얗고, 눈동자는 연푸른색 바탕에 녹색 반점들이 섞여 있었고, 콧날은 가늘었고, 턱은 뾰족했다. 광대뼈는 볼록했고 뺨은 오목했다. 마샤는 도톰한 입술에 담배를 물고 있었다. 그녀의 얼굴은 위험을 이겨 내고 살아남은 사람들만이 가질 수 있는 어떤 정신력을 보여 주고 있었다. 지금은 체중이 50킬로그램이지만 해방 당시에는 33킬로그램에 불과했었다.

헤르만이 물었다. 「어머님은 어디 계셔?」

「엄마 방에. 곧 나오실 거예요. 일단 앉아요.」

「자, 선물을 하나 가져왔어.」 헤르만은 그녀에게 꾸러미를 내밀었다.

「선물? 올 때마다 선물 같은 거 들고 오지 말아요. 이건 뭐죠?」

「우표를 담아 두는 상자야.」

「우표? 그거 편리하겠네요. 우표도 들어 있어요? 아, 있네. 써야 할 편지가 백 통쯤 밀려 있는데 벌써 몇 주가 지나도록 한 글자도 못 썼어요. 집 안에 우표가 없다는 핑계로 버틴 거죠. 그런데 이젠 핑계거리가 없어져 버렸군요. 아무튼 고마워요, 자기. 고마워요. 하지만 자꾸 이렇게 돈 쓰지 말아요. 자, 그럼 식사나 하죠. 당신이 좋아하는 요리를 해놨어요. 고기 스튜와 귀리죽이에요.」

「고기 요리는 안 하겠다고 약속했잖아.」

「나 자신에게도 그렇게 약속했지만 고기가 안 들어가면 요리를 할 수가 없는걸요. 하느님도 고기를 먹는다고요. 인간의 살코기 말이에요. 채식주의자는 아무도 없어요. 내가 목격한 일들을 당신도 봤다면 하느님이 대량 학살에 찬성한다는 걸 알게 됐을 거예요.」

「하느님이 원하는 일이라고 해서 뭐든지 다 할 필요는 없어.」

「할 수밖에 없어요.」

다른 방으로 통하는 문이 열리더니 시프라 푸아가 들어왔다. 마샤보다 키가 컸고, 가무잡잡한 얼굴에 검은 눈동자를 가지고 있었고, 희끗희끗한 흑발을 빗어 넘겨 하나로 묶었고, 코끝이 뾰족했고, 두 눈썹이 맞붙어 있었다. 윗입술에 사

마귀가 하나 있었고 턱에는 수염이 나 있었다. 그리고 왼쪽 뺨에는 히틀러가 침공해 온 초기에 나치의 총검에 찔린 흉터가 남아 있었다.

한때는 대단히 매력적인 여자였다는 것을 한눈에 알 수 있었다. 메이에르 블로흐도 그녀를 사랑하여 히브리어 노래까지 지었을 정도였다. 그러나 그녀의 미모는 수용소를 전전하며 병에 시달리는 사이에 사라져 버리고 말았다. 시프라 푸아는 언제나 검은 옷만 입었다. 아직도 게토와 수용소에서 숨을 거둔 남편과 부모와 형제자매의 죽음을 애도하고 있는 것이다. 지금 그녀는 어두운 곳에서 갑자기 밝은 곳으로 나온 사람처럼 눈을 가늘게 뜨고 있었다. 그러더니 마치 머리를 매만지려는 듯이 비록 작지만 손가락이 긴 손을 들어 올리며 이렇게 말했다. 「아, 헤르만! 누군지 못 알아볼 뻔했네. 내가 요즘 아무 때나 앉아서 잠들어 버리는 버릇이 생겼어. 밤엔 누운 채로 이 생각 저 생각 하면서 아침까지 뜬눈으로 지새우거든. 그러니 낮에는 눈이 슬슬 감길 수밖에. 내가 오래 잤나?」

그러자 마샤가 말했다. 「그걸 누가 알아요? 주무시는 것도 몰랐는걸요. 엄마는 집 안에서도 생쥐처럼 살금살금 돌아다녀요. 이 집엔 진짜 생쥐들도 살지만 도대체 누가 누군지 구별할 수가 없다니까요. 게다가 밤새도록 돌아다니면서 불도 안 켜잖아요. 엄마, 그러다가는 어둠 속에서 넘어져 다리가 부러진단 말이에요. 제 말 좀 들으세요.」

「또 시작이구나. 난 사실 잠든 것도 아닌데 꼭 얼굴에 커튼이 덮인 것처럼 머릿속이 텅 비어 버리지 뭐니. 너한테는 그런 일이 없어야 할 텐데. 그런데 이게 무슨 냄새지? 뭐가 타나?」

「아무것도 안 타요, 엄마. 아무것도 안 탄다고요. 우리 엄마는 참 이상한 버릇이 있어요. 엄마가 해놓고도 뭐든지 내 탓을 하는 거예요. 요리만 했다 하면 다 태워 버리면서 내가 뭘 좀 만들어 보려고 하면 금방 탄내가 난다고 하시거든요. 우유를 엎질러 줄줄 흐르게 해놓고 오히려 나한테 조심하라고 핀잔이죠. 이건 틀림없이 히틀러 때문에 생긴 병이에요. 우리 수용소에 남들을 밀고하는 여자가 있었는데, 그 여잔 자기가 한 짓도 모조리 남이 했다고 일러바쳤죠. 병적인 행동이었지만 우스꽝스럽기도 했어요. 미친 사람은 아무도 없어요. 정신병자도 괜히 미친 척할 뿐이죠.」

그러자 시프라 푸아가 툴툴거렸다. 「다들 제정신인데 네 어미만 미쳤다는 소리구나.」

「그런 뜻이 아니에요, 엄마. 내가 하지도 않은 말을 했다고 우기지 마세요. 앉으세요. 헤르만, 어서 앉아요. 헤르만이 작은 우표 상자를 갖다 줬어요. 이젠 편지를 쓸 수밖에 없겠네요. 오늘은 당신 방을 청소해 두려고 했는데 할 일이 너무 많아서 결국 못 했어요. 전에도 말했지만 하숙생이면 하숙생답게 굴어야죠. 방을 깨끗하게 치워 달라고 요구하지 않으면 먼지 구덩이 속에서 살게 되는 거예요. 너무 오랫동안 나치들한테 이것저것 강요당하며 살다 보니 이젠 아무것도 자발적으로 할 수 없게 되어 버렸어요. 무슨 일을 하려면 독일군이 총을 들고 서 있는 모습을 상상해야 되는 거죠. 이 미국 땅에 와서 난 오히려 노예 제도가 별로 비극적인 게 아니라고 생각하게 됐어요. 무슨 일이든 얼른 해치우기 위해서는 그저 매가 제일이거든요.」

그러자 시프라 푸아가 투덜거렸다. 「저 애가 재잘거리는 소리 좀 들어 보게. 자기가 무슨 말을 하고 있는지 알기나 하냐고 물어봐. 쟤는 뭐든지 어깃장을 놓으려고 할 뿐이라고.

그건 제 아빠 집안을 닮아서 그래. 그이가 에덴동산에서 편히 쉬기를. 아무튼 그 집안은 다들 논쟁을 좋아했거든. 우리 아버지가 — 부디 편안히 잠드시기를 — 너희 할아버지가 이런 말씀을 하셨지. 〈그 사람들은 『탈무드』에 대해 아주 기발한 논쟁을 벌이는데, 결론은 결국 유월절(逾越節)[49]에 빵을 먹어도 괜찮다는 얘기더란 말이야.〉」

「유월절에 빵 먹는 얘기가 왜 나오는 거죠? 부탁인데요, 엄마, 어서 앉기나 하세요. 엄마가 그렇게 서 있으면 불안해서 견딜 수가 없단 말이에요. 우리 엄마가 위태위태하게 서 있는 걸 보면 금방이라도 넘어져 버릴 것 같거든요. 그리고 실제로 잘 넘어져요. 하루가 멀다 하고 걸핏하면 넘어지죠.」

「다음엔 또 무슨 말을 지어낼 거니? 난 그때 루블린의 그 병원에 누워 죽을 날만 기다리고 있었다네. 마침내 마음의 평화를 찾았지. 그런데 갑자기 저 애가 나타나서 저승 문턱까지 가 있던 나를 도로 불러낸 거야. 이렇게 나에 대해 거짓말만 늘어놓을 거였으면 도대체 나를 왜 살린 거니? 죽음은 좋은 거야. 오히려 반가운 일이지. 이미 죽음을 맛본 사람은 더 이상 삶에 미련이 없는 법이라고. 난 저 애도 죽은 줄 알았다네. 그러다가 갑자기 저 애가 멀쩡히 살아서 나를 찾아온 걸 보게 된 거야. 그렇게 나를 찾아내더니 바로 그다음 날부터 꼬박꼬박 말대꾸나 하고 가시 돋친 말들을 툭툭 내뱉더라고. 내가 그걸 구구절절 다 얘기하면 남들은 내가 제정신이 아니라고 생각할 걸세.」

---

49 *Passover*. 유대교 3대 축일의 하나로, 고대 이스라엘 민족이 이집트에서 탈출한 것을 기념하는 명절. 출애굽 전야에 천사가 이집트인들의 맏아들과 맏 것들을 죽일 때 유대인들의 집은 건드리지 않고 〈지나갔던 *pass over*〉 일에서 유래되었다. 히브리어로는 〈페사흐 *Pesach*〉.

「맞아요, 엄만 제정신이 아니에요. 내가 폴란드에서 모시고 나올 때 엄마가 어떤 상태였는지 일일이 설명하자면 아마 잉크 한 통으로도 모자랄걸요. 어쨌든 내 양심을 걸고 한 가지만은 분명히 말할 수 있어요. 지금까지 엄마만큼 나를 괴롭힌 사람은 아무도 없었다는 거죠.」

「얘, 도대체 내가 너한테 무슨 짓을 했다고 그런 소리를 하는 거니? 넌 그 시절에도 건강했고 — 내 입방정 때문에 불행이 닥치지 않기를 — 난 벌써 죽은 몸이었어. 난 저 애한테 솔직하게 말했다네. 〈더 이상 살고 싶지 않구나. 이젠 참을 만큼 참았다.〉 그랬는데도 저 애는 노발대발하면서 나를 도로 살려 낸 거야. 분노의 힘으로 사람을 해칠 수도 있지만 사람을 살려 낼 수도 있거든. 너 도대체 나를 왜 살린 거니? 저 애는 그냥 자기도 어미라는 사람이 있는 게 좋아서 그랬을 뿐이야. 그리고 저 애 남편, 레온, 그 녀석은 처음부터 마음에 안 들었어. 한번 척 보고 나서 저 애한테 내가 그랬지. 〈얘, 저 녀석은 허풍쟁이다.〉 사람의 이마에는 그 사람의 모든 것이 적혀 있다고들 하는데, 물론 그걸 볼 줄 아는 눈이 있어야겠지. 내 딸은 아주 어려운 책도 술술 읽을 수 있지만 사람에 대해서는 찬물 더운물도 못 가린단 말이야. 그러니까 이렇게 남편한테 버림받고 독수공방 신세가 됐지.」

「내가 재혼하고 싶으면 이혼할 때까지 기다리지도 않을 거예요.」

「뭐라고? 우린 여전히 이교도가 아니라 유대인이야. 그런데 스튜는 어떻게 됐지? 도대체 스튜를 얼마나 오래 끓이는 거니? 고기가 다 녹아 버리겠다. 내가 한번 들여다봐야지. 이런 맙소사! 솥에 국물이 한 방울도 안 남았잖아. 쟤는 도무지 믿을 수가 없다니까! 어쩐지 탄내가 나더라니. 그 악마 같은 놈들이 나를 불구자로 만들어 놨지만 아직도 코는 멀쩡하다고. 도대체 눈은 됐다 어디 쓸 거니? 요상한 책들을 너무 많이 읽었으니 그 모양이지. 아이고, 내 팔자야!」

3

마샤는 식사 중에도 담배를 피웠다. 음식을 한 입 먹고 담배 한 모금을 빠는 것을 번갈아 가며 하고 있었다. 그녀는 요리마다 조금씩 맛만 보고 접시를 밀어 버렸다. 그러나 헤르만에게는 계속 음식을 건네주면서 많이 먹으라고 권했다.
「여기가 립스크의 그 건초 다락이고 당신의 시골뜨기가 돼지고기 한 점을 갖다 줬다고 상상해 봐요.[50] 내일 무슨 일이 벌어질는지 어떻게 알아요? 그런 일이 또 일어날 수도 있어요. 유대인 학살은 자연 현상이니까. 유대인들은 학살당해야 한다, 그게 하느님의 뜻이라고요.」

「얘, 너 때문에 가슴이 미어진다.」

「그래도 사실인걸요. 아빠는 뭐든지 하느님께서 주신 거라고 하셨어요. 엄마도 그러시잖아요. 하지만 하느님은 유럽에서 유대인들이 죽임을 당하는 걸 그냥 내버려 두셨는데 미국에선 유대인들이 몰살당하지 않도록 막아 주실 거라고 믿을 이유가 있을까요? 하느님은 관심도 없어요. 하느님은 그런 분이라고요. 내 말이 맞죠, 헤르만?」

「그걸 누가 알겠어?」

「당신은 모든 질문에 똑같은 대답을 하는군요. 〈그걸 누가 알겠어?〉 누군가는 알고 있겠죠! 하느님이 정말 전지전능하

50 유대인은 돼지고기를 먹지 않는다.

다면 당신께서 사랑하시는 민족을 지켜 주는 게 당연하잖아요. 그냥 천국에 앉아서 침묵만 지키고 계시는 건 우리한테 손톱만큼도 관심이 없다는 뜻이라고요.」

「얘, 헤르만 좀 가만히 내버려 두지 못하겠니? 아까는 고기를 태워 먹더니 이번엔 질문 공세로 식사도 못 하게 들볶는구나.」

헤르만은 이렇게 말했다. 「괜찮습니다. 나도 그 답을 알았으면 좋겠어. 어쩌면 고통도 하느님의 속성인지도 몰라. 삼라만상이 하느님이라면 우리도 역시 하느님이고, 내가 당신을 때리면 하느님이 맞은 거라고 할 수 있겠지.」

「하느님이 왜 자신을 때리겠어요? 식사나 해요. 접시에 아무것도 남기지 말아요. 그게 당신의 인생관인가요? 유대인도 하느님이고 나치도 하느님이라면 더 이상 얘기할 게 아무것도 없잖아요. 엄마가 케이크를 만드셨어요. 한 조각 갖다 줄게요.」

「얘, 먼저 과일 절임부터 먹게 해야지.」

「뭘 먼저 먹든 상관없잖아요? 어차피 뱃속에 들어가면 다 섞여 버릴 텐데. 엄마는 독재자예요. 정말 그렇다니까요. 좋아요, 그럼 과일 절임부터 갖다 주세요.」

「제발 저 때문에 다투지들 마세요. 뭘 먼저 먹느냐는 별로 중요하지 않습니다. 모녀간에도 평화롭게 지낼 수 없다면 이 세상에 평화가 올 수 있겠어요? 지구상에 마지막으로 남은 두 사람도 서로 죽이게 될 텐데 말입니다.」

그러자 마샤가 물었다. 「안 그럴 것 같아요? 난 그럴 거라고 생각해요. 아마 두 사람이 원자 폭탄을 하나씩 들고 마주 서서 굶어 죽을 거예요. 서로 상대방한테 음식을 먹을 기회를 안 주려고 할 테니까, 한 사람이 뭘 먹으려고 하면 상대방이 폭탄을 던져 버릴 테니까. 우리 아빠는 영화관에 가실 때마다 나도 데려가셨어요. 엄마는 영화를 싫어하시거든요.」 마샤는 턱짓으로 어머니를 가리켰다. 「하지만 아빠는 영화에 푹 빠지셨죠. 영화를 보는 동안에는 모든 근심 걱정을 잊게 된다고 하셨어요. 요즘은 별로 관심이 없지만 그 시절엔 나도 영화를 좋아했어요. 내가 아빠 곁에 앉아 있으면 지팡이를 나한테 맡기셨어요. 아빠가 바르샤바를 떠나시던 날, 남자들이 모두 프라가 다리를 건너가던 그날, 아빠가 지팡이를 가리키며 말씀하셨어요. 〈아빠는 이것만 갖고 있으면 무슨 일이 있어도 끄떡없단다.〉 내가 이 얘기를 왜 꺼냈더라? 아, 맞다! 어떤 영화에 사슴 두 마리가, 수컷 두 마리가 암컷 한 마리를 놓고 싸우는 장면이 나왔어요. 수컷들은 서로 뿔을 맞대고 한 놈이 쓰러져 죽을 때까지 몸부림을 치며 싸웠죠. 살아남은 녀석도 초주검이 되어 있었어요. 그러는 동안 암컷은 자기와는 아무 상관도 없는 일이라는 듯이 옆에서 태연히 풀을 뜯고 있더군요. 그때 난 어린애였어요. 고등학교 2학년이었죠. 그날 이런 생각을 했어요. 〈하느님이 저렇게 순한 짐승에게도 저런 폭력성을 심어 줄 수 있다면 이 세상은 영영 희망이 없겠구나.〉 수용소에서도 그 영화가 자주 생각났어요. 그것 때문에 하느님을 미워하게 됐죠.」

「얘, 그런 말 함부로 하는 거 아니다.」

「난 원래 하지 말아야 할 짓을 많이 하잖아요. 과일 절임이나 가져오세요!」

「우리가 하느님을 어떻게 이해할 수 있겠니?」 시프라 푸아는 스토브 쪽으로 걸어갔다.

헤르만이 조용히 말했다. 「정말 어머님한테 자꾸 그렇게 대들지 마. 그래 봤자 좋을 게 뭐가 있어? 우리 어머니가 지금 살아 계시다면 난 절대로 말대꾸 같은 건 안 할 거야.」

「지금 나한테 이래라저래라 타이르는 거예요? 우리 엄마랑 함께 살아야 하는 건 당신이 아니고 나란 말이에요. 당신은 일주일 중 닷새를 그 시골뜨기와 함께 보내 놓고는 모처럼 이 집에 와서 설교부터 늘어놓는군요. 엄마는 너무 신앙심이 투철하고 편협해서 자꾸 나를 화나게 한단 말이에요. 하느님이 그렇게 언제나 옳다면 엄마는 왜 수프가 엄마 생각처럼 빨리 끓지 않는다고 호들갑을 떠는 거죠? 엄마는 그 어떤 무신론자보다도 물질적인 것들에 집착하는 분이에요. 애당초 엄마가 레온 토르치네르에게 시집가라고 부추긴 것도 그 사람이 가끔 엄마한테 작은 케이크를 갖다 드렸기 때문이었다고요. 그랬으면서 나중엔 그 사람에 대해 온갖 흉을 다 보기 시작하는데, 도대체 이유가 뭔지 모르겠어요. 누구와 결혼하든 나한테 무슨 차이가 있었겠어요? 그런 일들을 겪은 마당에 달라질 게 뭐예요? 그건 그렇고, 그 시골뜨기는 어떻게 지내죠? 그 여자한테 이번에도 책 팔러 간다고 둘러댔나요?」

「그럼 뭐라고 해?」

「당신, 오늘은 어디에 있는 거죠?」

「필라델피아.」

「그 여자가 우리 사이를 알게 되면 어떻게 되는 거예요?」

「그런 일은 없을 거야.」

「가능성은 언제나 있어요.」

「우리 사이를 갈라놓으려고 하진 않을 테니까 안심해.」

「그건 믿을 수 없어요. 그렇게 무식하고 멍청한 여자와 그렇게나 많은 시간을 보낼 수 있다면 결국 당신 수준이 그 정도밖에 안 된다는 거예요. 그리고 그 사기꾼 같은 랍비를 위해 더러운 일을 해주는 건 또 무슨 의미가 있어요? 차라리 당신이 랍비가 돼서 당신 이름으로 사기를 치라고요.」

「그럴 수는 없어.」

「당신은 아직도 그 건초 다락에 숨어 있는 거예요. 이건 엄연한 사실이죠!」

「그래, 사실이야. 자기 손으로 닭 한 마리도 죽이지 못하는 군인들이 도시에 폭탄을 떨어뜨려 수천 명을 한꺼번에 죽여 버리는 세상이라고. 그러니까 내가 속이는 독자들이 나를 볼 수 없고 내가 그 독자들을 볼 수 없는 한, 그 정도는 얼마든지 참을 수 있어. 게다가 내가 랍비를 위해 글을 써준다고 남한테 피해를 주는 것도 아니잖아. 오히려 그 반대지.」

「그렇다고 사기꾼이 아니라는 건가요?」

「사기꾼 맞으니까 그 얘긴 그만하자!」

이윽고 시프라 푸아가 돌아왔다. 「자, 과일 절임 가져왔다. 잠깐, 좀 식혀야 돼. 내 딸이 나에 대해 또 뭐라고 했지? 뭐라고 그래? 얘가 하는 말을 누가 들으면 내가 철천의 원수인 줄 알 거야.」

「엄마, 그 속담 아시잖아요. 〈친구들로부터 나를 지키는 일은 하느님께 맡기고 나는 원수들로부터 나 자신을 지켜야 한다.〉」

「네가 원수들로부터 너 자신을 어떻게 지키는지는 나도 다 봤다. 그래, 놈들이 내 가족과 내 민족을 학살했는데 내가 아직도 살아 있는 걸 보면 네가 옳았던 거겠지. 마샤, 이건 다 네 책임이야. 너만 아니었다면 난 지금쯤 지하에서 편히 쉬고 있을 테니까.」

4

저녁 식사 후 헤르만은 자기 방으로 갔다. 작은 안마당이 내다보이는 창문 하나가 있는 조그마한 방이었다. 마당에는 풀이 무성했고 구부러진 나무 한 그루가 있었다. 침대는 헝클어진 상태였다. 책, 원고, 헤르만의 낙서로 뒤덮인 종잇조각 따위가 여기저기 널려 있었다.

마샤가 언제나 손가락 사이에 담배를 끼고 살듯이 헤르만은 항상 펜이나 연필을 쥐고 있어야 했다. 립스크의 그 건초 다락에서조차 지붕 틈새로 빛이 조금만 스며들면 늘 글을 쓰곤 했다. 당시 그는 글자 하나하나를 공들여 장식해 가며 서예 연습을 하고 있었다. 뾰족한 귀와 긴 부리와 동그란 눈을 가진 기이한 동물들을 그려 놓고 그 주위에 나팔과 뿔피리와 살무사 따위를 덧붙이기도 했다. 심지어는 꿈속에서도 글을 쓸 정도였다. 누르스름한 종이에 라시 체[51]로 이야기책과 신비로운 계시와 과학적 발견이 뒤섞인 내용을 써 내려갔던 것이다. 때로는 꿈속에서 글씨를 너무 많이 쓰다가 손목에 쥐가 나서 잠이 깨기도 했다.

헤르만의 방은 지붕 바로 밑이었기 때문에 여름에는 아침 해가 떠오르기 전의 이른 시각만 빼고 언제나 몹시 더웠다. 그리고 창문을 열어 놓으면 매연이 까맣게 날아들었다. 마샤가 시트와 베갯잇을 자주 갈아 주는데도 침구는 늘 더러워 보였다. 마룻바닥에는 구멍이 여러 개 있었는데, 밤마다 생쥐들이 그 밑에서 갉작거리는 소리가 들렸다. 마샤가 몇 번이나 덫을 놓았지만 헤르만은 덫에 걸린 짐승들이 괴로워하는 소리를 견디지 못했다. 그래서 결국 한밤중에 일어나 풀

---

[51] *Rashi script*. 히브리어의 반흘림.

어 주기 일쑤였다.

헤르만은 방에 들어가자마자 침대에 드러누웠다. 온몸이 쑤시고 아팠다. 그는 류머티즘과 좌골 신경통으로 고생하고 있었다. 때로는 척추 종양일지도 모른다는 생각이 들 정도였다. 그러나 그는 의사들을 좋아하지 않았고 신뢰하지도 않았다. 히틀러 주의가 판치던 시대를 겪어 낸 후 그는 늘 피로에 시달리고 있었다. 거기서 벗어날 수 있는 순간은 마샤와 사랑을 나눌 때뿐이었다. 식후에는 위통이 찾아왔다. 외풍이 조금만 들어와도 코가 꽉 막혀 버렸다. 목구멍이 아프고 목이 쉬는 일도 잦았다. 귓속에도 통증이 있었다. 종기일까, 종양일까? 그래도 열이 나는 일은 없어서 그나마 다행이었다.

벌써 밤이었지만 하늘은 아직 훤했다. 별 하나가 밝게 빛나고 있었다. 파란색인 듯 녹색인 듯, 가까이 있는 듯 멀리 있는 듯, 도대체 꿈인지 현실인지 알쏭달쏭했다. 그 별이 있는 높이에서 한 줄기 빛이 일직선으로 우주 공간을 가로질러 헤르만의 눈에 들어오고 있었다. 이 천체는 마치 살아 있는 생물처럼 반짝거리며 우주의 환희를 노래했다. 그리고 재주라고는 고통받는 것밖에 없는 인간들의 육체적, 정신적 왜소함을 비웃었다.

문이 열리고 마샤가 들어왔다. 황혼 속에서 그녀의 얼굴에 빛과 그림자가 어룽거렸다. 그녀의 눈동자가 스스로 빛을 발하는 듯했다. 그녀는 담배를 물고 있었다. 헤르만은 언젠가는 담배 때문에 불을 내고 말 거라고 몇 번이나 그녀를 타일렀다. 그러나 그때마다 마샤는 〈언젠가는 어차피 죽을 텐데요〉하고 대꾸할 뿐이었다. 지금 그녀는 문 앞에 서서 담배를 빨고 있었다. 담뱃불이 그녀의 얼굴을 붉게 물들여 순간적으로 몽환적인 분위기를 자아냈다. 그녀는 곧 의자에 놓인 책과 잡지를 치우고 그곳에 앉았다. 그리고 말했다. 「맙소사, 여긴 찜통이네요.」

그러나 마샤는 아무리 더워도 어머니가 깨어 있는 동안에는 옷을 벗으려고 하지 않았다. 체면치레에 불과할망정 거실 소파에 이부자리를 갖다 놓기도 했다.

마샤의 아버지 메이에르 블로흐는 불신자를 자처했지만 시프라 푸아는 여전히 독실한 신자였고 유대교 율법에 맞는 식단을 철저히 고수했다. 지성순간에 기도하러 갈 때는 가발까지 썼다. 안식일[52]에는 메이에르 블로흐에게 축성(祝聖) 의식을 거행하고 안식일 성가를 부를 것을 강요했다. 물론 식사가 끝나면 그는 곧바로 서재에 틀어박혀 히브리어로 시를 썼지만.

그런데 게토와 강제 수용소와 난민 수용소가 두 모녀의 생활을 흔들어 놓고 말았다. 전쟁이 끝난 후 시프라 푸아와 마샤가 함께 살았던 독일 수용소에서는 남녀가 공개적으로 성관계를 가졌다. 마샤가 레온 토르치네르와 결혼했을 때 시프라 푸아는 딸과 사위가 자는 방에서 칸막이 하나를 사이에 두고 함께 지내야 했다.

시프라 푸아는 육체와 마찬가지로 영혼도 너무 많이 두들겨 맞으면 더 이상 고통을 느낄 수 없게 된다고 말하곤 했다. 미국으로 건너온 후 그녀의 신앙심은 더욱더 깊어졌다. 하루 세 번씩 꼬박꼬박 기도를 드렸고 머리를 천으로 가리고 다닐 때도 많았다. 바르샤바에서도 지키지 않았던 의무를 스스로 짊어진 것이었다. 그녀는 마음속으로나마 아직도 가스실이나 고문실에서 죽어 간 사람들과 함께 살고 있었다. 파라핀

---

52 *Sabbath*. 〈사바트〉. 유대교의 안식일은 토요일이다. 정확히 말하자면 금요일 일몰부터 토요일 밤하늘에 별이 세 개 나타날 때까지.

을 채운 유리잔에 항상 불을 켜놓았는데, 그것은 친구들과 친척들을 위한 추도의 촛불이었다. 이디시어 신문에서도 게토와 강제 수용소의 생존자들에 대한 기사만 읽었다. 그리고 식비를 아껴 마이다네크, 트레블링카, 아우슈비츠 등에 대한 책들을 사 모았다.

다른 난민들은 세월이 가면 잊힌다고 말했지만 시프라 푸아와 마샤는 영원히 잊을 수 없었다. 잊기는커녕 대학살의 날들이 멀어질수록 오히려 기억은 점점 더 또렷해지는 것 같았다. 마샤는 어머니가 희생자들을 지나치게 애도한다고 비난했지만 막상 어머니가 입을 다물면 마샤가 그 역할을 떠맡았다. 그리고 독일인들의 만행에 대해 얘기할 때는 문 앞으로 달려가 메주자[53]에 침을 뱉곤 했다.

그때마다 시프라 푸아는 자신의 뺨을 꼬집었다. 「침을 뱉다니 그 무슨 불경스러운 짓이냐! 우린 이승에서 벌써 재앙을 겪었는데 저승에 가서도 그런 일을 당하겠구나!」 그러면서 하늘을 가리키는 것이었다.

마샤가 레온 토르치네르와 헤어진 것도, 그리고 이교도 여자의 남편인 헤르만 브로데르와 불륜 관계를 갖고 있는 것도 시프라 푸아에게는 1939년부터 시작되었던 참사의 연장선 위에 있었다. 그때 이후로 이렇게 어처구니없는 일들이 끊임없이 이어지고 있는 것이다. 그러나 그렇게 생각하면서도 시프라 푸아는 헤르만을 〈우리 헤르만〉이라고 부르며 허물없이 대했다. 유대교에 대한 그의 해박한 지식에 감탄했기 때문이었다.

그녀는 매일 하느님께 기도를 드릴 때마다 레온 토르치네

---

53 *mezuzah*. 유대인들이 하느님에 대한 의무를 늘 잊지 않으려고 성서의 구절(「신명기」 6:4~9, 11:13~21)을 적어 문설주에 걸어 두는 양피지 조각.

르가 마샤와 이혼해 주기를, 그리고 헤르만이 이교도 아내와 결별하기를, 그리하여 시프라 푸아 자신이 죽기 전에 딸을 데리고 결혼식장에 입장하는 기쁨을 누릴 수 있게 되기를 간절히 빌었다. 그러나 아무래도 그런 날이 오기는 힘들 것 같았다. 시프라 푸아는 그것을 자기 탓으로 돌렸다. 그녀 자신이 부모에게 반항했기 때문이고, 메이에르를 푸대접했기 때문이고, 마샤가 한창 자랄 나이에 충분히 관심을 기울이지 않아서 하느님에 대한 경외심을 심어 주지 못했기 때문이라고 생각했던 것이다. 그러나 그녀가 저지른 잘못 중에서도 가장 큰 잘못은 죄 없는 사람들이 그렇게 많이 죽었는데도 자기만 멀쩡하게 살아 있다는 사실이었다.

시프라 푸아는 부엌에서 설거지를 하며 혼자 중얼거리고 있었다. 마치 보이지 않는 누군가와 말다툼을 벌이고 있는 것 같았다. 그녀는 전등을 껐다가 다시 켰다. 그리고 잠자리에 들기 전에 암송해야 하는 기도문을 외웠고, 수면제 한 알을 먹었고, 탕파(湯婆)[54]에 물을 채웠다.

시프라 푸아는 심장, 간장, 신장, 그리고 폐에 문제가 있었다. 그래서 몇 달에 한 번씩 혼수상태에 빠지곤 했다. 의사들도 포기할 정도였지만 그녀는 매번 서서히 회복되었다. 마샤는 어머니에게 도움이 필요할 경우에 대비하여 늘 그녀의 일거수일투족에 귀를 곤두세웠다. 두 모녀는 서로 사랑하면서도 서로에게 무수히 많은 원한을 품고 있었다. 그들의 대립은 메이에르 블로흐가 아직 살아 있던 시절부터 시작되었다. 당시 그는 마샤의 선생이었던 어느 히브리어 여류 시인과 이른바 정신적 사랑을 나누고 있었다. 마샤는 두 사람의 관계가 히브리어 문법의 어떤 규칙에 대한 토론에서 비롯되었지

---

54 뜨거운 물을 넣어 몸을 덥히는 기구.

만 거기서 한 발짝도 나아가지 못했다고 농담 삼아 이야기하 곤 했다. 그러나 시프라 푸아는 메이에르의 이 가벼운 배신 행위조차도 결코 용서하지 않았던 것이다.

시프라 푸아의 방에는 이미 불이 꺼졌지만 마샤는 헤르만의 방에서 아직도 의자에 앉아 줄담배만 피우고 있었다. 헤르만은 그녀가 사랑의 유희를 위해 뭔가 색다른 이야기를 준비하고 있다는 것을 알았다. 마샤는 자신을 셰에라자드에 비유했다. 두 사람이 입맞춤이나 애무나 정열적인 정사를 나눌 때마다 그녀는 항상 자신의 게토 시절, 수용소 시절, 그리고 파괴된 폴란드 땅을 유랑하던 시절에 대한 이야기를 들려주었다. 그녀의 이야기 속에 빠짐없이 등장하는 것은 그녀를 따라다니던 남자들이었다. 지하 방공호에서, 숲속에서, 그리고 그녀가 간호사로 일하던 병원에서.

마샤는 이런 모험담을 몇백 개나 간직하고 있었다. 때로는 지어낸 이야기처럼 느껴지는 것도 있었지만 헤르만은 그녀가 결코 거짓말하지 않는다는 것을 알고 있었다. 가장 복잡한 이야기는 그녀가 해방 이후에 경험한 일들이었다. 그녀가 들려주는 모든 이야기의 교훈은 결국 하느님이 히틀러의 박해를 통하여 당신이 선택하신 민족을 발전시키려는 의도였다면 그것은 실패로 끝나 버렸다는 것이었다. 그 결과로 오히려 신앙심 깊은 유대인들만 사실상 전멸하고 말았다. 그리고 목숨을 건진 세속적인 유대인들도 몇몇 예외적인 경우 이외에는 그 모든 공포로부터 아무것도 배우지 못했다.

마샤는 고백과 자랑을 동시에 하고 있었다. 헤르만은 그녀에게 침대 위에서 담배를 피우지 말라고 타일렀지만 그녀는 아랑곳없이 키스를 하고 그의 얼굴에 동글동글한 담배 연기를 뿜어내곤 했다. 그녀의 담배에서 떨어진 불똥이 침대 시트에 내려앉았다. 그녀는 껌을 씹고 초콜릿을 와드득와드득 깨물어 먹고 코카콜라를 마셨다. 그리고 부엌에 가서 헤르만에게 음식을 갖다 주었다. 두 사람의 정사는 남자와 여자의 단순한 성행위로 그치지 않았고, 종종 새벽녘까지 계속되는 일종의 의식 같은 것이었다. 그때마다 헤르만은 샛별이 떠오를 때까지 이집트 탈출이라는 기적에 대해 이야기를 나눴다는 옛사람들을 연상하곤 했다.

마샤가 들려주는 극적인 사건들의 남녀 주인공들 중에는 이미 살해당했거나 각종 전염병으로 사망했거나 지금까지 소비에트 러시아에 갇혀 있는 사람도 많았다. 다른 이들은 캐나다, 이스라엘, 뉴욕 등지에 정착했다. 한번은 마샤가 케이크를 사려고 어느 빵집에 들어갔는데, 그 집의 제빵사는 예전에 카포[55]였던 자였다. 마샤가 출납원으로 일하는 트레몬트 애비뉴의 카페테리아에서도 종종 난민들이 그녀의 얼굴을 알아보곤 했다. 어떤 이들은 미국에서 공장이나 호텔이나 슈퍼마켓을 차려 부자가 되었다. 홀아비들은 아내를, 홀어미들은 남편을 새로 얻었다. 자식을 잃은 여자들 중에서 아직 한창나이인 여자들은 재혼하여 다른 자식들을 낳았다. 나치 독일에서 밀수꾼으로 활동하며 암거래 품목을 거래하던 남자들이 한때 나치의 딸이나 누이였던 독일 여자들과 결혼했다. 아무도 자신의 죄를 회개하지 않았다. 가해자도 피해자도. 가령 레온 토르치네르의 경우를 보라.

마샤는 레온 토르치네르와 그의 속임수에 대한 이야기라면 지칠 줄 모르고 떠들어 댔다. 그는 정말 다재다능한 사람

---

55 *Capo*. 강제 수용소에서 각종 특혜를 위해 나치의 앞잡이가 된 수감자들을 가리키는 용어.

이었다. 병적인 거짓말쟁이, 술고래, 허풍선이, 색광, 게다가 입고 있던 옷까지 내기에 걸 만큼 못 말리는 노름꾼이었다. 그는 마샤 모녀가 마지막 동전 한 닢까지 톡톡 털어 마련한 결혼 잔치에 자기 애인을 초대했다. 머리는 염색을 했고, 자격도 없는 주제에 박사를 사칭했고, 표절 시비로 비난을 받기도 했다. 그리고 동시에 수정주의 시온 당과 공산당 양쪽 모두의 당원이었다. 마샤의 법적인 별거 상태를 인정한 뉴욕 판사는 레온 토르치네르가 그녀에게 주당 15달러의 별거 수당을 지급해야 한다고 결정했지만 그는 지금껏 단돈 1센트도 내놓지 않았고, 오히려 그녀에게서 돈을 뜯어내기 위해 수단과 방법을 가리지 않았다. 그는 아직도 그녀에게 전화를 걸거나 편지를 보내서 자기 곁으로 돌아오라고 애원하고 있었다.

헤르만은 벌써 여러 차례에 걸쳐 마샤에게 밤늦도록 깨어 있지 말자고 부탁했고 그녀에게서 약속까지 받아 냈다. 둘 다 아침에 일어나 출근해야 하기 때문이었다. 그러나 마샤는 잠을 거의 안 자도 괜찮은 것 같았다. 몇 분쯤 꾸벅꾸벅 졸고 나면 금방 원기를 되찾았다. 그녀는 늘 악몽에 시달렸다. 잠든 상태에서 독일어, 러시아어, 폴란드어로 버럭버럭 고함을 지르곤 했다. 죽은 사람들이 꿈속에 자꾸 나타나는 것이었다. 그때마다 그녀는 손전등을 켜고 망자들이 자신의 팔이나 젖가슴이나 허벅지에 남겨 놓은 상처를 헤르만에게 보여 주었다. 그녀의 아버지가 꿈속에 나타나 저승에서 쓴 시를 읽어 주기도 했다. 그녀는 그중에서 기억에 남아 있던 한 연(聯)을 헤르만에게 암송하여 들려주었다.

마샤는 자신도 과거에 몇 번이나 연애를 했으면서 헤르만이 예전에 다른 여자들과 가졌던 관계에 대해서는 결코 용서

하지 못했다. 그 여자가 이미 세상을 떠나 버린 경우도 예외가 아니었다. 타마라를, 당신 아이들의 엄마였던 그녀를 한 번이라도 사랑한 적이 있었나요? 그녀의 몸매가 나보다 더 매력적이었나요? 그게 어떤 부분이죠? 그건 그렇고 로망스어[56]를 공부하던 그 여학생, 머리를 길게 땋아 내렸다던 그 여자는 어땠어요? 그리고 야드비가는? 당신 말대로 정말 불감증인가요? 만약 야드비가가 갑자기 죽어 버린다면, 가령 자살이라도 한다면 어떻게 될까요? 혹시 내가 죽는다면 얼마나 오랫동안 기억해 줄 거예요? 언제쯤 다른 여자를 구할 거죠? 제발 단 한 번이라도 솔직하게 말해 봐요!

헤르만은 이렇게 물었다. 「당신은 얼마나 기다릴 건데?」

「다시는 아무도 안 만날 거예요.」

「진심이야?」

「그래요, 이 악당! 맹세코 진심이라고요.」 그러더니 그에게 길고 정열적인 입맞춤을 하는 것이었다. 방 안이 갑자기 조용해져 마루 밑에서 쥐들이 갉작거리는 소리까지 들릴 정도였다.

마샤는 곡예사처럼 몸이 유연했다. 그녀는 헤르만에게 본인도 미처 깨닫지 못했던 욕망과 정력을 불러일으켰다. 마샤는 월경 중에도 일시적으로 출혈을 멈추게 하는 불가사의한 능력을 갖고 있었다. 마샤와 헤르만은 결코 변태가 아니었지만 둘 다 지칠 줄 모르고 온갖 색다른 성교 방법과 변태 행위에 대해 이야기하곤 했다. 마샤, 당신이라면 살인자 나치를 고문하면서 쾌감을 느낄 수 있겠어? 지구상에서 남자들이 모두 사라진다면 여자들과 사랑을 나눌 것 같아? 헤르만, 당

---

56 라틴어 계통의 근대어. 프랑스어, 이탈리아어, 스페인어, 포르투갈어, 루마니아어 등.

신은 동성애자가 될 수 있겠어요? 인간들이 전멸한다면 동물과 성교를 하겠어요? 마샤와 관계를 가지면서부터 헤르만은 카발라[57]에서 남성과 여성의 만남과 교합을 그토록 중요시하는 이유를 비로소 이해할 수 있었다.

헤르만은 새로운 철학에 대해, 혹은 더 나아가 새로운 종교에 대해 공상할 때마다 남녀 사이의 이끌림이 모든 것의 시작이라고 생각했다. 태초에 성욕이 있었다. 인간뿐만 아니라 신에게도 가장 기본적인 행동 원리는 바로 욕망이다. 중력, 빛, 자력(磁力), 사고력 등은 모두 동일한 보편적 갈망의 여러 양상에 불과한 것인지도 모른다. 그리고 고통, 공허, 어둠 같은 것들은 끝없이 고조되어 가는 우주적 오르가슴이 잠시 중단된 상태에 지나지 않으며…….

5

오늘은 마샤가 카페테리아에서 오전 근무만 하는 날이었다. 헤르만은 늦잠을 잤고, 눈을 떠보니 벌써 11시 15분 전이었다. 태양이 빛나고 있었다. 열어 놓은 창 너머에서 새들이 지저귀는 소리와 배달 트럭들이 덜컹거리며 지나가는 소리가 들려왔다. 다른 방에서는 시프라 푸아가 이디시어 신문을 읽다가 이따금씩 유대인들의 고난과 인류 전체의 잔인성 때문에 기나긴 한숨을 내쉬곤 했다. 헤르만은 화장실로 들어가 면도와 목욕을 했다. 그의 옷들은 대부분 코니아일랜드의 아파트에 있었지만 셔츠와 손수건과 속옷 몇 벌 정도는 이곳 브롱크스에도 마련해 둔 터였다. 시프라 푸아가 깨끗이 빨아

---

57 *Cabala*. 유대교의 신비 철학. 밀교(密敎).

다려 놓은 셔츠 한 벌이 준비되어 있었다. 그녀는 마치 장모 같은 태도로 헤르만을 대했다. 시프라 푸아는 헤르만이 옷을 입기도 전에 그를 위해 오믈렛을 만들고 있었다. 그리고 특별히 헤르만에게 주려고 사다 놓은 딸기도 있었다. 시프라 푸아와 함께 아침을 먹으면서 헤르만은 만족감과 당혹감을 동시에 느꼈다. 그녀는 정통파의 의식에 따라 물 주전자로 손을 씻으라고 요구했다. 마샤가 집에 없는 틈을 타 시프라 푸아는 헤르만에게 모자까지 건네주었다. 세수식(洗手式)을 하면서 기도문을 암송할 때, 그리고 나중에 감사 기도를 드릴 때 그 모자를 쓰라는 것이었다. 그녀는 식탁을 사이에 두고 헤르만과 마주 앉아 고개를 끄덕거리기도 하고 중얼거리기도 했다. 헤르만은 그녀가 지금 어떤 생각을 하고 있는지 알고 있었다. 수용소에서는 이런 진수성찬을 상상조차 할 수 없었다. 거기서는 사람들이 빵 한 조각이나 감자 한 개를 얻기 위해 기꺼이 목숨을 걸 정도였다. 시프라 푸아가 마치 성물(聖物)이라도 만지듯이 경건하게 빵 한 조각을 집어 들었다. 그리고 조심스럽게 한 입 물어뜯었다. 그녀의 검은 눈동자 속에 죄의식이 깃들어 있었다. 그토록 많은 독실한 유대인들이 굶주림으로 죽어 갔는데 나 혼자 이렇게 하느님이 주신 음식을 맛있게 먹어도 되는 것일까? 시프라 푸아는 종종 자기가 살아남은 것도 그동안 지은 죄가 많기 때문이라고 주장했다. 축복받은 영혼들, 즉 독실한 유대인들은 하느님이 모두 당신 곁으로 데려가셨다는 것이다.

「깨끗이 먹어 치우게, 헤르만. 아무것도 남기지 말고.」

「감사합니다. 오믈렛이 정말 맛있네요.」

「맛없을 리가 있나? 싱싱한 계란에다 싱싱한 버터로 만들었는데. 미국 — 부디 길이길이 번성하기를 — 엔 좋은 물건들이 그득하단 말이야. 공연히 죄를 지어 다 잃어버리는 일이 없기를 바랄 뿐이지. 잠깐, 내가 가서 커피를 가져오겠네.」

시프라 푸아는 부엌에서 커피를 따르다가 유리잔 한 개를 깨뜨렸다. 걸핏하면 그릇을 깨는 것이 그녀의 단점이었다. 그것 때문에 마샤가 자주 나무라기도 했고 시프라 푸아 자신도 그 문제를 부끄럽게 여겼다. 그녀는 시력이 좋지 않았다. 시프라 푸아는 헤르만에게, 예전에는 좀처럼 물건을 깨뜨리지 않았는데 수용소를 전전하면서 신경에 이상이 생겼다고 말했다. 그녀가 얼마나 심한 고통을 겪고 있는지, 얼마나 악몽에 시달리고 있는지는 하늘에 계신 하느님만 아실 거라고도 했다. 그녀처럼 그 모든 일을 기억하고 있는 사람이 어떻게 죽지 않고 살아 있을까? 오늘 일만 하더라도 방금 스토브 앞에 서 있을 때 문득 젊은 유대인 처녀가 벌거벗은 채 똥구덩이에 걸쳐 놓은 통나무 위에 서서 아슬아슬하게 균형을 잡고 있던 장면이 떠올랐다는 것이었다. 그녀 주위에는 독일인, 우크라이나인, 리투아니아인 등이 빙 둘러서서 그녀가 얼마나 오래 버틸 수 있을지 내기를 하고 있었다. 그들은 그녀에게, 그리고 다른 유대인들에게 큰 소리로 욕설을 퍼부었다. 반쯤 취해 있던 그들은 이 열여덟 살의 미녀가, 여러 랍비들과 존경받는 유대인들의 후손인 그녀가 결국 미끄러져 똥구덩이에 빠져 버릴 때까지 흥미진진하게 지켜보았다.

시프라 푸아는 헤르만에게 이런 일화들을 무수히 들려주었다. 바로 그 기억 때문에 유리잔을 떨어뜨렸던 것이다. 헤르만은 그녀를 도와 유리 조각을 주워 모으려 했지만 그녀가 딱 잘라 거절했다. 잘못하면 손을 다칠 수도 있으니까. 그녀는 빗자루와 쓰레받기로 유리 조각을 쓸어 모은 후 헤르만에게 커피를 갖다 주었다. 그는 종종 그녀가 만지는 것은 무엇이든지 신성해지는 것 같다는 느낌을 받곤 했다. 헤르만은 커피와 함께 시프라 푸아가 특별히 그에게 주려고 구워 놓은 케이크 한 조각을 먹었다(그녀는 의사로부터 식단을 철저히 지키라는 엄명을 받았다고 했다). 헤르만은 아주 오래되고 익숙해서 더 이상 말로 표현할 수 없는 여러 가지 생각에 빠져 들었다.

헤르만은 출근하지 않아도 되는 날이었다. 마샤의 일이 정오에 끝나기 때문에 헤르만은 카페테리아로 그녀를 만나러 갔다. 그녀는 이번 여름에 첫 휴가를 얻을 예정이었다. 기간은 일주일이었다. 마샤는 헤르만과 함께 어딘가로 떠나고 싶어 했다. 그런데 어디로 가야 할까? 헤르만은 트레몬트 애비뉴를 따라 카페테리아 쪽으로 걸어갔다. 그러면서 잡화, 여성복, 문구 등을 파는 가게를 차례로 지나갔다. 남녀 점원들이 의자에 앉아 손님을 기다리는 풍경은 치프케프와 다를 바 없었다. 곳곳에 체인점이 들어서는 바람에 소규모 상점들은 망해 버리는 일이 많았다. 문짝에 〈점포 임대〉라는 팻말을 내건 상점이 여기저기서 눈에 띄었다. 자신의 운을 시험해 보고 싶어 하는 사람은 언제나 있기 마련이니까.

헤르만은 회전문을 통해 카페테리아 안으로 들어가 마샤를 보았다. 메이에르 블로흐와 시프라 푸아의 딸이 그곳에 서서 수표를 받거나 돈을 세거나 껌과 담배 따위를 팔고 있었다. 그녀가 헤르만을 발견하고 미소를 지었다. 카페테리아에 걸린 시계를 보니 마샤의 근무 시간이 아직 20분쯤 남아 있었고, 그래서 헤르만은 한 테이블에 가서 앉았다. 그는 벽바로 옆에 있는 테이블이나, 혹은 가능하다면 두 개의 벽 사이에 놓인 구석 테이블을 좋아했다. 그래야 등 뒤에서 누가 접근하는 일이 없기 때문이다. 조금 전에 배불리 먹고 나온 터였지만 그는 곧 카운터에 가서 커피 한 잔과 쌀 푸딩을 주문했다. 그는 아무리 먹어도 살이 찌지 않았다. 마치 가슴속에 타오르는 불길이 모든 것을 태워 버리는 듯했다. 그는 먼 발치에서 마샤를 지켜보았다. 이곳은 유리창으로 들어오는 햇빛이 훤한데도 전등을 켜놓고 있었다. 근처의 몇몇 테이블에 앉은 남자들이 공공연히 이디시어 신문을 읽고 있었다. 그들은 어느 누구에게도 그 사실을 감출 이유가 없었다. 그런 모습을 볼 때마다 헤르만은 기적 같은 일이라고 생각했다. 그리고 이런 의문을 떠올렸다. 〈이런 상태가 얼마나 오래 계속될 수 있을까?〉

손님 한 명은 공산당 기관지를 읽고 있었다. 아마 미국에 대한 불만을 가진 사람일 테고, 그래서 곧 혁명이 일어나기를, 군중이 거리로 몰려나와 헤르만이 방금 지나온 그 상점들의 유리창을 때려 부수고 점원들을 감옥이나 강제 노동 수용소로 끌고 가기를 바라고 있을 것이다.

헤르만은 혼자 조용히 앉아서 자신의 복잡한 처지에 골몰했다. 그는 벌써 사흘째 브롱크스에 머물고 있었다. 야드비가에게는 전화를 걸어 필라델피아에서 다시 볼티모어로 갈 수밖에 없었다고 둘러대면서 오늘 밤에 돌아가겠다고 약속했다. 그러나 과연 마샤가 보내 줄는지는 확신할 수 없는 일이었다. 두 사람은 오늘 함께 영화를 보러 가기로 한 터였다. 그녀는 온갖 방법을 총동원하여 헤르만을 잡아 두려고 하면서 자꾸 그를 난처하게 만들었다. 야드비가를 향한 그녀의 증오심은 거의 제정신이 아니라고 할 정도였다. 가령 헤르만의 옷에 얼룩이 묻어 있거나 외투의 단추가 떨어져 있기라도 하면 마샤는 야드비가가 그에게 너무 무관심하다고 비난했다. 그리고 야드비가가 헤르만과 함께 살고 있는 것은 오로지 그가 먹여 살리기 때문이라는 것이었다. 헤르만이 보기에는 그런 마샤야말로 쇼펜하우어의 명제를 뒷받침하는 가장 확실한 증거 사례였다. 역시 지능은 맹목적 의지의 노예에 불과하다.

마샤가 금전 등록기 앞에서의 일을 끝마쳤다. 그녀는 교대하러 온 출납원에게 현금과 수표를 넘겨주고 자신의 점심을 쟁반에 담아 헤르만의 테이블로 건너왔다. 마샤는 간밤에 잠을 거의 자지 않았고 아침 일찍 일어났는데도 피곤한 기색이 전혀 없었다. 평소처럼 입에는 담배를 물고 있었고, 벌써 커피를 꽤 여러 잔 마신 터였다. 그녀는 자극적인 음식을 좋아했다. 사워크라우트,[58] 딜 피클, 겨자 등등. 그녀는 자기가 먹는 모든 음식에 소금과 후추를 뿌렸고 커피는 설탕도 없이 블랙으로 마셨다. 그녀가 커피 한 모금을 마시더니 담배를 깊숙이 빨았다. 음식은 반의반만 먹고 나머지는 고스란히 남겼다.

마샤가 물었다. 「그래, 우리 엄마는 좀 어때요?」

「별일 없으셔.」

「그래요? 내일 병원에 모시고 가야 하는데요.」

「당신 휴가는 언제야?」

「아직 몰라요. 자, 여기서 나가죠! 당신이 동물원에 데려간다고 했잖아요.」

마샤와 헤르만은 둘 다 몇 킬로미터든 끄떡없이 걸을 수 있었다. 마샤는 가게 진열창 앞에서 자주 걸음을 멈추었다. 그녀는 미국의 사치 풍조를 경멸했지만 저렴한 판매품에 대해서는 각별한 관심을 보였다. 폐업을 앞둔 상점에서는 크게

---

58 *sauerkraut*. 잘게 썬 양배추에 소금을 뿌려 발효시킨 음식.

할인된 가격으로 물건을 팔았는데, 때로는 반값 이하인 경우도 있었다. 마샤는 단돈 몇 센트로 자투리 천을 사다가 자신과 어머니의 옷을 만들곤 했다. 침대 커버나 커튼이나 가구 덮개 따위를 만들기도 했다. 그러나 그녀를 찾아오는 사람은 아무도 없었고 그녀 역시 아무도 만나러 나가지 않았다. 마샤는 난민 친구들도 멀리하고 있었다. 첫째는 그들과 친하게 지내는 레온 토르치네르를 피하기 위해서였고, 둘째는 헤르만과의 관계 때문이었다. 코니아일랜드에서 헤르만을 본 적이 있는 사람과 마주치게 될지도 모르니까.

두 사람은 식물원에 들러 온실의 인공적인 환경 속에서 자라는 꽃과 야자수와 선인장 등등 무수히 많은 식물들을 구경했다. 헤르만은 유대 민족도 온실 식물과 같다는 생각을 했다. 유대인들은 메시아에 대한 믿음, 미래의 정의 실현에 대한 희망, 그리고 성서의 약속 등을 자양분 삼아 낯선 환경에서도 잘 살아가기 때문이다. 성서는 유대인들에게 끊임없이 최면을 건다.

얼마 후 헤르만과 마샤는 브롱크스 동물원으로 걸음을 옮겼다. 이 동물원의 명성은 두 사람이 바르샤바에 있을 때부터 익히 들은 터였다. 풀장 옆에서 북극곰 두 마리가 머리 위의 선반이 드리우는 그늘 속에 누워 꾸벅꾸벅 졸고 있었다. 아마 눈과 빙하를 꿈꾸고 있을 것이다. 모든 길짐승과 날짐승은 낱말 없는 언어를 통하여 무엇인가를 전하고 있었다. 그것은 선사 시대부터 대물림된 어떤 이야기였고, 그 이야기는 지금도 계속되는 창조의 양상들을 드러내는 동시에 감추고 있었다. 사자도 자고 있었는데, 이따금씩 나른한 눈을 뜨고 그 막강한 꼬리로 파리를 쫓았다. 그의 황금빛 눈동자는 스스로 죽을 수도 없고 살 수도 없는 자의 절망을 보여 주고 있었다. 이리는 미친 듯이 이리저리 서성거렸다. 호랑이는 누울 곳을 찾으려고 땅바닥을 쿵쿵거리고 있었다. 낙타 두 마리가 마치 동양의 왕자들처럼 위풍당당한 모습으로 미동도 없이 우뚝 서 있었다. 헤르만은 종종 동물원을 강제 수용소에 비유했다. 유대인들처럼 이 동물들도 세계 각지에서 이곳으로 끌려와 끝없는 고독과 권태에 시달리고 있었다. 더러는 슬픔에 겨워 외마디 소리를 질렀고, 더러는 묵묵히 침묵을 지켰다. 앵무새들이 목쉰 소리로 끽끽거리며 자기들의 권리를 요구했다. 바나나 모양의 부리를 가진 어떤 새는 마치 자신을 이런 상황으로 몰아넣은 범인을 찾으려는 듯 좌우를 두리번거리고 있었다. 범인은 우연일까? 진화론일까? 아니, 틀림없이 계획적인 일이었다. 그게 아니라면 적어도 의식을 가진 어떤 신의 장난이 분명했다. 헤르만은 천국에도 나치들이 있을 거라고 했던 마샤의 말을 떠올렸다. 혹시 히틀러 같은 자가 높은 자리에 앉아서 수감된 영혼들을 괴롭히고 있는 건 아닐까? 그는 나치들에게 피와 살과 이빨과 발톱과 뿔과 분노를 주었다. 그래서 나치들은 악행을 저지르거나 멸망하거나 둘 중의 하나를 선택할 수밖에 없었다.

마샤가 담배꽁초를 내던졌다. 「지금 무슨 생각을 하는 거죠? 닭이 먼저냐, 알이 먼저냐? 자, 그만하고 아이스크림이나 사줘요.」

제3장

1

 헤르만은 야드비가와 함께 이틀을 보냈다. 그는 마샤와 함께 일주일간의 휴가를 보낼 예정이었으므로 용의주도하게 미리부터 야드비가에게 이번엔 멀리 시카고까지 가야 한다고 말해 두었다. 그리고 사전에 보상을 해주기 위해 그녀를 데리고 당일치기 나들이를 했다. 그들은 아침을 먹자마자 해변 산책로로 나갔고, 그곳에서 그는 회전목마 탑승권을 샀다. 헤르만이 야드비가를 사자 등에 태워 주었을 때 그녀는 비명에 가까운 소리를 질렀다. 헤르만은 호랑이를 탔다. 그녀는 한 손으로 사자 갈기를 붙잡았고 다른 손으로는 아이스크림콘을 쥐고 있었다. 그다음엔 회전 관람차를 탔는데, 두 사람이 앉아 있는 작은 캡슐이 앞뒤로 마구 흔들거렸다. 야드비가는 헤르만에게 죽자 살자 매달리며 두려움과 즐거움에 겨워 깔깔거렸다. 크니시[59]와 순대와 커피로 점심을 먹은 후 그들은 시프스헤드 만(灣)까지 걸어가서 브리지포인

---

[59] *knish*. 감자, 쇠고기 등을 밀가루 반죽으로 싸서 튀기거나 구운 유대 요리.

트로 건너가는 배를 탔다. 야드비가는 멀미가 날까 봐 걱정했지만 바다는 잔잔하기만 했다. 물빛은 녹색과 황금색이 섞여 있었고 파도의 움직임은 거의 없었다. 야드비가는 산들바람에 자꾸 헝클어지는 머리를 뒤로 넘겨 머릿수건으로 묶었다. 배가 닿은 부두에는 음악이 흐르고 있었다. 야드비가는 레모네이드를 마셨다. 저물녘에 생선으로 저녁 식사를 마친 후 헤르만은 야드비가를 데리고 영화를 보러 갔다. 춤과 노래와 아름다운 여자들과 화려한 궁전이 나오는 뮤지컬이었다. 야드비가가 내용을 이해할 수 있도록 헤르만이 통역을 해주었다. 야드비가는 헤르만에게 바싹 붙어 앉아 그의 손을 잡고 있다가 이따금씩 그 손을 자신의 입술에 갖다 대곤 했다. 그리고 이렇게 속삭였다.「너무너무 행복해요……. 난 복 많은 여자예요. 당신은 하느님이 보내 주신 사람이에요!」

그날 밤, 야드비가는 몇 시간쯤 눈을 붙인 후 욕망에 사로잡혀 깨어났다. 전에도 여러 번 그랬듯이 그녀는 제발 아기를 낳게 해달라고, 그리고 유대교로 개종할 수 있게 도와 달라고 졸랐다. 헤르만은 그녀의 부탁을 모두 승낙했다.

아침이 밝았을 때 마샤의 전화가 걸려 왔다. 그녀를 대신하기로 했던 출납원이 앓아눕는 바람에 휴가가 며칠 연기되었다는 것이었다. 그래서 헤르만은 야드비가에게, 책을 많이 팔 수 있을 거라고 기대하고 있던 시카고 출장을 일단 보류하고 우선 가까운 트렌턴부터 다녀오겠다고 말했다. 그는 23번가에 있는 랍비의 사무실에 잠시 들렀다가 마샤의 집으로 가는 지하철을 탔다. 이제 마음이 흡족해야 마땅한데도 그는 왠지 재앙이 닥쳐올 것만 같은 불길한 예감에 시달리고 있었다. 도대체 어떤 재앙일까? 혹시 내가 병에 걸리는 것일까? 있어서는 안 될 일이지만 혹시 마샤나 야드비가가 불행한 일을 당하는 것일까? 혹시 내가 세금을 안 냈다는 이유로 체포되거나 추방되는 것은 아닐까? 물론 세금을 낼 만큼 돈을 많이 벌지 못하는 것도 사실이지만 어쨌든 서류는 작성해야 했는지도 모른다. 연방 정부나 주 정부에 내야 할 돈이 몇 달러쯤 있었는지도 모른다. 헤르만은 치프케프에서 알고 지냈던 조국 동포 몇 명이 그가 미국에 산다는 사실을 알고 연락을 취하려 한다는 것을 알면서도 일부러 피하고 있었다. 사람들과의 접촉은 항상 위험을 내포하고 있기 때문이다. 심지어는 미국 어딘가에 먼 친척들이 있다는 것을 뻔히 알면서도 그들이 사는 곳이 어디냐고 묻지도 않았고 알고 싶어 하지도 않았다.

헤르만은 그날 밤을 마샤와 함께 보냈다. 두 사람은 싸우고 화해하고 다시 싸웠다. 언제나 그렇듯이 그들의 대화 속에는 영원히 지켜지지 않으리라는 것을 둘 다 알고 있는 약속들, 영원히 실현될 수 없는 쾌락에 대한 공상들, 그리고 서로의 흥분을 고조시키기 위해서 내뱉는 온갖 질문들이 가득했다. 마샤는 여러 가지 의문을 제기했다. 만일 나한테 여동생이 있었다면 당신이 그 애와 동침하는 걸 내가 허락했을까요? 만일 당신에게 남동생이 있었다면 나도 기꺼이 두 사람 모두와 동침하려고 했을까요? 만일 우리 아빠가 아직 살아 계시고 나한테 근친상간의 욕정을 느끼신다면 그때는 어떻게 해야 할까요? 만일 내가 레온 토르치네르에게 돌아가거나 돈 때문에 어느 돈 많은 남자와 결혼해 버린다면, 당신은 그래도 변함없이 나를 가지고 싶어 할까요? 만일 우리 엄마가 돌아가신다면 내가 당신과 야드비가가 사는 집으로 들어가야 할까요? 만일 당신이 발기 부전 상태가 된다면 나는 당신과 헤어지려고 할까요? 두 사람의 대화는 죽음의 문제로 귀결되는 경우가 많았다. 그들은 둘 다 자기가 요절할 것이라고 믿었다. 마샤는 공동묘지에 두 사람이 함께 묻힐 수 있는 묏자리를 마련해 두라고 몇 번이나 헤르만을 다그쳤다. 그리고 쾌감에 휩싸였을 때 마샤는 죽은 뒤에도 무덤 속에서 헤르만과 사랑을 나누겠다고 다짐했다. 그건 당연한 일이잖아요?

마샤는 아침 일찍 카페테리아로 출근해야 했고 헤르만은 그대로 침대에 누워 있었다. 여느 때처럼 이번에도 랍비 램퍼트에게 해줄 일이 늦어지고 있었다. 헤르만은 약속한 원고를 빨리 끝내기로 마음먹었다. 랍비가 전화를 가설해 주겠다고 했을 때 엉뚱한 주소를 불러 주었지만 랍비는 이미 그 일을 까맣게 잊어버린 모양이었다. 자기 일로 너무 바빠서 기억을 못 하는 것이 천만다행이 아닐 수 없었다. 랍비는 열심히 메모를 해두었지만 그 내용을 다시 들춰 보는 일은 좀처럼 없었다. 옛 철학자나 사상가들 가운데 어느 누구도 이런 시대가 올 것임을 미리 내다보지 못했다. 허둥지둥하는 시대. 서둘러 일하고, 서둘러 먹고, 서둘러 말하고, 심지어는 죽는 것까지 서두른다. 어쩌면 그렇게 급히 재촉하는 것이 하느님의 한 속성인지도 모른다. 전기와 자기의 신속한 흐름, 그리고 은하계들이 우주의 중심으로부터 점점 멀어져 가는 속도를 기준으로 판단한다면 하느님은 성미가 급한 분이라고 보아도 무리가 없을 것이다. 하느님은 천사 메타트론[60]을 다그치고, 메타트론은 천사 산달폰[61]을 닦아세우고, 그 다음엔 세라핌, 케루빔, 오파님, 에렐림[62]의 순서로 차례차례 이어지고,

---

60 Metatron. 유대교 신화 및 전설에 나오는 가장 높은 천사. 기독교의 천사장 미카엘과 동일시되기도 한다.
61 Sandalphon. 유대교와 초기 기독교의 천사장.

결국 분자와 원자와 전자들도 미친 듯이 바쁘게 움직인다. 시간 그 자체도 시간에 쫓기면서 무한한 공간과 끝없는 차원 속에서 맡은 바 임무를 수행하고 있다.

헤르만은 다시 잠들었다. 꿈에서마저 허둥지둥 서두르다가 서로 뒤엉켜 뭐가 뭔지 분간할 수도 없었고 논리적으로 이해할 수도 없었다. 꿈속에서 그는 마샤와 정사를 나누고 있었는데, 그녀의 상반신이 하반신에서 떨어져 나오더니 거울 앞에 서서 그를 꾸짖으며 반쪽만 남은 여자와 성교를 한다고 비난하는 것이었다. 헤르만은 눈을 떴다. 10시 15분이었다. 옆방에서 시프라 푸아가 아침 기도를 드리고 있었다. 한 음절씩 느릿느릿 발음하면서. 헤르만은 옷을 입고 부엌으로 들어갔다. 언제나처럼 시프라 푸아가 아침 식사를 차려 놓았는데, 식탁 위에 이디시어 신문이 놓여 있었다.

헤르만은 커피를 마시며 신문을 뒤적거렸다. 그러다가 문득 자신의 이름을 보게 되었다. 심인(尋人) 광고란이었다. 〈치프케프에서 오신 헤르만 브로데르 씨, 레브 아브라함 니센 야로슬라베르에게 연락 바람.〉 그리고 이스트 브로드웨이의 주소와 전화번호가 적혀 있었다. 헤르만의 몸이 뻣뻣하게 굳어 버렸다. 그가 이 광고를 보게 된 것은 순전히 우연이었다. 평소에는 1면의 헤드라인을 대충 훑어보는 정도가 고작이었기 때문이다. 레브 아브라함 니센 야로슬라베르는 헤르만이 아는 사람이었다. 그는 헤르만의 죽은 아내 타마라의 외삼촌이었고, 학자였고, 알렉산드로베르 하시드[63]였다. 헤르만이 미국에 처음 도착했을 때 그를 찾아간 적이 있었고 나중에

---

62 Seraphim, Cherubim, Ophanim, Erelim. 각각 품계가 다른 천사들.
63 *Hasid*. 유대교의 경건주의 운동 〈하시디즘〉을 신봉하는 사람. 복수는 하시딤*Hasidim*.

다시 들르겠다는 약속도 했었다. 조카딸은 이미 이 세상 사람이 아니었지만 레브 아브라함 니센은 기꺼이 헤르만을 도와주고 싶어 했다. 그러나 정작 헤르만 자신은 이교도 여자와 재혼했다는 사실을 알리기 싫어 일부러 그를 피했다. 그런데 지금 레브 아브라함 니센이 헤르만을 찾으려고 신문에 광고까지 낸 것이다!

헤르만은 궁금하기 짝이 없었다. 〈이건 또 무슨 일일까?〉 그는 치프케프의 동포들과 관련이 있는 이 사람이 두려웠다. 그래서 그냥 못 본 체하기로 마음먹었다. 그러나 그 뒤에도 한참 동안 그 광고문을 물끄러미 들여다보고 있었다. 그때 전화벨이 울렸다. 시프라 푸아가 받았다. 「헤르만, 자네 전화일세. 마샤야.」

마샤는 한 시간 더 근무하게 되었다면서 4시에 만나자고 했다. 두 사람이 통화 중일 때 시프라 푸아가 신문을 집어 들더니 헤르만의 이름을 발견하고 놀란 표정으로 그를 돌아보며 손가락으로 신문을 가리켰다. 헤르만이 전화를 끊자마자 시프라 푸아가 말했다. 「신문에 자넬 찾는다는 광고가 실렸어.」

「네, 저도 봤습니다.」

「연락해 보게. 전화번호도 있으니까. 그런데 누구지?」

「그걸 어떻게 알겠어요? 아마 조국에서 건너온 사람이겠죠.」

「어서 연락해 봐. 신문에 광고를 낼 정도면 아마 중요한 일일 테니까.」

「제겐 그렇지도 않습니다.」

그러자 시프라 푸아가 눈썹을 추켜올렸다. 헤르만은 식탁에 그냥 앉아 있었다. 그리고 얼마 후 광고를 찢어 냈다. 그는 신문지 조각을 뒤집어 시프라 푸아에게 뒷면을 보여 주었다. 그곳에도 광고가 실려 있을 뿐, 그녀가 읽어 볼 만한 기사를 찢어 버린 게 아니라는 사실을 확인시켜 주기 위해서였다. 그리고 이렇게 말했다. 「그 사람들은 저를 향우회(鄕友會) 모임에 끌어들이고 싶어 해요. 하지만 저는 그럴 시간도 없고 그러고 싶지도 않아요.」

「혹시 자네 친척이 나타났는지도 모르잖아.」

「이젠 아무도 안 남았는걸요.」

「요즘 누가 사람을 찾는다고 하면 십중팔구 사소한 일이 아닌 거라고.」

아까까지만 하더라도 헤르만은 곧 자기 방으로 돌아가서 몇 시간 동안 일을 할 생각이었다. 그러나 지금은 마음이 바뀌어 시프라 푸아에게 인사를 하고 밖으로 나와 버렸다. 그는 트레몬트 애비뉴 쪽으로 천천히 걸어갔다. 공원에 가서 벤치에 앉아 원고를 훑어볼 생각이었다. 그런데 자기도 모르게 발길이 전화 부스로 향하는 것이었다. 마음이 무거웠다. 지난 며칠 동안 줄곧 꺼림칙하던 그 예감이 바로 이 광고 때문이었을 거라는 생각이 들었다. 텔레파시, 투시력, 뭐라고 부르든 간에 그런 현상은 분명히 존재한다.

그는 트레몬트 애비뉴로 접어든 후 어느 약국에 들어갔다. 그리고 신문에 적힌 번호로 다이얼을 돌렸다. 그러면서 생각했다. 〈이건 말썽을 자초하는 짓이야.〉 신호가 가는 소리를 들을 수 있었지만 아무도 전화를 받지 않았다.

그는 이런 생각을 했다. 〈그래, 차라리 잘된 거야. 다시는 연락하지 말아야지.〉

바로 그 순간 레브 아브라함 니센의 목소리가 들려왔다. 「누구시죠? 여보세요?」 늙고 목쉰 음성이었다. 그리고 헤르만은 이 사람과 딱 한 번 이야기를 나눴을 뿐이고 전화 통화는 이번이 처음인데도 목소리가 귀에 익었다.

헤르만은 헛기침을 했다. 「헤르만입니다. 헤르만 브로데르예요.」

그러자 침묵이 흘렀다. 레브 아브라함 니센도 좀 놀란 것 같았다. 그러나 곧 평정을 되찾은 모양이다. 그의 목소리가 더 크고 또렷해졌다. 「헤르만? 신문에서 광고를 본 건가? 자네한테 알려 줄 소식이 있네. 놀라지 말게. 나쁜 소식은 아니니까. 오히려 그 반대야. 걱정하지 말라고.」

「무슨 일입니까?」

「타마르 라헬에 대한 소식일세. 타마라 말이야. 그 애가 살아 있어.」

헤르만은 대답하지 않았다. 그런 말을 들었는데도 생각보다 충격이 덜한 것으로 미루어 이런 일이 있을지도 모른다는 상념이 마음 한구석에 남아 있었던 것이 분명했다. 이윽고 그는 이렇게 물었다. 「그럼 아이들은요?」

「아이들은 죽었다네.」

헤르만은 한참 동안 아무 말도 하지 않았다. 유별난 운명의 장난을 경험한 그로서는 더 이상 놀랄 일도 없었다. 그는 자기도 모르게 이렇게 말하고 있었다. 「어떻게 그럴 수가 있습니까? 타마라가 총살당하는 장면을 목격한 사람도 있는데....... 이름이 뭐였더라? 얼른 생각이 안 나는군요.」

「그래, 총에 맞은 건 사실일세. 그런데 안 죽은 거지. 그리고 탈출해서 어느 친절한 이교도의 집으로 간 거야. 거기서 나중에 러시아로 건너갔고.」

「지금은 어디 있습니까?」

「우리 집에.」

두 사람 사이에는 다시 긴 침묵이 흘렀다. 이윽고 헤르만이 물었다. 「언제 도착한 거죠?」

「지난 금요일부터 쭉 여기서 지냈다네. 느닷없이 노크를 하고 불쑥 나타나더군. 그때부터 자넬 찾으려고 온 뉴욕을 샅샅이 뒤졌어. 잠깐 기다려 보게. 그 애한테 전화 받으라고 할 테니까.」

「아뇨, 제가 당장 그리로 가죠.」

「뭐? 글쎄……」

헤르만은 다시 말했다. 「지금 가겠습니다.」 그러면서 전화를 끊으려고 했지만 수화기가 손에서 미끄러지면서 전화선에 매달려 대롱거렸다. 수화기 속에서 레브 아브라함 니센이 아직도 계속 말하고 있는 것 같았다. 헤르만은 전화 부스의 문을 열었다. 그리고 맞은편에 있는 카운터를 멍하니 바라보았다. 한 여자가 걸상에 앉아 빨대로 음료수를 마셨고, 한 남자가 그녀에게 쿠키를 갖다 주었다. 여자는 남자에게 꼬리를 치고 있었다. 그러나 연지를 바른 얼굴에 주름살이 자글자글한 그녀의 애원하는 듯한 미소는 이제 당당히 요구하기보다 구걸하는 신세가 되어 버린 처량한 모습이었다. 헤르만은 수화기를 제자리에 걸어 놓고 부스를 나와 문 쪽으로 걸어갔다.

마샤는 종종 〈목석같은 사람〉이라고 헤르만을 책망했는데, 적어도 이 순간만큼은 헤르만도 그 말을 인정할 수밖에 없었다. 지금 그는 모든 감정을 억누르고 냉정하게 계산에 몰두해 있었다. 4시에 마샤를 만나기로 했다. 야드비가에게는 오늘 밤에 들어간다고 약속했다. 게다가 랍비에게 줄 원고도 아직 완성하지 못했다. 헤르만이 약국 문간에 우두커니 서 있었기 때문에 드나드는 손님들과 자꾸 부딪히곤 했다. 그는 경이감에 대한 스피노자의 정의를 떠올렸다. 〈이는 어떤 사물에 대한 심상이 여타의 사물과 전혀 무관한 까닭에

정신의 활동이 정지된 상태이며……〉

헤르만은 다시 걷기 시작했다. 그러나 카페테리아가 어느 쪽인지조차 기억이 나지 않았다. 그는 우체통 앞에 멈춰 섰다.

그리고 소리 내어 말했다. 「타마라가 살아 있었다니!」 그 히스테릭한 여자는 언제나 그를 괴롭히기만 했는데, 그래서 전쟁이 터질 무렵엔 이혼할 결심까지 했었는데, 그녀가 죽은 자들의 세계에서 돌아온 것이다. 그는 차라리 웃어 버리고 싶었다. 이 초자연적 익살꾼이 드디어 나에게 치명적인 장난을 치는구나.

헤르만은 촌각이 아까운 상황이라는 것을 알면서도 도저히 움직일 수가 없었다. 그는 우체통에 몸을 기댔다. 한 여자가 우체통에 편지를 넣으면서 수상쩍다는 듯이 그를 처다보았다. 차라리 도망쳐 버릴까? 어디로? 누구와? 마샤는 어머니를 두고 떠날 수 없다. 게다가 수중에 돈도 없다. 어제 10달러짜리 지폐를 잔돈으로 바꿨는데, 랍비가 다시 수표를 줄 때까지는 4달러와 동전 몇 개로 버텨야 한다. 그리고 마샤에겐 뭐라고 말해야 한단 말인가? 보나 마나 시프라 푸아가 마샤에게 그 신문 광고에 대해 말해 버릴 텐데.

그는 손목시계를 골똘히 들여다보았다. 작은 바늘은 〈11〉을 가리켰고 큰 바늘은 〈3〉을 가리키고 있었다. 그러나 그것이 무엇을 의미하는지 파악할 수가 없었다. 헤르만은 시간을 확인하기 위해서는 적잖은 정신적 노력이 필요하다는 듯이 시계 문자판을 열심히 노려보았다.

〈옷이나 좀 좋은 걸로 입고 올 것을!〉 헤르만이 이렇게 난민들의 공통적인 소망을 품게 된 것은 이번이 처음이었다. 그것은 미국에서 웬만큼 성공을 거뒀다는 것을 과시하고 싶어하는 마음이었다. 그러나 마음 한구석에서는 이 진부한 욕망을 비웃고 있었다.

2

헤르만은 고가 철도가 있는 곳까지 걸어가서 계단을 올라갔다. 타마라가 돌아왔다는 소식은 그에게 큰 충격을 주었지만 세상은 아무것도 달라진 것이 없었다. 승객들은 평소처럼 신문을 읽거나 껌을 씹었다. 열차 안에 달린 선풍기들의 덜덜거리는 소음도 여전했다. 헤르만은 바닥에 버려진 신문지를 집어 들고 읽으려 했다. 하필 경마란(競馬欄)이었다. 그는 신문지를 뒤집어 유머 난을 읽으며 미소를 지었다. 겉으로는 주관적인 것처럼 보이지만 그 속에는 불가사의한 객관성이 깃들어 있다.

헤르만은 눈꺼풀을 뚫고 들어오는 햇빛을 가리기 위해 모자를 푹 눌러썼다. 〈이중 결혼? 그래, 이중 결혼이지.〉 어떤 면에서는 삼중 결혼이라는 비난을 들을 수도 있는 상황이었다. 타마라가 죽었다고 믿으면서 지금까지 살아오는 동안 헤르만은 그녀의 좋은 점만 기억하려고 노력했다. 그녀는 그를 사랑했다. 그리고 본질적으로 고상한 여자였다. 그는 종종 그녀의 영혼에게 말을 걸었고 용서를 빌었다. 그러나 한편으로는 그녀의 죽음 덕분에 불행을 면했다는 사실도 잘 알고 있었다. 립스크의 건초 다락에서 헛되이 보낸 세월조차 타마라와 함께 살았던 몇 년 동안 그녀로부터 받은 고통에 비하면 오히려 휴식처럼 느껴질 정도였다.

헤르만은 자기가 무엇 때문에 그녀와 그토록 심하게 싸웠는지, 그리고 무엇 때문에 그녀 곁을 떠났고 자식들마저 방치

했는지 더 이상 기억하지 못했다. 그들의 부부 싸움은 어느 한쪽도 상대방을 설득하지 못하는 팽팽한 입씨름의 연속이었다. 타마라는 인류의 구원에 대해, 유대 민족의 수난에 대해, 그리고 여성의 사회적 역할에 대해 끊임없이 떠들었다. 그녀는 헤르만이 쓰레기와 다름없다고 생각하는 책들을 찬양했고, 그가 혐오감을 갖는 연극들을 보면서 열광했고, 그 당시의 히트곡들을 신나게 불러 댔고, 온갖 정치 선동가들의 연설을 들으러 다녔다. 공산주의자였을 때는 체카[64] 스타일의 가죽 재킷을 입었고, 시온주의자가 된 뒤에는 다윗의 별[65]을 목에 걸었다. 그녀는 걸핏하면 무슨 축하 행사나 시위 따위에 참가했고, 탄원서에 서명했고, 정당을 위해 각양각색의 모금 활동에 동참하곤 했다. 그러다 1930년대 말엽에 이르러 나치 지도자들이 폴란드를 방문하고, 민족주의 계열의 학생들이 유대인들을 두들겨 패고, 대학에서 강의 시간에 유대인 학생들을 서 있게 하는 등의 일들이 벌어지기 시작하자 다른 수많은 유대인들처럼 타마라도 종교에 의지하게 되었다. 그래서 금요일 밤마다 촛불을 켰고, 항상 율법에 맞는 음식을 준비했다. 그러나 헤르만이 생각하는 그녀는 한마디로 대중의 화신이었다. 자신의 의견은 하나도 없고, 그저 이런저런 슬로건에 도취되어 언제나 지도자의 뒤만 졸졸 따라가는.

  그래서 짜증이 났던 그는 그녀가 자신과 아이들에게 늘 헌신적이라는 사실, 그리고 그녀가 언제나 기꺼이 자신과 남들을 도와주었다는 사실을 간과하고 말았다. 심지어 그가 집

---

  64 *Cheka*. 〈비상 위원회〉. 옛 소련의 비밀경찰 조직으로, 주로 반혁명 운동을 담당했다. 옛 소련 국가 정치 보위부인 GPU의 전신.
  65 *Star of David*. 정삼각형 두 개를 겹쳐 만든 꼭짓점 여섯 개의 별 모양으로, 유대인, 유대교, 이스라엘의 상징.

을 나온 뒤에도 그녀는 종종 그의 셋방을 찾아와 청소도 해주었고 음식도 갖다 주었다. 그가 아플 때는 간호를 해주었고, 그의 옷을 꿰매 주었고, 그의 이부자리를 빨아 주었다. 더 나아가서, 그의 논문이 반인류적이고 반여성적이며 비관적인 인생관을 담고 있다고 생각하면서도 손수 타이핑을 해주기까지 했다.

헤르만은 이런 의문을 떠올렸다. 〈혹시 이젠 성격이 좀 얌전해졌을까? 가만있자, 타마라가 지금 몇 살이더라?〉 정확히 몇 살인지는 기억나지 않았다. 아무튼 헤르만 자신보다 연상이었다. 그는 지금껏 그녀가 겪은 일들을 순서대로 정리해 보았다. 그녀는 아이들을 빼앗겼다. 그리고 충격을 받았고, 몸속에 총알이 박힌 채 어느 이교도의 집으로 도망쳤다. 상처가 나은 후 러시아에 밀입국했다. 그것이 1941년 이전이었을 것이다. 그렇다면 지금까지 도대체 어디에 있었던 것일까? 어째서 1945년 이후에도 전혀 연락을 안 했을까? 물론 헤르만 자신도 그녀를 찾으려 하지 않았던 것은 사실이다. 이디시어 신문은 잃어버린 가족 친지를 찾는 사람들을 위해 명단을 실어 주었지만 그는 거들떠보지도 않았다. 헤르만은 자신에게 물었다. 나와 같은 곤경에 빠진 사람이 또 있을까? 그럴 리가 없다. 1백만 년이 흘러도, 아니, 1천만 년이 흘러도 이렇게 공교로운 일들이 고스란히 반복될 리는 만무하다. 헤르만은 또다시 웃고 싶었다. 하늘에 있는 어떤 존재가 그에게 실험을 하고 있는 것이다. 독일 의사들이 유대인들에게 그랬던 것처럼.

열차가 멈춰 서자 헤르만은 벌떡 일어났다. 벌써 14번가잖아! 그는 계단을 올라 거리로 나간 후 동쪽으로 돌아 버스 정류장까지 걸어가서 동쪽으로 가는 버스를 기다렸다. 아침엔 선선했지만 지금은 시시각각 더워지고 있었다. 셔츠가 등에 찰싹 달라붙었다. 몸에 걸친 옷가지 하나가 아까부터 거북스러웠지만 도대체 어느 것인지 집어낼 수가 없었다. 목깃일까, 속옷의 허리 고무줄일까, 아니면 혹시 구두일까?

그는 거울 앞을 지나다가 자신의 모습을 보게 되었다. 호리호리하고 쇠약해 보이는 체격, 약간 구부정한 자세, 낡아 빠진 모자, 구겨진 바지. 게다가 넥타이도 꼬여 있었다. 겨우 몇 시간 전에 면도를 했는데도 벌써 수염 때문에 얼굴이 그늘져 보였다. 헤르만은 깜짝 놀랐다. 〈이런 꼴을 하고 나타날 수는 없어!〉 그는 걸음을 늦추었다. 그리고 상점 진열창들을 들여다보기 시작했다. 싸구려 셔츠 한 벌 정도는 살 수 있을 터였다. 그리고 이 근처에 양복을 다림질할 곳이 있을지도 모른다. 적어도 구두는 닦을 수 있을 것이다. 그는 한 구두닦이 노점 앞에서 걸음을 멈추었다. 어린 흑인 소년이 손가락으로 구두약을 칠하기 시작했고, 가죽 속의 발가락들이 간질간질했다. 먼지와 배기가스에 아스팔트 냄새와 땀 냄새까지 뒤섞인 후끈한 공기는 속이 메슥거릴 정도였다. 헤르만은 이런 생각을 했다. 〈내 폐가 언제까지 버틸 수 있을까? 이렇게 자멸적인 문명이 언제까지 지속될 수 있을까? 인간은 결국 모두 질식사하고 말 것이다. 우선 미쳐 버리고, 그다음엔 숨이 막혀 죽어 가겠지.〉

흑인 소년이 헤르만의 구두에 대해 뭐라고 말했지만 헤르만은 소년의 영어를 알아들을 수 없었다. 낱말마다 첫음절만 간신히 들릴 뿐이었다. 소년은 반 벌거숭이였다. 네모반듯하게 깎은 머리에 땀방울이 송골송골 맺혀 있었다.

헤르만은 대화를 해보려고 이렇게 물어보았다. 「돈벌이는 좀 어떠니?」 소년이 대답했다. 「괜찮은 편이에요.」

3

헤르만은 유니언 스퀘어에서 이스트 브로드웨이로 가는 버스 안에 앉아 창밖을 내다보았다. 이 지역은 헤르만이 미국에 온 이후 주민들의 구성이 달라졌다. 지금은 푸에르토리코인들이 많이 살고 있었다. 곳곳에서 한 블록 안의 건물들을 모조리 헐어 버렸다. 그러나 아직도 이따금씩 이디시어 간판이 눈에 띄었고, 시나고그, 예시바,[66] 양로원 등도 군데군데 남아 있었다. 헤르만이 그토록 노심초사하며 피해 다니던 치프케프 향우회의 본부 역시 이 근방 어딘가에 있었다. 버스는 코셔르 식당, 이디시어 영화관, 의식용 목욕탕, 결혼식이나 바르 미츠바[67]를 위한 예식장, 유대식 장례 회관 등을 차례로 지나갔다. 헤르만은 몇몇 소년을 보게 되었는데, 바르샤바에서는 귀밑머리를 그렇게 길게 기른 아이들을 본 적이 없었다. 그들은 챙이 넓은 벨벳 모자를 쓰고 있었다. 이 지역과 다리 건너편의 윌리엄스버그 일대에는 송치, 벨츠, 보보프 등의 랍비들을 따르는 헝가리 하시드들이 정착하여 서로 해묵은 반목을 계속하고 있었다. 일부 과격파 하시드들은 이스라엘의 국토를 인정하는 것조차 거부했다.

헤르만은 이스트 브로드웨이에 도착하여 버스에서 내렸다. 그는 어느 지하실 창문을 통하여 수염이 허연 남자들이 『탈무드』를 연구하고 있는 모습을 보았다. 굵은 눈썹 아래 빛나는 눈동자가 학자다운 명석함을 보여 주었고, 넓은 이마

---

[66] *yeshiva*. 유대인들의 『탈무드』 교육 기관을 가리키는 일반 명칭. 종교 교육과 일반 교육을 겸한 초등학교도 포함된다.

[67] *bar mitzvah*. 유대교 소년들의 성인식(成人式). 소녀들의 성인식은 〈바트 미츠바*bat mitzvah*〉라고 한다. 유대교 율법에 따른 성년의 나이는 남자 13세, 여자 12세이며, 이때부터 자신의 행동에 대하여 본인이 책임을 지게 된다.

의 주름살은 필경사들이 양피지 두루마리에 글씨를 쓸 때 기준선으로 그어 놓은 금들을 연상시켰다. 이 노인들의 얼굴은 그들이 연구하는 책만큼이나 오래되고 집요한 슬픔을 드러내고 있었다. 잠시 동안 헤르만은 자신도 그들 속에 끼게 될 날을 상상해 보았다. 저렇게 수염이 허옇게 변하려면 몇 년쯤 걸릴까?

헤르만은 히틀러가 폴란드를 침공하기 몇 주 전에 레브 아브라함 니센 야로슬라베르가 미국으로 오게 된 정황에 대하여 어느 동포로부터 들었던 이야기를 떠올렸다. 루블린에 있을 때 레브 아브라함 니센은 진기한 종교 서적들을 출판하는 소규모 회사를 소유하고 있었다. 그는 옥스퍼드에서 발견된 어느 오래된 필사본을 베끼기 위해 그곳을 다녀왔다. 그리고 1939년에 이 필사본을 인쇄하려고 예약 신청자를 모집하기 위해 뉴욕으로 건너왔다가 나치의 침공으로 귀국할 수 없게 되었다. 그는 아내를 잃었지만 뉴욕에서 어느 랍비의 미망인과 재혼했다. 옥스퍼드 필사본을 출간하려던 계획은 포기했고, 그 대신 나치의 손에 목숨을 잃은 랍비들의 글을 모은 명문집을 준비하기 시작했다. 지금의 아내 셰바 하다스도 도와주었다. 두 사람은 매주 월요일을 애도의 날로 정하여 유럽에서 죽어 간 희생자들을 추모하기로 했다. 그래서 그날마다 금식을 하고 양말만 신은 채 낮은 걸상에 앉는 등 시바[68]의 모든 관례를 철저히 준수했다.

헤르만은 이스트 브로드웨이에 있는 레브 아브라함 니센의 아파트 앞에 이르러 그가 사는 1층 창문을 바라보았다. 조

---

68 *shiva*. 유대인들의 거상(居喪) 풍습으로, 아버지, 어머니, 아들, 딸, 형제, 자매, 배우자 등 7대 존비속과 사별했을 때 장례식 이후 7일 동안 애도 기간을 갖는다. 〈시바〉라는 명칭 자체가 〈일곱〉을 뜻한다.

국에서 사용하는 것과 똑같은 짤막한 커튼이 창마다 걸려 있었다. 헤르만은 몇 개의 계단을 올라가서 초인종을 눌렀다. 처음에는 아무런 반응도 없었다. 문 너머에서 속닥거리는 소리가 들리는 듯싶었다. 마치 안에 있는 사람들이 문을 열어 줄까 말까 의논하고 있는 것 같았다. 이윽고 천천히 문이 열리더니 한 노파가 문간에 나타났다. 셰바 하다스가 분명했다. 그녀는 작은 키에, 몸은 여위었고, 두 뺨은 쭈글쭈글했고, 입이 움푹 들어간 합죽이였고, 매부리코에 안경을 걸치고 있었다. 목깃이 긴 드레스에 보닛을 쓰고 있어 영락없이 신앙심 깊은 폴란드 여자의 전형적인 차림새였다. 그녀의 겉모습에서는 미국의 흔적을 조금도 찾아볼 수 없었고, 조급하거나 들뜬 기색도 전혀 보이지 않았다. 마치 남편과 아내가 오랜만에 상봉하는 것이 아주 일상적인 일이라는 듯 태연하기 짝이 없는 태도였다.

헤르만이 인사를 하자 그녀가 고개를 끄덕였다. 그들은 긴 현관을 말없이 지나갔다. 레브 아브라함 니센이 거실에 서 있었다. 그 역시 키가 작았고, 몸은 땅딸막했고, 얼굴은 창백했고, 풍성한 수염은 누르스름한 백발이었고, 구레나룻은 마구 헝클어져 있었고, 이마는 넓었고, 정수리에는 납작한 스컬캡[69]을 쓰고 있었다. 누르스름한 백발의 눈썹 아래 보이는 갈색 눈동자는 자신감과 슬픔을 동시에 표현했다. 단추를 풀어 놓은 긴 겉옷 속에 술 장식이 달린 품이 넉넉한 예복을 입고 있는 것이 보였다. 이 집은 냄새조차 이미 지나가 버린 시대의 냄새처럼 느껴졌다. 볶은 양파, 마늘, 치커리, 밀랍 등등. 레브 아브라함 니센이 헤르만을 물끄러미 바라보았다. 〈지금은 말이 필요 없다〉고 말하는 듯한 시선이었다. 그는

---

69 *skullcap*. 유대인 남성이 사용하는 작은 모자. 히브리어로 〈키파*kippah*〉.

옆방의 문을 돌아보았다.

「그 애를 불러오시오.」 그의 명령을 듣고 노파가 조용히 거실을 나섰다.

레브 아브라함 니센이 말했다. 「이거야말로 하늘이 내려주신 기적일세!」

그리고 적잖은 시간이 흐른 듯싶었다. 헤르만은 또다시 속닥거리며 의논하는 소리를 들은 것 같다고 생각했다. 이윽고 문이 열리더니 셰바 하다스가 마치 신부를 데리고 결혼식장에 입장하듯이 타마라와 함께 거실로 들어왔다.

헤르만은 한눈에 모든 것을 확인할 수 있었다. 타마라는 조금 나이가 들긴 했지만 아직도 놀랄 만큼 젊어 보였다. 옷차림은 미국식이었고, 미장원에 다녀온 것이 분명했다. 칠흑처럼 검은 머리는 방금 염색한 듯 인공적인 광택이 흘렀고, 두 뺨엔 연지를 발랐고, 눈썹도 잘 다듬었고, 손톱은 빨간색이었다. 그녀를 보면서 헤르만은 맛을 되살리기 위해 뜨거운 오븐에 다시 구워 낸 묵은 빵을 떠올렸다. 그녀의 담갈색 눈동자는 곁눈질로 헤르만을 살펴보는 것 같았다. 지금 이 순간까지 헤르만은 타마라의 생김새를 완벽하게 기억한다고 굳게 믿고 있었다. 그러나 이제 보니 그동안 까맣게 잊고 있었던 것이 눈에 띄었다. 그것은 바로 입가의 주름살이었는데, 옛날부터 그 자리에 있었던 이 주름살 때문에 그녀는 언제나 화를 내거나 의심하거나 빈정거리는 듯한 표정이었다. 헤르만은 타마라를 자세히 뜯어보았다. 코도 똑같고, 광대뼈도 똑같고, 입 모양도 똑같고, 턱도, 입술도, 귀도 모두 똑같았다. 그는 자기도 모르게 이런 말을 했다. 「당신도 나를 알아볼 수 있었으면 좋겠군.」

그러자 그녀가 대답했다. 「그럼, 알아볼 수 있고말고.」 목소리도 타마라였다. 다만 조금 달라진 듯싶기도 했는데, 아마 조심스러운 말투 때문인 것 같았다.

레브 아브라함 니센이 자기 아내에게 손짓을 했고, 두 사람은 곧 거실에서 나갔다. 헤르만과 타마라는 한참 동안 침묵을 지켰다.

헤르만은 이런 생각을 했다. 〈어째서 분홍색 옷을 입었을까?〉 당혹감이 차츰 가라앉으면서 불쾌감이 느껴졌다. 자식들이 죽을 자리로 끌려가는 것을 자기 눈으로 목격한 여자가 저런 차림을 하고 있다니. 지금은 좋은 옷으로 갈아입지 못하고 온 것이 오히려 다행이라고 생각했다. 그는 다시 예전의 그 헤르만이 되었다. 아내와 금실이 안 좋았던 남자, 그래서 그녀 곁을 떠날 수밖에 없었던 남편.「당신이 살아 있는 줄은 몰랐어.」그는 그렇게 말해 놓고 곧 부끄러움을 느꼈다.

타마라도 예전처럼 날카롭게 쏘아붙였다.「당신은 옛날부터 그걸 몰랐지.」

「자, 우선 앉으라고. 여기 이 소파에.」

타마라는 순순히 앉았다. 그녀는 나일론 스타킹을 신고 있었다. 그녀가 무릎 위로 올라간 드레스 자락을 끌어 내렸다. 헤르만은 그녀의 맞은편에 그냥 서 있었다. 문득 죽은 지 얼마 안 된 영혼들끼리 만났을 때도 이런 식일 거라는 생각이 들었다. 그들은 아직 저승의 언어를 모를 테니까 이승의 언어로 말할 수밖에 없을 것이다.

「여긴 어떻게 왔어? 배 타고?」

「아니, 비행기로.」

「독일에서?」

「아니, 스톡홀름에서.」

「지금까지 어디 있었던 거야? 러시아?」

타마라는 그의 질문을 곰곰이 생각하는 듯했다. 이윽고 그녀가 대답했다.「그래, 러시아에 있었지.」

「오늘 아침까지도 당신이 살아 있다는 걸 모르고 있었어. 어떤 사람이 찾아와서 당신이 총살당하는 장면을 목격했다고 말해 줬거든.」

「그게 누군데? 살아남은 사람은 아무도 없을 텐데. 나치라면 또 모를까.」

「그 사람은 유대인이었어.」

「그럴 리가 없어. 난 그놈들이 쏜 총알을 두 발이나 맞았어. 한 발은 아직도 내 몸에 박혀 있고.」그렇게 말하면서 타마라는 왼쪽 골반을 가리켰다.

「꺼낼 수 없는 거야?」

「미국에서는 가능하겠지.」

「꼭 당신이 저승에서 돌아온 것 같은 기분이야.」

「그래.」

「그건 어디서였어? 날렌체프?」

「교외에 있는 어느 들판에서였어. 상처에서 피가 흐르고 있었지만 밤중에 간신히 도망칠 수 있었지. 비가 내리는 날이었어. 안 그랬다면 나치 놈들한테 들켰을 거야.」

「그 이교도는 누구였어?」

「파벨 체혼스키. 우리 아버지와 거래한 적이 있는 분이야. 그분한테 가면서 이런 생각을 했어. 〈지금 이 마당에 내가 겁낼 게 뭐가 있어? 최악의 경우라면 나를 신고하는 거겠지.〉」

「그 사람이 당신 목숨을 구해 준 거야?」

「넉 달 동안이나 그 집에 있었어. 의사들도 믿을 수 없는 상황이었지. 그래서 그분이 의사 노릇까지 하셨어. 부인과 함께.」

「그 이후에 그분들한테서 소식 들은 적 있어?」
「지금은 두 분 다 돌아가셨어.」
 두 사람은 잠시 침묵을 지켰다. 이윽고 타마라가 물었다. 「외삼촌이 당신 주소를 모르시던데 어떻게 된 거야? 그래서 신문에 광고를 내야 했다고.」
「난 아직 집이 없어서 남의 집에 얹혀살거든.」
「그래도 주소 정도는 가르쳐 드릴 수 있었잖아.」
「뭐 하러? 난 요즘 아무도 안 만나.」
「그건 또 왜?」
 헤르만은 대답하고 싶었지만 말이 나오지 않았다. 그는 탁자에서 의자 하나를 끌어다 놓고 가장자리에 걸터앉았다. 타마라에게 아이들에 대해 물어봐야 한다고 생각했지만 차마 입이 떨어지지 않았다. 그는 사람들이 건강하게 살아 있는 아이들에 대해 얘기하는 소리만 들어도 공포에 가까운 심정을 느꼈다. 야드비가나 마샤가 그의 아이를 갖고 싶다고 말할 때마다 그는 화제를 다른 데로 돌리곤 했다. 그의 서류 더미 속 어딘가에는 어린 요헤베트와 다비트의 사진도 있었지만 도저히 들춰 볼 엄두가 나지 않았다. 헤르만은 아이들에게 아버지 노릇을 제대로 하지 못했다. 심지어 한때는 그들의 존재 자체를 부정하고 미혼자 행세를 한 적도 있었다. 그런데 그 범죄의 목격자인 타마라가 여기 이렇게 나타난 것이다. 그는 타마라가 울음을 터뜨릴까 봐 걱정했지만 그녀는 평정을 잃지 않았다.
 헤르만이 물었다. 「내가 살아 있다는 건 언제 알았어?」
「언제 알았냐고? 기막힌 우연이었지. 아는 사람 하나가 ─ 사실은 아주 친한 친구지만 ─ 뮌헨에서 발행된 이디시어 신문으로 소포를 포장하다가 당신 이름을 보게 된 거야.」

「그때 당신은 어디 있었는데? 아직 러시아에 있을 때였나?」

그러나 타마라는 대답하지 않았고 헤르만도 다시 묻지 않았다. 마샤처럼 나치 수용소에서 살아남은 생존자들을 만나본 경험을 통하여 그는 강제 수용소와 러시아에서의 유랑 생활을 경험한 사람들로부터 모든 진실을 알아내기는 힘들다는 것을 잘 알고 있었다. 그것은 그들이 거짓말을 하기 때문이 아니고, 다만 그 많은 일들을 모두 말하기란 불가능하기 때문이다.

이번에는 타마라가 물었다. 「당신이 사는 데는 어디야? 직업은 뭐고?」

헤르만이 버스 안에서 타마라가 물어볼 거라고 미리 예상했던 질문이었다. 그런데도 얼떨떨한 상태가 되어 미처 대답을 하지 못했다.

「난 당신이 살아 있는 줄도 모르고······.」

그러자 타마라가 짓궂은 미소를 지었다. 「내 자리를 차고 앉은 그 행복한 여자가 누구지?」

「유대인은 아니야. 폴란드인인데, 내가 숨어 있던 집 딸이야.」

타마라는 그의 대답을 곱씹어 보았다. 「시골 여자야?」

「맞아.」

「그래서 보답을 하려고 결혼한 거야?」

「그렇게 말할 수도 있겠지.」

타마라는 아무 말 없이 헤르만을 물끄러미 바라보았다. 그녀는 진심이 아닌 말들을 늘어놓고 있는 사람처럼 무표정한 얼굴이었다.

그녀가 다시 물었다. 「당신 직업은 뭐야?」

「어느 랍비 밑에서 일하고 있어. 미국인 랍비.」

「랍비 밑에서 무슨 일을 하는데? 의식(儀式) 율법에 대한 질문에 대답해 주나?」

「그 사람 대신에 책을 쓰는 일이야.」

「그럼 그 사람은 뭘 하지? 식세들과 춤이나 추러 다니는 거야?」

「그것도 아주 틀린 말은 아니야. 이제 보니 당신도 벌써 이 나라에 대해 꽤 많이 아는군.」

「우리 수용소에 미국인 여자가 있었거든. 그 여자는 사회 정의를 찾겠다고 러시아로 건너온 건데, 오자마자 수용소로 끌려오는 신세가 됐어. 그게 바로 내가 있던 수용소였지. 그 여자는 결국 거기서 설사병과 굶주림으로 죽어 버렸어. 내가 그 여자 여동생 주소를 갖고 있어. 죽기 전에 내 손을 잡으면서 자기 가족을 찾아가서 꼭 진실을 말해 달라고 부탁하더라.」

「가족들도 공산주의자들인가?」

「그런 것 같았어.」

「그 사람들은 당신 말을 안 믿을 거야. 다들 최면에 걸린 상태니까.」

「당시 굉장히 많은 사람들이 수용소로 강제 이송됐어. 그놈들은 사람들을 잡아다 놓고 굶겨 가면서 강제로 일을 시켰어. 제아무리 튼튼한 사람이라도 1년 이내에 폐인이 돼버릴 만큼 지독한 중노동이었지. 내 눈으로 직접 보지 못했다면 나도 안 믿었을 거야.」

「당신은 어떤 일들을 당한 거야?」

그러자 타마라는 아랫입술을 깨물었다. 그리고 어차피 믿을 수 없을 테니 힘들여 말해 봤자 소용없다는 듯이 고개를 가로저었다. 헤르만이 알고 있던 타마라는 수다쟁이였는데 지금은 완전히 딴사람이 된 것 같았다. 어쩌면 이 여자는 타마라가 아니라 그녀의 여동생인지도 모른다는 엉뚱한 생각이 고개를 들었다. 그때 타마라가 불쑥 입을 열었다.

「내가 겪은 일들을 전부 다 얘기한다는 건 불가능해. 사실 나 자신도 잘 모르거든. 너무 많은 일들이 있었기 때문에 가끔은 아무 일도 없었던 것 같은 착각에 빠질 정도야. 그래서 많은 일들을 완전히 잊어버렸어. 우리가 함께 살던 시절에 있었던 일까지 말이야. 카자흐스탄에서 널빤지 위에 누워 있던 날이 생각나는데, 그때 난 1939년 여름에 내가 애들을 데리고 아버지를 찾아간 이유가 뭐였는지 기억해 내려고 노력했어. 그런데 분명히 내가 한 일인데도 도대체 왜 그랬는지 생각나질 않더라고.

우린 숲속에서 톱으로 나무를 잘랐어. 날마다 열두 시간에서 열네 시간 동안 그 일을 했지. 밤에는 너무 추워 도저히 잠을 이룰 수가 없었어. 악취가 진동해서 숨을 쉴 수도 없었고. 각기병에 걸려 고생하는 사람들이 수두룩했어. 어떤 사람이 방금 전까지 멀쩡하게 이런저런 계획들을 얘기하다가 갑자기 조용해지곤 했지. 말을 걸어 봐도 대꾸가 없고. 그래서 가까이 다가가 보면 벌써 죽어 있는 거야.

아무튼 난 그날 거기 누워 이런 생각을 했어. 〈내가 왜 헤르만을 따라 치프케프로 가지 않았을까?〉 그런데 아무것도 생각나질 않더라고. 사람들이 그러는데 이것도 일종의 정신병이래. 내가 그런 병에 걸린 거지. 어떨 땐 모든 게 생각나고, 또 어떨 땐 아무것도 생각나지 않는 거야. 볼셰비키 놈들은 우리한테 무신론을 교육시켰지만 난 아직도 모든 것이 미리 예정돼 있다고 믿어. 그 잔인무도한 놈들이 우리 아버지 수염을 잡아 뜯는 바람에 볼살까지 뭉텅 떨어져 나갈 때 우두커니 서서 지켜볼 수밖에 없었던 것도 내 운명이었던 거야. 그 순간에 우리 아버지를 보지 못한 사람은 유대인으로 태어났다는 게 무슨 뜻인지 알 리가 없어. 그때는 나 자신도 몰랐지. 만약 알았다면 나도 그 자리에서 아버지를 따라갔을 거야.

우리 어머니가 그놈들의 발치에 엎드려 싹싹 빌었지만 놈들은 군홧발로 어머니를 짓밟고 침을 뱉었어. 그리고 나를 강간하려고 했지만 때마침 생리 중이었지. 그때마다 내가 피를 얼마나 많이 흘리는지 당신도 알잖아. 아, 그랬는데 나중엔 멈추더라고. 그래, 생리가 없어진 거야. 먹은 것도 없는데 어디서 피가 나오겠어? 내가 어떤 일들을 당했느냐고 물었지? 바람에 날려 산전수전 다 겪으며 이리저리 떠돌아다닌 모래 한 알은 자기가 지나온 곳이 어디어디였는지 기억하지 못하는 법이야. 그런데 당신을 숨겨 줬다는 그 이교도 여자는 어떤 사람이야?」

「우리 집 하녀였던 여자야. 당신도 알잖아. 야드비가.」

「걔랑 결혼했단 말이야?」 타마라는 웃음을 터뜨릴 듯한 표정이었다.

「그래.」

「미안한 얘긴데, 걔는 머리가 좀 모자라지 않아? 당신 어머님도 걔에 대한 농담을 자주 하셨어. 한번은 왼쪽 신발을 오른발에 신으려 하더라고 말씀하시던 게 생각나네. 뭘 사오라고 돈을 주면 잃어버리기 일쑤였고.」

「그래도 내 목숨을 구해 준 여자야.」

「그래, 사람 목숨보다 귀한 건 없겠지. 그런데 결혼은 어디서 했어? 폴란드?」

「독일에서.」

「다른 방법으로 보답할 수는 없었던 거야? 아니, 그건 안 묻는 게 낫겠다.」

「묻고 자시고 할 것도 없어. 그냥 그렇게 됐을 뿐이야.」

타마라는 자신의 다리를 물끄러미 내려다보았다. 그러다가 드레스를 살짝 걷어 올리고 무릎을 긁은 후 재빨리 도로 가렸다.

「어디서 살아? 여기 뉴욕이야?」

「브루클린. 거기도 뉴욕의 한 지역이지.」

「나도 알아. 거기 주소도 하나 받아 둔 게 있거든. 내 수첩엔 주소가 잔뜩 적혀 있어. 거기 적힌 친척들을 찾아다니면서 누구는 이렇게 죽고 누구는 저렇게 죽었다고 일일이 얘기해 주려면 꼬박 1년은 더 걸릴 거야. 브루클린은 벌써 다녀왔어. 외숙모가 길을 가르쳐 주셔서 나 혼자 지하철을 타고 갔지. 거기서 어떤 집에 들렀는데 이디시어를 아는 사람이 한 명도 없더라고. 러시아어, 폴란드어, 독일어까지 다 써봤지만 그 집 식구들은 영어만 할 줄 아는 거야. 그래서 그 집 고모가 돌아가셨다는 말을 전해 주려고 손짓 발짓을 총동원했지. 그런데도 애들이 깔깔거리기만 하더라. 애 엄마는 좋은 여자인 것 같았지만 유대인이라는 흔적은 아무것도 없었어. 사람들은 나치가 어떤 짓을 했는지는 수박 겉핥기식으로나마 조금은 알고 있어. 하지만 스탈린이 어떤 짓을 했고, 또 지금도 하고 있는지에 대해서는 전 세계 사람들이 아무것도 모른단 말이야. 러시아에 살고 있는 사람들조차 모든 내용을 아는 건 아니야. 그런데 당신 직업이 뭐랬지? 랍비 밑에서 글쟁이 노릇을 한다고?」

  헤르만은 고개를 끄덕였다. 「그래, 그렇게 말할 수도 있지. 그리고 서적 외판원 일도 하고 있어.」 그는 자기도 모르게 습관적으로 거짓말을 해버렸다.

「그게 부업이야? 어떤 책을 파는데? 이디시어로 된 책?」

「이디시어, 영어, 히브리어. 흔히 말하는 방문 판매원이야.」

「주로 다니는 데가 어디야?」

「그냥 이 도시, 저 도시.」

「당신이 집을 비울 때 마누라는 뭘 하면서 지내?」

「남편이 집에 없을 때 다른 여자들은 뭘 하면서 지내지? 미국에서는 물건을 파는 것도 중요한 직업이라고.」

「그 여자와의 사이에 애들도 있어?」

「애들? 천만에!」

「애들이 있다고 해도 내가 충격을 받는 일은 없을 테니까 걱정하지 마. 난 젊은 유대인 여자들이 나치 출신과 결혼한 것도 봤어. 여자들이 제 목숨 하나 건지겠다고 어떤 짓들을 했는지 일일이 얘기하자면 끝도 없을 테니까 차라리 아무 말도 안 하는 게 낫지. 사람들이 철저히 타락해 버린 거야. 바로 내 옆에 있는 침대에서 친남매가 그 짓을 하기도 했어. 날이 어두워질 때까지 기다리지도 못하더라고. 그러니 내가 또 놀랄 일이 뭐가 있겠어? 그 여자가 당신을 어디에 숨겨 줬어?」

「건초 다락이었다고 말했잖아.」

「그런데도 그 여자 부모는 까맣게 몰랐던 거야?」

「어머니와 여동생 하나뿐이야. 아버지는 안 계셔. 둘 다 몰랐지.」

「보나 마나 알고 있었을 거야. 시골 사람들은 교활하다고. 전쟁이 끝나면 당신이 그 여자와 결혼해서 미국으로 데려갈 거라는 것까지 다 계산했겠지. 당신은 나를 만나기 전부터 그 여자 침실에 몰래 드나들었을 테고.」

「말도 안 되는 소리 하지 마. 그런 적 없었어. 내가 미국 비자를 받게 될 줄 그 사람들이 어떻게 미리 알았겠어? 게다가 난 원래 팔레스타인으로 갈 생각이었다고.」

「그래도 틀림없이 알았을 거야. 야드비가는 좀 맹하지만 그 엄마가 다른 촌뜨기들과 의논해 보고 다 알아차렸을 거라고. 요즘은 누구나 미국에 오고 싶어 하니까, 전 세계 사람들이 다들 미국에 오고 싶어 아등바등하니까. 이민 제한법을 폐지하면 미국은 바늘 하나 꽂을 자리도 없을 만큼 초만원이 돼버릴 거야. 내가 지금 당신한테 화가 나서 이런 말을 하는 거라고 오해하지 마. 첫째, 난 이제 어느 누구에게도 분노를 느끼지 않아. 둘째, 당신은 내가 살아 있다는 사실을 몰랐잖아. 당신은 우리가 같이 살던 시절에도 나를 속였어. 그리고 애들마저 버리고 도망쳐 버렸지. 게다가 머지않아 전쟁이 터질 걸 뻔히 알면서도 마지막 몇 주 동안 나한테 편지 한 장 보내지 않았어. 내가 아는 어떤 남자들은 자식들 곁으로 돌아가기 위해 목숨을 걸고 국경을 넘었다던데 말이야. 간신히 러시아로 탈출했던 사람들이 가족에 대한 그리움을 견디지 못해 제 발로 나치들에게 투항하기도 했고. 그런 판국에 당신은 치프케프에 눌러앉았다가 애인을 데리고 건초 다락으로 기어들었지. 설마 내가 그런 남자를 되찾으려고 안달할 것 같아? 그건 그렇고, 그 여자랑 애들을 안 낳은 이유가 뭐야?」

「그냥 안 낳았을 뿐이야.」

「왜 그런 눈으로 쳐다보는 거야? 딴 여자와 결혼한 사람은 내가 아니라 당신이라고. 당신은 우리 아버지의 손자들이 눈에 안 차서 무슨 부스럼 딱지처럼 창피스러워했잖아. 그런데 어째서 야드비가한테서 다른 애들을 낳지 않은 거야? 그 여자 아버지가 우리 아버지보다 훨씬 더 대단한 분이었을 텐데 말이야.」

「나 참, 잠시나마 당신이 좀 달라졌다고 생각했는데 이제 보니 옛날 그대로군.」

「아니, 그건 아니야. 지금 당신이 보고 있는 여자는 전혀 다른 여자라고. 학살당한 자식들을 팽개치고 스키바라는 마을로 달아났던 그 타마라는 다른 타마라였어. 난 이미 죽었고, 아내가 죽으면 남편은 뭐든지 자기 마음대로 할 수 있지. 이건 사실이야. 내 몸뚱이는 영혼도 없이 저 혼자 멋대로 방황하고 있을 뿐이야. 그러다가 뉴욕까지 오게 된 거지. 남들이 내 다리에 나일론 스타킹을 신겼고, 내 머리를 염색했고, 맙소사, 손톱에 매니큐어까지 발라 놨어. 하지만 이교도들은 옛날부터 이렇게 시체를 곱게 단장했고, 요즘은 유대인들도 이교도와 다름없잖아. 그러니까 난 어느 누구에게도 원한 같은 건 없고, 또 어느 누구에게도 의지하지 않아. 설령 당신이 나치 계집과 결혼했더라도, 즐비한 시체들을 짓밟으며 춤을 추고 유대인 여자들의 눈을 구둣발로 짓이겨 버리던 그런 년과 결혼했더라도 나는 눈 하나 깜짝하지 않았을 거야. 더군다나 당신은 어떤 일들이 있었는지 짐작도 못하잖아? 난 다만 당신이 나를 속였던 것처럼 새 마누라까지 속이고 있는 건 아니길 바랄 뿐이야.」

그때 현관과 부엌으로 통하는 문 쪽에서 발소리와 목소리가 들려왔다. 곧이어 레브 아브라함 니센 야로슬라베르가 들어왔고 셰바 하다스도 뒤따라 들어왔다. 그들 내외는 걷는다기보다 발을 질질 끌면서 움직이고 있었다. 레브 아브라함 니센이 헤르만에게 말했다.

「자넨 아직 집을 장만하지 못했을 테지. 집을 구할 때까지 당분간 우리 집에서 지내게나. 손님을 대접하는 것도 선업(善業)을 쌓는 일이고, 더구나 자넨 우리 가족이니까. 성경 말씀에도 〈네 혈육을 피하여 스스로 숨지 말라〉[70]고 하셨잖나.」

타마라가 그의 말을 가로막았다. 「외삼촌, 이 사람은 다른

---

70 「이사야서」 58:7.

아내가 생겼대요.」

그러자 셰바 하다스가 놀라서 두 손을 탁 맞잡았다. 레브 아브라함 니센도 당황한 표정이었다.

「그렇다면 얘기가 좀 달라지는데…….」

「어떤 사람이 직접 목격했다고 해서…….」 헤르만은 거기서 말을 끊었다. 그는 타마라에게 아내가 이교도라는 사실을 그들 내외에게 발설하지 말라고 미리 일러두지 못한 터였다. 그래서 타마라를 바라보며 고개를 가로저었다. 그리고 창피를 당하기 전에 빨리 이곳을 벗어나고 싶다는 어린애 같은 충동을 느꼈다. 그는 자기도 모르게 슬금슬금 문 쪽으로 다가가고 있었다.

타마라가 말했다. 「도망치지 마. 아무것도 강요하지 않을 테니까.」

그러자 셰바 하다스가 말했다. 「이거 정말 신문에 날 만한 얘기네요.」

그때 아브라함 니센이 말했다. 「그건 자네 잘못이 아닐세. 타마라가 살아 있다는 걸 알면서도 그랬다면 불법으로 딴 여자와 살았던 거라고 볼 수 있겠지. 하지만 자네 경우엔 랍비 게르솜[71]의 금칙(禁飭)이 적용되지 않아. 어쨌든 한 가지는 확실하네. 지금의 아내와는 이혼해야 한다는 거지. 그런데 왜 진작 우리한테 말해 주지 않았나?」

「걱정하실 것 같아서요.」

헤르만은 타마라에게 다시 신호를 보냈다. 이번에는 입술에 손가락을 갖다 댔다. 레브 아브라함 니센이 수염을 움켜

---

71 Gershom(960?~1028?). 독일의 유대교 율법 학자. 중혼을 금하고 아내가 동의하지 않은 이혼을 금하는 등의 종교적 금제로 유명하다. 독일, 폴란드, 러시아 등지의 유대인들은 오늘날까지 그의 금칙을 따르고 있다.

쥐었다. 셰바 하다스의 눈에는 모성적인 슬픔이 가득했다. 그녀는 보닛을 쓴 머리를 주억거리고 있었다. 남자들의 바람기, 그 유서 깊은 특권에 대해서는 체념할 수밖에 없다는 듯이, 제아무리 정의로운 사내라도 다른 여자를 품고 싶은 욕망은 뿌리치지 못하는 것이 당연하다는 듯이. 그녀는 남자들이란 예전에도 항상 그랬고 앞으로도 영원히 그럴 거라고 생각하는 것 같았다.

이윽고 셰바 하다스가 말했다. 「이건 부부간에 의논해야 할 문제인 것 같네요. 난 가서 음식이나 준비할게요.」 그러면서 부엌으로 향하는 것이었다.

헤르만이 얼른 말했다. 「감사합니다만 저는 방금 먹고 왔습니다.」

그러자 타마라가 말했다. 「이 사람 마누라는 요리 솜씨가 좋아요. 아마 기름진 수프를 끓여 줬을 거예요.」 그녀는 정통파 유대인들이 돼지고기를 언급할 때 종종 그렇듯이 경멸 섞인 표정으로 눈살을 찌푸렸다.

셰바 하다스가 물었다. 「홍차 한 잔에 쿠키 정도라면 괜찮겠죠?」

「아뇨, 정말 됐습니다.」

그러자 레브 아브라함 니센이 말했다. 「다른 방에 가서 단둘이 얘기해 보는 게 좋을 것 같네. 내가 도와줄 수 있는 일이라면 기꺼이 도와주겠지만, 흔히 하는 말처럼 이건 남녀 간의 일이니까.」 그러더니 노인은 곧 말투를 바꿔 이렇게 말을 이었다. 「지금은 윤리적 혼란기야. 정작 죄를 지은 자들은 그 막돼먹은 살인자들일세. 자신을 너무 탓하지 말게. 자네로서는 선택의 여지가 없었겠지.」

「외삼촌, 막돼먹은 놈들이라면 유대인들 중에도 수두룩했어요. 우리를 그 풀밭으로 끌고 갔던 놈들이 누구였는지 아세요? 바로 유대인 경찰이었어요. 그놈들은 날이 밝기도 전에 나타나서 집집마다 돌아다니며 문짝을 때려 부수고 지하실부터 다락방까지 샅샅이 뒤졌어요. 그러다가 숨어 있던 사람들을 찾아내면 진압봉으로 사정없이 두들겨 팼어요. 그리고 도살장으로 끌고 갈 가축들처럼 밧줄 울타리 속으로 몰아넣었죠. 그중 한 녀석한테 뭐라고 한마디 했더니 어찌나 모질게 발길질을 해댔는지 내 평생 절대로 못 잊을 거예요. 그 멍청이들은 그래 봤자 자기들도 살아남을 수 없다는 걸 몰랐던 거죠.」

「〈무지는 만악(萬惡)의 근원〉이라고 하잖니.」

「러시아 비밀경찰도 나치보다 나을 게 하나도 없었어요.」

「음, 선지자 이사야께서 말씀하셨지. 〈사람의 거만은 꺾이고 인간의 오만은 숙어지리니.〉[72] 사람들이 하느님을 믿지 않으면 질서가 무너질 수밖에 없어.」

헤르만은 혼잣말을 하듯이 이렇게 말했다. 「그게 인간의 본성이죠.」

「토라[73]에 이런 말이 있어. 〈사람은 어려서부터 악한 마음을 품게 마련이라.〉[74] 그래서 토라가 필요한 거지. 자, 어서 저 방에 들어가서 잘들 의논해 봐.」

레브 아브라함 니센이 침실 문을 열어 주었다. 그 방에는 유럽풍 이부자리를 깔아 놓은 침대 두 개가 있었는데, 폴란드식으로 머리를 맞대고 길게 배치한 형태였다. 타마라가 어

---

72 「이사야서」 2:17.

73 *torah*. 유대교 율법. 넓은 의미에서는 하느님이 유대인에게 내린 계시의 본질을 가리키며, 좁은 의미에서는 모세 5경을 뜻한다.

74 「창세기」 8:21.

깨를 으쓱하더니 앞장서서 방 안으로 들어갔다. 헤르만도 따라 들어갔다. 지난 시대의 신랑과 신부가 첫날밤을 보냈던 신방을 연상시키는 침실이었다.

바깥에서는 뉴욕이 여전히 바삐 움직이고 있었지만 짤막한 커튼을 드리운 이 방에는 날렌체프나 치프케프의 흔적이 아직도 남아 있었다. 모든 것이 지나간 시절의 모습을 간직하고 있었다. 누렇게 변색된 벽지, 높은 천장, 마루청, 심지어는 서랍장의 양식이나 안락의자의 커버까지 옛날 그대로였다. 헤르만은 제아무리 노련한 연출가라도 이만큼 상황에 어울리는 무대 장치를 준비하기는 어려울 거라고 생각했다. 코담배 냄새가 감돌고 있었다. 그는 안락의자에 앉았고, 타마라는 침대 모서리에 걸터앉았다.

헤르만이 말했다. 「이건 꼭 대답하지 않아도 되는데……당신도 내가 죽은 줄 알았다면…… 혹시 다른 남자와…….」

차마 말을 끝맺을 수가 없었다. 셔츠가 다시 흠뻑 젖어 버렸다.

타마라는 짓궂은 표정으로 헤르만의 얼굴을 찬찬히 뜯어보았다.

「정말 알고 싶어? 모든 걸 한꺼번에?」

「대답하기 싫으면 안 해도 돼. 하지만 난 당신한테 솔직하게 털어놨으니까 당신도…….」

「당신은 선택의 여지가 없었잖아? 어쩔 수 없으니까 진실을 고백한 거지. 율법에 의하면 난 아직도 당신의 아내야. 다시 말하자면 당신은 마누라가 둘이라는 거지. 미국은 이런 문제에 대해 아주 엄격한 편이야. 내가 무슨 짓을 했든 간에 당신이 한 가지만 분명히 알아줬으면 좋겠어. 나한테는 사랑이 결코 장난이 아니라는 거.」

「나도 사랑이 장난이라고는 안 했어.」

「당신은 우리 결혼을 웃음거리로 만들어 버렸잖아. 난 그때 순결한 몸으로 당신한테 시집왔는데……」

「그만 좀 해!」

「사실 인생이 아무리 괴로워도, 그리고 남은 삶이 단 하루가 될지 한 시간이 될지조차 모르는 상황에서도 우리에겐 사랑이 필요했어. 정상적인 상황일 때보다 훨씬 더 간절하게 사랑을 갈망했지. 방공호에서도 다락방에서도, 굶주림에 시달리고 몸에는 이가 들끓어도 사람들은 아랑곳없이 입을 맞추고 손을 맞잡았어. 그런 상황에서 사람들이 그렇게 정열적일 줄은 나도 미처 몰랐어. 당신에겐 내가 차라리 없느니만 못한 여자였지만 다른 남자들은 나를 통째로 삼켜 버릴 듯이 탐욕스러운 눈으로 쳐다봤어. 하느님 맙소사! 아이들이 죽은 지 얼마 되지도 않았는데 남자들은 내가 태연히 자기들과 관계를 갖기를 바라더라고. 그러면서 빵 한 덩어리를 주겠다, 비계 한 조각을 주겠다, 아니면 일터에서 편의를 봐주겠다고 제안했어. 보잘것없는 것들이라고 생각하면 오해야. 빵 껍질 한 장이 꿈만 같았고 감자 몇 개는 큰 재산이었으니까. 수용소에서는 끊임없이 거래가 계속됐어. 가스실 바로 앞에서도 이런저런 물건들을 사고팔았지. 물건이라고 해봤자 신발 한 짝에 다 들어갈 정도였지만, 그것만 보더라도 사람들이 살아남으려고 얼마나 필사적이었는지 알 수 있을 거야. 나보다 젊고 잘생긴 남자들, 매력적인 아내가 있는 남자들이 나를 졸졸 따라다니며 달이라도 따다 주겠다고 약속했어.

설마 당신이 살아 있을 거라고 생각한 적도 없지만, 혹시 살아 있더라도 내가 당신을 위해 정조를 지킬 이유는 전혀 없었지. 오히려 당신을 잊고 싶었어. 하지만 뭘 바라는 것과 실천하는 것은 전혀 별개의 문제더라. 사랑하지도 않는 남자와 섹스를 한다는 건 구역질나는 짓이라고 생각했어. 사실 난 사랑을 놀이처럼 생각하는 여자들이 부러웠어. 그게 놀이가 아니면 또 뭐란 말이야? 그런데도 내 마음 한구석에 도사리고 있는 그 무엇 때문에, 독실한 신자였던 할머니들한테서 물려받은 그 지겨운 핏줄 때문에 도저히 어쩔 수가 없더라고.

난 정말 바보 같은 짓이라고 생각하면서도 남자들이 내 몸에 손을 댈 때마다 모질게 뿌리칠 수밖에 없었어. 그 사람들은 내가 미쳤다고 생각했는데, 그건 분명한 사실이었지. 남자들은 내가 위선자라고 했어. 그리고 더러 난폭해지기도 했지. 한번은 어느 존경받는 남자가 나를 강간하려고 한 일도 있었어. 그런 와중에 잠불[75]에서는 수용소 친구들이 중매를 서려고 했어. 〈아직 젊으니까 결혼을 해야지〉 그러면서. 그런데 결국 재혼한 사람은 내가 아니라 당신이었어. 내가 한 가지 깨달은 게 있다면 바로 이거야. 우리가 굳게 믿었던 자비로운 하느님은 아예 존재하지도 않는다는 거.」

「그럼 남자가 한 명도 없었던 거야?」

「실망한 목소리네. 그래, 지금까지 한 명도 없었고 앞으로도 없을 거야. 우리 애들의 영혼 앞에 더럽혀지지 않은 몸으로 서고 싶으니까.」

「하느님은 존재하지도 않는다고 한 것 같은데.」

「그렇게 참혹한 일들을 보고도 침묵만 지키는 하느님은 하느님이 아니야. 독실한 유대인들, 심지어는 랍비들과도 얘기를 나눠 봤어. 우리 수용소에 어떤 젊은이가 있었는데, 지코프[76]에 살 때는 랍비였던 사람이야. 신앙심이 어찌나 깊었

---

75 Jambul. 카자흐스탄 남부의 도시 타라스Taraz의 옛 이름.
76 Dzikow. 폴란드 남서부 타르노브제크Tarnobrzeg 주의 주도 타르노

는지, 요즘은 그런 사람 찾아보기 힘들어. 그 사람도 숲속에서 막노동을 했어. 몸이 튼튼하지 않았지만 어쩔 수 없었지. 그 사람이 일터에서 별로 쓸모가 없다는 건 빨갱이들도 잘 알고 있었지만 랍비를 괴롭히는 건 오히려 바람직한 일이라고 생각했거든. 그 사람은 토요일마다 자기 몫의 빵을 받지 않았어. 안식일엔 아무것도 들고 다니지 말아야 한다는 율법 때문이지. 그 사람의 어머니도 랍비의 아내였는데, 정말 성자 같은 분이었어. 그분이 다른 사람들한테 얼마나 큰 위로가 되었는지는 하느님만 알고 계실 거야. 당신이 가진 거라면 마지막 하나까지 아낌없이 베풀어 남들을 도와주는 분이었어. 그런데 수용소에서 너무 고생한 끝에 결국 실명하고 말았지. 하지만 모든 기도문을 빠짐없이 외우고 계셨고, 최후의 순간까지 그걸 암송하셨어.

한번은 내가 그 아들한테 이렇게 물어봤어. 〈하느님은 어째서 이런 비극을 용납하시는 거죠?〉 그 사람은 온갖 변명을 늘어놓더군. 〈하느님의 뜻은 인간이 헤아릴 수 없는 것이다〉 어쩌고저쩌고. 난 굳이 반박하진 않았지만 마음이 몹시 언짢았어. 그래서 우리 애들에 대해 얘기했지. 그랬더니 안색이 백지장처럼 창백해지면서 모든 게 자기 탓이라는 듯이 부끄러워하더라. 그러다가 결국 이렇게 말했어. 〈제발 더 이상 말씀하지 마세요.〉」

「그래, 그래.」

「당신은 애들에 대해 물어보지도 않네.」

헤르만은 1분쯤 침묵을 지켰다. 「물어볼 게 뭐가 있어?」

「그래, 묻지 마. 어른들 중에 위대한 사람들이 있다는 건 알았지만 그렇게 어린아이들까지 위대해질 수 있는 줄은 꿈에

브제크의 옛 이름.

도 몰랐어. 그 애들은 하룻밤 사이에 어른이 돼버렸지. 내가 받은 식량을 나눠 주려고 했지만 내 몫엔 손도 안 대려고 하더라고. 그리고 죽음 앞에서도 성자들처럼 담담했어. 영혼은 분명히 존재해. 존재하지 않는 건 하느님이지. 반박하려고 하지 마. 이건 내 신념이니까. 지금도 우리 다비트와 요헤베트가 나를 찾아온다는 사실을 당신한테 말해 주고 싶었어. 꿈속에서가 아니라 내가 멀쩡히 깨어 있을 때 말이야. 물론 당신은 내가 미쳤다고 생각하겠지만 난 아무래도 상관없어.」

「애들이 당신한테 무슨 얘기를 하는데?」

「아, 여러 가지 얘기. 지금 가 있는 곳에서는 다시 애들의 모습을 하고 있거든. 그런데 당신은 어떻게 하고 싶어? 나랑 이혼할 거야?」

「아니야.」

「그럼 난 어떡하지? 당신 마누라와 한 집에 살아야 하나?」

「우선 당신이 살 집부터 찾아봐야지.」

「맞아. 여기서 지낼 순 없어.」

제4장

1

 헤르만은 이렇게 말했다. 「그래, 불가능한 일도 가능하구나. 정말 그런 일이 벌어진 거야.」
 그는 혼자 중얼거리며 14번가를 따라 걸었다. 타마라를 외삼촌 댁에 남겨 두고 마샤를 만나러 가는 길이었다. 그는 이스트 브로드웨이의 카페테리아에서 마샤에게 전화를 걸어 치프케프에서 먼 친척이 찾아왔다고 말해 두었다. 그러면서 냉소적인 심정으로 그 친척의 이름까지 말해 주었고 ― 〈페이블 렘베르게르〉 ― 60대 남자이며 『탈무드』 학자라는 설명도 덧붙였다. 그러자 마샤가 물었다. 「혹시 에바 크라코베르 아니에요? 당신 애인이었던 30대 여자 말이에요.」
 헤르만은 이렇게 대답했다. 「원한다면 당신한테 소개해 줄 수도 있어.」
 헤르만은 다시 야드비가에게 전화를 걸기 위해 약국에 들렀다. 전화 부스마다 사람이 있어 기다려야 했다. 무엇보다 당혹스러운 것은 타마라가 나타났다는 사실이 아니었다. 문제는 오히려 온갖 공상과 백일몽에 빠져 들면서도 타마라가 살아 있을 가능성은 한 번도 생각해 본 적이 없다는 사실이었다. 혹시 곧 아이들도 저승에서 돌아오는 게 아닐까? 인생의 두루마리를 도로 감으면 과거의 일들이 고스란히 되풀이될 것이다. 지금 신이 장난을 치고 있는 거라면 이 정도에서 끝날 리가 없다. 그 신은 이미 히틀러와 스탈린을 만들어 내지 않았는가? 다른 것은 몰라도 창의성만은 알아줘야 한다.

10분이 지났는데도 전화 부스 다섯 개가 모두 사용 중이었다. 한 남자는 상대방이 자신을 볼 수 없는데도 통화 중에 연신 손짓을 하고 있었다. 또 어떤 남자는 혼잣말을 하듯이 입을 끊임없이 움직였다. 세 번째 남자는 통화 시간을 연장하려고 동전을 길게 늘어놓은 채 담배를 피워 가며 이야기를 나누었다. 한 여자는 깔깔거리면서 빨간 매니큐어를 칠한 왼손 손톱을 계속 들여다보고 있었다. 마치 상대방과의 대화 내용이 그 손톱의 모양이나 색깔과 관계가 있다는 듯이. 통화 중인 사람들은 저마다 해명이나 변명이나 핑계가 필요한 상황에 처한 듯했다. 그들의 얼굴은 거짓이나 호기심이나 근심 걱정을 드러내고 있었다.

마침내 한 부스가 비었고, 헤르만은 그곳으로 들어가서 다른 남자의 냄새와 체온이 남아 있는 공기를 들이마셨다. 전화번호를 돌리기가 무섭게 야드비가의 목소리가 들려왔다. 마치 전화기 옆에 서서 기다리고 있었던 것처럼.

「야지아,[77] 나야.」

「아, 네!」

「별일 없지?」

「지금 어디서 거는 거예요?」

「여긴 볼티모어야.」

[77] 야드비가의 애칭.

야드비가는 잠깐 머뭇거렸다. 「거기가 어딘데요? 하긴 뭐, 어디든 상관없죠.」

「뉴욕에서 몇백 킬로미터 떨어진 곳이야. 내 말 잘 들려?」

「네. 아주 잘 들려요.」

「책을 팔려고 애쓰는 중이야.」

「사람들이 좀 사주던가요?」

「쉽진 않지만 더러는 사더라고. 그런 사람들 덕분에 우리가 집세를 낼 수 있는 거지. 당신은 오늘 어떻게 지냈어?」

「아, 오늘은 빨래를 했어요. 여긴 모든 게 금방 더러워지잖아요. 세탁소는 옷을 너덜너덜하게 만들어 버리고요.」 야드비가는 자기가 매번 똑같은 대답을 한다는 사실을 모르고 있었다.

「새들은 어떻게 지내?」

「재잘거리고 있어요. 하루 종일 함께 지내면서 입맞춤도 하고요.」

「복 받은 녀석들이야. 오늘 밤은 볼티모어에서 묵고 내일은 워싱턴으로 갈 거야. 거긴 집에서 더 멀지만 전화 통화는 할 수 있어. 전화는 거리가 아무리 멀어도 상관없거든. 전기가 초속 18만 킬로미터로 목소리를 전달해 주니까.」 헤르만은 자기가 그런 말까지 늘어놓는 이유를 알지 못했다. 어쩌면 자기가 지금 아주 먼 곳에 와 있다는 인상을 심어 주고 싶었는지도 모른다. 그래야 금방 돌아오긴 힘들 거라 생각할 테니까. 그는 새들이 지저귀는 소리를 들을 수 있었다. 「혹시 찾아온 사람 없었어? 이웃 사람들 말이야.」

「없었어요. 누가 초인종을 누른 적이 있어요. 쇠사슬을 걸어 둔 채 문을 열어 봤더니 어떤 남자가 먼지를 빨아들인다는 기계를 들고 서 있더라고요. 그 기계가 무슨 일을 하는지 보여 주겠다고 했지만 당신이 집에 없으니까 아무도 들여놓을 수 없다고 했어요.」

「잘했어. 아마 진공청소기 외판원이겠지만 혹시 도둑이나 살인자일지도 모르니까.」

「어쨌든 들여놓지 않았어요.」

「오늘 밤엔 뭐 할 거야?」

「아, 설거지나 해야죠. 당신 셔츠도 다려 놔야 하고요.」

「다림질까지는 안 해도 돼.」

「언제쯤 전화하실 거예요?」

「내일.」

「저녁은 어디서 먹을 건데요?」

「필라델피아, 아니, 볼티모어엔 식당이 수두룩해.」

「고기는 먹지 마세요. 당신 위(胃)에 안 좋아요.」

「어차피 다 엉망인걸.」

「일찍 주무세요.」

「알았어. 사랑해.」

「언제 돌아오실 거예요?」

「모레 전에는 힘들 것 같아.」

「빨리 돌아와요. 당신이 없으니까 쓸쓸해요.」

「나도 보고 싶어. 선물 사 가지고 갈게.」

헤르만은 수화기를 내려놓았다.

그리고 이런 생각을 했다. 〈참 착한 사람이지. 이 썩어 빠진 세상에서 어떻게 그런 선량한 마음씨를 잃지 않았을까? 정말 희한하단 말이야. 영혼이 환생한다고 믿는다면 또 모를까.〉 헤르만은 야드비가에게도 애인이 있을지 모른다고 넌지시 암시하던 타마라의 말을 떠올렸다. 그러자 울컥 화가 치밀었다. 〈그럴 리가 없어. 야드비가는 진실한 여자야.〉 그렇게 생각하면서도 그는 자신과 통화하던 그녀 곁에 어느 폴란드 남자가 가까이 서 있는 장면을 상상했다. 그 폴란드인은 헤르만 자신과 똑같은 수작들을 그녀에게 써먹고 있었다. 〈글쎄, 어차피 이 세상에서 확실한 건 하나뿐이지. 바로 죽음.〉

헤르만은 랍비 램퍼트에 대해 생각해 보았다. 오늘 안에 약속한 장(章)을 내놓지 않으면 랍비가 당장 해고해 버릴지도 모른다. 더구나 브롱크스에서도 브루클린에서도 집세를 내야 할 날짜가 다시 다가오고 있다. 〈그냥 도망쳐 버릴 수밖에 없어! 도저히 견딜 수 없으니까. 난 그렇게 끝장나는 거야.〉

이윽고 역에 도착하여 지하철을 타러 내려갔다. 후덥지근한 무더위! 젊은 흑인들이 쏜살같이 뛰어다니며 뉴욕보다 아프리카를 연상시키는 소리로 고함을 지르고 있었다. 겨드랑이가 펑 젖은 드레스 차림의 여자들이 저마다 보따리와 핸드백을 들고 서로 부딪치며 바삐 움직였다. 그들의 눈동자에는 분노가 이글거리고 있었다. 헤르만은 손수건을 꺼내려고 바지 호주머니에 손을 넣었지만 손수건은 이미 젖어 있었다. 승강장은 빽빽이 들어찬 인파로 발 디딜 틈조차 없어 사람들이 몸을 맞댈 수밖에 없었다. 열차가 마치 승강장을 그냥 지나쳐 버리기라도 할 듯이 날카로운 경적을 울리며 역사 안으로 달려 들어왔다. 문이 열리자 열차 안의 승객들이 미처 내리기도 전에 승강장에 서 있던 사람들이 우르르 몰려들었다. 헤르만도 도저히 저항할 수 없는 압도적인 힘에 떠밀려 열차 안으로 들어갔다. 사방에서 엉덩이와 젖가슴과 팔꿈치들이 그를 짓누르고 있었다. 적어도 이 공간에서는 〈자유 의지〉라는 착각마저 사라져 버릴 수밖에 없었다. 이곳에서 인간은 우주 공간의 유성이나 한낱 조약돌처럼 이리저리 흔들리는 신세였다.

헤르만은 빽빽한 군중 속에 끼어 꼼짝도 하지 못하고 그저 키가 큰 남자들을 부러워할 따름이었다. 6척 장신들은 그나마 환기통으로 들어오는 시원한 바람이라도 맞을 수 있기 때문이다. 건초 다락에서 보냈던 여름도 이 정도로 덥지는 않았다. 그러나 화물 열차에 실려 가스실로 향하던 유대인들도 아마 이렇게 발 디딜 틈조차 없는 초만원 상태였을 것이다.

헤르만은 눈을 감았다. 이젠 어떻게 해야 하나? 어디서부터 시작해야 할까? 타마라는 틀림없이 빈털터리일 것이다. 남편이 있다는 사실만 숨긴다면 연합 배급 위원회로부터 약간의 지원금을 받을 수도 있다. 그러나 이미 그녀는 미국 자선가들을 속일 생각은 전혀 없다는 뜻을 분명히 밝혔다. 그러니 이제 헤르만 자신은 이중 결혼을 한 셈이 되었고 게다가 애인까지 한 명 있다. 이런 사실이 발각되면 곧 체포되어 폴란드로 추방당할지도 모른다.

〈변호사를 만나 봐야겠어. 당장 변호사부터 찾아가야 해!〉 그러나 이 상황을 어떻게 설명해야 할까? 미국 변호사들은 모든 문제에 대하여 간단한 해결책을 제시한다. 〈어느 분을 더 사랑하십니까? 다른 분과는 이혼하세요. 불륜 관계도 끝내시고요. 그리고 일자리를 찾으세요. 정신과 의사도 만나 보세요.〉 헤르만은 판사가 집게손가락으로 그를 가리키며 이렇게 판결하는 장면을 떠올렸다. 〈당신은 미국의 호의를 악용했소.〉

헤르만은 자신에게 고백했다. 〈난 세 명 다 갖고 싶어. 부끄러운 일이지만 사실이야.〉 타마라는 전보다 더 예뻐졌고 더 침착해졌고 더 흥미로워졌다. 그녀는 마샤보다 더 지독한 지옥을 경험했다. 그런 그녀와 이혼한다는 것은 그녀를 다른 남자들에게 쫓아내는 짓이나 다름없다. 사랑에 대해서라면,

전문가들은 마치 그것을 명확하게 정의할 수 있다는 듯이 그 말을 사용한다. 일찍이 사랑의 진정한 의미를 알아낸 사람은 아무도 없었는데도.

2

헤르만이 도착했을 때는 마샤도 집에 와 있었다. 기분이 꽤 좋아 보였다. 그녀는 물고 있던 담배를 빼고 그의 입술에 힘차게 입맞춤을 했다. 부엌에서 칙칙 요리하는 소리가 들려왔다. 그는 고기볶음, 마늘, 보르시치, 햇감자 등의 냄새를 맡았다. 그리고 시프라 푸아의 목소리도 들었다.

이 집에만 오면 항상 식욕이 왕성해졌다. 모녀는 냄비와 프라이팬과 도마와 국수판 따위를 가지고 끊임없이 굽고 찌고 볶아 댔다. 그때마다 그는 치프케프의 본가를 떠올리곤 했다. 안식일이 돌아오면 시프라 푸아와 마샤는 홀렌트[78]와 쿠글[79]을 준비했다. 헤르만이 이교도 여자와 살고 있기 때문인지 마샤는 매번 안식일 양초를 켰고, 축성용 잔을 깨끗이 닦았고, 율법과 관례에 맞도록 식탁을 차리는 것도 잊지 않았다. 시프라 푸아는 종종 식생활 율법에 대하여 헤르만의 의견을 묻곤 했다. 어쩌다가 유제품용 숟가락과 육류용 포크를 함께 씻었는데 괜찮은 거냐, 양초에서 흘러내린 수지(獸脂)가 쟁반에 떨어졌는데 괜찮은 거냐, 닭고기에 쓸개가 안 들었던데 괜찮은 거냐. 마지막 질문에 대해 헤르만은 이렇게 대답했던 것으로 기억하고 있었다. 「간(肝)에서 혹시 쓴맛이

---

78 *cholent*. 약한 불에 장시간 끓여 만드는 유대식 스튜.
79 *kugl*. 유대식 푸딩이나 찜 요리의 총칭.

나는지 확인해 보세요.」

「그래, 쓴맛이 나네.」

「쓴맛이 나면 코셰르가 맞는 겁니다.」

헤르만이 감자와 샤프[80]를 먹고 있을 때 마샤가 그에게 연락했다는 그 친척에 대해 물어보았다. 음식을 한 입 가득 물고 있던 그는 하마터면 사레가 들릴 뻔했다. 통화 중에 그녀에게 말해 주었던 이름이 생각나지 않았다. 그러나 이런 임기응변에 능숙한 그는 거침없이 둘러대기 시작했다.

「그래, 난 그 어르신이 아직 살아 계신 줄도 몰랐지 뭐야.」

「남자분이에요, 여자분이에요?」

「아까 말했잖아. 남자분이야.」

「당신이 한 말이 한두 마디라야 일일이 기억하죠. 어떤 분이에요? 어디서 오신 거예요?」

그 순간 아까 지어낸 이름이 떠올랐다. 페이블 렘베르게르.

「당신과는 어떤 관계죠?」

「외가 쪽으로 친척이야.」

「어떤 사이인데요?」

「외삼촌의 아들이지.」

「당신 어머니의 처녀 때 성이 렘베르게르였어요? 전에 말해 준 성은 그게 아니었던 것 같은데요.」

「당신이 착각한 거야.」

「아까 통화하면서 그분이 60대라고 했잖아요. 당신한테 어떻게 그렇게 나이 많은 외사촌 형님이 있을 수 있죠?」

「그야 우리 어머니가 막내였으니까. 외삼촌이 어머니보다 스무 살이나 많으셨거든.」

---

80 schav. 여뀟과의 여러해살이풀인 수영의 잎과 계란 노른자 등으로 끓인 수프.

「외삼촌 성함은 뭐였어요?」

「투비에.」

「투비에? 어머님은 몇 살 때 돌아가셨어요?」

「쉰한 살.」

「어쩐지 모든 게 수상해요. 틀림없이 옛 애인일 거야. 당신이 너무 그리워 신문에 광고를 낸 거겠지. 그게 아니라면 그 광고는 왜 찢어 갔어요? 내가 이름과 전화번호를 볼까 봐 그랬겠죠. 아무튼 내가 그 신문을 새로 사 왔으니까 당장 전화해서 진실을 알아봐야겠어요. 이번엔 당신이 스스로 자기 무덤을 판 거라고요.」 마샤의 얼굴에는 증오심과 만족감이 가득했다.

헤르만은 접시를 밀어 버렸다.

「그럼 지금 당장 전화해서 이 어처구니없는 취조를 끝내 버리자고! 자, 어서 전화해 봐! 그렇게 말도 안 되는 비난을 듣고 있는 것도 따분한 일이니까!」

그러자 마샤의 표정이 싹 달라졌다. 「전화는 마음이 내킬 때 해볼래요. 어쨌든 어서 감자나 먹어요. 그분이 정말 당신 어머님의 조카라면 어째서 먼 친척이라고 했어요?」

「나한테는 모든 친척이 먼 친척이니까.」

「당신에겐 그 식세도 있고 나도 있어요. 그런데 유럽에서 어느 잡년이 나타나자 당장 나를 버리고 쪼르르 그년한테 달려갔던 거예요. 그런 갈보는 아마 매독에도 걸렸을걸요.」

그때 시프라 푸아가 식탁으로 다가왔다. 「식사 좀 하게 그냥 내버려 두지 못하겠니?」

그러자 마샤가 위협조로 소리쳤다. 「엄마는 참견하지 마세요!」

「참견하는 게 아니야. 넌 도대체 내 말이 말 같지 않니? 식사 중인 사람한테 그렇게 툴툴거리는 거 아니다. 내가 아는 어떤 사람은 하마터면 질식해서 죽을 뻔했는데…….」

「엄마는 걸핏하면 이런저런 일화를 들먹이죠! 이 사람은 거짓말쟁이에다 사기꾼이란 말이에요. 게다가 너무 멍청해서 감쪽같이 속이지도 못한다고요.」 반은 자기 어머니에게, 그리고 반은 헤르만에게 하는 말이었다.

헤르만은 숟가락으로 작은 감자 한 개를 들어 올렸다. 버터를 듬뿍 바르고 파슬리를 뿌린 동글동글한 햇감자였다. 헤르만은 그것을 입으로 가져가다가 문득 동작을 멈추었다. 그는 아내를 되찾은 대신에 애인을 잃게 되었다. 이거야말로 운명의 장난이 아닌가?

마샤에게 그 친척에 대해 말해 주려고 세부적인 내용들을 미리 연습해 두었지만 지금은 아무것도 생각나지 않았다. 그는 그 작고 말랑말랑한 감자를 숟가락으로 쪼갰다. 그리고 자신에게 물었다. 〈차라리 진실을 말해 버릴까?〉 그러나 답이 떠오르지 않았다. 이런 고민 속에서도 마음이 차분하다니 신기한 일이었다. 그것은 현행범으로 체포된 자가 처벌을 피할 수 없다는 사실을 순순히 받아들이는 것과 같은 체념의 심정이었다.

「어서 전화해 보지그래?」

「먹기나 해요. 난 가서 경단을 가져올게요.」

헤르만은 감자를 하나하나 먹어 치웠고, 한 입 한 입 먹을 때마다 힘이 샘솟는 듯했다. 점심도 먹지 못한 데다 낮 동안의 일로 기진맥진한 상태였다. 마치 처형을 앞두고 마지막 식사를 하고 있는 사형수 같은 기분이었다. 머지않아 마샤가 진실을 알게 될 것이다. 랍비 램퍼트는 그를 해고할 것이 분명하다. 수중엔 단돈 2달러밖에 없다. 정부 보조금을 신청할 수도 없다. 그랬다가는 이중생활이 들통 나고 말 테니까. 그리고 어디 가서 일자리를 구한단 말인가? 하다못해 접시 닦이로 취직하기도 힘들 것이다.

마샤가 푸딩과 사과 절임과 홍차를 갖다 주었다. 헤르만은 식사 후 랍비의 원고를 손볼 계획이었지만 지금은 위가 더부룩했다. 모녀에게 잘 먹었다고 인사하자 시프라 푸아가 말했다. 「우리한테 감사할 게 뭐가 있나? 하느님께 감사해야지.」 그녀는 헤르만이 감사 기도를 올릴 수 있도록 손을 씻을 물그릇과 스컬캡을 갖다 주었다. 헤르만은 기도문의 첫 구절을 대충 중얼거린 후 자기 방으로 돌아갔다. 마샤가 설거지를 하려고 싱크대에 물을 받았다. 바깥은 아직 훤했다. 뒷마당의 나무에서 새들의 노랫소리가 들려오는 듯했는데, 보통 때 나뭇가지에 모여 앉아 지저귀던 참새 소리가 아니었다. 헤르만은 다른 시대, 즉 콜럼버스 이전이나 혹은 선사 시대에 살았던 새들의 영혼이 깨어나 저녁을 부르는 노랫소리라고 상상했다. 그는 종종 자기 방에서 도저히 이 일대의 기후나 이 시대의 산물이라고 믿을 수 없을 만큼 크고 신기한 딱정벌레들을 발견하기도 했다.

헤르만은 아무리 여름이라지만 오늘처럼 하루가 길었던 적은 한 번도 없었다고 생각했다. 이튿날 아침에 반드시 해가 뜬다는 논리적 근거는 없다고 했던 데이비드 흄[81]의 말이 떠올랐다. 그 말이 옳다면 오늘 저녁에 해가 진다는 보장도 없을 것이다.

방 안이 너무 더웠다. 이렇게 뜨거운데도 불이 나지 않는 것이 신기할 때가 많았다. 유난히 무더운 저녁에는 천장에서, 벽에서, 이부자리에서, 그리고 책과 원고에서 불길이 솟구치

---

81 David Hume(1711~1776). 스코틀랜드 태생의 경험론 철학자.

는 장면을 상상하기도 했다. 그는 침대 위에 길게 누워 졸기도 하고 이런저런 생각에 빠져 들기도 했다. 아까 타마라가 그의 주소와 전화번호를 물었지만 헤르만은 내일 아침에 자기가 전화하겠다고 대답했었다. 그들 모두가 원하는 것은 무엇일까? 각자의 외로움과 피할 수 없는 죽음의 운명을 잠시나마 잊어버리는 것이다. 그는 비록 가난하고 쓸모없는 사내였지만 아직도 그에게 의지하는 사람들이 있었다. 그러나 이 한심한 인생을 그나마 의미 있게 해주는 사람이 바로 마샤였다. 그녀가 떠나 버린다면 타마라와 야드비가는 거추장스러운 짐에 지나지 않을 터였다.

어느새 깜박 잠들었다가 깨어나 보니 밤이었다. 다른 방에서 마샤가 전화 통화를 하고 있었다. 레브 아브라함 니센 야로슬라베르와 얘기하고 있는 것일까? 아니면 혹시 타마라일까? 헤르만은 귀를 곤두세웠다. 둘 다 아니었다. 마샤의 대화 상대는 카페테리아의 다른 출납원이었다. 몇 분 후 마샤가 헤르만의 방으로 들어왔다. 그녀는 어둑어둑한 방 안을 향해 말했다.

「잠들었어요?」

「방금 깼어.」

「눕자마자 곯아떨어지는군요. 양심에 거리낄 게 없으니까 그렇겠죠.」

「사람을 죽인 적은 없으니까.」

「꼭 칼이 있어야만 사람을 죽일 수 있는 건 아니죠.」 그러더니 곧 달라진 어조로 이렇게 말했다. 「헤르만, 나 이제 휴가 갈 수 있게 됐어요.」

「언제부터야?」

「일요일 아침에 출발할 수 있어요.」

헤르만은 잠시 침묵을 지켰다. 「난 지금 2달러 몇 센트밖에 없어.」

「랍비한테서 수표를 받을 거라고 했잖아요?」

「이젠 그것도 불확실해.」

「당신은 그 촌뜨기 곁을 떠나기가 싫은 거예요. 아니면 다른 여자가 또 있거나. 1년 내내 시골에 데려가 주겠다고 하더니 막상 떠날 때가 되니까 생각이 바뀐 거라고요. 이런 말 하면 안 되겠지만 당신에 비하면 레온 토르치네르는 오히려 정직한 편이에요. 그 사람도 거짓말을 밥 먹듯이 하지만 대개는 악의 없는 허풍이나 허무맹랑한 공상이니까. 그 신문 광고도 당신이 낸 거 아니에요? 혹시 그렇더라도 난 전혀 놀라지 않을 거예요. 그 번호로 전화만 걸어 보면 이게 어떤 속임수인지 금방 다 알 수 있다고요.」

「그럼 전화해서 확인해 봐. 단돈 몇 센트로 진실을 알게 될 테니까.」

「오늘 만난 사람이 누구죠?」

「죽은 아내 타마라가 무덤 속에서 부활했어. 손톱에 매니큐어를 바르고 뉴욕에 왔더라고.」

「웃기지 말아요. 랍비하고 무슨 일이 있었던 거예요?」

「일이 좀 밀렸어.」

「나하고 여행 가기 싫어서 일부러 그랬겠죠. 당신은 필요 없어요. 일요일 아침에 짐을 꾸려 나 혼자 발길 닿는 대로 아무 데나 가버릴 거예요. 며칠만이라도 이 도시를 벗어나지 못하면 미쳐 버릴 것 같아요. 수용소에 갇혀 있을 때도 이렇게까지 피곤하진 않았어요.」

「그럼 좀 눕지그래?」

「말은 고맙지만 그래 봤자 별로 도움이 안 돼요. 눕기만 하면 그 모든 만행과 굴욕이 한꺼번에 떠올라요. 그러다가 잠들면 다시 그때로 돌아가 있는 거예요. 그놈들이 나를 질질 끌고 가거나 때리거나 쫓아오는 거죠. 토끼를 쫓는 개 떼처럼 사방에서 그놈들이 달려와요. 악몽 때문에 죽은 사람도 있을까요? 잠깐, 담배 좀 가져와야겠어요.」

마샤가 방을 나갔다. 헤르만은 침대에서 일어나 창밖을 내다보았다. 우중충한 하늘이 어슴푸레하게 빛나고 있었다. 뒷마당의 나무는 미동도 하지 않았다. 대기는 늪지대와 열대 지방의 냄새를 머금고 있었다. 지구는 태곳적부터 그랬듯이 서쪽에서 동쪽으로 자전했다. 태양은 행성들을 거느리고 쏜살같이 질주했다. 은하수도 축을 중심으로 회전하고 있었다. 이 같은 우주적 규모의 사건들 속에서 헤르만은 현실의 포로가 되어 우스꽝스러울 만큼 하찮은 문제들 때문에 쩔쩔매고 있었다. 밧줄 한 가닥이나 독약 한 방울만 있으면 모든 근심 걱정이 한꺼번에 사라져 버릴 텐데도 말이다. 헤르만은 자신에게 물었다. 〈마샤는 왜 전화를 걸지 않을까? 도대체 무엇을 기다리는 걸까? 어쩌면 진실을 두려워하는 것인지도 모른다.〉

그때 마샤가 담배를 입에 물고 돌아왔다. 「당신도 함께 가겠다면 비용은 내가 부담할게요.」

「그럴 돈이 있어?」

「노동조합에서 빌리면 돼요.」

「난 그럴 가치가 없는 놈이야.」

「그건 사실이지만 설령 도둑놈이라도 나한테 필요하다면 교수대에서 구해 줘야죠.」

3

헤르만은 금요일, 토요일, 일요일 동안 브루클린에서 야드비가와 함께 지낼 예정이었다. 그리고 월요일에 마샤와 함께 지방으로 내려가기로 계획을 세웠다.

약속했던 장(章)은 완성하여 랍비에게 갖다 주었고, 다시는 늦지 않도록 하겠다고 엄숙하게 약속했다. 랍비 램퍼트가 언제나 바쁜 것이 다행이었다. 그는 걸핏하면 헤르만을 협박했지만 늘 시간이 없어 실천하지 못했다. 랍비는 원고를 받자마자 즉석에서 원고료를 지불했다. 랍비의 책상에 놓인 두 대의 전화기가 끊임없이 울려 대고 있었다. 그는 그날 중에 디트로이트로 날아가 강연을 할 예정이었다. 헤르만이 작별 인사를 하자 랍비는 고개를 절레절레 흔들었다. 마치 이렇게 말하는 듯했다. 〈넌 풋내기야. 나를 속일 수 있다고 생각한다면 착각이지. 난 네가 짐작하는 것보다 훨씬 더 많은 진실을 알고 있으니까.〉 헤르만과 악수를 나눌 때도 랍비는 손 전체가 아니라 손가락 두 개만 내밀었다.

헤르만이 문을 나서려 할 때 랍비의 비서 리걸 부인이 말했다. 「전화번호는요?」

「랍비님께 주소를 가르쳐 드렸어요.」

랍비 램퍼트의 수표를 받을 때마다 마치 기적이라도 일어난 듯한 기분이 들었다. 헤르만은 재빨리 랍비를 알고 있는 은행으로 가서 수표를 현금으로 바꾸곤 했다. 수표 따위는 좋아하지 않았기 때문이다. 그리고 소매치기를 걱정하면서도 현금을 바지 뒷주머니에 넣고 다녔다. 그날은 금요일이었다. 은행에 걸린 벽시계는 11시 15분을 가리키고 있었다. 랍비의 사무실은 웨스트 57번가에 있었고, 은행이 있는 곳도 바로 그곳이었다.

헤르만은 브로드웨이 쪽으로 향했다. 타마라에게 전화를 걸어야 할까? 마샤가 카페테리아에서 했던 말로 미루어 판단하자면 이미 레브 아브라함 니센 야로슬라베르에게 전화를 걸어 본 것이 분명했다. 그렇다면 지금쯤 타마라가 실제로 살아 있다는 사실을 알게 되었을 것이다. 〈이번엔 정말 뼈도 못 추리게 생겼군.〉 그는 자기도 모르게 아버지가 자주 쓰던 표현을 썼다는 것을 깨달았다.

헤르만은 어느 상점에 들어가서 레브 아브라함 니센 야로슬라베르의 전화번호를 돌렸다. 몇 초 후 셰바 하다스의 목소리가 들려왔다.

「누구세요?」

헤르만은 머뭇거리며 대답했다. 「타마라의 남편 헤르만 브로데르입니다.」

「전화 바꿔 줄게요.」

그는 얼마나 오래 기다렸는지 알 수 없었다. 1분, 2분, 5분? 아무튼 타마라가 금방 전화를 받지 않은 것만 보더라도 마샤가 연락한 것이 분명했다. 마침내 타마라의 음성이 들려왔다. 어제와는 달라진 음성이었다. 그녀는 지나치게 큰 소리로 이렇게 말했다. 「헤르만, 당신이야?」

「그래, 나야. 이게 현실이라는 게 아직도 믿기지 않는군.」

「그래도 엄연한 현실이야. 난 지금 창밖을 내다보고 있어. 뉴욕의 길거리가 보이고 유대인들이 즐비해. 유대인들에게 하느님의 은총이 함께하시길. 여기선 생선을 토막 내는 소리까지 들려.」

「거긴 유대인들이 사는 동네니까.」

「유대인이라면 스톡홀름에도 많았지만 여긴 날렌체프와

비슷하네.」

「그래, 그곳의 흔적이 남아 있는 거지. 혹시 누가 전화하지 않았어?」

타마라는 얼른 대답하지 않았다. 이윽고 그녀가 말했다. 「전화할 사람이 누가 있어? 뉴욕엔 아는 사람도 없는걸. 물론 — 그걸 뭐라고 하더라? — 향우회는 있지. 외삼촌께서 몇 사람한테 연락해 본다고 하시긴 했지만……」

「방을 빌리는 문제에 대해서는 좀 알아봤어?」

「내가 누구한테 물어볼 수 있겠어? 월요일엔 그 단체에 가 보기로 했어. 거기 사람들이 조언해 줄지도 모르지. 당신, 어젯밤에 전화하겠다고 약속했잖아.」

「내가 한 약속은 땡전 한 푼어치도 안 돼.」

「정말 희한한 일이야. 러시아에선 사정이 아주 어려웠지만 적어도 사람들이 늘 함께 있었어. 수용소에서도 숲속에서도 우린 항상 집단으로 모여 있었지. 스톡홀름에서도 다른 사람들과 함께였고. 그러다가 여기 오면서 처음으로 혼자가 된 거야. 창밖을 내다보고 있으면 내가 있을 곳이 아니라는 생각이 들어. 혹시 이쪽으로 와줄 수 있어? 외삼촌은 나가셨고 외숙모도 곧 장 보러 가실 거야. 우리끼리 얘기할 수 있어.」

「알았어, 갈게.」

「빨리 와. 어쨌든 우리도 한때는 부부였잖아.」 타마라는 그렇게 말하고 전화를 끊었다.

헤르만이 거리로 나오자마자 택시 한 대가 다가왔다. 오늘 번 돈을 가지고는 빵을 사기에도 부족했지만 야드비가를 하루 종일 혼자 내버려 두지 않으려면 서둘러야 했다. 택시 안에 앉아 있자니 마음속의 번민이 웃음으로 터져 나왔다. 그렇다, 타마라가 살아 있다. 이건 환상이 아니다.

택시가 멈춰 섰다. 헤르만은 운전사에게 요금을 치르고 팁까지 주었다. 초인종을 누르자 타마라가 문을 열었다. 제일 먼저 눈에 띈 것은 그녀의 손톱에서 빨간 매니큐어가 지워졌다는 사실이었다. 타마라는 지난번과 달리 어두운 빛깔의 드레스를 입고 있었다. 머리도 약간 흐트러진 상태였는데, 몇 가닥의 새치까지 눈에 띄었다. 지난번엔 미국식으로 치장했지만 헤르만이 못마땅하게 생각하는 것을 알아차리고 다시 유럽식으로 돌아간 것이다. 오늘은 지난번보다 나이가 들어 보였고 눈가의 주름살도 눈에 띄었다.

「외숙모가 방금 나가셨어.」

헤르만은 타마라를 처음 만나던 날 입맞춤을 하지 않았다. 오늘은 입맞춤을 하려고 했지만 그녀 쪽에서 피해 버렸다.

「홍차 좀 끓여 올게.」

「홍차? 방금 점심 먹었어.」

그러자 타마라는 날렌체프에서처럼 교태를 부리며 말했다. 「나도 당신과 홍차 한 잔 마실 자격은 충분할 텐데.」

헤르만은 타마라를 따라 거실로 들어갔다. 부엌에서 주전자가 피리 소리를 내기 시작했고, 타마라는 홍차를 우리기 위해 자리를 떴다. 이윽고 그녀가 홍차와 레몬과 쿠키 한 접시를 쟁반에 담아 가져왔다. 쿠키는 셰바 하다스가 구운 것이 분명했다. 모양이 일정하지 않고 집에서 구운 치프케프식 쿠키처럼 비뚤배뚤 구부러졌으며 계피와 아몬드 냄새를 풍기고 있었다. 헤르만은 쿠키 한 개를 먹었다. 그의 찻잔에는 몹시 뜨거운 홍차가 가득 담겨 있었고 변색된 은 스푼이 들어 있었다. 폴란드 유대인들의 생활상이 이렇게 세부적인 요소까지 고스란히 미국 땅으로 옮겨진 것을 보고 있자니 기분이 야릇했다.

타마라가 탁자 앞에 앉았다. 헤르만에게서 너무 가깝지도 않고 너무 멀지도 않은 자리, 다시 말해서 여자가 남편이 아닌 친척과 함께 있을 때 적당한 거리라고 말할 수 있는 자리였다. 그녀가 입을 열었다.

「이렇게 당신을 보고 있는데도 정말 당신이라는 게 믿기지 않네. 난 이제 아무것도 믿을 수 없어. 여기 온 뒤로 모든 게 달라져 버렸어.」

「어떤 면에서?」

「옛날엔 어땠는지 거의 다 잊어버린 거야. 당신은 못 믿겠지만, 헤르만, 밤중에 나 혼자 누워 있으면 우리가 처음에 어떻게 만났고 어떻게 가까워졌는지조차 기억나지 않아. 우리가 자주 싸웠다는 건 알지만 왜 싸웠는지는 모르겠고. 마치 내 인생이 양파 껍질처럼 벗겨져 버린 것 같아. 지금은 러시아에서 있었던 일도, 심지어 나중에 스웨덴에서 있었던 일까지도 점점 잊혀 가는 중이야. 이유는 모르겠지만 우린 어딜 가나 따돌림을 당했어. 사람들은 우리한테 서류를 발급했다가 도로 빼앗아 갔지. 마지막 몇 주 동안 온갖 서류에 서명한 게 도대체 몇 번이었는지 몰라! 그렇게 서명을 많이 받아서 뭐 하려고 그러지? 게다가 그때마다 결혼한 뒤의 성을 쓰라는 거야. 브로데르. 공무원들에게 난 여전히 당신의 아내 타마라 브로데르일 뿐이야.」

「어차피 우린 남남이 될 수 없는 사이잖아.」

「말로만 그럴 뿐이지 당신의 진심은 그게 아니야. 당신은 금방 어머님의 하녀에게서 위안을 얻었으니까. 그렇지만 나에겐 아직도 내 아이들이 — 당신 아이들이 — 찾아오거든. 그 얘기는 그만두자! 그보다 당신이 어떻게 살고 있는지나 말해 봐. 그 여자는 아내 노릇을 잘하는 편이야? 당신, 나한테는 불만이 많았잖아.」

「내가 야드비가한테 뭘 기대하겠어? 우리 집 하녀였을 때 하던 일들을 지금도 그대로 하고 있을 뿐이야.」

「헤르만, 나한테는 뭐든지 다 얘기해도 괜찮아. 첫째, 우린 한때나마 한 몸이었잖아. 둘째, 전에도 말했듯이 난 정말 이 세상 사람이 아닌 것 같아. 그러니까 내가 당신을 도와줄 수 있을지도 몰라.」

「어떻게? 몇 년 동안이나 건초 다락에 숨어 산 사람은 더 이상 인간 사회의 일원이 아닌 거야. 난 사실상 이 미국 땅에서도 여전히 건초 다락에 숨어 있는 거라고. 지난번에 당신도 그렇게 말했잖아.」

「그럼 우린 둘 다 이미 죽은 사람이네. 죽은 사람들끼리는 비밀이 필요 없지. 어차피 그런 일을 하고 있다면 차라리 버젓한 일자리를 찾아보지그래? 랍비 밑에서 대필이나 해주는 건 바람직한 인생이 아니잖아.」

「그것 말고 내가 할 수 있는 일이 뭐가 있겠어? 하다못해 바지를 다림질하는 일을 하려고 해도 우선 몸이 튼튼해야 하고 노조에 가입해야 돼. 여기선 노동자들의 단체를 그렇게 부르는데, 노조에 가입한다는 게 쉬운 일이 아니라고. 그뿐만이 아니라……」

「당신 아이들은 이미 죽었어. 그런데 왜 그 여자한테서 아이를 낳지 않는 거야?」

「그러는 당신도 아직 아이를 낳을 수 있을 텐데.」

「낳아서 뭐 하게? 이교도들이 또 죽여서 태워 버리라고? 어쨌든 내 몸은 이제 텅 비어 버렸어. 내가 어떤 여자를 만난 적이 있는데, 그 여자도 수용소에 갇혀 있다가 살아남았어. 거기서 가족을 다 잃었지만 지금은 남편도 새로 생겼고 아이들도 새로 낳았지. 많은 사람들이 처음부터 다시 시작하고 있어. 외삼촌은 밤늦도록 나한테 잔소리를 하시는데, 당신하고 의논해서 빨리 결판을 내라는 거야. 둘 다 좋은 분들이지만 너무 솔직하신 게 탈이거든. 외삼촌 말씀은 당신이 그 여자와 이혼하든지 아니면 나하고 이혼해야 한다는 거야. 나한테 약간의 유산을 남겨 주겠다고 넌지시 암시까지 주시더라고. 그 분들은 모든 문제에 딱 한 가지 해답만 갖고 계시는데, 그건 모든 게 하느님의 뜻이라는 거야. 그리고 그렇게 믿기 때문에 온갖 지옥 같은 경험을 한 뒤에도 변함없이 건강하신 거고.」

「야드비가와 유대식 이혼을 할 수는 없어. 우린 유대교 율법에 따라 결혼한 게 아니라서 말이야.」

「지금은 바람 안 피워? 혹시 딴 여자가 대여섯 명쯤 되는 거 아니야?」

헤르만은 잠시 머뭇거렸다. 「내가 모든 걸 고백하길 바라는 거야?」

「그냥 진실을 알고 싶어서 그래.」

「사실은 애인이 하나 있어.」

그러자 타마라는 잠깐 미소를 떠올렸다. 「내 그럴 줄 알았어. 당신이 야드비가하고 무슨 대화를 할 수 있겠어? 당신한테 그 여자는 왼발에 신고 있는 오른쪽 신발 같은 존재잖아. 당신 애인은 어떤 여자야?」

「수용소에서 살아남은 여자.」

「그 촌뜨기 대신에 그 여자랑 결혼하지 그랬어?」

「남편이 있는 여자야. 함께 살진 않지만 그 인간이 이혼해 주지 않아서 말이야.」

「역시 당신은 하나도 안 변했어. 아무튼 나한테 진실을 말해 준 것만 해도 대단한 일이지. 아니, 혹시 아직도 뭘 감추고 있는 거 아니야?」

「감추는 거 없어.」

「당신 애인이 한 명이든 두 명이든 열댓 명이든 나한테는 아무런 차이도 없어. 내가 젊고 예뻤던, 적어도 밉진 않았던 시절에도 바람을 피웠던 사람이 그렇게 매력도 없는 촌뜨기를 데리고 살면서 바람을 안 피울 리가 있겠어? 그건 그렇고, 그 여자도 그런 관계를 순순히 받아들이는 거야? 당신 애인 말이야.」

「선택의 여지가 없으니까. 남편이 이혼을 안 해주거든. 그리고 나를 사랑하기도 하고.」

「당신도 그 여자를 사랑해?」

「그 여자 없이는 못 살아.」

「살다 보니 당신한테서 그런 말을 다 들어 보네! 그렇게 예뻐? 똑똑해? 매력적이야?」

「셋 다야.」

「두 여자 사이에서 어떻게 살아가지? 이 여자한테 갔다가 저 여자한테 갔다가 하면서?」

「나름대로 최선을 다할 뿐이야.」

「당신은 조금도 나아진 게 없군. 예나 지금이나 똑같아. 사실 그놈들이 우리 애들한테 그런 짓을 하지만 않았다면 나도 예전 그대로였겠지. 그때 사람들이 나를 위로하면서 시간이 약이라고 했어. 그런데 오히려 정반대였지. 시간이 갈수록 상처가 곪아 갈 뿐이더라고. 헤르만, 나도 방을 따로 얻어야겠어. 이젠 어느 누구하고도 함께 살 수가 없어. 다른 수감자들하고 함께 지낼 때도 이렇게까지 힘들진 않았어. 사람들과 얘기하기 싫으면 귀찮다고 말해 버리면 그만이었지. 그런데 외삼촌께 그런 식으로 말할 수는 없잖아. 나한테는 아버지 같은 분인데 말이야. 난 이혼하지 않아도 돼. 어차피 다시는 딴 사람과 함께 살지 않을 테니까. 물론 당신이 이혼하길 바란다면 또 모르지만……」

「아니야, 타마라. 나도 이혼은 원하지 않아. 당신을 향한 내 감정은 아무도 대신할 수 없는 거니까.」

「무슨 감정? 당신은 남들도 속였지만, 그건 당신도 어쩔 수 없는 거겠지만, 당신은 지금 자기 자신까지 속이고 있는 거야. 당신한테 설교할 생각은 없는데, 그렇게 뒤죽박죽이 된 상황에서 좋은 결과가 나올 리 없다고. 지난번에 당신을 보면서 이런 생각을 했어. 〈저건 사냥꾼들에게 둘러싸여 오도 가도 못하는 짐승의 눈빛이다.〉 당신 애인은 어떤 사람이지?」

「약간 제정신이 아니지만 굉장히 흥미진진한 여자야.」

「아이는 없어?」

「그래.」

「아직 아이를 낳을 수 있는 나이야?」

「그렇긴 한데 그 여자도 아이를 원하지 않아.」

「거짓말하지 마, 헤르만. 여자가 남자를 사랑할 때는 그 남자의 아이를 갖고 싶어 하는 법이야. 그리고 결혼도 해서 그 남자가 딴 여자한테 달아나지 못하게 하고 싶어 하지. 그런데 그 여자는 왜 남편하고 사이가 안 좋았던 거야?」

「아, 그야 사기꾼에다 기생충에다 부랑자 같은 인간이니까. 박사를 사칭하면서 나이 많은 여자들한테서 돈이나 뜯어내는 놈이지.」

「미안한 얘긴데, 그 여자는 당신한테서 뭘 얻는 거지? 마누라가 둘인 데다 어느 사이비 랍비 밑에서 설교문이나 써주는 남자한테서 말이야. 당신 애인한테 나에 대해 얘기했어?」

「아직 안 했어. 그런데 신문에 난 광고를 보고 의심하는 중이지. 어쩌면 이리로 전화할지도 몰라. 혹시 벌써 전화한 거 아니야?」

「나한테 전화한 사람은 아무도 없었어. 혹시 그 여자가 정말 전화하면 뭐라고 해줄까? 내가 당신 여동생이라고 할까? 사라도 아비멜렉한테 아브라함이 오빠라고 둘러댔잖아.」[82]

「벌써 외사촌 형님이 나타났다고 말해 버렸는걸. 이름은 페이블 렘베르게르라고 했고.」

「그럼 내가 바로 그 페이블 렘베르게르라고 할까?」 타마라는 폭소를 터뜨렸다. 그러자 그녀의 얼굴이 완전히 달라졌다. 눈동자가 반짝거렸다. 헤르만이 한 번도 본 적이 없는, 혹은 보았지만 까맣게 잊어버리고 있던 명랑한 눈빛이었다. 왼쪽 뺨에는 보조개가 옴폭 패면서 순간적으로 장난꾸러기 소녀 같은 얼굴이 되었다. 헤르만이 의자에서 일어나자 타마라도 일어섰다.

「벌써 가려고?」

「타마라, 세상이 엉망진창이 돼버린 건 우리 잘못이 아니야.」

「이 상황에서 내가 뭘 기대해야 할까? 당신의 망가진 마차에서 세 번째 바퀴가 되는 거? 우리 말이야, 지난 시절마저 망쳐 버리지 말자. 우린 오랫동안 함께 살았잖아. 당신이 온갖 일들을 저지르긴 했지만 그래도 내겐 그때가 제일 행복한 시절이었어.」

두 사람은 문 쪽으로 나가다가 현관에 서서 대화를 계속했다. 타마라는 지코프의 그 레베친[83]의 며느리가 살아 있다

---

82 아브라함이 아내 사라와 함께 그랄에 갔을 때 오누이로 행세했다. 그랄의 왕 아비멜렉이 사라를 탐하였으나 하느님이 현몽하여 사라가 이미 남의 아내임을 밝혔다. 「창세기」 20장.

83 *Rebbetzin*. (주로 랍비의) 부인을 가리키는 경칭.

는 소식을 들었다고 했다. 그녀는 곧 재혼할 예정이었지만 신앙심이 깊은 여자였으므로 우선 수혼(嫂婚)[84]의 의무로부터 벗어날 필요가 있었다. 남편의 형제 한 명이 미국 어딘가에 살고 있는데 다행히 자유사상가[85]라는 것이었다. 「그렇게 성자 같은 사람들을 알게 된 것만 해도 큰 복이지. 어쩌면 내가 그 참담한 시련을 겪은 것도 그 사람들을 만나게 해주려는 하느님의 뜻이었는지도 몰라.」 타마라는 갑자기 헤르만에게 다가서서 다짜고짜 입술에 키스를 했다. 너무 순식간에 일어난 일이라서 헤르만은 미처 그녀의 입맞춤에 반응을 보일 겨를도 없었다. 뒤늦게 그녀를 껴안으려 했지만 그녀는 재빨리 물러서면서 이만 떠나 달라는 의사 표시를 했다.

4

브루클린에서의 금요일은 치프케프에서의 금요일과 별로 다를 게 없었다. 야드비가는 아직 개종하지 않았지만 유대교의 전통을 충실히 지키려고 노력했다. 그녀는 헤르만의 부모를 모실 때 보았던 유대교의 의식들을 기억하고 있었다. 그래서 할라[86]를 사다 놓고 작은 안식일 케이크를 구웠다. 미국에서는 홀렌트를 끓이는 데 알맞은 오븐을 구할 수 없었지만 이웃의 어떤 사람이 가스버너 위에 석면판을 올려놓으면 된다고 가르쳐 주었다. 그렇게 하면 음식을 태우지 않고 토요일까지 뜨겁게 유지할 수 있다는 것이었다.

84 과부가 고인의 형제와 결혼하는 관습.
85 전통적 관습에 얽매이지 않고 종교 문제를 합리적으로 고찰하는 사람.
86 *challah*. 유대인들이 안식일이나 명절 때 먹는 영양가 높은 빵.

야드비가는 머메이드 애비뉴에 가서 축성식에 쓸 양초와 포도주를 샀다. 그리고 언젠가 놋쇠 촛대 한 쌍을 사두기도 했다. 그녀는 비록 기도문을 제대로 발음하지도 못했지만 안식일 양초를 켠 다음에는 헤르만의 어머니가 그랬던 것처럼 손가락으로 눈을 가린 채 뭐라고 중얼거리곤 했다.

그러나 정작 유대인인 헤르만은 안식일을 무시했다. 전등을 껐다 켰다 하는 것은 금지된 일인데도 마음 내키는 대로 행동했다. 생선, 쌀밥과 강낭콩, 닭고기와 당근 스튜 등으로 안식일 식사를 마친 뒤에는 자리에 앉아 글을 썼다. 그것 역시 금지 사항이었지만 아랑곳하지 않았다. 야드비가가 왜 하느님이 명하신 율법을 거역하느냐고 물었을 때 헤르만은 이렇게 대꾸했다.「하느님 같은 건 없어. 내 말 알아들어? 설령 있더라도 무시해 버릴 거야.」

돈을 받았는데도 이번 금요일은 그 어느 때보다 마음이 무거웠다. 그는 몇 번이나 야드비가에게 혹시 누가 전화하지 않았느냐고 물어보았다. 생선 요리와 수프 요리 사이의 빈 시간에 그는 가슴팍의 호주머니에서 펜과 수첩을 꺼내 메모를 했다. 금요일 저녁에는 가끔 기분이 내키면 아버지가 식탁에서 부르던 성가뿐만 아니라「숄롬 알레이헴」[87]이나「후덕한 여인」같은 노래를 폴란드어로 번역하여 야드비가에게 불러 주기도 했다. 전자는 유대인들이 안식일을 맞이하여 시나고그에서 집으로 돌아올 때 그들을 호위해 주는 천사들에게 인사하는 노래였다. 그리고 후자는 진주보다 귀하고 정숙한 아내를 찬양하는 노래였다. 한번은 야드비가를 위해 사과

---

[87] Sholom(shalom) Aleichem. 유대교의 안식일이 시작되는 금요일 저녁에 부르는 노래. 제목은 유대인들의 인사말이며, 의미는 〈그대에게 평화가 있기를〉.

나무 과수원과 다정한 신랑과 보석으로 치장한 신부에 대한 찬송가를 번역해 준 적도 있었다. 이 노래는 여러 가지 애무 행위를 묘사한 것인데, 야드비가는 거룩한 찬송가에 어울리지 않는 가사라고 말했다. 헤르만은 〈신성한 사자〉라는 별명을 가진 신비주의자가 만든 노래라고 설명해 주었다. 기적을 행하는 사람이었던 그의 앞에 선지자 엘리야가 나타난 적도 있었다. 노래 속의 결혼식은 아름다운 저택에서 진행되었다.

헤르만이 이런 성가를 부를 때마다 야드비가의 두 뺨은 붉게 물들었고 그녀의 눈동자는 안식일의 기쁨에 겨워 더욱더 반짝거리곤 했다. 그러나 오늘 밤 그는 과묵하고 신경질적이었다. 야드비가는 그가 여행 중에 간혹 딴 여자들을 만나는 게 아닐까 의심하고 있었다. 가끔씩은 그 작은 글자들을 읽을 줄 아는 여자를 만나고 싶어 할지도 모른다. 남자들이 과연 자신에게 무엇이 유익한지를 알 수 있을까? 남자들은 하찮은 말 한마디, 미소, 몸짓 따위에 쉽사리 속아 버린다.

주중에 야드비가는 저녁이 되자마자 잉꼬들이 있는 새장에 덮개를 씌웠다. 그러나 안식일 전야에는 새들이 늦게까지 깨어 있도록 내버려 두었다. 수컷 보이투스는 헤르만과 함께 노래를 부르곤 했다. 녀석은 무아지경에 빠진 듯이 재잘거리고 짹짹거리며 이리저리 날아다녔다. 그러나 오늘 밤은 헤르만이 노래를 부르지 않자 보이투스도 새장 지붕에 내려앉아 깃털을 다듬을 뿐이었다.

야드비가가 물었다. 「혹시 무슨 일 있어요?」

헤르만이 대답했다. 「아무 일도 없어, 아무 일도.」

야드비가는 이부자리를 정돈하러 갔다. 헤르만은 창밖을 내다보았다. 보통 때는 금요일 밤마다 마샤가 그에게 전화를 걸었다. 그녀는 어머니가 언짢아할까 봐 안식일엔 절대로 집에 있는 전화기를 사용하지 않았다. 담배를 사러 나가서 동네 상점에 있는 전화기를 이용하는 것이었다. 그런데 오늘 밤은 전화벨이 울리지 않았다.

마샤도 그 신문 광고를 보았기 때문에 헤르만은 금방이라도 스캔들이 터져 나올 것을 각오하고 있었다. 그가 꾸며 낸 이야기는 속이 훤히 들여다뵈는 거짓말이었다. 마샤는 머지않아 타마라가 돌아왔다는 말이 농담이 아니었음을 알게 될 것이다. 어제도 그녀는 비웃듯이 윙크를 해가면서 의기양양하지만 질투 섞인 어조로 그의 가짜 외사촌 페이블 렘베르게르의 이름을 몇 번이나 되풀이하여 입에 올렸다. 그녀는 일부러 공격 시점을 늦추고 있는 것이 분명했다. 아마도 월요일부터 시작될 일주일간의 휴가를 망치지 않으려는 속셈일 것이다.

헤르만은 야드비가에 대해서는 안심하고 있었지만 마샤에 대해서는 모든 것이 불안하기만 했다. 그녀는 헤르만이 다른 여자와 살고 있다는 사실을 순순히 받아들이려고 하지 않았다. 그리고 레온 토르치네르에게 돌아가겠다면서 자꾸 헤르만을 자극하곤 했다. 헤르만은 남자들이 그녀를 쫓아다닌다는 것을 알고 있었다. 카페테리아에서 남자들이 괜히 그녀에게 말을 붙이거나 주소와 전화번호를 묻거나 명함을 건네는 장면도 자주 목격했다. 카페테리아 사람들도 주인에서부터 푸에르토리코인 접시 닦이에 이르기까지 모두 그녀를 탐욕스러운 눈으로 바라보았다. 심지어 여자들까지도 그녀의 우아한 몸매와 긴 목과 가느다란 허리와 날씬한 다리와 새하얀 피부를 보고 감탄해 마지않았다. 헤르만이 도대체 무슨 능력으로 그런 그녀를 붙잡았던 것일까? 얼마나 오래 버틸 수 있을까? 마샤가 이별을 선언할 날을 대비하여 마음의 준비를 해두려고 노력한 적도 한두 번이 아니었다.

지금 그는 흐릿한 가로등이 빛나는 거리를, 미동도 없는 나뭇잎들을, 코니아일랜드의 불빛에 물든 하늘을, 그리고 문 앞에 의자를 내다 놓고 둘러앉아 더 이상 아무런 희망도 없이 기나긴 대화를 이어 가는 남녀 노인들을 내다보고 있었다.

그때 문득 야드비가가 그의 어깨에 손을 올려놓았다. 「침대 정리가 끝났어요. 이부자리도 새로 깔았고요.」

헤르만은 희미하게 가물거리는 촛불만 남겨 두고 거실 전등을 모두 껐다. 야드비가는 화장실로 들어갔다. 그녀는 시골 마을에 살 때부터의 습관대로 여전히 여자로서의 각종 의식을 빠뜨리지 않았다. 잠자리에 들기 전에 반드시 이를 닦고 몸을 씻고 머리를 빗었다. 립스크에 살고 있을 때도 항상 흠잡을 데 없는 청결을 유지했지만 미국으로 건너온 뒤에는 라디오의 폴란드어 방송에서 위생에 대한 다양한 조언들을 주워듣고 있었다. 집 안이 어두워지자 보이투스가 항의하듯이 마지막으로 한마디 소리를 내지르고 마리아나가 있는 새장 안으로 날아들었다. 보이투스는 횃대 위에서 마리아나 곁에 단단히 자리를 잡고 앉았다. 그들은 해가 뜰 때까지 그 자리에서 꼼짝도 하지 않았다. 어쩌면 인간과 동물 모두의 구원자인 죽음과 함께 찾아오는 영원한 휴식을 미리 맛보고 있는지도 모를 일이었다.

헤르만은 천천히 옷을 벗었다. 그는 타마라가 외삼촌의 집에서 소파에 누워 있는 모습을 상상했다. 어둠 속에 빛나는 눈동자가 보이는 듯했다. 마샤는 지금쯤 크로토나 공원 부근이나 트레몬트 애비뉴에 서서 담배를 피우고 있을 것이다. 지나가던 청년들이 그녀에게 휘파람을 불고 있을 것이다. 어쩌면 누군가 차를 세우고 그녀를 태우려고 할지도 모른다.

어쩌면 벌써 누군가의 차에 올라타고 함께 달려가는 중인지도 모른다.

그때 전화벨이 울렸다. 헤르만은 허둥지둥 그쪽으로 달려갔다. 안식일 양초 한 개는 꺼져 버렸지만 나머지 한 개는 아직도 너울거리며 타고 있었다. 그는 수화기를 집어 들고 속삭였다. 「마샤!」

잠시 침묵이 흘렀다. 이윽고 마샤가 말했다. 「당신 지금 그 촌뜨기와 침대에 누워 있나요?」

「아니, 그렇지 않아.」

「그럼 어디예요? 침대 밑인가요?」

「거기 어디야?」

「내가 어디 있든지 당신이 무슨 상관이에요? 당신은 내 곁에 있을 수도 있는데 밤마다 립스크에서 온 그 얼간이와 함께 있잖아요. 게다가 다른 여자들도 있죠. 당신 외사촌이라는 페이블 렘베르게르는 당신이 좋아하는 뚱뚱한 갈보 년이 분명해요. 그 여자하고도 잤어요?」

「아직 안 잤어.」

「그 여자 누구예요? 지금이라도 진실을 말해 줘요.」

「말했잖아. 타마라가 살아 있고 여기 나타났다고.」

「타마라는 죽어서 땅속에서 썩어 가는 중이에요. 페이블은 당신의 애인들 중 한 명이고요.」

「부모님의 유골을 걸고 맹세하는데 절대로 애인이 아니라니까!」

긴장감이 느껴지는 침묵이 흘렀다.

이윽고 마샤가 다시 말했다. 「그 여자가 누군지 말해 봐요.」

「친척이야. 아이들을 잃고 낙담한 여자. 〈연합〉의 도움을 받아 미국으로 건너왔지.」

「그런데 왜 페이블 렘베르게르라고 했어요?」

「당신이 얼마나 의심 많은 사람인지 알고 있으니까. 여자 이름만 나왔다 하면 당신은 당장……」

「그 여자 몇 살이에요?」

「나보다 많아. 산산이 부서진 파편 같은 사람이지. 정말 내 애인이었다면 레브 아브라함 니센 야로슬라베르가 신문에 광고까지 냈을 것 같아? 그 사람은 독실한 신앙인이라고. 그러니까 전화해서 직접 확인해 보라고 했잖아.」

「이번엔 당신이 결백한 건지도 모르죠. 지난 며칠 동안 내가 얼마나 애태웠는지 당신은 모를 거예요.」

「이 바보야, 난 당신을 사랑한다고! 지금 어디 있는 거야?」

「어디냐고요? 트레몬트 애비뉴에 있는 과자 가게예요. 담배를 피우면서 걸어오는데 몇 분에 한 번씩 건달 녀석들이 차를 세우고 어서 타라고 유혹했어요. 남자애들이 열여덟 살 먹은 계집애한테 하듯이 휘파람을 휙휙 불기도 했고요. 도대체 다들 뭘 보고 그러는지 모르겠어요. 우리 월요일에 어디로 가죠?」

「적당한 곳을 찾아봐야지.」

「엄마를 혼자 두고 떠나는 게 좀 걱정스러워요. 혹시 발작이라도 일어나면 어떡해요? 엄마가 돌아가셔도 아무도 모를 텐데.」

「이웃집 사람들한테 돌봐 달라고 부탁해 봐.」

「난 이웃집 사람들을 멀리하고 있어요. 불쑥 찾아가서 그런 부탁을 할 입장이 아니라고요. 더군다나 우리 엄마는 사람들을 무서워해요. 누가 문을 두드리기라도 하면 나치가 쳐들어온 거라고 생각하시거든요. 이스라엘의 원수들에겐 즐거운 일이겠죠. 내가 이번 여행을 기대하면서 즐거워하는 것처럼요.」

「그럼 그냥 뉴욕 시내에서 지내도 되잖아.」

「푸른 풀밭과 맑은 공기가 그리워요. 수용소에 있을 때도 공기가 여기만큼 오염되진 않았죠. 엄마도 모시고 갔으면 좋겠지만 엄마는 나를 매춘부처럼 생각하잖아요. 하느님이 온갖 고통을 주는데도 엄마는 하느님을 제대로 섬기지 못하는 것 같아서 벌벌 떨죠. 사실은 히틀러가 한 짓이 바로 하느님이 원하는 일이었는데 말이에요.」

「그럼 당신은 왜 안식일마다 촛불을 켜는 거야? 속죄절[88]엔 왜 금식을 하고?」

「하느님을 위해서 그러는 게 아니에요. 진짜 하느님은 우리를 미워하지만 우린 우리를 사랑해 주고 선민으로 선택해 주는 우상을 생각해 낸 거예요. 당신도 그랬잖아요. 〈이교도들은 돌을 가지고 신을 만들었고 우리는 이론을 가지고 신을 만들었다.〉 일요일 몇 시쯤에 올 거예요?」

「4시.」

「당신도 역시 신이기도 하고 살인자이기도 해요. 그럼 안식일 잘 보내요.」

5

헤르만과 마샤는 애디론댁 산맥으로 가는 버스를 탔다. 여섯 시간의 여행 끝에 조지 호수에 도착했고, 그곳에서 7달러에 방을 빌려 하룻밤 묵기로 했다. 아무런 계획도 없이 출발한 여행길이었다. 헤르만이 공원에서 뉴욕 주의 지도를 발견

---

88 *Yom Kippur*. 지성순간의 마지막 날.

하여 길잡이로 삼았을 뿐이었다. 두 사람이 빌린 방에는 호수와 산들이 한눈에 내다보이는 창이 있었다. 소나무 향기를 머금은 산들바람이 불어왔다. 멀리서 음악 소리가 들렸다. 마샤는 집에서 어머니와 함께 준비한 음식 바구니를 가져왔다. 팬케이크, 푸딩, 설탕에 절인 사과, 자두, 건포도, 집에서 구운 케이크 따위였다.

마샤가 창가에 서서 호수에 떠 있는 노 젓는 배와 모터보트들을 내다보면서 장난스럽게 말했다.「나치 놈들은 다 어디 갔죠? 어떻게 된 세상이기에 나치 놈들이 하나도 없는 거예요? 이 미국이라는 나라는 정말 후진국이네요.」

출발하기 전에 마샤는 휴가비로 코냑 한 병을 샀다. 그녀는 러시아에서 술을 배웠다. 헤르만은 종이컵으로 딱 한 모금만 마셨지만 마샤는 연신 종이컵을 채워 가면서 점점 더 명랑해져 노래도 흥얼거리고 휘파람도 불었다.

마샤는 어린 시절부터 바르샤바에서 무용 교습을 받았다. 그래서 무용수처럼 종아리 근육이 발달했다. 그녀가 두 팔을 들어 올리더니 춤을 추기 시작했다. 슬립 바람에 나일론 스타킹을 신고 담배를 꼬나물고 머리카락을 헝클어뜨린 그녀의 모습을 보면서 헤르만은 치프케프에 이따금씩 들어오던 서커스의 여자 곡예사들을 떠올렸다. 마샤는 이디시어와 히브리어와 러시아어와 폴란드어로 노래를 불렀다. 그리고 헤르만에게 다가와 함께 춤을 추자며 술에 취한 목소리로 재촉했다.「자, 학생, 춤 솜씨가 얼마나 좋은지 어디 보자고.」

그들은 일찌감치 잠자리에 들었지만 그날 밤은 계속 잠을 설쳤다. 마샤가 한 시간쯤 눈을 붙이고 깨어났다. 그녀는 여러 가지를 한꺼번에 하려고 들었다. 정사도 나누고, 담배도 피우고, 술도 마시고, 대화도 하고. 달이 수면 위에 낮게 떠 있었다. 여기저기서 물고기가 뛰어올랐다. 별들이 작은 등불처럼 빛나고 있었다. 마샤가 들려주는 이야기들은 헤르만의 마음속에 노여움과 질투심을 동시에 불러일으켰다.

아침이 되자 두 사람은 짐을 챙겨 다시 버스에 올랐다. 그날 밤은 스크룬 호숫가의 방갈로에서 묵었다. 밤공기가 너무 싸늘해서 보온을 위해 담요 위에 옷까지 덮어야 했다. 이튿날 아침 식사를 마치고 배를 빌렸다. 헤르만이 노를 젓는 동안 마샤는 햇볕 아래 드러누워 몸을 덥혔다. 헤르만은 그녀의 이맛살이나 감은 눈꺼풀 속에 감춰진 생각들을 읽어 낼 수 있을 것 같다고 생각했다.

그는 나치나 비밀경찰이나 국경 수비대나 밀고자 따위를 두려워할 필요가 없는 자유 국가 미국에 산다는 것이 얼마나 멋진 일이냐고 생각했다. 그는 〈제1서류〉[89]조차 가져오지 않았다. 미국에서는 어느 누구에게도 신분증을 요구하지 않기 때문이다. 그러나 머메이드 애비뉴와 넵튠 애비뉴 사이의 한 골목에서 야드비가가 그를 기다리고 있다는 사실을 뇌리에서 완전히 떨쳐 버릴 수는 없었다. 그리고 이스트 브로드웨이에 있는 레브 아브라함 니센 야로슬라베르의 집에는 저승에서 돌아온 타마라가 있었고, 그녀는 헤르만이 하다못해 빵 부스러기라도 던져 주기를 학수고대하고 있었다. 그가 이 여자들의 권리 주장을 모두 뿌리치고 완전한 자유를 얻게 되기란 영원히 불가능할 터였다. 심지어 랍비 램퍼트조차 마땅히 그에게 불평할 자격이 있었다. 헤르만은 랍비가 원하는 우정의 관계를 한사코 거부했기 때문이다.

그러나 연푸른 하늘과 황록색 물에 둘러싸인 지금 이 순간

---

[89] *First papers*. 미국에 귀화할 의사를 밝히는 시민권 신청서. 1952년 이후 폐지되었다.

만은 그런 죄의식도 한결 가볍게 느껴졌다. 새들은 마치 천지 창조 이후의 첫 아침을 맞이한 듯 새날이 밝았다고 소리 높여 노래했다. 훈훈한 바람이 숲의 향기와 호텔에서 준비 중인 음식 냄새를 실어 날랐다. 헤르만은 닭이나 오리의 비명 소리를 얼핏 들은 것 같다고 생각했다. 이 아름다운 여름날 아침, 어디선가 새들이 도살되고 있는 모양이었다. 트레블링카는 이렇게 도처에 존재한다.

마샤가 가져온 음식이 다 떨어졌지만 그녀는 식당에서 사 먹으려 하지 않고 시장에 가서 빵과 토마토와 치즈와 사과를 사 왔다. 그녀가 사 온 식료품은 온 가족이 먹어도 남을 만한 분량이었다. 그녀는 장난기가 많고 충동적인 편이었지만 모성 본능을 가진 여자였고, 호리터분한 여자들처럼 헛되이 돈을 낭비하지 않았다. 마샤는 방갈로 안에서 소형 석유난로를 찾아내 커피를 끓였다. 석유 냄새와 연기 냄새를 맡으면서 헤르만은 바르샤바에서의 학창 시절을 떠올렸다.

열어 놓은 창으로 파리와 꿀벌과 나비들이 날아들었다. 파리와 꿀벌들은 설탕이 쏟아진 곳에 내려앉았고, 나비 한 마리는 빵 한 조각 위에서 너울너울 맴돌고 있었다. 빵을 먹지는 않았지만 냄새를 음미하고 있는 듯했다. 헤르만은 이런 곤충들을 얼른 쫓아 버려야 할 해충으로 여기지 않았다. 그에게 이 생물들은 저마다 살고 체험하고 이해하고자 하는 영원한 의지의 표상이었다. 파리는 음식 쪽으로 더듬이를 뻗으면서 뒷다리를 마주 비볐다. 나비의 날개는 기도용 숄을 연상시켰다. 벌은 붕붕거리고 윙윙거리다가 다시 창밖으로 날아갔다. 작은 개미 한 마리가 돌아다니고 있었다. 싸늘한 밤을 이겨 내고 살아남아 식탁 위에서 이리저리 기어다니는 중이었다. 그러나 어디로 가려는 것일까? 개미는 빵 부스러기 앞에서 잠시 멈추었다가 다시 이쪽저쪽 오락가락하기 시작했다. 녀석은 개미탑으로 돌아가는 길을 잃어버렸으니 이젠 혼자 힘으로 살아가야 했다.

헤르만과 마샤는 스크룬 호수를 떠나 플래시드 호수로 건너갔다. 그곳에서 그들은 언덕 위에 있는 집의 방 한 칸을 빌렸다. 집 안의 물건들은 모두 오래된 것이었지만 흠잡을 데 없이 깨끗했다. 거실, 계단, 벽에 걸린 그림이나 장식품들, 문장(紋章)을 수놓은 독일제 수건 등등, 그 모든 것이 제1차 세계 대전 이전에 만들어진 것들이었다. 널찍한 침대에는 유럽의 여관에서 볼 수 있는 것과 똑같은 두툼한 베개들이 놓여 있었다. 그 방의 창문은 산맥을 마주 보고 있었다. 해가 질 때는 벽면에 붉게 물든 사각형들이 나타났다.

얼마 후 헤르만은 전화를 걸기 위해 아래층으로 내려갔다. 야드비가에게 수신자 부담 전화를 받는 방법을 미리 가르쳐 준 터였다. 야드비가는 그에게 지금 있는 곳이 어디냐고 물었고, 그는 처음에 떠오른 지명을 말해 주었다. 야드비가는 대개 불평을 안 하는 편이었는데 웬일인지 이번에는 잔뜩 흥분해서 떠들어 대고 있었다. 밤마다 무섭다, 이웃들이 비웃으며 손가락질을 한다, 그렇게 돈을 많이 벌어서 도대체 어디다 쓰려는 거냐? 그녀는 헤르만이 다른 남자들처럼 집에서 좀 더 많은 시간을 보내게 할 수만 있다면 기꺼이 맞벌이를 하겠다고 말했다. 헤르만은 그녀를 달래 주고 변명을 늘어놓고 너무 오랫동안 돌아다니지 않겠다고 약속했다. 그러자 그녀는 수화기에 대고 입맞춤을 했고, 헤르만도 입맞춤 소리로 화답했다.

이윽고 헤르만이 위층으로 돌아갔을 때 마샤는 그에게 말도 하지 않으려 했다. 「이제야 당신 진심을 알았어요.」

「무슨 진심?」

「당신이 하는 말을 다 들었다고요. 그 여자한테 빨리 보고 싶다, 당신 곁으로 돌아가고 싶어 못 견디겠다고 했잖아요.」

「나 말고는 의지할 데가 없는 사람이잖아.」

「그럼 난 어떤데요?」

그들은 말없이 저녁을 먹었다. 마샤는 불을 켜지 않았다. 그녀가 완숙 달걀을 건넸을 때 헤르만은 문득 티샤 바브[90] 전야를 떠올렸다. 그날 밤에 유대인들은 금식을 앞두고 마지막 식사를 하면서 애도의 뜻으로 재를 뿌린 완숙 달걀을 먹는데, 이는 사람의 운명도 달걀처럼 굴러 언제라도 행복이 불행으로 바뀔 수 있다는 상징적 의미를 가진 풍습이었다. 마샤는 번갈아 가며 음식도 먹고 담배도 피웠다. 헤르만이 말을 붙여 보았지만 그녀는 대꾸조차 하지 않았다. 식사가 끝나자마자 마샤는 옷을 입은 채 침대 위로 몸을 던졌는데, 잔뜩 웅크리고 있어서 잠들었는지 토라졌는지 판단하기가 힘들었다.

헤르만은 밖으로 나갔다. 낯선 거리를 거닐다가 이따금씩 걸음을 멈추고 기념품 가게의 진열창을 들여다보기도 했다. 인디언 인형, 나무 밑창에 금색 끈을 꿰어 놓은 샌들, 호박(琥珀) 목걸이, 중국산 귀고리, 멕시코산 팔찌 따위가 있었다. 이윽고 그는 구릿빛 하늘이 비치는 호숫가에 이르렀다. 독일에서 온 난민들이 어슬렁어슬렁 지나갔다. 등판이 널찍한 남자들과 뚱뚱한 여자들이었다. 그들은 집과 상점과 주식 시장에

---

[90] *Tisha Ba'av*. 태양력의 7월 또는 8월에 해당하는 아브 월(月)의 아홉째 날. 기원전 586년의 제1차 예루살렘 성전 파괴와 기원후 70년의 제2차 성전 파괴를 기억하는 날로, 유대인들은 〈유대 역사상 가장 슬픈 날〉이라고 부르며 하루 동안 금식을 한다.

대해 이야기하고 있었다. 헤르만은 자신에게 물어보았다. 〈저들은 어떤 면에서 나의 형제자매인가? 저들의 유대인다운 점은 어떤 것인가? 나의 유대인다운 점은 무엇인가?〉 그들은 모두 똑같은 소망을 갖고 있었다. 가급적 빨리 이 나라에 동화되어 외국인의 말투를 지워 버리는 것이다. 헤르만은 그들의 일원이 아니었고, 그렇다고 미국계나 폴란드계나 러시아계 유대인도 아니었다. 오늘 아침 식탁에서 보았던 그 개미처럼 스스로 공동체에서 떨어져 나왔기 때문이다.

헤르만은 호수 주위를 거닐었다. 작은 숲들을 지나고 스위스의 산장처럼 생긴 호텔을 지났다. 반딧불이가 깜박거리고, 귀뚜라미가 찌르륵거리고, 잠들지 않은 새 한 마리가 나무 우듬지에서 끼익 소리쳤다. 해골바가지 같은 달이 떠올랐다. 저게 뭐냐? 달이란 무엇인가? 누가 만들었을까? 무슨 목적으로? 어쩌면 해답은 아주 간단한 것이고, 다만 누군가 발견해 주기를 기다리고 있을 뿐인지도 모른다. 나무에서 떨어지는 사과를 보는 순간 만유인력의 법칙을 깨달았다는 뉴턴처럼. 어쩌면 삼라만상을 포괄하는 진리를 딱 한 문장으로 요약할 수 있을지도 모른다. 아니, 그 진리를 정의하는 데 필요한 낱말들을 먼저 만들어야 하는 것일까?

헤르만이 민박 집으로 돌아온 것은 밤이 이슥할 무렵이었다. 몇 킬로미터나 걸어다녔던 것이다. 방 안은 캄캄했다. 마샤는 헤르만이 밖으로 나갈 때 보았던 그 자세 그대로 누워 있었다. 그는 마샤에게 다가가서 마치 살아 있는지 확인하려는 것처럼 그녀의 얼굴을 만져 보았다. 「왜 그래요?」 놀란 목소리였다.

헤르만은 옷을 벗고 그녀 곁에 누웠다. 그렇게 누워 있다가 어느새 잠이 들었다. 이윽고 눈을 떠보니 달이 빛나고 있었다. 마샤가 방 한복판에 서서 병나발로 코냑을 마시고 있었다.

「마샤, 이건 아니야!」

「그럼 어떻게 해야 되죠?」

그녀는 잠옷을 벗고 헤르만에게 다가왔다. 그들은 말없이 입맞춤을 하고 사랑을 나누었다. 그런 다음에 그녀가 일어나 앉아 담배에 불을 붙였다. 그리고 불쑥 말했다. 「5년 전 이맘때 내가 어디 있었더라?」 그녀는 한참 동안 기억을 더듬었다. 그리고 이렇게 말했다. 「그땐 아직 죽음의 세계에 있었군요.」

6

헤르만과 마샤는 다시 여행을 계속하다가 캐나다 국경에서 그리 멀지 않은 호텔에 투숙했다. 휴가 날짜가 며칠밖에 안 남았고 호텔 숙박료도 저렴한 편이었기 때문이다.

호텔에서 운영하는 방갈로들이 호숫가에 나란히 서 있었다. 수영복 차림의 남녀들이 야외에서 카드놀이를 하고 있었다. 테니스장에서는 스컬캡을 쓰고 반바지를 입은 랍비가 정통파 여자들의 가발을 쓴 아내와 함께 테니스를 치고 있었다. 젊은 남녀가 두 그루 소나무 사이의 그물 침대에 누워 끊임없이 킥킥거렸다. 남자는 이마가 넓었고, 머리는 헝클어졌고, 좁다란 가슴엔 털이 무성했다. 여자는 수영복을 입었고, 다윗의 별을 목에 걸고 있었다.

호텔 여주인은 헤르만에게 자기네 주방이 〈철저한 코셰르 식단〉을 고수하며 손님들은 모두 〈행복한 일가족〉과 같다고 말했다. 그녀는 헤르만과 마샤를 방갈로로 안내해 주었다.

벽에는 페인트칠을 하지 않았고 천장에는 들보가 그대로 드러나 있었다. 점심때가 되자 반라의 엄마들이 자기 자식을 기필코 6척 장신의 미국인으로 키우겠다는 듯이 아이들의 입 속에 음식을 마구 밀어 넣었다. 어린것들은 울음을 터뜨리고 캑캑거리며 억지로 삼켰던 야채를 도로 게워 냈다. 헤르만은 그들의 성난 눈동자를 보면서 이런 말을 떠올렸다. 〈엄마의 헛된 야망 때문에 이런 고역을 치르긴 싫단 말이야.〉 테니스를 치던 랍비가 재담을 늘어놓고 있었다. 웨이터들은 ─ 주로 대학생이나 예시바 학생들이었다 ─ 연상의 여인들과 농담을 주고받거나 소녀들과 시시덕거렸다. 그들은 마샤를 보자마자 어디 출신이냐고 묻더니 곧 추파 섞인 찬사를 보내기 시작했다. 헤르만은 목구멍이 오그라드는 것 같았다. 그래서 촙트리버와 양파도, 크레플라흐[91]도, 기름진 쇠고기도, 그리고 순대도 삼킬 수가 없었다. 식탁에 둘러앉은 여자들이 흉을 보았다. 「무슨 남자가 저래요? 통 먹질 않잖아요.」

헤르만은 야드비가의 건초 다락과 독일의 난민 수용소를 거쳐 미국에서 고난의 세월을 보내는 동안 이렇게 현대화된 신식(新式) 유대인들과 접촉해 본 적이 없었다. 그런데 이곳에 와서 그들을 만나게 된 것이다. 얼굴이 둥글둥글하고 머리가 곱슬곱슬한 이디시어 시인이 랍비와 논쟁을 벌이고 있었다. 시인은 무신론자를 자처하면서 세속적 가치관, 문화, 비라비잔[92]의 유대인 구역, 반유대주의 등에 대해 이야기했다. 랍비가 식사를 마친 후 손을 씻는 의식을 치르고 중얼중얼 감사 기도를 드리는 동안에도 시인은 계속 지껄이고 있었다. 랍비는 이따금씩 흐리멍덩한 눈으로 몇 마디를 소리 내어 읊

---

91 *kreplach*. 육류나 감자 따위를 넣어 만든 유대식 만두.
92 Bira Bidjan. 옛 소련의 유대인 자치주. 비로비잔Birobidzhan.

조리기도 했다. 뚱뚱한 여자 하나가 이디시어는 혼합어이며 문법도 없는 뒤죽박죽 언어라고 주장했다. 수염을 기르고 금테 안경을 끼고 벨벳 스컬캡을 쓴 유대인이 일어나더니 신생국 이스라엘에 대해 일장 연설을 하고 기부금을 요구했다.

마샤는 다른 여자들과 대화를 나누고 있었다. 그들은 그녀를 브로데르 부인이라고 부르면서 헤르만과는 언제 결혼했느냐, 아이들은 몇이나 두었느냐, 헤르만의 직업은 무엇이냐 따위의 질문을 던졌다. 헤르만은 고개를 푹 숙였다. 그는 사람들과 접촉할 때마다 두려움을 느꼈다. 브루클린에 사는 헤르만과 야드비가를 아는 사람이 언제 어디서 나타날는지 모르기 때문이다.

갈리치아[93]에서 왔다는 한 노인이 브로데르라는 성을 물고 늘어졌다. 헤르만에게 혹시 렘베르크, 타르누프, 브로디, 드로고비치 등지에 가족이 살지 않느냐고 꼬치꼬치 캐묻는 것이었다. 자신에게도 육촌인지 팔촌인지 아무튼 똑같은 성을 가진 친척이 있는데, 그는 랍비로 임명되었다가 변호사가 되었으며 지금은 텔아비브의 정통파 정당에서 중요한 인물이라고 했다. 헤르만이 대답해 줄 때마다 상대방은 더 깊이 파고들었다. 기필코 자신과 헤르만이 친척임을 밝혀내겠다고 작정이라도 한 듯했다.

식탁에 둘러앉은 여자들은 모두 마샤의 미모와 날씬한 몸매와 옷차림에 대해 칭찬을 아끼지 않았다. 그러다가 마샤가 입고 있는 드레스를 손수 만들었다는 사실을 알게 되자 자기들을 위해서도 바느질을 해줄 수 있느냐고 물었다. 저마다 품을 늘이거나 줄이고, 길이를 길게 또는 짧게 해야 할 옷들이 있다고 했다.

---

93 Galicia. 유럽 중동부의 한 지방.

헤르만은 음식을 별로 먹지 않았는데도 테이블에서 일어날 때쯤엔 속이 더부룩했다. 헤르만과 마샤는 산책을 나섰다. 헤르만 자신도 미처 깨닫지 못했던 일이지만, 오랫동안 고립된 생활을 하면서 모든 인간관계를 멀리한 탓에 참을성도 줄어든 모양이었다. 지금 그의 바람은 단 한 가지, 가급적 빨리 이곳을 벗어나는 것뿐이었다. 그의 걸음이 너무 빨라서 마샤가 점점 뒤처졌.

「왜 그렇게 뛰는 거예요? 쫓아오는 사람도 없는데.」

그들은 오르막길을 걷고 있었다. 헤르만은 자꾸 뒤를 돌아보았다. 여기서 나치들을 피해 은신하는 것이 가능할까? 마샤와 나를 건초 다락에 숨겨 줄 사람이 있을까? 방금 점심을 먹고 나왔는데 벌써부터 저녁 식사 때 다시 그 사람들을 만날 일이 걱정스러웠다. 그들 틈에 끼어 앉아서 아이들이 난장판을 만들어 가며 강제로 음식을 삼키는 꼴을 다시 지켜볼 자신이 없었다. 무의미한 이야기들을 듣고 있을 자신도 없었다. 도시에 있을 때는 늘 바깥의 자연을 그리워했지만 사실 이렇게 고요한 곳은 그의 체질에 맞지 않았다. 마샤는 개들을 무서워해서 개 짖는 소리가 들릴 때마다 헤르만의 팔에 매달리곤 했다. 그녀는 오래지 않아 하이힐 때문에 더 이상 걷지 못하겠다고 말했다. 농부들이 한가롭게 거니는 두 사람을 못마땅한 눈으로 힐끔거렸다.

이윽고 호텔로 돌아왔을 때 헤르만은 갑자기 손님들에게 제공되는 보트를 타보자고 했다. 마샤가 말렸다. 「둘 다 빠져 죽을 거예요.」 그러나 결국 그녀는 보트 안에 앉아 담뱃불을 붙였다. 헤르만은 노를 저을 줄은 알았지만 그도 마샤도 수영은 하지 못했다. 맑은 하늘은 연푸른빛이었고 바람이 불고 있었다. 물결이 출렁거리며 뱃전을 두드려 보트를 요람처럼 흔들었다. 헤르만은 이따금씩 텀벙거리는 물소리를 들었다. 마치 물속에 숨어 있는 어떤 괴물이 배를 뒤집어 버릴 기회를 노리며 소리 없이 헤엄쳐 두 사람을 따라오고 있는 듯했다. 마샤는 걱정스러운 표정으로 헤르만을 지켜보면서 이러쿵저러쿵 잔소리를 하고 책망했다. 헤르만의 신체적 능력을 그리 신뢰하지 않는 것이다. 어쩌면 그녀 자신의 운수를 믿지 못하는 것인지도 모른다.

「저 나비 좀 봐요!」

마샤가 손가락으로 가리켰다. 나비가 어떻게 기슭에서 이만큼 먼 데까지 날아왔을까? 다시 기슭으로 날아갈 수 있을까? 나비는 공중에서 팔랑팔랑 날고 있었는데, 특별한 방향도 없이 이리저리 갈팡질팡하다가 문득 어디론가 사라져 버렸다. 물결이 황금빛과 그림자를 섞어 가며 수면에 무늬를 수놓았다. 호수는 일렁이는 거대한 체스 판이 되었다.

「조심해요! 바위가 있어요!」

마샤가 벌떡 일어나 앉는 바람에 배가 기우뚱거렸다. 헤르만은 재빨리 노를 거꾸로 저었다. 바위 하나가 물 위로 불쑥 솟아 있었다. 울퉁불퉁하고 뾰족뾰족하며 이끼로 뒤덮인 이 바위는 먼 옛날 대지를 파헤쳐 이곳 분지를 만들어 냈던 빙하와 빙하기의 흔적이었다. 바위는 무수한 비와 눈과 서리와 더위를 이겨 내고 살아남았다. 바위는 아무도 두려워하지 않았다. 바위는 구원을 바라지 않았다. 이미 구원받았기 때문이다.

헤르만은 기슭으로 배를 저어 갔고, 두 사람은 배에서 내려 방갈로로 향했다. 헤르만과 마샤는 침대에 누워 모직 담요를 덮었다. 마샤는 눈을 감고 있었지만 눈꺼풀 속에는 미소를 머금고 있는 듯했다. 그러다가 그녀의 입술이 움직이기 시작했다. 헤르만은 멍하니 그녀를 바라보았다. 내가 과연 이 여자를 아는가? 그녀의 얼굴조차 왠지 낯설어 보였다. 그는 그녀의 코와 턱과 이마의 생김새를 찬찬히 뜯어본 적이 한 번도 없었다. 지금 그녀의 마음속에는 어떤 생각이 오가는 중일까?

마샤가 부르르 몸을 떨며 일어나 앉았다. 「방금 아빠를 봤어요.」

그리고 한동안 말이 없었다. 이윽고 그녀가 물었다. 「오늘이 며칠이죠?」

헤르만은 날짜를 생각해 냈다.

「손님이 다녀간 지 7주가 지났네요.」 헤르만은 그녀의 말을 금방 알아듣지 못했다. 그가 살면서 만난 여자들은 월경을 가리켜 저마다 다른 명칭을 사용했다. 월중 행사, 몸엣것, 달거리. 헤르만은 바싹 긴장하여 그녀와 함께 날짜를 계산해 보았다.

「그래, 늦는군.」

「난 절대로 늦는 법이 없어요. 다른 면에서는 비정상일지 몰라도 이 일만은 백 퍼센트 정상이라고요.」

「병원에 가봐.」

「의사들도 이렇게 일찍 확인하진 못해요. 일주일만 더 기다려 보죠. 미국에서 낙태를 하려면 5백 달러나 들어요.」 마샤가 말투를 바꾸었다. 「게다가 위험하기도 하다고요. 카페테리아에서 일하던 여자 하나가 낙태 수술을 받았어요. 그리고 패혈증으로 목숨을 잃었죠. 그렇게 끔찍하게 죽다니! 혹시 나한테 무슨 일이 생기면 우리 엄마는 어떻게 되겠어요? 엄마가 굶어 죽든 말든 당신은 신경도 안 쓸 텐데.」

「그렇게 신파조로 나가지 마. 당장 죽게 된 것도 아니잖아.」

「삶과 죽음의 거리가 얼마나 멀다고 생각해요? 난 사람이 죽는 걸 많이 봐서 잘 알아요.」

7

랍비는 저녁 식사를 위해 새로운 농담거리를 미리 준비해 둔 것이 분명했다. 온갖 이야기가 끝없이 흘러나왔다. 여자들이 킥킥 웃었다. 학생 웨이터들이 요리를 갖다 주면서 달그락달그락 시끄러운 소리를 냈다. 졸음에 겨운 아이들은 음식을 먹고 싶어 하지 않았고, 엄마들은 그들의 손을 찰싹찰싹 때렸다. 최근에 미국으로 건너왔다는 한 여자가 음식을 도로 가져가라고 하자 웨이터가 이렇게 말했다. 「히틀러가 더 잘 먹여 준 모양이죠?」

식후에 그들은 헛간을 개조하여 만든 오락장에 모였다. 이디시어 시인이 스탈린을 찬양하는 일장 연설을 하고 프롤레타리아 사상시를 낭송했다. 한 여배우가 유명 인사들을 흉내 냈다. 그녀는 울고 웃고 비명을 지르고 오만상을 찡그렸다. 뉴욕의 이디시어 보드빌 극장에서 공연했던 배우가 음담패설을 들려주었다. 바람난 아내가 침대 밑에 카자흐스탄 병사를 숨겨 두고 남편을 속인다는 이야기, 어느 랍비가 행실 나쁜 여자를 타이르려고 갔는데 그녀의 집에서 나올 때는 바지 앞 단추가 열려 있더라는 이야기 따위였다. 부인들과 젊은 아가씨들이 배꼽을 쥐고 웃어 댔다. 헤르만은 자신에게 물어보았다. 〈어째서 나에겐 모든 것이 고통스럽기만 할까?〉 오락장에서의 천박한 언동은 창조의 의미를 부정하고 대학살의 고난을 모욕하는 짓이었다. 손님들 중에는 나치의 공포를 피해 도망친 난민들도 있었다. 열린 문으로 나방들이 날아들었다. 그것들은 대낮처럼 환한 불빛에 속아서 잠시 이리저리 날아다니다가 벽에 부딪치거나 전구에 그슬려 곧 떨어져 죽어 버렸다.

주위를 둘러보던 헤르만은 마샤가 몸집이 거대한 남자와 춤추고 있는 것을 보았다. 격자무늬 셔츠와 녹색 반바지 차림으로 털투성이 넓적다리를 드러낸 남자였다. 그는 마샤의 허리를 안고 있었는데, 마샤의 손이 그의 어깨에 간신히 닿을 정도였다. 웨이터 중 한 명이 트럼펫을 불었고 다른 한 명은 드럼을 두드렸다. 세 번째 웨이터는 손수 만든 악기를 불었는데, 마치 구멍이 뻥뻥 뚫린 항아리 같은 생김새였다.

헤르만은 마샤와 함께 뉴욕을 떠난 후 지금까지 혼자 있을 기회가 거의 없었다. 그는 잠시 망설이다가 마샤가 안 보는 사이에 그곳을 빠져나왔다. 달도 없고 쌀쌀한 밤이었다. 헤르만은 한 농장을 지나갔다. 축사 안에 송아지 한 마리가 서 있었다. 송아지는 말 못하는 짐승 특유의 어리둥절한 표정으로 어둠 속을 응시했다. 녀석의 커다란 눈동자가 이렇게 묻는 듯했다. 나는 누구일까? 내가 왜 이곳에 있는 것일까? 산 쪽에서 싸늘한 바람이 불어왔다. 유성들이 하늘을 가르며 떨어져 내렸다. 오락장이 점점 멀어지다가 나중에는 저 밑에서 반딧불이처럼 조그맣게 반짝거렸다. 마샤는 비관적인 사고방식을 가졌지만 본능에 속하는 부분들은 평범한 편이었다. 다른 여자들처럼 그녀도 남편과 아이들과 가족을 원했다. 그녀도 음악과 연극을 좋아했고, 배우들의 우스갯소리를 들으며 웃음을 터뜨렸다. 그러나 헤르만의 마음속에는 달랠 수 없는 슬픔이 깃들어 있었다. 그는 히틀러의 희생자가 아니었다. 히틀러의 시대가 오기 훨씬 전부터 그는 이미 희생자였다.

 헤르만은 불에 타서 뼈대만 남은 어느 집 앞에 이르러 걸음을 멈추었다. 매캐한 냄새, 원래는 창문이었던 구멍들, 그을린 출입구, 그리고 시꺼먼 굴뚝에 이끌려 그는 그 집 안으로 들어가 보았다. 마귀들이 정말 존재한다면 이 폐허를 좋아할 듯싶었다. 인간들을 참아 내지 못하는 헤르만으로서는 차라리 유령들을 친구로 삼는 것이 더 자연스러운 일인지도 모른다. 남은 생을 이 폐허에서 보내는 것은 어떨까? 그는 불타 버린 벽과 벽 사이에 서서 오래전에 꺼져 버린 불줄기의 냄새를 맡았다. 헤르만은 밤이 숨 쉬는 소리를 들을 수 있었다. 밤이 잠들어 코를 곤다는 상상도 해보았다. 적막이 귓속에 메아리쳤다. 그는 숯과 재를 밟으며 걸음을 옮겼다. 그렇다, 나는 도저히 그런 연극과 웃음과 노래와 춤에 동참할 수 없다.

 한때는 창문이었던 한 구멍으로 캄캄한 밤하늘이 내다보였다. 하늘은 수많은 상형 문자가 적혀 있는 한 장의 파피루스였다. 헤르만의 시선은 히브리어의 모음 부호 〈세골(∵)〉[94]과 비슷한 모양으로 배열된 세 개의 별에 고정되었다. 그가 보고 있는 것은 세 개의 항성이었고, 아마 제각기 행성이나 혜성들을 거느리고 있을 터였다. 두개골에 연결된 작디작은 힘줄 하나로 저렇게 머나먼 물체들을 볼 수 있다니 이 얼마나 신기한 일인가. 그런데 접시 하나에 담을 만한 두뇌를 가지고 끊임없이 궁리하는데도 아무런 결론을 내릴 수 없다는 것은 또 얼마나 희한한 일인가! 그들은 모두 말이 없다. 하느님도, 별들도, 죽은 자들도. 그리고 말을 할 줄 아는 것들은

---

 94 *segul*. 히브리어 알파벳의 자음 하단에 붙여 〈에*e*〉 발음을 표시하는 모음 부호.

나에게 아무것도 가르쳐 주지 못하는데…….

그는 오락장을 향해 돌아섰다. 그곳은 어느새 불이 꺼진 뒤였다. 조금 전까지도 그토록 소란스러웠던 건물이 지금은 고요하고 텅 비어, 모든 무생물이 그렇듯이 자아도취에 빠져 있을 뿐이었다. 헤르만은 자신의 방갈로를 찾아보기 시작했다. 그러나 그곳을 찾아내기가 쉽지 않으리라는 것을 알고 있었다. 그는 언제 어디서나 걸핏하면 길을 잃었다. 도시에서도, 시골에서도, 배 위에서도, 호텔에서도. 사무실이 있는 건물의 입구에 전등 하나가 빛나고 있었지만 사람은 아무도 없었다.

헤르만의 마음속에 문득 이런 생각이 떠올랐다. 혹시 마샤가 녹색 반바지를 입고 춤추던 그 남자와 자러 가버리진 않았을까. 설마 그럴 리야 없겠지만 믿음을 다 잃어버린 현대인들은 무슨 짓이든 서슴없이 저지른다. 문명에서 살인과 간음을 빼면 무엇이 남으랴? 마샤가 헤르만의 발소리를 알아들었나 보다. 곧 문이 열리더니 그녀의 목소리가 들려왔다.

8

마샤는 수면제를 먹고 잠들었지만 헤르만은 여전히 깨어 있었다. 처음에는 평소처럼 나치들과 전쟁을 벌였다. 놈들에게 원자 폭탄을 떨어뜨리기도 했고, 신비로운 발사 무기로 그들의 육군을 괴멸시키기도 했고, 바다에서 그들의 함대를 건져 올려 베르히테스가덴[95]에 있는 히틀러의 별장 부근에

---

[95] Berchtesgaden. 독일 남동부 바이에른 주에 있는 도시. 나치 지도자들의 별장이 있던 곳으로 유명하다.

내려놓기도 했다. 아무리 노력해도 생각을 멈출 수가 없었다. 그의 정신은 고장 난 기계처럼 걷잡을 수 없이 폭주했다. 그는 또다시 시간과 공간과 〈물자체(物自體)〉[96]를 통찰할 수 있게 해주는 묘약을 마시고 있었다. 그의 상념은 언제나 똑같은 결론에 이르렀다. 즉 하느님은 ― 또는 어떤 존재이든 간에 ― 분명히 지혜롭지만 그가 자비롭다는 증거는 어디에도 없다는 것이었다. 만약 천상의 위계질서 속에 자비의 하느님이 정말 존재한다면 그는 아마도 무력하고 별 볼일 없는 하위신(下位神)에 불과할 것이다. 말하자면 천상의 나치들 틈에 간신히 끼어 있는 천상의 유대인이라고나 할까. 그러므로 이 세상을 떠나 버릴 용기조차 없는 사람은 그저 립스크의 건초 다락이나 시프라 푸아의 작은 골방 따위에 숨어들어 술이나 아편에 의지하며 그냥저냥 살아갈 뿐이다.

그는 어느새 잠이 들었는데, 꿈속에서 일식을 보았고 장례 행렬을 보았다. 행렬은 꼬리를 물고 이어졌다. 검은 말이 끄는 긴 운구 마차에 거인들이 하나씩 타고 있었다. 그들은 망자인 동시에 조객이었다. 헤르만은 꿈속에서 중얼거렸다. 〈어떻게 이럴 수가 있지? 몰살당한 종족이 어떻게 스스로 무덤을 향해 나아가는 걸까?〉 그들은 저마다 횃불을 들고 한없는 슬픔이 깃든 만가를 불렀다. 그들의 긴 옷자락이 땅바닥에 질질 끌렸고, 투구에 달린 뿔은 구름을 찌르고 있었다.

헤르만이 몸을 움찔하는 바람에 녹슨 침대 스프링이 삐걱거렸다. 그는 겁에 질려 진땀을 흘리며 깨어났다. 속이 더부룩했고 방광도 터질 듯했다. 베고 있던 베개는 마치 쥐어짠

---

[96] 칸트 철학의 기본 개념. 인간의 의식 밖에 인간의 인식과 독립하여 존재하며, 지각과 사유를 통해 인식되는 현상(現象)과 구별되는 그 자체로서의 사물 또는 객관적 실재를 가리킨다.

빨래처럼 구깃구깃하고 축축했다. 얼마나 잤을까? 한 시간? 여섯 시간? 방갈로 안은 칠흑처럼 캄캄했고 한겨울처럼 추웠다. 마샤는 침대 위에 앉아 있었는데, 그 창백한 얼굴이 어둠 속에서 하얗게 빛났다. 그녀가 목쉰 소리로 외쳤다. 「헤르만, 수술을 받는 건 무서워요!」 마치 시프라 푸아의 목소리를 듣는 듯했다. 헤르만은 잠시 시간이 흐른 뒤에야 비로소 마샤의 말뜻을 알아들었다.

「그래, 알았어.」

「아마 레온이 이혼해 줄 거예요. 솔직하게 말해 버리겠어요. 그 사람이 이혼해 주지 않으면 우리 아이가 그 사람 성을 따르게 돼요.」

「난 야드비가와 이혼할 수가 없어.」

그러자 마샤가 벌컥 화를 내며 소리쳤다. 「이혼할 수 없다고요? 영국 왕은 사랑하는 여자와 결혼하려고 왕관까지 내던졌다는데 당신은 멍청한 촌년 하나도 떼어 버리지 못한단 말이에요? 당신이 그 여자와 억지로 살아야 한다는 법은 없어요. 최악의 경우에도 이혼 수당을 줘야 하는 게 고작이죠. 이혼 수당이라면 내가 내주겠어요. 시간 외 근무를 해서라도 내가 내겠다고요!」

「이혼은 야드비가를 죽이는 짓이라는 거 알잖아.」

「난 그런 거 몰라요. 말해 봐요. 당신, 그년하고 결혼할 때 랍비 앞에서 한 거예요?」

「랍비 앞에서? 그건 아니야.」

「그럼 어떻게 한 거죠?」

「세속 결혼이었지.」

「유대 율법에 의하면 그런 결혼은 아무 의미도 없어요. 나하고 유대식으로 결혼해요. 이교도들의 서류 따위는 필요 없다고요.」

「결혼 허가증도 없이 결혼식을 올려 주는 랍비는 없어. 여긴 폴란드가 아니라 미국이라고.」

「그래도 해주겠다는 랍비를 찾아볼게요.」

「그래 봤자 이중 결혼이야. 아니, 삼중 결혼이지.」

「그건 아무도 모를 거예요. 우리 엄마랑 나만 알잖아요. 우리가 그 집에서 이사해 버리고 당신은 이름만 바꾸면 돼요. 그 촌년이 너무 소중해서 그년 없이는 도저히 못 살겠다면 일주일에 하루쯤은 그년한테 가요. 그 정도는 내가 감수할 테니까.」

「난 조만간 체포돼서 추방당하고 말 거야.」

「결혼 증명서가 없으면 아무도 우리가 부부라는 걸 입증하지 못해요. 결혼식이 끝나자마자 케투바[97]도 태워 버리면 그만이죠.」

「아이를 낳으면 출생 신고를 해야 하잖아.」

「뭔가 방법이 있을 거예요. 내가 당신을 그런 얼뜨기와 공유하겠다는 것만 해도 나로서는 충분히 양보한 거라고요. 내 말을 마저 들어 봐요.」 마샤의 말투가 달라졌다. 「이렇게 앉아서 꼬박 한 시간 동안 생각했어요. 내 말대로 하기 싫으면 지금 당장 나가서 돌아오지 말아요. 난 병원에 가서 수술을 받을 테니 두 번 다시 내 앞에 나타나지 말라고요. 1분 안에 대답해요. 거절한다면 옷이나 주워 입고 나가 버려요. 그 이상은 단 1초도 함께 있기 싫으니까.」

「당신 요구는 나더러 법을 어기라는 소리야. 길거리에서 경찰을 볼 때마다 벌벌 떨게 될 거라고.」

「당신은 지금도 경찰을 무서워하잖아요. 어서 대답이나

---

97 *ketuba*. 유대인들의 결혼식에 필요한 혼전 각서.

해요.」

「그래, 결혼하자.」

마샤는 한참 동안 말을 잇지 못했다.

이윽고 그녀가 말했다. 「그거 진심이에요? 혹시 아침에 내가 처음부터 다시 시작해야 하는 거 아니에요?」

「아니, 결심한 거야.」

「당신이 뭔가를 결심하게 하려면 꼭 이렇게 최후통첩을 해야 되는군요. 아침에 일어나자마자 레온한테 전화해서 이혼하자고 말할게요. 혹시 안 해주면 그 인간을 파멸시키고 말겠어요.」

「어쩔 건데? 총으로 쏴버리게?」

「물론 그럴 수도 있겠지만 그것 말고도 그 사람을 굴복시킬 방법은 얼마든지 있어요. 법으로 따지자면 그 사람은 완전히 무법자거든요. 내가 경찰에 신고하기만 하면 그날로 추방이죠.」

「유대 율법에 의하면 우리 아기는 어차피 사생아가 되는 거야. 이혼하기 전에 임신했으니까.」

「유대 율법이든 무슨 법이든 간에 난 개뿔도 신경 안 써요. 사실 내가 이러는 것도 우리 엄마 때문이라고요.」

마샤가 침대를 빠져나가 어둠 속에서 이리저리 돌아다녔다. 수탉 한 마리가 울기 시작했다. 곧이어 다른 수탉들도 대답하듯이 울어 댔다. 여름밤이 지나가 버린 것이다. 머지않아 온갖 새들이 한꺼번에 지저귀기 시작했다. 헤르만도 더 이상 침대 위에 머무를 수가 없었다. 그는 곧 일어나서 바지를 입고 신을 신고 문을 열었다.

문밖에는 벌써부터 이른 아침의 온갖 활동이 시작되고 있었다. 떠오르는 태양은 밤하늘에 유치한 그림을 그려 놓았다. 수많은 점들, 얼룩들, 다채로운 빛깔들. 풀밭에는 이슬이 맺혔고 호수에는 희부연 안개가 깔렸다. 방갈로 근처의 나뭇가지에 어린 새 세 마리가 나란히 앉아 있다가 어미가 작은 풀줄기나 벌레 따위를 먹여 줄 때마다 아직 말랑말랑한 부리를 딱딱 벌렸다. 어미 새는 자신의 의무를 안다는 듯이 한눈도 팔지 않고 오락가락 부지런히 날아다녔다. 호수 너머에서 해가 떠올랐다. 수면이 불길에 휩싸였다. 솔방울 하나가 떨어졌다. 바야흐로 땅을 비옥하게 하고 새로운 소나무를 싹 틔우리라.

담배를 입에 문 마샤가 긴 잠옷 차림에 맨발로 문을 나섰다.
「처음 만나던 날부터 당신 아이를 갖고 싶었어요.」

제2부

제5장

1

헤르만은 다시 여행 준비를 하고 있었다. 이번엔 브리태니커 백과사전을 팔러 간다는 새로운 핑계를 댔고, 그 일 때문에 꼬박 일주일을 중서부에서 보내야 한다고 야드비가에게 미리 말해 두었다. 야드비가는 어차피 어떤 책도 구별하지 못하므로 사실 이런 거짓말은 사족에 불과했다. 그러나 헤르만은 이런저런 이야기를 꾸며 대는 것이 아예 버릇이 되어 버린 터였다. 게다가 거짓말은 점점 설득력이 떨어지기 마련이니 끊임없이 보강해 줄 필요가 있었고, 야드비가도 요즘 들어 자꾸 불만을 토로했다. 헤르만은 새해 첫날부터 집을 비웠고 둘째 날도 한나절이 다 가도록 돌아오지 않았다. 야드비가는 잉어 대가리, 사과와 꿀[98] 따위를 준비했고 이웃집 여자가 가르쳐 준 방법대로 특별한 설날 맞이 할라를 구웠지만 헤르만은 설날에도 책을 팔아야 하는 모양이었다.

그들과 한 건물에 사는 여자들이 요즘 야드비가에게 — 이

---

98 유대인들의 신년 음식. 유대력의 연말연시인 열흘간의 지성순간은 태양력으로 9월 또는 10월에 해당한다.

디시어와 폴란드어를 반반씩 섞어 가면서 — 남편 헤르만이 어딘가에 딴살림을 차린 것이 분명하다고 들쑤시는 중이었다. 어떤 할머니는 차라리 변호사와 상의하여 헤르만과 이혼하고 이혼 수당을 받아 내라고 부추겼다. 또 어떤 할머니는 야드비가를 시나고그에 데려가서 숫양의 뿔로 만든 뿔피리 소리를 들려주었는데, 야드비가는 아낙네들과 함께 서 있다가 구슬픈 뿔피리 소리를 듣자마자 울음을 터뜨리고 말았다. 그 소리가 립스크와 전쟁과 자기 아버지의 죽음을 연상시켰기 때문이다.

헤르만은 그녀와 겨우 며칠을 함께 보낸 후 또다시 집을 떠나려 했다. 이번에는 마샤가 아니라 캐츠킬 산맥의 방갈로에 묵고 있는 타마라를 만나려는 것이었다. 그래서 마샤에게도 거짓말을 할 수밖에 없었다. 헤르만은 랍비 램퍼트와 함께 이틀간의 랍비 회의에 참석하기 위해 애틀랜틱시티로 간다고 말했다.

어설픈 핑계였다. 아무리 현대화된 랍비라고 해도 지성순간에 회의를 연다는 것은 있을 수 없는 일이기 때문이다. 그러나 마샤는 레온 토르치네르를 설득하여 이혼 승낙을 받아 내는 데 성공했고 90일의 대기 기간만 지나면 헤르만과 결혼할 수 있다고 생각했다. 그래서 이젠 질투심에 사로잡혀 소란을 피우는 일도 없었다. 이혼과 임신이 그녀의 사고방식까지 바꿔 놓은 것 같았다. 마샤는 헤르만에게 벌써 아내가 된 것처럼 행동했다. 그리고 자기 어머니에게도 예전보다 더 극진한 애정을 보여 주었다. 마샤는 랍비 한 명을 찾아냈는데, 난민인 그는 결혼 허가증이 없어도 결혼식을 집전해 주겠다고 했다.

헤르만이 속죄절 전까지 애틀랜틱시티에서 돌아오겠다고

말했을 때도 마샤는 더 이상 캐묻지 않았다. 헤르만은 랍비가 수고비로 50달러를 주기로 했다면서 두 사람에게 그 돈이 절실한 상황이라는 말도 덧붙였다.

이런 모험은 심각한 위험을 내포하고 있었다. 그는 마샤에게 전화하겠다고 약속했는데, 장거리 전화 교환원이 발신 위치를 발설해 버릴 가능성도 있었다. 마샤가 랍비 램퍼트의 사무실에 연락했다가 랍비가 뉴욕에 있다는 사실을 알게 될 수도 있었다. 그러나 지난번에 마샤는 굳이 레브 아브라함 니센 야로슬라베르에게 전화를 걸어 헤르만의 말을 확인해 보려 하지 않았고, 그로 미루어 보아 아마 랍비 램퍼트에게도 전화하지 않을 터였다. 어차피 위험이 하나쯤 추가된다고 해도 달라질 것은 별로 없었다. 그는 이미 아내가 둘이나 있는데 이제 곧 세 번째 아내와 결혼하려고 한다. 헤르만은 자신의 이런 행동이 가져올 결과와 그 이후의 추문을 두려워했지만, 한편으로는 그렇게 끊임없이 파멸의 위협을 안고 살아가면서 짜릿한 스릴을 즐기는 마음도 없지 않았다. 그는 계획적으로 행동하기도 했고 즉흥적으로 행동하기도 했다. 폰 하르트만[99]이 말하는 〈무의식〉은 절대로 실수를 하지 않았다. 헤르만의 입에서는 말이 저절로 술술 흘러나오는 듯했는데, 나중에 가서야 비로소 자기가 얼마나 기막힌 계략과 속임수를 써먹었는지 깨닫게 되곤 했다. 그의 마음속에는 이렇게 뒤죽박죽이 되어 버린 감정의 혼란 속에서도 하루하루 위험을 즐기며 살아가는 용의주도한 도박꾼이 도사리고 있었던 것이다.

사실 헤르만은 간단히 타마라로부터 벗어날 수도 있었다.

---

99 Karl Robert Eduard von Hartmann(1842~1906). 독일 철학자. 대표작 『무의식의 철학』(1869).

그녀는 헤르만이 이혼을 원한다면 언제든지 이혼해 주겠다고 벌써 몇 번이나 말했기 때문이다. 그러나 헤르만의 입장에서는 그녀와 이혼한들 크게 나아질 것도 없었다. 법의 테두리 안에서는 이중 결혼이든 삼중 결혼이든 별로 차이가 없을 것이다. 게다가 이혼하려면 돈이 들고 각종 서류도 제출해야 한다. 그뿐만이 아니었다. 헤르만은 타마라가 돌아온 것이 자신의 신비주의적 신념을 상징하는 사건이라고 생각했다. 그녀와 함께 있을 때마다 그는 부활의 기적을 다시 경험할 수 있었다. 때로는 그녀의 말을 듣고 있다가 문득 영매(靈媒)를 통하여 타마라의 영혼과 대화하는 듯한 기분을 느꼈다. 심지어는 타마라가 실제로 살아 있는 것이 아니라 그녀의 유령이 돌아왔을 뿐이라고 재미 삼아 생각해 보기도 했다.

헤르만은 전쟁 전에도 신비주의에 관심이 많았다. 이곳 뉴욕에서도 틈날 때마다 42번가의 공립 도서관에 가서 독심술, 투시력, 빙의(憑依), 악령 등 초자연적 현상에 대한 책들을 뒤적거렸다. 기성 종교는 파산 지경에 이르고 철학마저 모든 의미를 잃어버린 이 시대에 아직도 진리를 추구하는 사람들에게는 신비주의도 꽤 설득력 있는 주제였다. 그러나 영혼에도 여러 부류가 있었다. 타마라는 — 적어도 표면적으로는 — 살아 있는 사람처럼 행동했다. 난민 구호 단체가 매달 그녀에게 구호금을 지급했고 외삼촌 레브 아브라함 니센 야로슬라베르도 그녀를 도와주었다. 타마라는 마운틴데일에 있는 유대인 호텔의 방갈로 하나를 빌렸다. 그녀는 호텔 본관에 묵거나 식당에서 식사하는 것을 꺼렸다. 그래서 폴란드 출신의 유대인인 호텔 주인이 하루에 두 차례씩 그녀의 방갈로에 음식을 배달시켜 주기로 했다. 타마라가 말했던 2주의 기간이 거의 끝나 가는데도 헤르만은 며칠 동안 함께 지내자고 했던 약속을 지키지 않고 있었다. 마침내 왜 약속을 안 지키느냐고 나무라는 타마라의 편지가 헤르만의 브루클린 주소로 날아들었다. 맨 끝에는 이런 말이 적혀 있었다. 〈내가 지금도 죽은 사람이고 당신은 내 무덤을 찾아오는 거라고 생각해 봐요.〉

헤르만은 출발을 앞두고 자질구레한 일들을 모두 처리했다. 야드비가에게 돈을 주었고, 브롱크스의 집세도 지불했고, 타마라에게 줄 선물도 사놓았다. 가방 속에는 랍비 램퍼트에게 넘겨줄 원고까지 챙겨 넣어 여행 중에도 일을 계속할 수 있도록 했다.

헤르만은 터미널에 너무 일찍 도착했다. 여행 가방을 발치에 내려놓고 벤치에 앉아 마운틴데일행 버스가 들어왔다는 방송이 나오기를 기다렸다. 그 버스는 타마라가 묵고 있는 곳까지 가지 않으므로 중간에 한 번 갈아타야 했다.

그는 이디시어 신문을 샀지만 헤드라인만 훑어보았다. 뉴스의 전반적인 내용은 언제나 똑같았다. 독일이 재건되고 있다는 것, 그리고 연합국들과 소련이 모두 나치들의 죄를 용서하고 있다는 것이었다. 그런 기사를 읽을 때마다 헤르만의 마음속에는 복수의 환상이 싹트곤 했다. 그는 대군을 섬멸하거나 산업을 몰락시킬 방법을 알아냈고, 유대인 학살에 관련된 자들을 모조리 재판정에 세우는 데 성공했다. 헤르만은 티끌만 한 계기만 생겨도 그의 마음을 온통 사로잡아 버리는 이 유치한 공상들을 부끄럽게 여겼지만, 그것들은 집요하게 뇌리에 달라붙어 쉽사리 떨어지지 않았다.

이윽고 마운틴데일행 버스가 도착했다는 안내 방송이 들려왔다. 헤르만은 버스가 기다리고 있는 출구 쪽으로 서둘러 걸어갔다. 그는 여행 가방을 선반 위에 올려놓았고, 일시적으로나마 마음이 한결 가벼워지는 것을 느꼈다. 버스에 올라탄 다른 승객들에 대해서는 거의 의식하지도 않았다. 그들은 이디시어로 대화를 나누었고 이디시어 신문지로 싼 꾸러미들을 갖고 있었다. 버스가 곧 출발했다. 그리고 얼마 후, 조금 열린 창틈으로 풀잎과 나무와 휘발유 냄새가 섞인 산들바람이 불어오기 시작했다.

마운틴데일까지는 다섯 시간이면 충분한 거리인데도 거의 꼬박 하루가 걸렸다. 버스가 어느 터미널에 멈춰 섰고, 승객들은 다른 버스를 기다려야 했다. 바깥은 아직도 여름 날씨였지만 벌써 낮의 길이가 점점 짧아지고 있었다. 해가 진 후 초승달이 떠올랐지만 이내 구름 뒤로 숨어 버렸다. 하늘은 캄캄해지고 별들이 초롱초롱 빛났다. 두 번째 버스의 운전사가 실내등을 모두 꺼버렸다. 불빛 때문에 좁고 구불구불한 길이 잘 보이지 않았기 때문이다. 그들은 숲속을 통과하고 있었는데, 문득 환하게 불을 밝힌 호텔 하나가 불쑥 나타났다. 남녀 손님들이 베란다에서 카드놀이를 하고 있었다. 쏜살같이 지나가는 버스 안에서 그 호텔을 보고 있자니 신기루처럼 비현실적으로 느껴졌다.

승객들은 곳곳의 정류소에서 몇 명씩 내려 어둠 속으로 사라져 갔다. 이제 남은 승객은 헤르만 혼자였다. 그는 차창에 이마를 대고 휙휙 스쳐 가는 나무와 덤불들을 일일이 기억해 두려고 노력했다. 마치 미국도 폴란드와 똑같은 파멸을 겪을 수밖에 없다는 듯이, 그래서 세부적인 요소들을 모두 기억에 새겨 둬야 한다는 듯이. 어차피 조만간에 지구 전체가 붕괴되지 않겠는가? 헤르만은 우주 전체가 팽창하고 있으며 사실상 폭발 과정을 겪고 있다는 글을 읽은 적이 있었다. 천상으로부터 밤의 우울이 내려앉았다. 별들이 우주의 시나고그에 밝혀진 추모의 촛불처럼 빛나고 있었다.

헤르만이 내려야 할 팰리스 호텔이 가까워지면서 버스 안에 실내등이 켜졌다. 이 호텔도 아까 지나쳤던 그 호텔과 똑같았다. 베란다도 똑같았고, 의자도, 테이블도, 카드놀이에 열중한 남녀 손님들까지 모두 똑같았다. 오죽하면 이런 생각까지 들 정도였다. 〈혹시 이 버스가 빙빙 돌고 있었던 건 아닐까?〉 너무 오랫동안 앉아 있어서 다리가 뻣뻣했지만 그는 호텔의 널찍한 계단을 힘차게 뛰어올랐다.

그때였다. 흰색 블라우스와 검정색 스커트에 흰색 구두를 신은 타마라가 어디선가 불현듯 나타났다. 햇볕에 그을린 모습이 한결 젊어 보였다. 머리 모양도 달라졌다. 그녀는 한달음에 헤르만에게 달려와 여행 가방을 받아 들고 카드놀이 테이블의 몇몇 여자들에게 그를 소개했다. 수영복 차림에 재킷을 걸치고 있던 한 여자가 재빨리 자신의 카드를 훑어본 후 목쉰 소리로 말했다. 「이렇게 예쁜 부인을 그렇게 오랫동안 혼자 내버려 두는 남자가 어디 있어요? 사내놈들이 꿀 만난 파리 떼처럼 꾀어드는데 말이에요.」

그러자 타마라도 물었다. 「왜 이렇게 오래 걸렸어?」 그녀의 그 말, 폴란드 이디시어의 그 말투, 귀에 익은 그 억양이 헤르만의 신비주의적 환상을 남김없이 깨뜨렸다. 그녀는 절대로 저승에서 찾아온 망령이 아니었다. 지난번에 비해 살도 좀 붙은 것 같았다.

타마라가 말했다. 「배고프지 않아? 당신 먹을 것도 남겨 두라고 했어.」 그녀는 곧 헤르만과 팔짱을 끼더니 전등이 하나만 켜진 식당으로 그를 안내했다. 벌써 아침 식사를 위한 테이블 세팅이 끝난 뒤였다. 주방에서는 아직도 누군가 일하는 중이었고 수돗물이 쏟아지는 소리도 들렸다. 타마라가 주

방으로 들어갔다가 어느 청년과 함께 돌아왔다. 그는 헤르만의 저녁 식사가 담긴 쟁반을 들고 있었다. 멜론 반쪽, 누들 수프 한 그릇, 당근을 곁들인 닭고기 요리, 과일 절임, 그리고 벌꿀 케이크 한 조각이었다. 타마라가 청년에게 농담을 건넸고 그 역시 스스럼없이 대꾸했다. 헤르만은 청년의 팔에 문신으로 새겨진 푸르스름한 번호를 보았다.

웨이터가 가버린 후 타마라는 입을 다물었다. 그녀의 젊음도, 심지어 헤르만이 도착하자마자 눈여겨보았던 갈색 피부조차도 빛을 잃어버린 듯했다. 양쪽 눈 밑에는 그늘이 졌고, 희미하지만 눈 밑 살이 처진 흔적도 보였다.

타마라가 말했다. 「방금 그 애 봤지? 화장터 문턱까지 갔던 애야. 1분만 더 있었으면 한 줌의 재가 돼버릴 뻔했지.」

2

타마라는 침대에 누워 있었고 헤르만은 그를 위해 방갈로 안으로 옮겨진 이동식 간이침대에서 쉬고 있었다. 그러나 둘 다 잠을 이루지 못했다. 헤르만은 깜박 잠이 들었다가 화들짝 놀라면서 깨어났다. 간이침대가 삐걱거렸다.

타마라가 물었다. 「아직 안 자?」

「아, 금방 잠들 거야.」

「수면제가 좀 있어. 원한다면 하나 줄게. 난 그걸 먹어도 밤새도록 말똥말똥해. 그러다 잠이 들어도 제대로 자는 게 아니라 심연 속으로 가라앉는 것 같지. 아무튼 한 알 꺼내 줄게.」

「아냐, 타마라. 난 그런 거 없어도 괜찮아.」

「밤새도록 뒤척일 필요가 뭐 있어?」

「당신 옆에 눕기만 하면 잠들 수 있을 텐데.」

타마라는 한동안 말이 없다가 이렇게 대답했다.

「그래 봤자 무슨 소용이 있어? 당신에겐 아내가 있잖아. 난 이미 시체야, 헤르만. 시체와 동침하는 사람은 없다고.」

「그럼 난 뭔데?」

「적어도 야드비가에게만은 충실한 남편일 거라고 생각했어.」

「당신한테 모든 걸 털어놨잖아.」

「그래, 털어놓긴 했지. 예전엔 누가 나한테 무슨 말을 하면 그 말뜻을 정확히 알아들었어. 그런데 요즘은 한마디 한마디를 또렷하게 듣고 있는데도 도대체 무슨 소린지 이해할 수 없을 때가 많아. 한쪽 귀로 듣고 한쪽 귀로 흘려버리는 거지. 당신 침대가 불편하면 내 침대로 건너와.」

「그래.」

헤르만은 어둠 속에서 간이침대를 빠져나왔다. 타마라의 이불 속으로 들어가는 순간 그는 타마라의 체온을 느꼈고, 아울러 그녀와 헤어져 있는 동안 까맣게 잊고 있던 그 무엇, 왠지 어머니의 품속 같으면서도 전혀 생소한 그 무엇을 느낄 수 있었다. 타마라는 똑바로 누운 채 움직이지 않았다. 헤르만은 모로 누워 그녀 쪽을 바라보았다. 타마라의 몸에 손을 대지는 않았지만 눈으로 보기만 해도 그녀의 젖가슴은 풍만했다. 그는 첫날밤을 맞이한 새신랑처럼 당황하여 꼼짝도 못하고 누워 있었다. 지나간 세월이 칸막이벽처럼 확실하게 두 사람 사이를 갈라놓고 있었다. 헤르만은 매트리스 밑에 끼워 넣은 담요가 너무 팽팽해서 조금 느슨하게 하자고 말하고 싶었지만 차마 말하지 못하고 망설였다.

그때 타마라가 말했다. 「우리가 이렇게 나란히 누워 본 게 얼마 만이지? 벌써 백 년은 지난 것 같아.」

「아직 10년도 안 됐어.」

「정말? 나한테는 영원처럼 기나긴 세월이었는데. 그렇게 짧은 시간 안에 그토록 많은 일들을 우겨 넣는 건 오로지 하느님만 할 수 있는 일이겠지.」

「당신은 하느님을 안 믿는 줄 알았는데.」

「애들이 그런 일을 당한 다음부터 안 믿게 됐지. 1940년 속죄절엔 내가 어디 있었더라? 그래, 러시아에 있었지. 민스크[100]였어. 어느 공장에서 마대 자루를 만들면서 받는 배급으로 그럭저럭 입에 풀칠만 하고 있었지. 이교도들과 함께 교외 지역에서 살았어. 그러다가 속죄절이 됐지만 난 그냥 평소처럼 음식을 먹기로 했어.[101] 거기서 금식을 해봤자 무슨 의미가 있겠냐고. 게다가 남들한테 내가 신앙인이라는 걸 드러내는 것도 현명한 일이 아니었거든. 그런데 막상 저녁이 되니까 어딘가에서는 유대인들이 〈콜 니드레〉[102]를 암송하고 있겠다는 생각이 들면서 음식이 목에 넘어가질 않더라.」

「우리 다비트랑 요헤베트가 당신을 찾아온다고 했지?」

헤르만은 그 말을 입 밖에 내자마자 곧바로 후회했다. 타마라는 전혀 움직이지 않았지만 침대가 그의 말에 충격을 받은 듯 신음 소리를 내기 시작했다. 타마라는 그 삐걱거리는 소리가 멎을 때까지 기다렸다가 이렇게 대답했다. 「당신은 내 얘기를 못 믿을 거야. 차라리 말을 안 하는 게 낫지.」

「당신을 믿어. 뭐든지 의심하는 사람은 뭐든지 믿을 수도 있는 법이거든.」

---

100 지금의 벨로루시 공화국의 수도.
101 유대인들은 속죄절을 맞이하여 일몰 30분 전부터 25시간 동안 금식을 한다.
102 Kol Nidre. 유대교 회당에서 속죄절 의식을 시작하면서 부르는 기도문.

「말하고 싶어도 말할 수가 없는걸. 그 일을 설명할 수 있는 해답은 하나뿐이야. 내가 미쳤다는 거지. 물론 정신 착란에도 뭔가 원인이 있기 마련이지만.」

「애들이 언제 찾아와? 꿈속에 나타나는 건가?」

「나도 몰라. 아까도 말했지만 난 잠을 자는 게 아니라 나락으로 빠져 든다고. 끊임없이 떨어지는데도 바닥에 닿질 않는 거야. 그러다가 허공에 둥둥 떠 있지. 이건 한 가지 예일 뿐이야. 하도 많은 일들을 겪어 봐서 이젠 일일이 기억할 수도 없고 누구한테 설명해 줄 수도 없을 정도야. 아마 정신과 의사를 만나 봐야겠지만 의사인들 나를 도와줄 수 있겠어? 의사가 할 수 있는 일은 이런 증상에 라틴어 명칭을 붙여 주는 정도가 고작일 텐데. 내가 의사를 찾아가는 경우는 딱 하나뿐이야. 수면제를 사려고 처방전을 받으러 가는 거지. 애들은……. 그래, 애들이 찾아오지. 가끔은 아침까지 내 곁에 있기도 해.」

「애들이 무슨 말을 하지?」

「아, 애들은 밤새도록 뭐라고 얘기하는데, 깨어나면 아무 것도 기억나지 않아. 어쩌다가 몇 마디쯤 생각날 때도 있지만 그것마저 금방 잊어버리거든. 하지만 그때의 느낌만은 그대로 남아 있어. 애들이 어딘가에 존재한다는 느낌, 그리고 나를 만나고 싶어 한다는 느낌. 가끔은 나도 애들과 함께 걷거나 날아다니기도 하는 것 같은데 어느 쪽인지는 나도 잘 모르겠어. 음악 소리가 들리기도 하지만 그건 소리 없는 음악이야. 그러다가 어떤 경계선에 도착하는데, 난 그 선을 넘어갈 수가 없어. 애들은 나를 뿌리치고 둥실둥실 건너편으로 넘어가 버리지. 그 경계선이 정확히 뭔지는 생각 안 나. 언덕인지, 무슨 장벽인지. 어떨 땐 계단이 보이고 누군가 애들을 마중 나오는 듯싶기도 해. 성자나 영혼 같은 존재 말이야. 아무튼 내가 하는 말은 전부 부정확할 수밖에 없어. 말로는 도저히 설명할 수 없는 일이니까. 물론 내가 미쳤다면 이것도 다 정신 착란 때문이겠지만.」

「당신은 미치지 않았어, 타마라.」

「그래, 그 말을 들으니 반갑네. 그런데 정신 착란이 뭔지 정확히 아는 사람이 있을까? 기왕 내 곁으로 온 김에 좀 더 가까이 오지그래? 괜찮아. 난 오랫동안 당신이 이승에 없다고 믿으면서 살았는데, 죽은 사람에 대한 감정은 그 사람이 살아 있을 때와는 달라지기 마련이지. 그러다가 당신이 살아 있다는 걸 알았지만 그때 가서 내 마음가짐을 바꾸기엔 이미 늦어 버렸던 거야.」

「애들이 나에 대해선 아무 말도 안 해?」

「말을 하긴 하는 것 같은데 잘 모르겠어.」

잠시 완전한 침묵이 흘렀다. 귀뚜라미들까지 조용해졌다. 그때 헤르만은 물소리를 들을 수 있었다. 시냇물 소리, 혹은 배수관에서 물이 흐르는 소리? 뱃속에서 꾸르륵거리는 소리도 들렸지만 그것이 헤르만 자신의 배였는지 타마라의 배였는지는 확신할 수 없었다. 문득 몸이 근질거려 긁고 싶은 충동을 느꼈지만 그냥 참았다. 그는 딱히 무슨 생각을 하고 있는 것도 아니었다. 그러나 머릿속에서는 지금도 어떤 생각의 과정이 진행되고 있었다. 그는 불쑥 이렇게 말해 버렸다. 「타마라, 당신한테 물어보고 싶은 게 있어.」 그러나 그 말을 하는 순간에도 자기가 무엇을 물어보려는 것인지는 알지 못했다.

「뭔데?」

「왜 지금껏 혼자 살았어?」

타마라는 대답하지 않았다. 헤르만은 그녀가 잠들어 버린 모양이라고 생각했다. 그러나 이윽고 그녀가 입을 열었는데, 졸음기도 전혀 없는 또렷한 목소리였다. 「난 사랑을 장난으로 생각하지 않는다고 했잖아.」

「그게 무슨 소리야?」

「난 사랑하지도 않는 남자와 관계를 갖지 못한다는 거지. 간단하잖아.」

「그건 아직도 나를 사랑한다는 뜻이야?」

「그런 말은 안 했어.」

「지난 세월 동안 남자가 한 명도 없었다는 거야?」 헤르만의 목소리에 떨림이 묻어 있었다. 자신이 내뱉는 말이 부끄럽기도 했거니와 그 말이 자신을 동요시킨다는 사실도 부끄러웠기 때문이다.

「누가 있었다고 하면 어쩔 건데? 당장 뛰쳐나가 뉴욕까지 걸어갈래?」

「아냐, 타마라. 난 그걸 잘못이라고 생각하지도 않을 거야. 그러니까 솔직하게 말해도 돼.」

「그래 놓고 나중엔 나를 욕하겠지.」

「아니야. 내가 살아 있다는 것도 몰랐던 사람한테 내가 뭘 요구할 수 있겠어? 신앙심이 깊은 여자들도 과부가 되면 재혼하잖아.」

「그래, 그 말도 맞아.」

「그럼 대답해 줄래?」

「왜 그렇게 벌벌 떨어? 당신은 하나도 안 변했어.」

「대답이나 해!」

「그래, 누가 있긴 있었지.」

거의 성난 어조였다. 타마라는 헤르만을 향해 돌아누웠고, 그럼으로써 그에게 좀 더 가까워졌다. 헤르만은 그녀의 눈이 어둠 속에서 반짝거리는 것을 볼 수 있었다. 타마라가 돌아 눕는 순간 헤르만의 무릎을 건드렸다.

「언제?」

「러시아에 있을 때. 모든 일이 거기서 일어났어.」

「그게 누군데?」

「그야 물론 여자가 아니라 남자였지.」

타마라의 대답 속에는 억누른 웃음과 원망이 함께 담겨 있었다. 헤르만은 목이 메어 오는 것을 느꼈다.「한 명? 여러 명?」

타마라가 짜증 섞인 한숨을 내쉬었다.「당신이 모든 걸 알아야 할 필요는 없잖아.」

「여기까지 말했으면 마저 다 털어놔도 되잖아.」

「좋아. 여러 명이었어.」

「몇 명이었는데?」

「나 참. 헤르만, 그건 몰라도 돼.」

「몇 명이었는지 말해!」

침묵이 흘렀다. 타마라는 마음속으로 남자들의 수를 헤아리고 있는 것 같았다. 헤르만은 슬픔과 욕망에 휩싸였고 자기 육체의 줏대 없는 반응에 경악했다. 그의 일부분은 이미 잃어버려 돌이킬 수 없는 그 무엇을 아쉬워하며 슬퍼하고 있었다. 비록 이 세상의 타락상에 비하면 하찮은 일이라고 말할 수도 있겠지만 타마라의 이 배신은 분명 영원히 돌이킬 수 없는 오점이었기 때문이다. 그러나 그의 또 다른 일부분은 이 부정(不貞) 속으로 몸을 던져 절망감을 탐닉하고 싶어 했다. 그때 타마라가 말했다.「세 명.」

「남자가 세 명이었다고?」

「난 당신이 살아 있다는 걸 몰랐어. 그리고 당신은 나한테

참 모질게 굴었지. 줄곧 나를 괴롭혔잖아. 만약 당신이 살아 있다면 당신도 나와 똑같은 행동을 할 거라고 생각했어. 아니나 다를까, 당신은 어머님의 하녀와 결혼해 버렸지.」

「그 이유는 당신도 알잖아.」

「〈이유〉라면 내게도 있었어.」

「어쨌든 당신은 창녀야!」

그러자 타마라가 웃음소리와 비슷한 소리를 냈다. 「당신이 이렇게 나올 거라고 했잖아.」

그러더니 헤르만을 향해 두 팔을 벌렸다.

3

헤르만이 깊은 잠에 빠져 들었을 때 누군가 그를 깨웠다. 그는 어둠 속에서 눈을 떠보았지만 여기가 어디인지 금방 알아차리지 못했다. 야드비가? 마샤? 그리고 이런 생각도 떠올랐다. 〈혹시 내가 또 다른 여자와 도망쳐 버린 것이 아닐까?〉 그러나 이 같은 혼란 상태는 몇 초에 불과했다. 물론 상대는 타마라였다. 「왜 그래?」

그러자 간신히 울음을 참고 있는 듯 떨리는 목소리로 타마라가 말했다. 「당신한테 진실을 말해 주고 싶어.」

「무슨 진실?」

「나한테는 아무도 없었다는 진실. 남자 세 명도, 한 명도, 하다못해 남자 반쪽도 없었다는 거. 어떤 남자도 내 몸에 손끝 하나 대본 적이 없어. 이건 틀림없는 진실이야.」

타마라는 우두커니 앉아 있었다. 헤르만은 어둠 속에서도 그녀의 강렬한 의지를 감지할 수 있었다. 자기 말을 끝까지 들어 주기 전에는 절대로 잠을 재우지 않을 기세였다.

「거짓말하지 마.」

「거짓말이 아니야. 당신이 처음에 물어봤을 때 진실을 말했던 거야. 그랬더니 당신은 오히려 실망하는 것 같더라. 도대체 사람이 왜 그래? 혹시 변태 아니야?」

「변태 같은 거 아니야.」

「미안하지만 헤르만, 난 지금도 첫날밤처럼 깨끗한 몸이야. 내가 미안하다고 말하는 이유는 이거지. 당신이 그렇게 사기당한 기분을 느낄 줄 알았더라면 어떻게든 당신이 원하는 대로 해줬을 텐데 그러지 못했으니까. 나를 원하는 남자들이 드물었던 것도 아닌데 말이야.」

「그렇게 한 입으로 두 말을 하다니, 이제 다시는 당신 말을 믿을 수 없을 거야.」

「그럼 믿지 마. 외삼촌 댁에서 당신을 만났을 때 진실을 말했어. 당신은 내가 상상의 애인들을 꾸며 대서 당신한테 만족감을 주길 바라는 건지도 모르지만, 아쉽게도 난 그렇게 상상력이 뛰어난 여자가 아니야. 헤르만, 우리 애들에 대한 추억이 나한테 얼마나 소중한지 당신도 알지? 그 추억들을 더럽히느니 차라리 내 혓바닥을 잘라 버리는 쪽을 택할 정도니까. 그래서 요헤베트와 다비트의 이름을 걸고 맹세하는데, 당신 말고는 어떤 남자도 나를 건드린 적이 없었어. 그게 그렇게 쉬운 일이었을 거라고 오해하진 말아 줘. 우린 모두 헛간 바닥에서 잤어. 여자들은 잘 알지도 못하는 남자들에게 몸을 맡겼지. 그렇지만 난 누가 내 곁에 다가오려고 할 때마다 한사코 밀어냈어. 그때마다 우리 애들 얼굴이 떠오르더라고. 그러니까 하느님의 이름을 걸고, 우리 애들을 걸고, 돌아가신 어머니 아버지의 영혼을 걸고 맹세하는데, 지금까지 그 어떤 남자하고도 키스조차 해본 적이 없었단 말이야! 이래도 내 말을 못 믿겠다면 차라리 날 그냥 내버려 둬. 때려죽여도 이보다 더 무거운 맹세는 못할 테니까.」

「당신을 믿어.」

「아까도 말했듯이 기회는 얼마든지 있었지만 도저히 못 하겠더라. 무엇 때문인지는 나도 모르겠어. 이성적으로는 당신이 벌써 이 세상에서 흔적도 없이 사라졌을 거라고 생각했지. 그런데 왠지 당신이 어딘가에 존재하고 있다는 기분이 들었어. 이런 말을 누가 이해할 수 있겠어?」

「굳이 이해할 필요도 없는 일이지.」

「헤르만, 당신한테 할 얘기가 더 있어.」

「뭔데?」

「부탁인데, 내 말을 끊지 말아 줘. 이리로 오기 전에 영사관에서 나를 진찰했던 미국인 의사가 내 건강 상태는 완벽하다고 하더라. 난 별의별 일들을 다 견뎌 내고 살아남았어. 굶주림도, 온갖 돌림병도. 그리고 러시아에서는 중노동을 했어. 나무도 잘랐고, 도랑도 팠고, 돌멩이를 가득 실은 손수레도 끌었지. 게다가 밤에도 편히 잠들지 못했어. 내 주위에서 널빤지 위에 누워 있는 환자들을 보살펴야 할 때가 많았으니까. 내가 그렇게 강한 여자였는지 예전엔 미처 몰랐어. 난 여기서도 곧 일자리를 얻을 테고, 그 일이 아무리 고되고 힘들어도 거기서 했던 일들에 비하면 훨씬 편할 거야. 〈연합〉에서 계속 돈을 받는 것도 싫고, 액수는 얼마 안 되지만 외삼촌이 억지로 쥐여 주신 돈도 나중에 남김없이 갚아 드리고 싶어. 이런 말을 하는 이유는 내가 당신한테 도움을 청하는 일은 없을 테니까 걱정 말라는 거야. 당신이 책을 대필해 주고 어느 랍비가 그걸 자기 이름으로 출판한다는 얘기를 들었을 때

난 금방 당신 처지를 알아차렸어. 그건 제대로 된 인생이 아니야, 헤르만. 당신 자신을 망가뜨리는 짓이라고!」

「나 자신을 망가뜨리는 게 아니야, 타마라. 난 이미 오래전부터 폐인이었으니까.」

「난 이제 어떻게 되는 거지? 이런 말 하면 안 되겠지만 난 다른 남자들과는 도저히 함께 살 수가 없어. 해보나 마나 뻔한 일이야.」

헤르만은 아무 말도 하지 않았다. 그리고 다시 잠을 청하려는 듯이 눈을 감았다.

「헤르만, 난 이제 더 이상 살아갈 이유가 없어. 거의 2주 동안이나 그냥 먹고 산책하고 목욕하고 각양각색의 사람들과 얘기를 나누면서 쓸데없이 시간을 낭비했어. 그러면서 줄곧 이런 생각을 했지.〈내가 왜 이러고 있을까?〉독서도 해봤지만 책은 나한테 아무 매력도 없더라고. 여자들은 나한테 이래라저래라 충고를 해주지만 난 그때마다 농담이나 실없는 말장난으로 화제를 바꿔 버리지. 헤르만, 내가 벗어날 수 있는 방법은 하나뿐이야. 죽을 수밖에 없다고.」

헤르만은 벌떡 일어나 앉았다.「그래서 어쩌려고? 목이라도 맬 거야?」

「밧줄 한 토막으로 끝을 맺을 수 있다면 그것도 고마운 일이겠지. 그쪽에 있을 때만 하더라도 아직 약간의 희망이 남아 있었어. 사실 난 이스라엘에 정착할 생각이었지. 그런데 당신이 살아 있다는 걸 알게 되면서 모든 게 달라져 버린 거야. 이젠 아무런 희망도 없어. 암보다 더 빨리 사람을 죽이는 게 바로 절망이야. 그런 경우를 많이 봤어. 반대의 경우도 봤지. 잠불에 있을 때 다 죽어 가던 여자가 하나 있었는데, 어느 날 외국에서 편지와 식료품이 도착한 거야. 그 여자는 곧바로 털고 일어나서 씻은 듯이 멀쩡해지더라고. 의사가 그 일을 기록해서 모스크바로 보낼 정도였지.」

「그 여자 아직도 살아 있어?」

「1년 있다가 설사병으로 죽어 버렸어.」

「타마라, 희망이 없기는 나도 마찬가지야. 미래라고 해봤자 감옥에 가거나 추방당하는 게 고작이겠지.」

「당신이 왜 감옥에 가? 도둑질을 한 것도 아닌데.」

「마누라가 둘인 데다 곧 세 번째 마누라가 생길 테니까.」

「세 번째는 누군데?」

「마샤. 당신한테 얘기했던 그 여자 말이야.」

「유부녀라고 했잖아.」

「이혼했어. 임신했거든.」

헤르만은 자기가 왜 타마라에게 이런 말을 하고 있는지 알 수 없었다. 어쨌든 그녀에게 비밀을 털어놓고 싶은 심정인 것만은 분명했다. 어쩌면 자신의 복잡한 상황을 밝혀 그녀를 놀라게 하고 싶었는지도 모른다.

「그래? 축하해. 다시 아빠가 되겠네.」

「솔직히 말하자면 지금 돌아 버릴 지경이야.」

「그래, 제정신이라면 그런 짓을 할 리가 없지. 도대체 어쩌려고 그래?」

「마샤가 낙태 수술을 무서워하거든. 이런 일은 아무도 강요할 수 없는 거잖아. 마샤는 아이가 사생아로 태어나는 것도 원하지 않아. 어머니가 워낙 신심이 깊은 분이라서.」

「이젠 무슨 말을 들어도 놀라지 않을 것 같아. 내가 당신과 이혼해 줄게. 내일 당장 랍비한테 가자. 그런 상황이었다면 이렇게 나를 만나러 오지도 말았어야지. 하긴 당신한테 바람 피우지 말라고 해봤자 내 입만 아프겠지만. 당신 원래 이런 사람이었어? 아니면 전쟁 때문에 이렇게 된 거야? 사실 난 당신이 어떤 사람이었는지 잘 기억나지도 않아. 지난번에도 말했듯이 내 인생의 몇몇 시기에 대해서는 거의 다 잊어버렸거든. 그런데 당신은 왜 그래? 그냥 경솔한 거야, 아니면 고통을 즐기는 거야?」

「진퇴양난에 빠져 꼼짝달싹 못하는 거지.」

「어쨌든 나한테서는 곧 풀려나게 해줄게. 마음만 먹으면 야드비가도 떼어 버릴 수 있어. 여비나 좀 쥐여 주고 폴란드로 돌려보내. 그 애는 지금도 그 아파트에 혼자 있잖아. 시골 여자들은 일을 하면서 살아야 돼. 아이도 낳고 아침마다 밭으로 나가야지, 그렇게 우리에 갇힌 짐승처럼 집 안에만 틀어박혀 지내면 안 된다고. 이대로 가다가는 결국 미쳐 버리고 말 거야. 게다가 혹시 당신이 체포되기라도 한다면 걔는 어떻게 되겠어?」

「타마라, 야드비가는 내 생명의 은인이야.」

「그래서 파멸시켜야 속이 시원하겠다는 거야?」

헤르만은 대꾸하지 않았다. 어느새 날이 밝아 오고 있었다. 헤르만은 타마라의 얼굴을 볼 수 있었다. 어둠 속에서 그녀의 얼굴이 서서히 나타났다. 마치 초상화가 그려지듯이 여기저기 조금씩 드러나는 것이었다. 그녀가 눈을 크게 뜨고 헤르만을 바라보았다. 그때 창문의 맞은편 벽에 갑자기 햇빛이 비치면서 붉은 생쥐처럼 보이는 얼룩이 생겼다. 헤르만은 문득 실내가 몹시 춥다는 것을 의식하게 되었다. 「어서 누워. 그러다가 감기 걸려 죽겠어.」

「악마가 나를 그렇게 일찍 데려가진 않을 거야.」

그러면서도 타마라는 다시 드러누웠다. 헤르만은 담요로 두 사람의 몸을 함께 감쌌다. 그는 타마라를 껴안았고 그녀도 거부하지 않았다. 그들은 그렇게 말없이 누운 채 지금의 복잡한 상황에 골몰했고, 또한 그 상황마저 무시해 버리는 육체적 욕망에 골몰했다.

이윽고 벽에 그려진 새빨간 생쥐가 점점 희미해져 꼬리가 없어지더니 곧 완전히 사라져 버렸다. 일시적으로 다시 밤이 찾아왔다.

4

헤르만은 속죄절 전전날의 낮과 밤을 마샤의 집에서 보냈다. 시프라 푸아가 제물로 바칠 암탉 두 마리를 사두었는데, 한 마리는 자신을 위한 것이었고, 한 마리는 마샤를 위해서였다. 그녀는 헤르만의 수탉도 사고 싶어 했지만 그가 한사코 만류했다. 헤르만은 얼마 전부터 채식을 해볼까 생각하는 중이었다. 그는 기회가 있을 때마다 인류가 말 못하는 짐승들에게 하는 짓도 나치들이 유대인들에게 저지른 만행과 다를 바 없다고 역설했다. 어째서 애꿎은 닭이 인간의 죄를 씻는 데 이용되어야 하는가? 자비로우신 하느님께서 왜 그런 제물을 용납하시는가? 이번에는 마샤도 헤르만의 생각에 동의했다. 그러자 시프라 푸아는 만약 마샤가 그 의식을 거부한다면 자기가 집을 나가 버리겠다고 으름장을 놓았다. 마샤는 마지못해 승낙하고 암탉을 머리 위에서 빙빙 돌리며 정해진 기도문을 외웠지만 그 닭들을 의례(儀禮) 도살업자에게 가져가는 일만은 끝까지 거절했다.

두 마리의 암탉은 — 한 마리는 흰색, 한 마리는 갈색이었다 — 두 발이 꽁꽁 묶인 채 방바닥에 쓰러져 그 황금색 눈으로 곁눈질을 하고 있었다. 암탉들을 도살업자에게 데려가는 일은 결국 시프라 푸아가 직접 하는 수밖에 없었다. 마샤는 어머니가 집을 나서자마자 울음을 터뜨렸다. 얼굴이 온통 일그러지고 눈물범벅이었다. 그녀는 헤르만의 품속으로 뛰어들어 이렇게 소리쳤다. 「더 이상은 못 참겠어요! 못 참아! 못 참는다고!」

헤르만은 그녀에게 코를 풀 손수건을 건네주었다. 마샤가 화장실로 들어갔다. 헤르만은 그녀가 숨죽여 우는 소리를 들었다. 얼마 후 마샤가 위스키 한 병을 들고 방으로 돌아왔다. 일부는 벌써 마셔 버린 뒤였다. 그녀는 응석받이 아이처럼 억지스럽게 울다 웃다 하고 있었다. 헤르만은 임신이 진행될수록 그녀가 터무니없이 어린애처럼 군다고 생각했다. 마샤는 킥킥거리며 웃거나 짐짓 순진한 체하면서 어린 소녀처럼 행동했다. 그는 여성이란 결코 완전한 어른이 될 수 없다고 했던 쇼펜하우어의 말을 떠올렸다. 여자들은 아이를 낳아야 하기 때문에 영원히 아이일 수밖에 없다는 것이다.

「이렇게 한심한 세상에서 그나마 쓸 만한 건 하나뿐이죠. 위스키 말이에요. 자, 마셔 봐요!」 마샤가 헤르만의 입술에 술병을 들이밀었다.

「아냐, 난 싫어.」

그날 밤 마샤는 헤르만에게 오지 않았다. 저녁 식사를 마치자마자 수면제를 먹고 곯아떨어져 버린 것이다. 술에 취해 인사불성이 된 그녀는 옷을 다 입은 채로 자기 침대에 누워 있었다. 헤르만은 자신의 방에서 전등을 껐다. 시프라 푸아와 마샤가 말다툼을 벌이는 계기가 되었던 암탉들은 이미 피를 빼고 잘 씻어 냉장고에 넣어 둔 뒤였다. 창밖에는 아직 4분의 3 크기에 조금 못 미치는 달이 두둥실 떠 있었다. 은은

한 달빛이 밤하늘을 물들였다. 이윽고 잠이 든 헤르만은 지금의 심정과는 아주 동떨어진 꿈을 꾸었다. 스케이트와 썰매와 스키를 합쳐 놓은 듯 신기하게 생긴 물건을 타고 얼음에 뒤덮인 산비탈을 신나게 미끄러져 내려가는 꿈이었다.

이튿날 아침, 식사를 마친 헤르만은 시프라 푸아와 마샤에게 작별 인사를 하고 브루클린으로 향했다. 도중에 타마라에게 전화를 걸었는데, 셰바 하다스가 타마라도 자정 기도회에 참석할 수 있도록 자기네 부부가 다니는 시나고그의 여신도석(女信徒席)에 그녀의 자리도 사놓았다는 말을 듣게 되었다. 타마라는 신앙심 깊은 아내처럼 헤르만에게 덕담을 하고 나서 이렇게 덧붙였다. 「앞으로 무슨 일이 있더라도 나한테 당신보다 가까운 사람은 아무도 없을 거야.」

야드비가는 암탉을 빙빙 돌리는 의식은 생략했지만 속죄절 전날에 할라, 꿀, 생선, 크레플라흐, 닭고기 따위를 준비해 두었다. 그래서인지 야드비가의 부엌도 시프라 푸아의 부엌과 똑같은 냄새를 풍겼다. 야드비가는 속죄절을 맞이하여 금식을 하겠다고 했다. 그리고 생활비를 절약하여 모은 돈 10달러로 시나고그 좌석 표를 구입했다. 그녀는 헤르만이 다른 여자들과 놀아난다면서 분통을 터뜨렸다. 헤르만은 변명을 늘어놓으면서도 불쾌감을 감추지 못했다. 그러다가 결국 야드비가를 밀치고 발길질까지 해버렸다. 그녀가 살던 폴란드의 고향 마을에서는 여자들이 남편에게 매를 맞으면서 애정을 확인한다는 것을 헤르만도 알고 있었기 때문이다. 그러자 야드비가는 대성통곡하기 시작했다. 죽을 목숨을 살려 놨더니 은혜를 원수로 갚아도 유분수지, 하필이면 1년 중 가장 성스러운 날을 목전에 두고 손찌검을 하느냐는 것이었다.

낮이 지나가고 밤이 찾아왔다. 헤르만과 야드비가는 금식을 앞두고 마지막 식사를 했다. 야드비가는 이웃 여자들이 시킨 대로 꿀꺽꿀꺽 열한 모금의 물을 마셨다. 금식 기간 동안의 갈증을 예방하기 위해서였다.[103]

헤르만도 금식을 했지만 시나고그에는 가지 않았다. 지성 순간에만 기도를 올리는 비종교적 유대인들과 똑같이 행동하긴 싫었기 때문이다. 헤르만도 하느님을 미워하지 않을 때는 간혹 기도를 했지만, 하느님의 집에 들어가서 명절 기도서를 손에 들고 정해진 관습에 따라 하느님을 찬양하는 일만은 도저히 참아 낼 자신이 없었다. 그래서 이교도인 아내는 기도하러 가는데 정작 유대인인 헤르만은 집에 남기로 했고, 이웃 사람들도 그 사실을 알고 있었다. 헤르만은 그의 이름이 언급될 때마다 침을 뱉는 그들의 모습을 상상했다. 그들은 그들 나름의 방식으로 이미 헤르만을 파문해 버렸을 것이다.

야드비가는 어느 점포 정리 매장에서 싸게 사 온 새 옷을 입고 있었다. 머리에는 머릿수건을 두르고 목에는 모조 진주 목걸이를 걸었다. 그리고 손가락에는 — 비록 정식으로 결혼식을 올리지는 못했지만 — 헤르만이 사준 결혼반지가 빛나고 있었다. 야드비가는 시나고그에 가려고 명절 기도서를 챙겼다. 좌우 양면이 각각 히브리어와 영어로 인쇄된 책이었지만 야드비가는 둘 다 읽지 못했다.

출발하기 전에 그녀가 헤르만에게 입맞춤을 하면서 어머니처럼 따뜻한 어조로 말했다. 「행복한 한 해가 되게 해달라고 하느님께 빌어요.」

그러더니 진짜 유대인 여자처럼 눈물을 주르륵 흘렸.

이웃 여자들이 아래층에서 야드비가를 기다리고 있었다. 그들은 적극적으로 그녀를 자기들의 무리 속에 끼워 주려 했

---

[103] 금식 중에는 물도 마시지 못한다.

고, 또한 자기들이 어머니와 할머니로부터 물려받았으나 미국에서 사는 동안 조금씩 희석되고 변질된 유대 전통을 그녀에게 가르쳐 주려고 서로 안달이었다.

헤르만은 이리저리 서성거렸다. 브루클린에 있을 때 이렇게 집에 혼자 남게 되면 대개 마샤에게 전화를 걸곤 했다. 그러나 마샤는 속죄절엔 전화도 안 받고 담배도 안 피웠다. 그래도 밤하늘에 뜬 별이 아직 세 개가 안 되었음을 확인한 그는 일단 전화를 걸어 보았다. 그러나 아무도 받지 않았다.

아파트에 혼자 있는데도 어쩐지 세 여자 모두와 함께 있는 듯한 기분이 들었다. 마샤, 타마라, 야드비가. 헤르만은 독심술사처럼 그들의 마음을 훤히 꿰뚫어 볼 수 있었다. 그는 한 사람 한 사람의 생각을 속속들이 알고 있었다. 어쩌면 그의 착각인지도 모른다. 아무튼 하느님을 향한 원망과 헤르만을 향한 원망이 어우러져 하나가 되었다. 헤르만의 여자들은 그의 건강을 기원하면서도 한편으로는 제발 그의 버르장머리를 고쳐 달라고 전능하신 하느님께 빌고 있었다. 오늘은 하느님이 그렇게 많은 이들로부터 공경을 받는 날이지만 지금 헤르만은 하느님께 속마음을 털어놓을 기분이 아니었다. 그는 창가로 다가갔다. 거리가 한산했다. 바람이 불 때마다 물들어 가는 나뭇잎들이 우수수 떨어졌다. 해변 산책로에도 인적이 드물었다. 머메이드 애비뉴의 상점들도 모두 문을 닫았다. 오늘은 속죄절이고 코니아일랜드는 적막하기만 했다. 하도 조용해서 아파트 안에서도 파도 소리를 들을 수 있을 정도였다. 어쩌면 바다에게는 하루하루가 모두 속죄절인지도 모른다. 그래서 바다는 날마다 하느님께 기도를 드리고 있는 것인지도 모른다. 그러나 바다의 하느님은 바다와 같다. 영원히 흐르는, 한없이 지혜로운, 그리고 무한한 힘을 가진 막

강한 존재, 그러나 불변의 법칙에 얽매인 존재.

그 자리에 선 채로 헤르만은 야드비가와 마샤와 타마라에게 텔레파시로 메시지를 보냈다. 그는 그들을 위로했고, 그들에게 즐거운 한 해가 되기를 기원했고, 그들에게 사랑과 헌신을 약속했다.

헤르만은 침실로 들어가서 옷을 입은 채 침대 위에 벌렁 누워 버렸다. 스스로 인정하긴 싫었지만 그가 두려워하는 것들 중에서도 가장 두려워하는 것은 다시 아버지가 되는 일이었다. 그는 아들을 두려워했고 딸은 더 두려워했다. 딸은 곧 그가 거부했던 실증주의를 더욱더 확실히 뒷받침하는 존재이며, 자유를 원하지 않는 구속이며, 또한 눈이 멀었음을 인정하지 않는 맹목성이기 때문이다.

헤르만은 어느새 잠이 들었는데 야드비가가 그를 깨웠다. 그녀는 시나고그에서 독창자가 「콜 니드레」를 노래했으며 랍비는 성지의 예시바들을 비롯하여 유대 민족의 여러 과업을 위해 헌금을 부탁하는 내용의 설교를 하더라고 전해 주었다. 야드비가도 5달러를 내기로 약속했다고 했다. 그러더니 오늘 밤만은 자기 몸에 손을 대지 말았으면 좋겠다고 조금 쑥스러운 듯이 말했다. 금기 사항이라는 것이 이유였다. 그녀가 허리를 굽혀 그를 내려다보고 있을 때였다. 야드비가의 눈동자 속에서 헤르만은 문득 자신의 어머니가 해마다 지성 순간에 보여 주곤 했던 바로 그 눈빛을 발견했다. 마치 무슨 말을 하려는 듯이 야드비가의 입술이 가늘게 떨렸지만 아무 소리도 나지 않았다. 이윽고 그녀가 속삭였다. 「나도 유대인이 되겠어요. 유대인 아이를 낳고 싶어요.」

제6장

1

헤르만은 초막절(草幕節)[104]의 처음 이틀을 마샤와 함께 보낸 후 〈중간 날〉인 홀 하모에드[105]를 맞이하여 브루클린의 아파트로 돌아왔다.

그는 아침 식사를 마친 후 거실 탁자에서 『「슐칸 아루흐」[106]와 「해답록(解答錄)」[107]에 반영된 유대인들의 삶』이라는 책의 한 장(章)을 쓰고 있었다. 이 책은 이미 미국과 영국 출판사에

---

104 *Succoth(Sukkot)*. 〈수코트〉. 유월절, 오순절과 함께 이스라엘의 3대 축일 중 하나로, 조상들이 이집트를 벗어나 광야에 초막을 치고 살았던 일을 기념하는 7일 또는 9일간의 명절. 장막절(帳幕節) 또는 수장절(收藏節)이라고도 하며, 이스라엘 국내와 국외의 전통이 조금씩 다르다.

105 *Chol Hamoed*. 〈명절 중 평일〉이라는 뜻으로, 유월절과 초막절의 기간 중 각종 의식과 금기가 집중되는 첫날과 마지막 날(이스라엘 국외에서는 처음 이틀과 마지막 이틀)을 제외한 나머지 날들을 가리킨다.

106 *Shulcan Aruch*. 랍비 요세프 카로 Yosef Karo(1488~1575)가 편찬한 정통파 유대인들의 율법 지침서.

107 *Responsa*. 1천 7백 년 전부터 현재까지 유대 율법에 대한 질문과 학자들의 답변을 모은 문헌들. 〈레스폰사〉는 라틴어 명칭이며 히브리어로는 〈질문과 대답〉이라는 뜻의 『셰엘로트 우테슈보트 *She'elot u-Teshuvot*』.

서 출간하기로 했는데, 머지않아 랍비 램퍼트가 어느 프랑스 출판사와도 계약을 체결할 터였다. 헤르만은 인세의 일부를 받기로 했다. 예정된 분량이 약 1천 5백 쪽에 달하는 이 책은 원래 몇 권짜리 전집으로 낼 계획이었다. 그러나 랍비 램퍼트가 손을 써서 일단 각 권을 이른바〈독립적〉인 단행본으로 출판하도록 했다. 그리고 나중에 약간의 수정을 거쳐 두툼한 한 권짜리 책으로 묶어 다시 내자는 것이었다.

헤르만은 몇 줄을 쓰다가 손을 멈추었다. 앉아서 일에 착수하자마자 〈신경계〉의 방해 공작이 시작되었기 때문이다. 졸음이 쏟아져 눈을 뜰 수가 없었다. 물을 마시고 싶었고, 오줌을 눠야 했고, 그다음에는 이 사이에 낀 음식 찌꺼기가 거치적거려 처음엔 혀끝으로 끄집어내려 하다가 결국 공책을 제본한 실을 뽑아 사용했다.

야드비가는 빨래를 하겠다면서 세탁기에 넣을 25센트 동전 한 개를 받아 들고 지하실로 내려갔다. 부엌에서는 보이투스가 새들의 언어로 마리아나를 꾸짖었다. 마리아나는 횃대 위의 보이투스 곁에 가까이 앉았는데, 마치 용서받을 수 없는 잘못을 저질러 질책을 받는 죄인처럼 고개를 푹 숙이고 있었다.

전화벨이 울렸다.

헤르만은 생각했다. 〈이번엔 또 무슨 일로 전화했을까?〉 겨우 30분 전에도 마샤와 통화했는데, 그녀는 명절의 나머지 날들 — 즉 슈미니 아체레스와 심하스 토라[108] — 을 위해 장을 보러 트레몬트 애비뉴로 가는 중이라고 했었다.

그는 수화기를 들고 말했다.「그래, 마샤.」

그러자 남자의 굵은 목소리가 들려왔다. 뭔가 말하려다가

---

108 *Shmini Atzeres, Simchas Torah*. 초막절의 8일째와 9일째 되는 날.

중단되는 바람에 생각의 끈을 놓쳐 버리고 머뭇거리는 듯 목구멍 속에서 흘려 내는 소리였다. 헤르만이 막 전화를 잘못 거셨다고 말하려 할 때 상대방이 헤르만 브로데르를 찾았다. 헤르만은 전화를 끊어야 할지 말아야 할지 판단이 서지 않았다. 혹시 형사가 아닐까? 이중 결혼 사실이 발각된 것일까? 마침내 그는 이렇게 말했다. 「누구시죠?」

상대방이 마치 연설을 준비하는 사람처럼 헛기침을 하고 목청을 가다듬더니 다시 헛기침을 했다. 그리고 이디시어로 말문을 열었다. 「제 얘기 좀 들어 주세요. 레온 토르치네르라고 합니다. 마샤의 전남편이죠.」

헤르만은 입안이 바싹 말라 버렸다. 토르치네르와 직접 접촉하기는 이번이 처음이었다. 사내는 목소리가 굵직했고 사용하는 이디시어도 헤르만이나 마샤와는 조금 달랐다. 폴란드의 좁은 지역에서 쓰는 독특한 사투리였다. 낱말 하나하나에 희미한 비브라토가 따라붙었다. 피아노의 낮은 음을 쳤을 때 들리는 소리와 비슷했다.

「네, 알고 있습니다. 제 전화번호는 어떻게 아셨습니까?」

「아무러면 어떻습니까? 전화번호를 안다는 게 중요한 거죠. 굳이 알고 싶으시다면 말씀드리죠. 마샤의 주소록 수첩에서 봤습니다. 저는 숫자를 잘 기억하거든요. 처음엔 누구 전화번호인지 몰랐지만 결국 짐작할 수 있었죠.」

「그러셨군요.」

「주무시는데 제가 깨운 건 아닌가요?」

「아뇨, 아뇨.」

토르치네르는 말을 잇기 전에 잠시 사이를 두었고, 이 간격을 근거로 헤르만은 토르치네르가 깊이 생각하고 느리게 반응하는 신중한 성격일 거라고 미루어 짐작했다. 「한번 만나

뵐 수 있을까요?」

「무슨 일인데 그러십니까?」

「개인적인 일입니다.」 헤르만의 마음속에 이런 생각이 떠올랐다. 〈그리 똑똑한 사람은 아니구나.〉 마샤도 레온은 바보라는 말을 자주 했었다. 헤르만은 더듬거리며 이렇게 말했다. 「저한텐 아주 불쾌한 상황이라는 거 아실 텐데요. 굳이 그럴 필요가 있는지 모르겠네요. 이젠 이혼하셨고, 그리고……」

「죄송하지만 브로데르 씨, 꼭 필요하지 않았다면 이렇게 전화를 드리지도 않았을 겁니다. 이건 우리 두 사람 모두를 위한 일이죠.」

토르치네르는 웃음소리 같기도 하고 기침 같기도 한 소리를 냈다. 그 소리는 상대의 의표를 찔렀다는 의기양양한 기쁨을 드러내는 동시에 기분 나쁘지 않게 불쾌감을 표시하고 있었다. 헤르만은 귓불이 확 달아오르는 것을 느꼈다. 「그냥 전화로 말씀하시는 건 어떨까요?」

「직접 만나서 말씀드려야 할 얘기라서요. 지금 사시는 곳이 어딘지 말씀해 주시면 제가 댁으로 찾아뵙죠. 아니면 어디 카페테리아 같은 데서 만나도 되고요. 제가 대접하겠습니다.」

「최소한 어떤 내용인지는 말씀해 주셔야죠.」

그러자 레온 토르치네르는 두 입술을 움직여 입맛을 다시는 듯한 소리를 냈다. 걷잡을 수 없이 터져 나오려는 말들을 억누르고 있는 모양이었다.

그 소리들이 마침내 말이 되어 흘러나왔다. 「마샤에 대한 얘기 말고 또 뭐가 있겠습니까? 말하자면 우리 두 사람 사이의 연결 고리인데 말입니다. 물론 마샤와 제가 이혼한 건 사실이지만, 그래도 한때나마 부부였다는 건 아무도 부정할 수 없죠. 저는 마샤가 말해 주기 전부터 선생에 대해 다 알고 있었습니다. 어떻게 알았는지는 묻지 마세요. 제게도 흔히 말하는 정보원(情報源)이 있으니까요.」

「지금 계시는 곳이 어딥니까?」

「여긴 플랫부시[109]입니다. 선생이 코니아일랜드 어딘가에 사신다는 것까지는 알고 있는데, 이쪽으로 오기가 불편하시면 제가 그리로 가겠습니다. 왜 그런 말도 있잖습니까? 〈마호메트가 산으로 오지 않겠다면 산이 마호메트에게 갈 수밖에 없다.〉」

「서프 애비뉴에 카페테리아가 하나 있습니다. 거기서 만나기로 하죠.」 헤르만으로서는 말을 하기가 쉽지 않았다. 그는 토르치네르에게 카페테리아의 정확한 위치를 가르쳐 주고 그곳으로 가는 지하철 노선까지 일러 주었다. 토르치네르는 헤르만에게 그 설명을 몇 번이나 되풀이해 달라고 요구했다. 마치 이 대화가 무척이나 즐겁다는 듯이 모든 과정을 꼼꼼히 확인하면서 헤르만의 말을 되뇌어 보는 것이었다. 헤르만은 그런 토르치네르에게 어떤 반감을 느낀다기보다 이렇게 곤란한 상황에 말려들게 되어 귀찮을 뿐이었다. 그리고 의심스럽기도 했다. 누가 알겠는가? 정말 그렇게 비열한 인간이라면 칼이나 권총을 지니고 있을 가능성도 배제할 수 없다. 헤르만은 서둘러 목욕을 하고 면도를 했다. 그리고 좋은 양복을 골라 입었다. 이 남자에게 초라한 모습을 보여 주긴 싫었기 때문이다. 헤르만은 속으로 이렇게 빈정거렸다. 〈그래, 누구에게나 잘 보여야지. 설령 상대가 애인의 전남편이더라도.〉

그는 지하실로 내려갔다. 세탁기 유리창 속에서 미친 듯이 돌고 있는 속옷들이 보였다. 비눗물이 거품을 일으키며 철벅거렸다. 물과 비누와 표백제 같은 무생물들이 이렇게 자기들

---

109 Flatbush. 뉴욕 브루클린의 한 지역.

을 지배하고 괴롭히는 인간들에게 화를 내고 있는 것 같다는 별스러운 생각이 떠올랐다. 야드비가가 헤르만을 보더니 흠칫 놀랐다. 그가 지하실에 내려오기는 이번이 처음이었기 때문이다.

「서프 애비뉴에 있는 카페테리아에서 누굴 만나기로 했어.」 야드비가는 아무것도 묻지 않았지만 헤르만은 그녀에게 카페테리아의 위치를 자세히 설명해 주었다. 만에 하나 레온 토르치네르가 폭력을 행사할 경우에 대비하여 미리 목적지를 밝혀 둬야겠다는 생각에서였다. 혹시 필요하다면 야드비가가 법정에서 증언할 수도 있을 터였다. 헤르만은 레온 토르치네르라는 이름도 몇 번이나 되풀이하여 말해 주었다. 야드비가는 멍하니 쳐다보기만 했다. 도시 사람의 생각이나 행동을 이해하려는 노력 따위는 일찌감치 포기해 버린 시골 아낙네의 체념 어린 표정이었다. 그러나 그녀의 눈동자에는 불신의 빛이 가득했다. 그녀와 함께 있기로 한 날에도 그는 걸핏하면 이렇게 핑계를 대고 나가 버리기 때문이다.

헤르만은 카페테리아에 너무 일찍 도착하지 않도록 손목시계를 보면서 시간을 조절했다. 레온 토르치네르 같은 사람이라면 틀림없이 반 시간 정도는 늦게 올 거라는 생각이 들어 차라리 해변 산책로를 거닐기로 했다.

화창하고 따뜻한 날이었지만 오락 시설은 모두 휴업 중이었다. 남은 것이라고는 막아 놓은 출입구와 떨어져 가는 색바랜 포스터뿐이었다. 공연자들도 모두 떠나 버렸다. 몸의 절반이 뱀인 여자, 쇠사슬을 뚝뚝 끊어 버리는 차력사, 손발도 없이 헤엄치는 재주를 가진 사람, 죽은 자들의 혼백을 불러내는 영매 등등. 민주당 클럽 강당에서 지성순간 예배가 열린다는 공지 게시판도 벌써 비바람에 얼룩이 지고 너덜너

덜했다. 갈매기들이 바다 위를 맴돌며 울부짖었다.

해변에는 파도가 물거품을 일으키며 쏴아 밀려왔다가 언제나 그랬듯이 도로 물러났다. 마치 컹컹 짖어 대기만 하고 좀처럼 물지 못하는 힘없는 개 떼처럼. 잿빛 돛을 올린 배 한 척이 멀리 수면 위에서 흔들거렸다. 바다가 그렇듯이 이 배도 끊임없이 움직였지만 그 자리를 벗어나지 못했다. 마치 수의에 싸인 채 물 위를 걸어가는 시체처럼 보였다.

헤르만은 이런 생각을 했다. 〈이미 모든 일이 일어나 버린 거야. 천지 창조, 노아의 홍수, 소돔, 하느님이 내리신 율법, 히틀러의 대학살.〉 파라오의 꿈속에 나타났던 깡마른 소 떼[110]처럼 현재가 영원을 흔적도 없이 삼켜 버렸다.

2

헤르만이 카페테리아에 들어서자 벽에 붙은 테이블에 앉아 있는 레온 토르치네르가 눈에 띄었다. 헤르만이 그의 얼굴을 알아본 것은 마샤의 앨범에서 사진을 본 적이 있기 때문이었다. 그러나 지금은 그때보다 많이 늙어 버린 모습이었다. 나이는 쉰 살 정도로 보였는데, 체구가 크고 두상이 사각형이었다. 숱 많은 머리는 아주 새까매서 염색했다는 사실을 한눈에 알 수 있었다. 너부데데한 얼굴, 앞으로 튀어나온 턱, 불룩한 광대뼈, 넓적한 콧방울과 큼직한 콧구멍, 짙은 눈썹,

---

110 어느 날 이집트의 파라오(바로 왕)가 꿈을 꾸었는데, 살진 소 일곱 마리가 풀을 뜯고 있을 때 마른 소 일곱 마리가 나타나 살진 소들을 모두 잡아먹었다. 요셉이 이를 듣고 7년의 풍년에 이어 7년의 흉년이 찾아올 징조라고 해몽하여 이집트의 총리가 되었다. 「창세기」 41장.

타타르인처럼 눈초리가 치켜 올라간 갈색 눈. 토르치네르의 이마에는 오래된 칼자국으로 보이는 흉터가 있었다. 자못 험상궂은 외모였지만 폴란드계 유대인 특유의 붙임성 있는 태도 때문에 그나마 한결 부드러운 인상을 풍겼다. 헤르만은 생각했다. 〈나를 죽이려고 하진 않겠군.〉 이렇게 우악스러운 사내가 한때나마 마샤의 남편이었다니 도저히 믿기지 않았다. 생각하기만 해도 우스꽝스러웠다. 그러나 현실이란 원래 그런 것이다. 현실은 늘 이렇게 상상의 물거품을 터뜨리고 추측을 뒤엎고 확신을 깨뜨리기 마련이다.

토르치네르 앞에는 커피 한 잔이 있었다. 재떨이에 놓아 둔 시가에는 2.5센티가량의 담뱃재가 붙어 있었다. 그리고 그의 왼쪽 옆에 놓인 접시 위에는 먹다 남긴 계란 케이크가 담겨 있었다. 헤르만을 발견한 토르치네르가 의자에서 일어나려고 하다가 도로 주저앉았다.

「헤르만 브로데르?」 토르치네르는 그렇게 물으면서 크고 두툼한 손을 내밀었다.

「숄롬 알레이헴.」[111]

그러자 토르치네르가 말했다. 「앉으세요, 앉으세요. 내가 커피를 갖다 드리죠.」

「아뇨, 괜찮습니다.」

「그럼 홍차?」

「아뇨, 됐어요.」

그러자 레온 토르치네르가 단호하게 말했다. 「커피로 하죠! 내가 초대했으니 마땅히 대접을 해야죠. 나야 체중 조절을 하느라고 계란 케이크만 먹고 있지만 선생은 치즈 케이크

---

111 *Sholom(shalom) aleichem*. 유대인들의 인사말. 의미는 〈그대에게 평화가 있기를〉.

를 드셔도 괜찮겠네요.」

「정말 아무것도 필요 없습니다.」

그러나 토르치네르는 결국 자리에서 일어났다. 헤르만은 토르치네르가 쟁반 하나를 집어 들고 카운터 앞에 줄을 서는 것을 지켜보았다. 이 사내는 떡 벌어진 체격에 비해 키가 너무 작았고 손발은 지나치게 컸으며 어깨는 차력사를 연상시켰다. 위보다 옆으로 더 많이 자라는 폴란드인의 전형적 체형이었다. 그는 갈색 줄무늬 양복을 입고 있었는데, 나이보다 젊게 보이려고 그 옷을 선택한 것이 분명했다. 이윽고 그가 커피 한 잔과 치즈 케이크 한 조각을 가지고 돌아왔다. 그리고 다 꺼져 가는 시가를 재빨리 집어 들고 힘차게 몇 번 빨더니 구름 같은 연기를 뿜어냈다.

「선생은 내가 상상했던 모습과는 전혀 다르시군요. 마샤가 하는 말을 듣고 그야말로 돈 후안 같은 분인 줄 알았는데요.」 경멸의 뜻이 담긴 말은 분명히 아니었다.

헤르만은 고개를 수그렸다. 「여자들의 어리석은 생각이죠.」

「선생한테 전화를 할까 말까 오래 망설였어요. 아시다시피 속 편하게 연락할 입장은 아니니까요. 나로 말하자면 모든 면에서 선생과는 피차 적대 관계가 될 만한 사이죠. 그렇지만 단도직입적으로 말씀드리는데, 난 오히려 선생을 위해서 여기까지 온 겁니다. 선생이 내 말을 믿느냐 못 믿느냐는 별개의 문제겠지만 말입니다.」

「네, 알겠습니다.」

「아뇨, 모르실 겁니다. 선생이 어떻게 알겠습니까? 마샤한테 듣자니 선생은 무슨 작가라던데, 난 과학자예요. 사람이 뭔가를 이해하려면 우선 모든 사실을 알아야 합니다. 모든 정보를 갖고 있어야 한다는 거죠. 우리가 선험적(先驗的)으로 알 수 있는 것은 아무것도 없어요. 하나 더하기 하나는 둘이라는 정도가 고작이죠.」

「그 〈사실〉이라는 게 도대체 어떤 겁니까?」

「그건 마샤가 저와 이혼하기 위해서 올바른 여자라면 절대로 생각할 수 없는 대가를 치렀다는 사실입니다. 설령 자기 목숨이 걸렸더라도 도저히 그럴 순 없는 일인데 말입니다.」 레온 토르치네르는 서두르지도 않고 성난 기색도 없이 그 굵은 목소리로 느긋하게 말을 이었다. 「나는 선생도 이 사실을 아셔야 한다고 생각합니다. 그런 대가를 선뜻 치를 수 있는 여자라면 도저히 온전한 정신이라고 볼 수 없으니까요. 마샤는 나를 만나기 전에도 애인이 있었고 나와 함께 사는 동안에도 그랬어요. 이건 엄연한 진실입니다. 우리가 헤어진 이유도 바로 그거였죠. 난 지금 선생한테 솔직하게 말씀드리는 겁니다. 일반적인 경우라면 내가 선생을 걱정해 줄 필요는 전혀 없겠죠. 그런데 내가 요즘 선생을 아는 어떤 남자분을 만나게 됐어요. 그분은 우리 관계를 모르십니다. 관계라고 말할 만한 사이도 아니지만, 아무튼 그분이 선생에 대한 얘기를 꺼내더군요. 굳이 비밀로 할 필요도 없겠네요. 그분은 바로 랍비 램퍼트였어요. 선생이 전쟁 중에 고통을 겪었다고 하시더군요. 몇 년 동안이나 건초 다락에서 숨어 지냈다는 얘기 말입니다. 나는 선생이 그 랍비 밑에서 일한다는 사실도 알고 있습니다. 그분은 〈자료 조사〉라고 표현하시던데, 굳이 설명하지 않아도 짐작이 갑니다. 선생은 『탈무드』 학자, 난 세균학자니까요.

선생도 아시겠지만 지금 랍비 램퍼트는 모든 지식이 율법에서 비롯되었다는 걸 증명하겠다면서 책을 쓰는 중인데, 나한테 과학에 대한 부분을 도와 달라고 하더군요. 그런데 난 현대적인 지식이 율법 속에 들어 있을 리가 없으니까 거기서 찾아봤자 헛일이라고 단도직입적으로 말했어요. 모세도 전기나 비타민에 대해서는 아무것도 몰랐으니까요. 그리고 겨우 몇 달러 벌겠다고 내 정력을 낭비하기도 싫었습니다. 차라리 적게 벌고 적게 쓰는 게 낫죠. 랍비가 선생 이름을 입 밖에 낸 적은 한 번도 없었습니다. 다만 어떤 남자가 건초 다락에 숨어 있었다는 얘기를 듣고 전후 사정을 파악하게 된 거죠. 랍비는 선생을 대단히 높이 평가하더군요. 그런데, 당연한 일이지만 그분은 내가 뭘 알고 있는지 몰랐던 겁니다. 참 독특한 분이에요. 만나자마자 처음부터 내 이름을 부르더군요. 그건 내 스타일이 아니죠. 모든 일엔 다 적당한 때가 있는 거잖아요. 대인 관계에도 진화의 과정이 필요하다는 거죠. 그날도 끊임없이 전화벨이 울리는 통에 랍비와 제대로 대화를 할 수가 없더군요. 그분은 아마 한꺼번에 천 가지 일을 진행 중일 거예요. 그렇게 돈을 긁어모아서 도대체 어디다 쓰려는 걸까요? 그건 그렇고, 이제 본론으로 들어가죠.

내가 선생께 말씀드리고 싶은 건 마샤가 매춘부 같은 여자라는 사실입니다. 아주 간단명료하죠. 그래도 굳이 매춘부와 결혼하고 싶다면 그건 선생의 자유지만, 난 선생이 마샤의 그물에 걸려들기 전에 미리 충고해 드리고 싶었어요. 물론 우리가 만났다는 사실은 비밀로 해주셔야 합니다. 애당초 그걸 전제로 연락드린 거니까요.」 레온 토르치네르는 시가를 집어 들고 빨아 보았지만 이미 불이 꺼져 버린 뒤였다.

토르치네르가 말하는 동안 헤르만은 테이블 위로 고개를 숙인 자세로 앉아 있었다. 몸에 열이 나서 목깃을 열어젖히고 싶었다. 귓등이 타는 듯 화끈거렸다. 등줄기를 따라 땀방울이 또르르 굴러 내렸다. 이윽고 토르치네르가 부산스럽게 시가에 불을 붙이려 할 때 헤르만이 목멘 소리로 물었다. 「대가가 뭐였습니까?」

그러자 레온 토르치네르가 귓가에 손을 갖다 댔다. 「안 들려요. 좀 더 크게 말해 보세요.」

「대가가 뭐였냐고 물었습니다.」

「그게 뭐였는지는 선생도 아실 텐데요. 그렇게 순진한 분은 아니잖아요. 선생은 아마 나도 마샤보다 나을 게 없는 인간이라고 생각하시겠죠. 어떤 면에선 이해합니다. 우선 선생은 마샤를 사랑하고, 마샤는 남자라면 누구라도 사랑에 빠질 만한 여자니까요. 그야말로 남자들을 미치게 만들죠. 하마터면 나도 미쳐 버릴 뻔했어요. 마샤는 유치하기 짝이 없는 여자지만 통찰력 하나는 프로이트와 아들러[112]와 융을 다 합쳐 놓은 것만큼, 아니, 그 이상으로 뛰어나죠. 게다가 탁월한 연극배우이기도 해요. 웃고 싶을 땐 언제든지 웃을 수 있고, 울고 싶을 땐 언제든지 울 수 있으니까요. 오죽하면 그 여자한테 내가 이런 말까지 했겠습니까? 쓸데없는 일에 재능을 낭비하지만 않는다면 장차 제2의 사라 베르나르[113]가 될 수도 있을 거라고 말입니다. 자, 그러니까 선생이 마샤한테 푹 빠진 것도 무리가 아니죠. 나도 부인하진 않겠습니다. 나 역시 여전히 마샤를 사랑합니다. 누군가를 사랑하는 동시에 증오할 수도 있다는 건 심리학과 신입생도 다 아는 사실이니까요. 지금쯤 선생은 이런 생각을 하실 겁니다. 저 사람이 왜 나한테 이런 비밀을 말해 주지? 나한테 뭐 빚진 거라도 있

---

112 Alfred Adler(1870~1937). 오스트리아의 정신과 의사.
113 Sarah Bernhardt(1844~1923). 프랑스의 연극배우, 영화배우. 유럽 전역과 미국에서 활동했으며 〈황금의 목소리〉로 불렸다.

나? 그걸 이해하기 위해서는 내 얘기를 끝까지 들어 주셔야 합니다.」

「듣고 있습니다.」

「커피가 다 식겠어요. 치즈 케이크도 좀 드세요. 자, 여기요. 그리고 그렇게 당황해서 쩔쩔매지 마세요. 알고 보면 지금 전 세계가 혁명을 치르고 있어요. 정신적 혁명 말입니다. 히틀러의 가스실도 최악이었지만 사람들이 모든 가치관을 잃어버린 거야말로 고문보다 더 지독한 고통이죠. 선생은 틀림없이 신앙심 깊은 가정에서 성장했을 겁니다. 그렇지 않았다면 어디서 〈게마라〉[114]를 배울 수 있었겠어요? 우리 부모님도 광신자는 아니었지만 믿음을 간직한 유대인이셨죠. 아버지에겐 하느님도 하나, 아내도 하나였고, 어머니에겐 하느님도 하나, 남편도 하나였어요.

마샤한테서 들으셨겠지만 난 바르샤바 대학교를 다녔습니다. 생물학을 전공하고 볼코프스키 교수 밑에서 일하다가 그 사람이 중요한 발견을 할 수 있도록 도와줬어요. 실제로 발견한 사람은 나였지만 교수의 공적이 돼버린 거죠. 사실 그 사람도 그 발견으로 혜택을 얻진 못했어요. 사람들은 바르샤바의 크로흐말나 거리나 뉴욕의 바워리에만 도둑이 들끓는다고 생각하죠. 하지만 사실은 교수나 예술가들 중에도, 각 분야에서 두각을 드러낸 인물들 중에도 도둑놈들이 수두룩해요. 일반적인 도둑이라면 적어도 자기들끼리는 도둑질을 하지 않죠. 그런데 과학자들 중에는 문자 그대로 도둑질로 연명하는 놈들이 많거든요. 아인슈타인의 이론도 자기를 도와주던 어느 수학자한테서 훔친 거라는 사실을 아십

---

[114] Gemara. 유대교의 신학 책 『탈무드』 중 유대 율법을 수록한 부분, 즉 미슈나Mishnah(율법 편)에 대하여 랍비들이 해설을 단 주석 편.

니까? 지금은 그 수학자의 이름을 기억하는 사람도 없죠. 프로이트도 도둑질을 했고 스피노자도 그랬어요. 사실 이건 오늘의 주제와 무관한 얘기지만 나 역시 그런 도둑질의 피해자라는 겁니다.

나치가 바르샤바를 점령했을 때, 내가 원하기만 했다면 그놈들 밑에서 일할 수도 있었어요. 독일에서도 가장 위대한 과학자들이 추천서를 써줬거든요. 나치 놈들은 내가 유대인이라는 사실마저 기꺼이 눈감아 줬을 거예요. 그렇지만 난 그런 특별 대우를 받고 싶지 않았고, 그래서 지옥 같은 경험을 하게 됐습니다. 그러다가 나중에 러시아로 탈출했죠. 그런데 그곳에 간 우리나라 지식인들은 갑자기 태도를 싹 바꿔 버렸고, 심지어 서로 밀고질까지 하기 시작했어요. 볼셰비키 놈들한테 좋은 구실을 준 셈이죠. 그놈들은 지식인들을 수용소로 보내 버렸어요. 나도 한때는 공산주의에 호의적인 편이었죠. 그런데 막상 공산주의자들한테 유리한 시절이 되니까 그 체제에 정말 신물이 나더군요. 그래서 그놈들한테도 거리낌 없이 그렇게 말해 줬어요. 그러니 놈들이 나를 어떻게 대우했을지 짐작하시겠죠?

어쨌든 나는 전쟁, 수용소, 굶주림, 이(蝨) 등등을 고스란히 겪어야 했고 1945년엔 루블린에 가 있었어요. 그리고 거기서 마샤를 만난 겁니다. 마샤는 어떤 놈팡이의 정부인지 마누라인지 그랬는데, 그자는 적군(赤軍)에서 복무하다가 탈영해서 폴란드로 건너와 밀수와 암거래를 하고 있었죠. 그 밀수꾼한테서 식량은 넉넉하게 받아 내는 것 같더군요. 둘 사이에 정확히 무슨 일이 있었는지는 나도 몰라요. 그 작자는 마샤가 바람을 피웠느니 어쨌느니 온갖 비난을 퍼부었어요. 마샤가 지금도 아주 매력적인 여자라는 건 굳이 선생한테 말할 필요도 없을 테죠. 하지만 몇 년 전엔 그야말로 절세미인이었어요. 난 그때 가족을 모두 잃어버린 처지였죠. 마샤는 내가 과학자라는 말을 듣고 나한테 관심을 보이기 시작했어요. 이건 내 짐작이지만 그 밀수꾼에게도 아마 딴 여자가 있었을 겁니다. 그게 한 명이었는지 대여섯 명이었는지는 모를 일이지만. 아무튼 어느 부류를 보더라도 알맹이보다 쭉정이가 더 많은 게 현실이라니까요.

마샤가 자기 어머니를 찾아낸 다음에 우린 모두 독일로 건너갔어요. 신분증이 없으니 밀입국을 할 수밖에 없었죠. 한 걸음 한 걸음이 지뢰밭을 걷는 것처럼 아슬아슬했습니다. 살고 싶으면 법을 어길 수밖에 없었어요. 모든 법이 우리를 죽이려고만 했으니까요. 선생도 피해자였으니 어떤 상황이었는지 잘 아실 겁니다. 물론 사람마다 사연은 제각각이겠지만 말입니다. 난민들과는 논리적인 대화가 불가능하죠. 어떤 일에 대해서 누가 뭐라고 말하기만 하면 꼭 누군가 나서서 오히려 그 반대였다고 주장하거든요.

아무튼 마샤 얘기로 돌아가죠. 독일에 도착한 우리는 결국 〈정중하게〉 어느 수용소로 끌려갔어요. 거기서는 남녀가 결혼식도 하지 않고 동거하는 일이 아주 흔했어요. 그런 상황에서 누가 형식 따위에 연연하겠습니까? 하지만 마샤의 어머니는 우리가 모세와 이스라엘의 율법에 따라 정식으로 결혼해야 한다고 고집을 부리셨어요. 마샤와 그 밀수꾼은 이혼했거나 아니면 애당초 결혼하지 않았던 모양입니다. 나로서는 어느 쪽이든 상관없었어요. 난 그저 하루빨리 과학 연구를 다시 시작하고 싶었고, 게다가 신앙심이 투철하지도 않았으니까요. 마샤가 결혼식을 원하니까 나도 그러자고 했을 뿐이에요. 그랬더니 수용소에 있던 다른 사람들이 곧바로 준비 작업에 착수하더군요. 밀반입 말입니다. 그 당시엔 미군이 온갖 물자를 독일로 가져왔는데, 그걸 수용소 안으로 들여온 겁니다. 유대인들은 어딜 가든지 장사를 하죠. 심지어 아우슈비츠에서도 그랬어요. 지옥이 정말 존재한다면 아마 거기서도 장사판을 벌일 겁니다. 이건 나쁜 뜻으로 하는 말이 아니에요. 우리가 장사를 안 했으면 어떻게 살았겠습니까? 구호 단체가 보내 주는 물자만 가지고는 근근이 연명하기도 힘들 정도였죠. 오랫동안 굶주림에 시달린 사람들은 잘 먹고 싶어 했고 좋은 옷도 입고 싶어 했어요.

그런데 장사꾼 기질도 없는 내가 뭘 할 수 있었을까요? 난 그냥 집에서 〈연합〉이 나눠 주는 배급품으로 생활했어요. 독일 놈들은 내가 대학이나 연구소 근처엔 얼씬거리지도 못하게 했으니까요. 내 주위엔 나처럼 빈들거리는 사람들이 몇 명 더 있었는데, 우린 주로 책을 읽거나 체스를 두곤 했어요. 마샤는 그걸 못마땅하게 생각했죠. 그 밀수꾼 녀석과 함께 사는 동안 사치가 몸에 배어 버린 겁니다. 나를 처음 만났을 때만 하더라도 마샤는 내가 과학자라는 사실을 높이 평가했지만 그건 별로 오래가지 않았죠. 머지않아 나를 쓰레기처럼 취급하면서 끔찍한 소란을 피우기 시작하더군요. 마샤 어머님은 정말 성자 같은 분입니다. 지옥 같은 고통을 겪으면서도 끝끝내 순수한 마음을 잃지 않으셨죠. 난 그분을 깊이 사랑했어요. 그런 성자를 만난다는 게 어디 쉬운 일입니까? 마샤의 아버지도 점잖은 분이었어요. 문필가였고 히브리어 학자였죠. 마샤가 어느 쪽을 닮았는지는 나도 모릅니다. 아무튼 마샤는 환락에 빠져 물불을 안 가렸어요. 밀수꾼들은 시도 때도 없이 파티나 무도회를 열었거든요. 러시아에 있을 때는 다들 보드카를 퍼마시며 흥청망청 놀았던 거죠.

루블린에서 마샤를 만났을 때 나는 마샤가 그 밀수꾼을 위해 정조를 지키는 줄 알았어요. 그런데 머지않아 남자관계가 아주 복잡하다는 걸 알게 됐죠. 유대인들 중에서도 연약한 사람들은 모두 죽음을 면치 못했고, 거기서 살아남은 유대인들은 강철처럼 강인한 사람들이었어요. 하지만 알고 보면 그 사람들도 모두 상처받은 사람들이죠. 그런 문제점들이 지금 슬슬 하나둘씩 표면화되고 있어요. 앞으로 백 년만 지나면 게토가 무슨 이상향처럼 왜곡돼 버릴 겁니다. 우리 후손들은 그곳에 성자들만 살았다고 오해하겠죠. 하지만 그건 어처구니없는 거짓입니다. 첫째, 한 세대에 성자들이 얼마나 많이 태어날 수 있겠습니까? 둘째, 정말 독실했던 유대인들은 거의 다 죽어 버렸습니다. 간신히 살아남은 사람들에게는 수단과 방법을 가리지 않고 그저 살아남는 것만이 최우선 과제였어요. 일부 게토에서는 카바레 영업까지 할 정도였죠. 그런 곳에 카바레라니, 한번 상상해 보세요! 안으로 들어가려면 시체들을 넘어가야 했단 말입니다.

　인류는 점점 선해지는 게 아니라 점점 악해진다는 것이 내 지론입니다. 말하자면 진화가 아니라 퇴화한다고 믿는 거죠. 지구상 최후의 인간은 범죄자에다 정신병자일 겁니다.

　보나 마나 마샤는 나에 대해서 선생한테 아주 나쁜 얘기만 했겠죠. 하지만 사실 우리 결혼이 파경에 이른 것도 마샤 때문이었어요. 마샤가 이리저리 놀러 다니는 동안에 난 얼간이처럼 집에서 마샤 어머님과 시간을 보냈습니다. 마샤 어머님은 그때 눈병에 걸려 고생하셨는데, 내가 모세 5경이나 미국판 이디시어 신문을 소리 내어 읽어 드리곤 했어요. 하지만 내가 그런 생활을 마냥 계속할 수 있었겠어요? 지금도 늙은 건 아니지만 그때는 정말 한창때였는데 말입니다. 그 무렵엔 나도 이런저런 사람들을 만나면서 과학계와 접촉하기 시작했죠. 당시 미국에서 여자 교수들이 많이 건너왔는데 — 미국엔 교육받은 여자들이 많으니까요 — 그런 여자들이 나한테 관심을 보이더군요. 장모님은, 아니, 시프라 푸아는 단도직입적으로 이런 말씀까지 하셨어요. 마샤가 아침부터 한밤중까지 나를 내팽개치고 혼자 싸돌아다니니까 나도 마샤를 신경 쓸 필요가 전혀 없다고 말이에요. 시프라 푸아는 아직도 나를 사랑하십니다. 길거리에서 한 번 마주친 적이 있었는데, 다짜고짜 나를 얼싸안고 입맞춤을 하시더군요. 여전히 〈우리 사위〉라고 부르시면서요.

내가 미국행 비자를 받게 되자 마샤는 갑자기 화해하자고 했어요. 내가 받은 비자는 난민이 아니라 과학자한테 주는 비자였죠. 나는 비자를 받았지만 마샤는 못 받았어요. 마샤는 이미 팔레스타인에 가버린 것으로 되어 있었거든요. 그 당시 미국 명문대 두 곳이 서로 나를 데려가려고 경쟁을 벌였습니다. 그렇지만 나중엔 모략에 걸려들어 이쪽에서도 저쪽에서도 차례로 쫓겨나고 말았어요. 자세한 사연은 생략하죠. 오늘의 주제와 무관한 일이니까요. 아무튼 난 여러 이론을 정립했고 여러 가지 발견도 했지만 대기업들은 그 가치를 알아보지 못했어요. 어느 대학 총장이 솔직하게 말해 주더군요. 〈월 스트리트의 주가 대폭락을 또다시 겪게 된다면 우린 끝장이기 때문이오.〉 내가 발견한 게 뭐냐면 바로 새로운 에너지원이었거든요. 원자력? 원자력 따위가 아니죠. 난 그걸 생물 에너지라고 부릅니다. 록펠러가 방해하지만 않았다면 원자 폭탄도 훨씬 더 일찍 완성됐을 거예요.

미국 억만장자들은 절도범들을 시켜 지금 선생이 보고 있는 이 사람한테서 도둑질까지 했습니다. 그놈들은 내가 수년에 걸쳐 내 손으로 직접 제작한 기계를 노렸던 거죠. 그 기계는 작동하기 직전까지 개발된 상태였는데, 그게 작동하기만 하면 미국의 석유 회사들은 모조리 파산해 버릴 테니까요. 그렇지만 그 장치도, 화학 물질도, 내가 없으면 그 도둑놈들한테 아무짝에도 소용이 없었어요. 그러자 이번엔 기업들이 나를 매수하려고 하더군요. 난 지금까지 시민권을 얻지 못하고 고생하는 중인데, 틀림없이 그 기업들이 배후에서 방해 공작을 했을 겁니다. 미국은 누가 날마다 열 번씩 자기 얼굴에 침을 뱉어도 그냥 웃어넘기죠. 그렇지만 누가 자기 돈에 손을 대려고 하면 당장 호랑이로 돌변하는 나라예요.

어디까지 얘기했더라? 아, 그래, 미국. 마샤가 팔레스타인에 가서 뭘 하겠습니까? 십중팔구 독일에 있는 수용소보다 별반 나을 것도 없는 난민 수용소에 들어가는 신세였겠죠. 게다가 마샤 어머님은 환자였는데, 팔레스타인에 갔다면 아마 기후 때문에 금방 이승을 하직했을 거예요. 그렇다고 내가 성인군자 같은 사람이었다고 말하려는 건 절대로 아닙니다. 우리가 미국으로 건너온 지 얼마 안 됐을 때 나한테 다른 여자가 생겼어요. 그 여자는 내가 마샤와 이혼하길 바랐죠. 어느 백만장자와 사별한 미국 여자였는데, 내가 대학에 목을 맬 필요가 없도록 어느 연구소에 자리를 만들어 주겠다고 했어요. 그런데도 난 왠지 이혼하고 싶지 않았어요. 무슨 일이든 충분히 무르익어야 되는 거죠. 암조차도 그래요. 물론 그때는 나도 더 이상 마샤를 믿지 않았습니다. 사실 우리가 미국으로 건너오자마자 마샤는 다시 예전과 똑같은 생활을 시작했거든요. 그렇지만 상대를 믿지 못하면서도 사랑한다는 게 가능한 모양입니다. 언젠가 어느 동창생을 우연히 만났는데, 자기 마누라가 요즘 다른 남자들과 동거한다고 솔직하게 털어놓더군요. 그런 일을 어떻게 참느냐고 물었더니 간단히 이렇게 대답하더라고요. 〈질투심도 극복할 수 있더라.〉 인간은 죽음 말고는 모든 것을 극복할 수 있습니다.

커피 한 잔 더 드시겠어요? 싫어요? 네, 인간은 뭐든지 극복할 수 있어요. 나는 선생과 마샤가 어떻게 만났는지도 모르고, 별로 알고 싶지도 않아요. 그걸 안다고 뭐가 달라집니까? 선생을 원망하지도 않아요. 나를 위해 정조를 지키겠다고 맹세했던 사람은 선생이 아니었고, 게다가 이 세상은 무엇이든 기회가 있을 때 빼앗아야 하는 곳이니까 말입니다. 나는 네 것을 빼앗고, 너는 내 것을 빼앗고. 따지고 보면 선생도 마샤가 미국에 와서 처음 만난 남자는 아니죠. 이건 내가 확실히 알고 있는 사실입니다. 그 작자를 직접 만나 봤는데, 나한테 굳이 감추려고 하지도 않더군요. 선생을 만난 뒤부터 마샤는 나한테 이혼하자고 조르기 시작했어요. 하지만 마샤가 내 인생을 망쳐 놨으니 나도 마샤한테 의무감 같은 건 전혀 없었어요. 물론 우리가 별거한 지도 꽤 오래됐으니까 법률상의 이혼이라면 간단히 해결될 수 있었겠죠. 그렇지만 누가 뭐래도 내가 유대식 이혼을 해줄 생각은 추호도 없었어요. 말주변 좋은 랍비들이 떼로 몰려와도 나를 설득하진 못했을 겁니다. 내가 아직도 이렇게 허송세월만 하는 것도 다 그 여자 때문이니까요. 우리 결혼이 파탄 나버린 다음에 어떻게든 다시 일을 시작하려고 노력해 봤지만 충격이 너무 커서 제대로 일에 집중할 수가 없더군요. 난 마샤를 증오하기 시작했어요. 누굴 증오하는 성격도 아닌데 말입니다. 난 지금 친구의 마음으로 이 자리에 앉아 있고, 그저 선생이 잘되기를 바랄 뿐입니다. 내가 그렇게 생각하는 이유는 아주 간단해요. 선생이 아니었더라도 다른 누군가가 나타났을 테니까요. 마샤가 선생한테 말한 것처럼 내가 그렇게 나쁜 놈이라면 마샤 어머님이 지금도 설날마다 친필로 쓴 연하장을 보내 주시겠습니까?

이제 본론을 얘기할 때가 됐군요. 몇 주 전에 마샤가 나한테 전화해서 한번 만나자고 했습니다. 무슨 일이냐고 물었죠. 마샤는 대답을 질질 끌었고, 결국 내가 우리 집으로 오라고 했습니다. 마샤는 아주 예쁘게 차려입고 나타났어요. 그야말로 매력 덩어리였죠. 선생에 대한 얘기라면 나도 알고 있었지만 마샤는 새삼스럽게 모든 얘기를 자세히 털어놓기 시작했어요. 바로 어제 일어난 일처럼 세세한 부분까지 빠짐없이 얘기하더군요. 선생을 사랑한다는 얘기, 자기가 임신했다는 얘기까지 말입니다. 마샤는 그 아이를 꼭 낳고 싶다고 했어요. 그리고 자기 어머니 때문에 랍비 앞에서 결혼식을 올리고 싶다더군요. 난 언제부터 어머님을 그렇게 걱정했느냐고 물었죠. 기분이 언짢았거든요. 그랬더니 마샤는 의자에 앉으면서 마치 카메라 앞에서 포즈를 취하는 여배우처럼 다리를 꼬더군요. 난 이렇게 말했습니다. 〈당신은 나랑 살면서도 창녀처럼 행동했어. 이젠 그 대가를 치러야지.〉 마샤는 별로 이의를 제기하지도 않더라고요. 〈우린 아직 부부 사이예요. 그러니 안 될 것도 없겠죠.〉 지금 이 순간까지도 내가 그날 왜 그런 짓을 했는지 모르겠어요. 허영심 때문이었는지도 모르죠. 그런데 랍비 램퍼트를 만났을 때 그분이 선생에 대한 얘기를 꺼내더군요. 선생의 학식에 대해서, 그리고 건초 다락에 숨어 살던 시절에 대해서 말입니다. 그러자 모든 게 분명해졌어요. 너무 분명해서 괴로울 정도였죠. 난 마샤가 나한테 그랬던 것처럼 선생을 그물에 가둬 버렸다는 걸 깨달았던 겁니다. 마샤가 지식인들에게 매력을 느끼는 이유가 뭔지야 아무도 모를 일이죠. 물론 하류층 남자들과도 거리낌 없이 놀아나긴 했지만 말입니다.

 간단히 말씀드렸지만 내가 하려던 얘기는 여기까지예요. 선생한테 이 얘기를 해드려야겠다고 결심하기까지 오랫동안 망설였습니다. 하지만 미리 경고해 드리는 게 좋겠다는 결론을 내린 거죠. 어쨌든 그 아이가 선생의 아이이길 바랍니다. 마샤가 선생을 사랑하는 마음은 진심인 것 같지만 그런 여자의 속마음은 아무도 모르는 거니까요.」

「난 마샤와 결혼하지 않을 겁니다.」 헤르만의 목소리가 너무 작아서 레온 토르치네르가 귓가에 손을 갖다 댔다.

「뭐라고요? 자, 하나만 약속해 주십시오. 우리가 만났다는 사실은 마샤한테 말하지 마세요. 좀 더 일찍 연락드렸으면 좋았겠지만 보시다시피 실천력이 부족한 사람이거든요. 무슨 일만 하면 꼭 말썽이 생기죠. 내가 선생한테 모든 사실을 털어놨다는 걸 마샤가 알게 되면 내 목숨이 위태로울 겁니다.」

「말하지 않겠습니다.」

「선생이 반드시 마샤와 결혼해야 한다는 의무 같은 건 없어요. 마샤는 어차피 사생아를 낳는 게 더 어울리는 여자니까요. 불쌍한 쪽은 오히려 선생이죠. 선생의 부인은…… 돌아가셨나요?」

「네, 죽었죠.」

「자녀분들도?」

「그렇습니다.」

「랍비는 선생이 어느 친구분과 살고 있는데 그 집엔 전화도 없다고 했습니다. 하지만 마샤의 수첩에서 선생의 전화번호를 봤던 기억이 나더군요. 마샤는 중요한 전화번호마다 주위에 동그라미나 작은 꽃이나 동물들을 그려 두는 버릇이 있죠. 선생의 전화번호엔 나무와 뱀들을 잔뜩 그려 놔서 아예 정원을 통째로 옮겨 놓은 것 같더군요.」

「맨해튼에 사시는데 오늘 브루클린에는 무슨 일로 오셨습니까?」

「이곳에도 친구들이 있거든요.」 그러나 레온 토르치네르의 그 말은 거짓말이 분명했다.

헤르만이 말했다. 「그럼 전 이만 가보겠습니다. 대단히 감사합니다.」

「뭐가 그렇게 급하십니까? 아직 가지 마세요. 난 그저 선생을 위해서 이러는 겁니다. 유럽에서는 사람들이 비밀을 안고 살아가는 일도 흔했죠. 거기서는 그런 생활도 나름대로 의미가 있었겠지만 이 나라는 자유 국가예요. 숨어 지낼 필요가 없단 말입니다. 여기서는 공산주의자가 되든지, 무정부주의자가 되든지, 아니면 뭐가 되고 싶든지 자기 마음대로 선택할 수 있어요. 어떤 종파는 〈시편(詩篇)〉에 나오는 어떤 구절을 근거로 독사를 손에 쥐고 기도를 드리죠. 또 어떤 종파는 알몸으로 돌아다니기도 하고요. 마샤도 수많은 비밀을 가진 여자예요. 문제는 그렇게 비밀을 간직한 사람들이 결국 자신을 배신하고 만다는 사실이죠. 인간은 자신을 배신하는 존재니까요. 마샤는 나한테 굳이 말할 필요도 없는 얘기까지 다 말해 줬습니다. 자기가 말하지 않았다면 영원히 몰랐을 텐데 말입니다.」

「어떤 얘기 말입니까?」

「나한테 해준 얘기는 언젠가 선생한테도 다 해줄 겁니다. 시간문제일 뿐이죠. 사람들은 뭐든지 자랑하고 싶어 하니까요. 하다못해 탈장(脫腸)까지 자랑하거든요. 마샤가 밤잠이 없다는 건 내가 말씀드리지 않아도 잘 아시겠죠? 마샤는 담배를 피우면서 주절주절 얘기를 늘어놓죠. 그래서 제발 나 좀 자게 해달라고 애원하기도 했어요. 하지만 마샤의 몸속에 들어간 마귀가 마샤를 한시도 그냥 놔두질 않는 겁니다. 마샤가 중세에 태어났다면 틀림없이 마녀가 됐을 거예요. 토요일 밤마다 빗자루를 타고 악마와 데이트를 하러 날아갔겠죠. 하지만 브롱크스는 악마도 할 일이 없어 빈둥거리다가 따분해서 죽을 만한 곳이거든요. 어떤 면에서는 마샤 어머님도 마녀라고 할 수 있겠지만 그 경우엔 선한 마녀라고 해야겠죠. 반은 성직자, 반은 점쟁이랄까. 아무튼 모든 여자는 각자 거미처럼 그물을 짜놓고 그 위에 도사리고 있는 겁니다. 그러다가 지나가던 파리가 걸려들죠. 이때 재빨리 도망치지 않으면 결국 죽을 때까지 피를 빨리게 되는 거예요.」

「저는 도망칠 수 있을 겁니다. 안녕히 계세요.」

「우린 친구가 될 수도 있어요. 그 랍비는 좀 몰상식하긴 해도 사람들을 깊이 사랑하죠. 연줄도 아주 많으니까 선생을 도와줄 수 있을 거예요. 그분은 지금 나한테 화가 난 상태예요. 내가 〈창세기〉 1장 속에서 전자 공학이나 텔레비전 같은 요소를 찾으려고 하지 않았기 때문이죠. 하지만 그분은 결국 기꺼이 그 일을 해줄 사람을 찾아내고 말 겁니다. 랍비는 근본적으로 미국인이지만 내 생각엔 아마 폴란드에서 태어났을 겁니다. 진짜 이름은 밀턴이 아니라 멜레흐예요. 그분은 뭐든지 수표로 해결하려고 하죠. 저승에 가서 심판을 받을 때도 수표책부터 꺼낼 거예요. 하지만 우리 레이체 할머니가 입버릇처럼 하신 말씀이 있어요. 〈수의(壽衣)엔 호주머니가 없단다.〉」

3

 전화벨이 울렸지만 헤르만은 받지 않았다. 전화벨 소리를 헤아리다가 다시 「게마라」를 읽기 시작했다. 그는 지금 명절용 식탁보를 씌운 식탁 앞에 앉아서 마치 치프케프의 율법학교에서 그랬던 것처럼 소리 내어 읊조리며 공부하는 중이었다.

 율법 편: 그리고 아내는 남편을 위하여 다음과 같은 일을 할 의무가 있다. 곡식을 빻고, 빵을 굽고, 빨래하고, 요리하고, 아이들을 돌보고, 잠자리를 준비하고, 털실을 잣는 일이 그것이다. 그런데도 하인 한 명을 데리고 시집온 아내는 몸소 곡식을 빻거나 빵을 굽거나 빨래를 하지 않는다. 하인 두 명을 데리고 시집온 아내는 몸소 요리하거나 아이들을 돌보지 않는다. 하인 세 명을 데려온 아내는 몸소 잠자리를 준비하거나 털실을 잣지 않고, 네 명을 데려온 아내는 그저 안방에서 빈둥거릴 뿐이다. 랍비 엘리에제르는 이렇게 말하였다. 〈설령 아내가 집 안을 가득 채울 만큼 많은 하인들을 데려왔더라도 모름지기 남편은 아내에게 털실 잣는 일을 시켜야 한다. 게으름은 광기를 불러오기 때문이다.〉
 주석 편: 아내가 곡식을 빻는다고? 실제로 그 일을 하는 것은 물레방아를 돌리는 시냇물이다. 이 율법의 취지는 아내가 곡식을 빻을 준비를 해야 한다는 뜻이다. 혹은 손으로 돌리는 맷돌을 의미할 수도 있다. 그러나 이 율법은 랍비 히야의 말과 부합되지 않는다. 랍비 히야는 이렇게 말했기 때문이다. 〈무릇 아내를 맞이하는 뜻은 오로지 아름

다움과 자식을 얻기 위해서다.〉 랍비 히야는 더 나아가 이런 말도 했다. 〈딸이 아름다워지기를 바라는 자는 마땅히 딸이 성숙할 때까지 우유를 마시게 하고 약병아리를 먹여야 하며……〉

그 순간 다시 전화벨이 울리기 시작했다. 이번에는 전화벨소리를 헤아리지도 않았다. 그는 마샤와 헤어질 생각이었다. 그리고 세속적인 야망을 모두 포기하기로 결심했고, 지금까지 하느님과 토라와 유대교를 멀리하면서 빠져 들었던 방탕한 생활도 깨끗이 청산하겠다고 굳게 다짐한 터였다. 간밤에는 신식 유대인들과 자신의 생활 방식을 분석하다가 밤을 꼬박 새웠는데, 이번에도 어김없이 똑같은 결론에 도달했다. 즉 어떤 유대인이 『슐칸 아루흐』로부터 단 한 걸음이라도 멀어진다면 정신적인 면에서 그 사람은 파시즘, 볼셰비즘, 살인, 간통, 폭음(暴飮) 등 온갖 천박한 것들이 판치는 세상에 종속된 존재라는 것이다. 그 무엇이 마샤로 하여금 지금까지의 생활 태도를 버리게 할 수 있을까? 그 무엇이 레온 토르치네르를 바꿔 놓을 수 있을까? 그리고 과거에 그 누가 — 혹은 그 무엇이 — 러시아 비밀경찰이나 나치의 앞잡이 노릇을 하거나 도둑 또는 투기꾼 또는 밀고자가 되어 살아가던 수많은 유대인들을 제지할 수 있었을까? 헤르만 자신의 경우를 본다면, 그 무엇이 그로 하여금 지금보다 더 깊은 수렁 속으로 빠져 들지 않도록 붙잡아 줄 것인가? 철학도 아니고, 버클리[115]도 아니고, 흄도, 스피노자도, 라이프니츠도, 헤겔도, 쇼펜하우어도, 니체, 후설[116]도 아니다. 그들은 모두 이

---

115 George Berkeley(1685~1753). 아일랜드 철학자, 성직자. 경험주의적 인식론에서 출발하여 극단적인 관념론을 주장했다.

런저런 도덕론을 설파했지만 유혹에 견딜 수 있는 저항력을 심어 주지는 못했다. 스피노자를 신봉하는 사람도 나치가 될 수 있고, 헤겔의 현상학에 정통한 사람도 스탈린주의자가 될 수 있다. 그리고 단자론(單子論)[117]과 〈시대정신〉과 맹목적 의지[118]와 유럽 문화를 믿는 사람도 얼마든지 끔찍한 만행을 저지를 수 있다.

밤 동안에 헤르만은 자신의 상황을 면밀히 검토해 보았다. 그는 마샤를 속였고 마샤도 그를 속이고 있었다. 목적은 둘 다 똑같았다. 최후의 순간을 맞이하여 암흑에 휩싸이기 전에, 그리하여 상도 없고 벌도 없고 의지도 없는 영원 속으로 떨어지기 전에, 아직 남아 있는 얼마 안 되는 세월 동안 최대한 즐겁게 살아 보려는 것이었다. 이 같은 인생관의 밑바닥에는 속임수가 만연하고 〈힘이 곧 정의〉라는 사고방식이 도사리고 있기 마련이다. 거기서 탈출할 수 있는 방법은 오직 신에게 의지하는 것뿐이다. 그런데 헤르만 자신은 도대체 어떤 종교를 믿어야 할까? 하느님의 이름으로 종교 재판소를 열고 성전(聖戰)이랍시고 피비린내 나는 전쟁을 일삼았던 종교는 싫다. 그가 도망칠 곳은 하나뿐이었다. 토라와 「게마라」와 유대교 서적들 속으로 돌아가야 하는 것이다. 그렇다면 그가 품은 의혹들은? 산소의 존재를 의심하는 사람도 숨을 쉬어야 살 수 있다. 중력을 부정하는 사람도 땅을 밟으며

---

116 Edmund Husserl(1859~1938). 독일 철학자, 현상학 창시자.

117 우주는 무수한 단자*monad*로 구성되었으며 단자들 사이의 조화는 신의 예정에 의한 것이라고 풀이한 라이프니츠의 이론.

118 *blind will*. 쇼펜하우어의 대표작 『의지와 표상으로서의 세계』에 나오는 말. 인간은 언젠가 반드시 죽어야 하는 존재인데도 살아남으려고 발버둥친다. 이것은 이성이 아니라 삶을 향한 맹목적 의지 때문인데, 쇼펜하우어는 세계도 역시 이성으로 파악할 수 없는 거대한 의지에 의해 움직인다고 보았다.

살아간다. 하느님과 토라를 저버린 후 질식할 지경이 되었으니 이제부터라도 다시 하느님을 섬기고 토라를 공부해야 한다. 그는 앞뒤로 몸을 흔들며 낭송했다. 「그리고 어미는 자식에게 젖을 먹인다. 그러므로 이 율법은 샤마이 학파[119]의 성향에 잘 맞지 않는다고 보아야 할 것이다. 샤마이 학파는 〈자식에게 젖을 먹이지 않겠다고 결심한 어미는 자식의 입에서 젖가슴을 떼어 내도 된다〉고 했고, 힐렐 학파는 〈그래도 남편이 요구하면 자식에게 젖을 먹여야 한다〉고 했기 때문이다.」

또다시 전화벨이 울렸다. 부엌에 있던 야드비가가 한 손에는 다리미, 다른 손에는 물이 담긴 냄비를 들고 나타났다.

「왜 전화를 안 받아요?」

「이제부터 명절 때는 절대로 전화를 안 받을 거야. 당신도 유대인이 되고 싶다면 슈미니 아체레스엔 다림질을 하지 말아야 해.」

「안식일에도 글을 쓰는 사람은 내가 아니라 당신이잖아요.」

「이제부터는 나도 안식일엔 안 쓸 거야. 나치처럼 되지 않으려면 유대인이 되는 수밖에 없으니까.」

「그럼 오늘 쿠포트에도 나랑 같이 가는 거예요?」

「쿠포트가 아니라 하카포트[120]라고 해야지. 그래, 나도 같이 갈게. 유대인 여자가 되고 싶으면 목욕재계 의식도 치러야 돼.」

「난 언제 유대인이 되는 거죠?」

---

119 Shamai. 힐렐Hillel 학파와 함께 바리새파의 유명한 학파로, 두 학파는 토라에 대한 해석에서 자주 이견을 보였다. 보수적인 샤마이 학파는 율법의 문자적 해석에 치중했고, 진보적인 힐렐 학파는 율법을 좀 더 폭넓게 해석하여 사회적 변화를 수용하려는 경향이 강했기 때문이다.

120 *Hakaffoth*. 슈미니 아체레스와 심하스 토라에 시나고그에서 노래하며 춤추는 의식.

「랍비랑 의논해 볼게. 내가 기도문도 가르쳐 주고.」

「우리한테도 아이가 생길까요?」

「하느님이 허락하신다면 한 놈 낳게 되겠지.」

그러자 야드비가의 얼굴이 발그레 물들었다. 기쁨에 겨워 어쩔 줄 모르는 표정이었다.

「다리미는 어떻게 하죠?」

「명절이 지나갈 때까지 치워 놔.」

야드비가는 잠시 그 자리에 서 있다가 부엌으로 돌아갔다. 헤르만은 턱을 만져 보았다. 면도를 하지 않아서 수염이 자라고 있었다. 그는 랍비를 위해 해주던 일도 그만두기로 마음먹은 터였다. 그 일은 기만행위이기 때문이다. 차라리 교사 자리를 구하거나 다른 일을 찾아봐야 할 것이다. 타마라와는 이혼하기로 결심했다. 유대인들이 지금까지 몇백 세대에 걸쳐 해온 일을 하려는 것뿐이다. 회개? 마샤는 절대로 회개하지 않을 것이다. 그녀는 철두철미한 신여성(新女性)이다. 신여성답게 야심만만하고 온갖 망상에 사로잡혀 있다.

헤르만으로서는 뉴욕을 떠나 멀리 떨어진 다른 주에 정착하는 것이 가장 현명한 행동일 터였다. 그렇게 하지 않으면 끊임없이 마샤를 보고 싶다는 유혹을 느낄 테니까. 그녀의 이름을 떠올리는 것만으로도 흥분할 정도였다. 연거푸 울려대는 전화벨 소리에서 헤르만은 마샤의 불안과 욕망과 그에 대한 애착을 느꼈다. 라시[121]가 『탈무드』에 붙인 주석을 읽으면서도 그는 여전히 마샤의 신랄한 말들을 뇌리에서 지워 버릴 수 없었다. 그녀를 탐하여 마치 암캐를 뒤쫓는 사냥개들처럼 졸졸 따라다니는 남자들을 경멸하고 조롱하던 표현들.

---

121 Rashi(1040~1105). 중세 프랑스의 주석가. 성서와 『탈무드』에 대한 주석으로 유명하다.

보나 마나 마샤는 얼마든지 자신의 행동을 해명할 수 있을 것이다. 그녀는 돼지고기조차 유대 율법에 맞는다고 주장하면서 그것을 뒷받침하는 그럴싸한 이론까지 내놓을 수 있는 여자였다.

헤르만은 「게마라」를 펼쳐 놓고 거기 적힌 낱말과 글자들을 멍하니 들여다보았다. 이 글들은 고향과도 같았다. 이 지면 속에는 그의 부모와 조부모를 포함하여 모든 선조들이 깃들어 있었다. 이 말들은 그저 해석할 수 있을 뿐, 그것들을 제대로 번역한다는 것은 영원히 불가능한 일이었다. 문맥에 따라서는 〈여자란 아름다움을 위해 존재한다〉 같은 구절도 심오한 종교적 의미를 내포했다. 그 말이 연상시키는 것은 화장품이나 환락 따위가 아니라 율법 학교, 시나고그의 여신도석, 참회 기도, 순교자들을 위한 애도의 시간, 하느님을 위해 목숨을 바치는 일 등이었다.

이 같은 내용을 외부인들에게 설명할 방법이 있을까? 유대인들은 장터나 일터나 침실에서 쓰는 말들을 가져다가 신성한 의미를 부여했다. 도둑이나 강도를 뜻하는 낱말들도 「게마라」에 수록된 뒤에는 특별한 정취를 지니게 되어 폴란드어나 영어에서와는 전혀 다른 느낌을 불러일으켰다. 「게마라」 속의 죄인들이 도둑질을 하거나 사기를 치는 것은 오로지 유대인들에게 교훈을 주기 위해서인 듯했다. 그래야 라시가 주석을 달 수 있고, 그래야 「토사포트」[122] 집필자들이 라시에 대하여 탁월한 논평을 덧붙일 수 있고, 그래야 레브 사무엘 이들리시와 레브 슐로모 루리아와 루블린의 레브 메이르처럼 박학다식한 교사들이 더욱더 명쾌한 해답을 구하고 새로운 식견과 새로운 통찰력을 제시할 수 있기 때문이다. 심지

---

122 Tosafoth. 율법학자들이 『탈무드』에 추가한 〈논평〉.

어 「게마라」에 언급된 우상 숭배자들조차 『탈무드』에 대한 논문에서 우상 숭배의 위험성을 경고할 수 있도록 하기 위해 잡신들을 섬기는 것처럼 보일 정도였다.

다시 전화벨이 울렸다. 헤르만에게는 그 벨 소리가 마샤의 목소리처럼 들렸다. 〈내 얘기도 좀 들어 줘야죠!〉 아닌 게 아니라 당연히 양쪽 얘기를 다 들어 봐야 공평할 것이다. 헤르만은 또다시 결심을 깨뜨리고 있다는 사실을 잘 알면서도 결국 자리에서 일어나 수화기를 집어 들 수밖에 없었다.

「여보세요.」

전화선 너머에서 침묵이 흘렀다. 마샤는 말문이 막혀 입을 열지 못하는 것이 분명했다.

「누구세요?」

대답이 없었다.

「갈보 같은 년!」

그러자 〈헉〉 하고 놀라는 소리가 들렸다. 마침내 마샤가 말했다. 「아직 살아 있었네요?」

「그래, 살아 있었지.」

다시 긴 침묵이 이어졌다.

「도대체 무슨 일이 있었던 거예요?」

「무슨 일이 있었냐면, 네가 아주 구역질 나는 년이라는 사실을 알게 된 거야!」 헤르만은 고함을 지르고 있었다. 숨 돌릴 겨를도 없어 헐떡거렸다.

「당신 정말 완전히 미쳤군요!」

「너를 만난 게 저주스러워! 이 창녀야!」

「맙소사! 내가 무슨 짓을 했다고 이러는 거예요?」

「이혼하는 대가로 몸을 팔았잖아!」 헤르만은 그렇게 외치는 고함 소리가 자신의 목소리 같지 않다고 생각했다. 그것은 그의 아버지가 믿음을 잃은 유대인들을 꾸짖을 때의 목소리였다. 이교도, 마귀, 배교자(背敎者)! 그것은 조상 대대로 유대인들이 율법을 어긴 자들을 질타하던 목소리였다. 마샤가 콜록거리기 시작했다. 사레가 든 모양이었다.「누가 그런 말을 해요? 레온이?」

레온 토르치네르에게 헤르만은 그의 이름을 발설하지 않겠다고 약속했었다. 그렇다고 이제 와서 거짓말을 할 수도 없었다. 그는 대답하지 않았다.

「그 작자는 악독한 마귀 같은…….」

「악독한 건 맞겠지만 진실을 말해 줬어.」

「진실이 뭐냐면, 그 인간이 나한테 그걸 요구했지만 내가 그 얼굴에 침을 뱉어 줬다는 거예요. 이게 거짓말이라면 내가 당장 내일 아침에 영영 못 일어나도 좋고 무덤 속에서조차 안식을 얻지 못해도 좋아요. 우리가 맞대면을 하게 해줘요. 그놈이 내 면전에서도 그렇게 추악한 거짓말을 내뱉는다면 아예 내 손으로 죽여 버리고 나도 죽겠어요. 오, 하느님 아버지!」

마샤는 목이 터져라 절규하고 있었는데, 그것 역시 그녀의 목소리 같지 않았다. 그것은 먼 옛날 느닷없이 악행을 저질렀다는 비난을 받게 된 어느 죄 없는 유대 여인의 목소리였다. 헤르만은 마치 몇 세대 전의 목소리를 듣고 있는 듯했다. 「그놈은 유대인이 아니라 나치예요!」

마샤가 너무 큰 소리로 울부짖는 바람에 헤르만은 수화기를 귀에서 멀리 떨어뜨려야 했다. 그는 우두커니 서서 그녀의 울음소리를 듣고 있었다. 그 소리는 차츰 가라앉기는커녕 오히려 점점 더 커져만 갔다. 헤르만의 분노가 되살아났다.

「당신은 미국에 온 다음에도 애인이 있었어!」

「내가 미국에 애인이 있었다면 암에 걸려도 좋아요! 하느님이 내 말을 듣고 천벌을 내리실 거예요. 레온이 지어낸 얘기라면 그 인간한테 저주가 내리겠죠. 하느님 아버지, 부디 이 남자들이 저한테 무슨 짓을 하고 있는지 굽어 살피소서! 그 인간의 말이 사실이라면 내 뱃속에 있는 아이가 죽어 버려도 좋다고요!」

「그만해! 무슨 여자가 그렇게 입이 거칠어?」

「더 이상 살고 싶지도 않아요!」

마샤는 걷잡을 수 없이 흐느꼈다.

제7장

1

밤새도록 눈이 내렸다. 소금처럼 건조한 싸락눈이었다. 헤르만이 살고 있는 거리에서는 자동차 몇 대가 눈 속에 푹 파묻혀 윤곽조차 알아보기 힘들었다. 헤르만은 베수비오 화산이 폭발했을 때 잿더미로 뒤덮여 버린 폼페이의 전차(戰車)들이 바로 이런 모습이었을 거라고 상상했다. 밤하늘이 보랏빛으로 변해 갔다. 마치 우주의 어떤 기적이나 변형을 통하여 지구가 어느 미지의 별자리 속으로 옮겨진 듯했다. 헤르만은 어린 시절을 떠올렸다. 수전절(修殿節),[123] 그리고 유월절을 앞두고 닭기름을 정제(精製)하던 일, 드레이들[124]을 가지고 놀던 일, 얼어붙은 도랑에서 스케이트를 타던 일, 매주 조금씩 읽는 토라 중에서 〈그리하여 야곱은 선조들의 땅에서 살게 되었다〉[125]로 시작되는 부분을 읽던 일. 헤르만은 자

---

123 *Hanukkah*. 〈하누카〉. 이교도에 의해 더럽혀진 성전을 탈환하여 하느님께 바친 일을 축하하는 유대인의 명절. 기독교의 크리스마스와 비슷한 시기에 8일 동안 계속된다. 〈성전 봉헌절〉이라고도 한다.

124 *dreidl*. 사면에 히브리어 문자가 적힌 사각형 팽이. 참가자들이 차례로 팽이를 돌리고, 윗면에 나타난 문자의 지시에 따라 놀이를 진행한다.

신에게 이렇게 말했다. 과거는 분명히 존재했다! 설령 시간이라는 것이 하나의 사고방식에 불과하다는 스피노자의 주장이나 인식의 한 형태일 뿐이라는 칸트의 생각을 인정하더라도 치프케프에서 겨울철마다 스토브에 장작불을 지폈다는 사실까지 부인할 수는 없다. 아버지가 — 부디 편히 쉬시길! —「게마라」의 주석들을 연구하는 동안 어머니는 굵게 빻은 정백(精白) 보릿가루, 콩, 감자, 말린 버섯 따위로 보리죽을 끓였다. 지금도 헤르만은 그 보리 알갱이들의 맛을 느낄 수 있었고, 아버지가 중얼중얼 책 읽는 소리, 부엌에서 어머니가 야드비가에게 얘기하는 소리, 그리고 한 농부가 숲 쪽에서 땔감을 싣고 다가오는 썰매의 딸랑거리는 방울 소리를 들을 수 있었다.

헤르만은 아파트에서 목욕 가운과 슬리퍼 차림으로 앉아 있었다. 겨울철인데도 창문이 조금 열려 있어 마치 수없이 많은 귀뚜라미들이 눈 속에서 노래하는 듯한 소리가 들려왔다. 집 안은 너무 더웠다. 관리인이 밤새도록 난방을 했기 때문이다. 라디에이터에서 수증기가 새어 나오면서 무엇인지 모를 갈망이 가득한 휘파람 소리가 단음(單音)으로 길게 이어졌다. 헤르만은 배관 속의 수증기가 내는 그 소리를 들으며 탄식의 소리라고 상상했다. 불길하다, 불길하다, 불길하다. 슬프다, 슬프다, 슬프다. 괴롭다, 괴롭다, 괴롭다. 전등을 켜지 않았지만 반사된 눈빛이 하늘을 가득 채우고 방 안까지 흘러들었다. 헤르만은 책에서 읽어 본 적이 있는 북극광(北極光)도 이와 비슷할 거라고 상상했다. 그는 한동안 책꽂이를 응시했다. 〈게마라 전집〉은 또다시 방치된 채로 먼지가 뽀얗게 쌓여 있었다. 이 신성한 책들은 야드비가도 감히 건

125 「창세기」 37장.

드리지 못했기 때문이다.

헤르만은 잠을 이룰 수가 없었다. 그는 랍비의 주례로 마샤와 결혼했는데, 그의 계산에 따르면 그녀는 벌써 임신 6개월째였지만 겉으로는 전혀 티가 안 났다. 그리고 야드비가도 월경을 거르고 있었다.

헤르만은 사람에게 열 명의 적보다 더 큰 해를 입히는 것이 자기 자신이라는 이디시어 속담을 떠올렸다. 그러나 이 모든 상황이 자신만의 소행은 아니라는 것도 알고 있었다. 그에게는 보이지 않는 적(敵)이 있었다. 마귀가 따라다니는 것이다. 이 원수 같은 마귀는 그를 단숨에 죽여 버리지 않고 이렇게 난처한 일들을 만들어 끊임없이 괴롭히기만 했다.

헤르만은 눈이 내리는 바다 쪽에서 불어오는 차디찬 공기를 들이마셨다. 바깥을 내다보다가 문득 기도하고 싶은 충동을 느꼈다. 그러나 누구에게 기도를 드려야 할까? 이제 와서 무슨 염치로 천상의 신에게 입을 열 수 있단 말인가? 입을 연들 뭐라고 기도할까? 얼마 후 그는 침대로 돌아가 야드비가 옆에 누웠다. 오늘은 두 사람이 함께 보내는 마지막 밤이다. 날이 밝으면 그는 또다시 여행을 떠난다. 다시 말해서 마샤와 함께 지낸다는 뜻이다.

결혼식 때 헤르만은 마샤의 집게손가락에 반지를 끼워 주었고, 그날 이후로 마샤는 아파트를 고치고 헤르만의 방을 새로 꾸미느라 바빴다. 이제 그녀는 어머니 눈치를 보느라고 밤마다 몰래 헤르만을 찾아올 필요가 없었다. 마샤는 야드비가에 대한 일로 헤르만과 말다툼을 벌이지 않겠다고 약속했지만 그 약속은 지켜지지 않았다. 그녀는 틈만 나면 야드비가를 욕했고, 심지어 죽여 버리고 싶다는 말을 무심결에 내뱉기도 했다. 마샤는 자기가 결혼만 하면 어머니의 잔소리도 잠잠해질 거라고 믿었지만 그것은 헛된 기대에 불과했다. 시프라 푸아는 결혼에 대한 헤르만의 사고방식이 웃음거리에 지나지 않는다고 툴툴거렸다. 그리고 헤르만이 자기를 〈장모님〉이라고 부르지도 못하게 했다. 두 사람은 꼭 필요한 말만 주고받을 뿐이었다. 시프라 푸아는 전보다 더 열심히 기도를 드리고 책장을 뒤적거리고 이디시어 신문이나 히틀러 피해자들의 수기를 읽었다. 그녀는 자기 방을 어둡게 해놓고 그 안에서 많은 시간을 보냈는데, 낮잠을 자는 것인지 생각에 잠긴 것인지 가늠하기가 쉽지 않았다.

야드비가의 임신은 또 하나의 재앙이었다. 야드비가가 속죄절에 참석했던 시나고그의 랍비는 그녀에게서 10달러를 받았고, 어떤 여자가 그녀를 의식용 목욕탕으로 데려갔다. 그리하여 야드비가는 이제 유대교로 개종한 몸이었다. 그녀는 세정(洗淨)과 카시루트[126]의 율법을 준수했다. 그리고 헤르만에게 끊임없이 질문을 퍼부었다. 냉장고 안에 우유가 들어 있을 때 육류를 함께 넣어도 되나요? 과일을 먹은 다음에 유제품을 먹어도 괜찮아요? 유대 율법에 의하면 이제 친정 엄마는 우리 엄마가 아니라는데, 편지는 써도 되는 건가요? 동네 여자들이 온갖 상반된 의견들을 제시하여 그녀를 헷갈리게 만들었기 때문인데, 그중에는 슈테틀[127]의 미신에 근거한 의견도 많았다. 미국으로 이민 온 어느 유대인 행상 늙은이는 야드비가에게 이디시어 알파벳을 가르치려 했다. 야드비가는 이제 라디오도 폴란드어 방송은 듣지 않고 이디시어 방송만 들었다. 그런 프로그램에서는 언제나 울음소리와 한숨 소리가 빠지지 않고 흘러나왔다. 심지어 노래조차 흐느낌

---

126 *Kashruth*(*Kashrut*). 음식과 식사에 관한 유대 율법.
127 *shtetl*. 동유럽, 러시아 등지의 유대인촌.

같은 인상을 주었다. 야드비가는 이디시어를 거의 알아듣지 못하면서도 헤르만에게 이디시어로 말해 달라고 부탁했다. 그리고 헤르만이 다른 유대인들처럼 행동하지 않는 것에 대하여 점점 더 비난의 강도를 높여 갔다. 그가 시나고그에 나가지 않는 것도 문제였고, 기도용 숄이나 성구함(聖句函)[128]을 갖고 있지 않은 것도 문제였다.

그때마다 헤르만은 쓸데없이 참견하지 말라고 윽박지르거나 이렇게 대꾸했다. 「내가 지옥에 가서 못 박힌 침대에서 자게 되더라도 당신까지 내 옆에 누울 일은 없을 테니까 걱정 말라고.」 혹은 이렇게 말하기도 했다. 「제발 부탁인데, 유대인들 좀 그냥 내버려 둬. 당신까지 나서지 않아도 골칫거리는 충분하니까.」

「마리아나가 보내 준 메달을 걸고 다녀도 괜찮을까요? 십자가가 새겨진 메달인데요.」

「괜찮아, 괜찮아. 나 좀 그만 괴롭혀.」

야드비가는 더 이상 이웃 사람들을 멀리하지 않았다. 동네 여자들이 야드비가를 찾아와 온갖 비밀을 말해 주며 수군거렸다. 달리 할 일도 별로 없는 이 여자들은 야드비가에게 유대교에 대하여 이것저것 가르쳐 주었고, 물건을 싼 값에 구입하는 요령도 알려 주었고, 남편에게 혹사당하지 말라고 충고하기도 했다. 모름지기 미국의 가정주부라면 진공청소기와 전기 믹서와 증기식 전기다리미 정도는 갖추고 살아야 하며, 가능하다면 식기세척기까지 구비해야 한다는 것이었다. 아파트는 반드시 화재 보험과 도난 보험을 들어 둬야 하고, 헤르만도 생명 보험에 가입해야 하고, 야드비가는 시골뜨기

---

128 *phylactery*. 구약 성서의 구절을 적은 양피지를 담아 이마와 왼팔에 두르는 가죽 상자. 히브리어로는 테필린*tefillin*.

처럼 누더기를 걸치고 돌아다니지 말고 좀 더 세련된 옷을 입어야 한다고 했다.

야드비가에게 어떤 이디시어를 가르칠 것인가를 놓고 동네 여자들 사이에서 논란이 벌어지기도 했다. 폴란드 여자들은 폴란드식 이디시어를 가르치려 했고, 리트박[129]들은 리투아니아식 이디시어를 가르치려 했다. 그리고 그들은 야드비가에게 남편이 여행을 너무 자주 다니는 것 같다는 말을 끊임없이 되풀이했다. 조심하지 않으면 언젠가 딴 여자와 도망쳐 버릴지도 모른다는 것이었다. 야드비가는 보험과 식기세척기도 유대 관습의 필수 요소라고 믿게 되었다.

헤르만은 깜박 잠이 들었다가 깨어났고, 다시 꾸벅꾸벅 졸다가 깨어났다. 그의 꿈들은 그가 처한 현실 못지않게 복잡다단했다. 헤르만은 야드비가에게 임신 중절도 생각해 보자는 말을 꺼냈지만 그녀는 들어 보려고 하지도 않았다. 나도 최소한 아이 하나쯤은 있어야 하잖아요? 내가 죽은 다음에 「카디시」[130]도 못 들으면 어떡해요(이 말은 그녀가 이웃 여자들로부터 배운 것이었다)? 그건 그렇고, 당신은 왜 그래요? 어째서 그렇게 시들어 버린 나무처럼 축 늘어져 있는 거예요? 내가 마누라 노릇을 잘하면 되잖아요. 막달까지는 얼마든지 일할 수 있다고요. 이웃집 빨래도 해주고 바닥 청소도 해주면서 부지런히 돈을 벌어 생활비에 보탤 거예요. 그리고 동네 아줌마가 그러는데, 자기 아들이 슈퍼마켓을 열었다면서 당신한테 일자리를 주겠대요. 그러니까 앞으로는 방방곡

---

129 *Litvak*. 리투아니아의 유대인.
130 Kaddish(Qaddish). 가까운 친척이 죽었을 때 유족들이 낭송하는 기도문. 부모가 사망한 경우에는 11개월 동안, 그리고 그 이후에는 기일마다 낭송한다.

곡 돌아다니며 책을 팔지 않아도 될 거라고요.

타마라는 가구가 딸린 방 하나를 빌렸는데, 헤르만은 그녀에게 전화하기로 해놓고도 차일피일 미루고 있었다. 랍비에게서 맡은 일도 여느 때처럼 자꾸 늦어지기만 했다. 헤르만은 세금 미납 때문에 국세청에서 막대한 벌금 고지서가 날아올까 봐 날마다 전전긍긍했다. 그리고 조금만 조사해 보면 그의 복잡한 여자관계가 백일하에 드러날 터였다. 게다가 레온 토르치네르가 전화번호를 알고 있으니 이 아파트에서 계속 살아갈 수도 없었다. 토르치네르는 예고도 없이 집으로 불쑥 쳐들어오고도 남을 위인이었다. 헤르만은 토르치네르가 자신을 파멸시킬 음모를 꾸미고 있을지도 모른다고 생각했다.

헤르만은 야드비가의 허리에 손을 얹었다. 그녀의 몸이 항온 동물의 체온을 발산하고 있었다. 헤르만의 몸은 그녀에 비해 차가운 편이었다. 잠결에도 헤르만의 욕망을 감지했는지 야드비가가 잠이 덜 깬 상태에서 뭐라고 중얼거렸다. 헤르만은 이런 생각을 했다. 〈잠이라는 것은 존재하지 않는다. 모두 거짓이며 시늉일 뿐이다.〉

그러나 그는 다시 깜박 잠이 들었고, 깨어나 보니 벌써 해가 중천에 떠 있었다. 새하얀 눈이 햇빛을 받아 눈부시게 반짝거렸다. 야드비가는 부엌에 있었다. 헤르만은 커피 냄새를 맡았다. 보이투스가 노래하듯이 지저귀고 있었다. 마리아나에게 사랑의 세레나데를 부르고 있는 것이 분명했지만 좀처럼 노래하지 않는 마리아나는 날개 밑의 솜털을 콕콕 쪼아가며 하루 종일 몸단장에 여념이 없었다.

헤르만은 다시 돈 계산을 해보았다. 벌써 1백 번쯤 되풀이한 일이었다. 우선 이 아파트와 브롱크스 아파트의 집세를 내야 했고, 야드비가 프라치와 시프라 푸아 블로흐의 명의로 되어 있는 전화 요금도 납부해야 했다. 두 집 모두 사용료를 안 냈으니 가스와 전기가 끊어질지도 모른다. 헤르만이 청구서를 잃어버린 탓이었다. 걸핏하면 각종 서류나 증명서가 사라져 버리기 일쑤였다. 어쩌면 돈까지 잃어버렸는지도 모를 일이다. 그는 이렇게 생각했다. 〈그래, 어차피 손을 쓰기엔 모두 다 너무 늦어 버렸어.〉

잠시 후 그는 면도를 하려고 화장실로 향했다. 비누 거품을 칠하고 나서 거울 속의 얼굴을 물끄러미 바라보았다. 두 뺨에 묻은 거품이 하얀 수염처럼 보였다. 거품 속에서 바깥을 내다보는 창백한 코, 그리고 연한 빛깔의 두 눈이 있었다. 피곤한 기색이 역력했지만 젊은이처럼 의욕이 넘치는 눈이었다.

전화벨이 울렸다. 그는 그쪽으로 걸어가 수화기를 집어 들었다. 늙은 여자의 목소리가 들렸다. 그녀는 제대로 말을 하지 못하고 더듬거리기만 했다. 이윽고 헤르만이 전화를 끊으려 할 때 그녀가 말했다. 「시프라 푸아일세.」

「시프라 푸아? 웬일이십니까?」

「마샤가…… 아파서……」 그러더니 흐느껴 울기 시작했다.

헤르만의 마음속에 〈자살이구나〉 하는 생각이 떠올랐다. 「무슨 일인지 말씀해 보세요!」

「빨리 와주게……. 제발!」

「무슨 일인데요?」

「제발 좀 와줘!」 시프라 푸아는 그 말만 되풀이하고 전화를 끊어 버렸다.

헤르만은 다시 전화를 걸어 자세한 사정을 듣고 싶은 충동을 느꼈다. 그러나 시프라 푸아는 귀가 어두워 전화 통화를 힘들어한다는 것을 헤르만도 알고 있었다. 그는 화장실로 돌아갔다. 뺨에 묻은 비누 거품이 벌써 다 말라 부슬부슬 떨어지고 있었다. 무슨 일이 벌어졌든 간에 우선 면도와 샤워부터 해야 했다. 「살아 있는 동안엔 악취를 풍기지 말아야지.」 그는 얼굴에 비누 거품을 새로 바르기 시작했다.

그때 야드비가가 화장실로 들어왔다. 평소엔 천천히 문을 열면서 들어가도 되느냐고 묻곤 했는데, 이번엔 다짜고짜 밀고 들어온 것이었다. 「방금 누가 전화했어요? 애인인가요?」

「귀찮게 하지 마!」

「커피 다 식겠어요.」

「아침 먹을 시간이 없어. 당장 나가 봐야 돼.」

「어디로요? 애인한테?」

「그래, 애인한테.」

「나를 임신시켜 놓고 창녀 같은 년들을 쫓아다니는군요. 당신은 책을 팔러 다니는 게 아니에요. 거짓말쟁이!」

헤르만은 깜짝 놀랐다. 야드비가는 한 번도 이렇게 증오심이 가득한 어조로 말한 적이 없었다. 헤르만은 분노에 사로잡혀 고함을 질렀다. 「빨리 부엌에나 가봐! 내던져 버리기 전에!」

「당신은 애인이 생긴 거예요. 밤마다 그년이랑 자는 거라고요. 이 개망나니!」

야드비가는 헤르만을 향해 주먹을 흔들어 댔고, 헤르만은 그녀를 문밖으로 밀어내 버렸다. 그녀가 시골 사투리로 욕설을 퍼붓는 소리가 들렸다. 「바보, 얼간이, 쪼다, 콱 지랄병이나 걸려라!」 헤르만은 서둘러 샤워를 하려 했지만 샤워기에서는 찬물만 쏟아져 나왔다. 그는 허둥지둥하면서도 최대한 신속하게 옷을 입었다. 야드비가는 아파트에서 나가 버린 뒤였다. 아마 이웃 여자들에게 헤르만이 자기를 때렸다고 일러바치러 갔을 것이다. 헤르만은 식탁에 놓인 찻잔에서 커피한 모금을 꿀꺽 삼키고 황급히 집을 나섰다. 그리고 잠시 후 도로 들어갔다. 스웨터와 고무 덧신을 잊어버렸기 때문이다. 밖으로 나오자 눈보라 때문에 앞이 보이지 않았다. 누군가 눈을 치워 길을 뚫어 놓았는데, 양옆에 쌓인 눈이 담벼락처럼 높았다. 헤르만은 머메이드 애비뉴까지 걸어갔다. 거기서도 상인들이 부삽으로 여기저기 눈 더미를 쌓아 올리며 가게 앞을 치우고 있었다. 헤르만은 옷을 아무리 많이 껴입어도 막아 낼 수 없는 차디찬 겨울바람에 휩싸였다. 잠을 충분히 못 잔 데다가 배까지 고파서 머리가 어질어질했다.

그는 계단을 올라가 사방이 탁 트인 역사에서 열차를 기다렸다. 루나 공원[131]과 스티플체이스[132]가 있는 코니아일랜드가 지금은 눈과 서리에 뒤덮여 황량해 보일 뿐이었다. 이윽고 열차가 승강장으로 들어왔고 헤르만은 열차 안으로 걸음을 옮겼다. 그는 잠시 창밖의 바다를 내다볼 수 있었다. 한겨울의 성난 파도가 거품을 일으키며 날뛰었다. 한 남자가 해변을 따라 천천히 움직이고 있었는데, 바닷물에 빠져 죽을 작정이 아니라면 이런 강추위 속에서 도대체 무엇을 하고 있는지 짐작조차 할 수 없었다.

헤르만은 난방 파이프 위에 설치된 의자에 앉았다. 등나무 좌석에서 훈훈한 열풍이 올라왔다. 열차 안은 반쯤 비어 있었다. 주정뱅이 한 명이 바닥에 길게 누워 있었다. 그는 여름옷을 입었고 모자도 없었다. 이따금씩 신음 소리를 내기도

---

131 Luna Park. 코니아일랜드의 놀이 공원이 있던 곳.
132 Steeplechase. 1964년까지 놀이 공원이었으나 현재는 야구장으로 바뀌었다.

했다. 헤르만은 바닥에 떨어진 진흙투성이 신문을 집어 들고, 자기 아내와 여섯 명의 자녀를 살해한 어느 정신병자에 대한 기사를 읽었다. 열차는 평소보다 느리게 달려갔다. 선로가 눈에 덮였기 때문이라고 누군가 말했다. 그러나 열차가 지하로 들어간 뒤에는 곧 속력이 빨라졌고 마침내 타임스 스퀘어에 도착했다. 헤르만은 그곳에서 브롱크스행 급행으로 갈아탔다. 그날의 여정은 거의 두 시간이나 걸렸고, 그사이에 헤르만은 진흙투성이 신문을 샅샅이 읽어 치웠다. 특별 기고문, 광고, 심지어는 경마란과 부고란까지 다 읽었다.

2

마샤의 아파트에 들어선 헤르만은 시프라 푸아와 땅딸막한 청년 의사, 그리고 이웃인 듯한 가무잡잡한 피부의 여자를 보았다. 풍성한 곱슬머리 때문에 조그마한 몸집에 비해 머리가 너무 커 보이는 여자였다.

시프라 푸아가 말했다. 「자네가 영영 안 오는 줄 알았네.」

「지하철로 오느라고 오래 걸렸습니다.」

시프라 푸아는 머리에 검은 머릿수건을 두르고 있었다. 얼굴이 누렇게 떠 있었고 평소보다 더 쪼글쪼글해 보였다.

헤르만이 물었다. 「마샤는 어디 있습니까?」 헤르만은 자기가 지금 산 사람에 대하여 묻는 것인지 아니면 죽은 사람에 대하여 묻는 것인지 짐작할 길이 없었다.

「자고 있어. 들어가지 말게.」

얼굴이 둥글둥글하고 눈이 촉촉하고 머리가 곱슬곱슬한 의사가 헤르만을 가리키며 비웃는 듯한 어조로 물었다. 「환자분의 부군이십니까?」

시프라 푸아가 대답했다. 「맞아요.」

「브로데르 씨, 부인은 임신하신 게 아닙니다. 도대체 누가 임신했다고 하던가요?」

「본인이 그러던데요.」

「하혈을 하긴 했지만 아기는 없었어요. 부인께서 의사의 진찰을 받으셨나요?」

「모르겠어요. 병원에 다녀왔는지도 잘 모르고요.」

「도대체 다들 여기가 어디라고 생각하시는 겁니까? 달나라쯤 되나요? 여러분은 아직도 폴란드의 유대인촌에 살고 계시는군요.」 의사는 영어와 이디시어를 섞어 가며 말하고 있었다. 「이 나라에서는 여자가 임신을 하면 지속적으로 의사의 보살핌을 받는단 말입니다. 부인의 임신은 전부 여기서 일어난 일입니다!」 그렇게 말하면서 의사는 집게손가락으로 자신의 관자놀이를 가리켰다.

시프라 푸아는 이미 의사의 진단을 들었으면서도 마치 금시초문이라는 듯이 두 손을 맞잡았다.

「모를 일이네, 정말 알다가도 모를 일이야. 배가 점점 불러 오던데요. 아이가 발길질까지 했다고요.」

「그게 다 신경성이죠.」

「그런 신경성도 다 있다니! 바라건대 그런 신경성으로부터 우리를 지키고 보우하소서. 하느님 맙소사, 마샤는 진통이 시작됐다고 막 비명을 지르던데요. 아, 비참한 내 신세야!」 시프라 푸아는 소리 높여 탄식했다.

그러자 이웃집 여자가 말했다. 「블로흐 부인, 저도 이런 경우가 있다는 말을 들었어요. 우리 같은 난민들에겐 온갖 일들이 다 일어나죠. 히틀러 치하에서 너무 고생했기 때문에 반쯤 미쳐 버린 거예요. 제가 들은 얘기에서는 어떤 여자의 배가 산더미처럼 부풀었대요. 다들 쌍둥이를 밴 거라고 했죠. 그런데 병원에 가봤더니 그게 다 가스였다는 거예요.」

시프라 푸아는 귀머거리처럼 귓가에 손을 갖다 댔다. 「가스라고요? 하지만 마샤는 지금까지 몇 달 동안이나 월경도 없었단 말이에요. 악령들이 우리한테 장난을 치고 있는 게 분명해요. 우린 그 지옥에서 빠져나왔지만 지옥은 이 미국 땅까지 따라온 거라고요. 히틀러가 우리를 쫓아온 거예요.」

그러자 의사가 말했다. 「저는 이만 가보겠습니다. 환자분은 오늘 밤 늦게까지 주무실 겁니다. 어쩌면 내일 아침까지일 수도 있고요. 깨어나시면 약을 먹이세요. 음식을 주셔도 괜찮지만 홀렌트는 안 됩니다.」

그러자 시프라 푸아가 되물었다. 「주중에 홀렌트를 먹는 사람이 누가 있어요? 우린 안식일에도 홀렌트는 안 먹어요. 가스 오븐으로 끓인 홀렌트는 맛이 없으니까.」

「농담한 겁니다.」

「다시 와주실 거죠, 의사 선생님?」

「내일 아침에 병원으로 가는 길에 들러 보겠습니다. 앞으로 1년만 지나면 할머니가 되실 테니까 걱정 마세요. 따님의 몸은 완전히 정상이니까요.」

「난 그렇게 오래 살지 못할 거예요. 이 몇 시간 사이에 내가 얼마나 놀랐는지, 정말 십년감수했다고요. 난 그 애가 6개월, 기껏해야 7개월째라고 생각했어요. 그런데 갑자기 복통이 온다고 비명을 지르더니 피를 좍좍 쏟는 거예요. 그랬으니 내가 여태 살아서 이렇게 내 발로 서 있는 게 하늘이 내린 기적이죠.」

「아무튼 모두 여기서 일어난 일입니다.」 의사는 다시 자신의 이마를 가리켰다. 그리고 밖으로 나가다가 문간에서 걸음을 멈추고 손짓으로 이웃집 여자를 불렀다. 여자가 의사를 따라나섰다. 시프라 푸아는 그 여자가 문밖에서 엿듣고 있을지도 모른다고 생각하는 듯 의심쩍은 눈초리로 잠시 입을 다물고 기다렸다. 이윽고 그녀가 말했다. 「난 정말 간절히 손자를 보고 싶었네. 적어도 죽어 간 유대인들의 이름을 물려받을 아이가 필요하니까. 기왕이면 아들이 태어나서 메이에르라는 이름을 붙여 주게 되길 바랐지. 하지만 우리처럼 박복한 사람들에겐 제대로 되는 일이 아무것도 없어. 아, 난 차라리 나치 놈들한테서 탈출하지 말았어야 했어! 미국으로 도망쳐 오지 않고 그냥 거기 남아서 다른 유대인들과 함께 죽어 버렸으면 좋았을걸. 하지만 우린 살고 싶었지. 내가 살아 봤자 무슨 낙이 있겠나? 오히려 죽은 사람들이 부러워. 하루 종일 그 사람들을 부러워하지. 그런데 죽는 것조차 마음대로 안 되는군. 유골이나마 성지에 묻히고 싶지만 결국 미국 공동묘지에 묻힐 운명이겠지.」

헤르만은 대답하지 않았다. 시프라 푸아는 식탁 앞으로 가서 그 위에 놓인 기도서를 집어 들었다. 그러더니 도로 내려놓았다. 「자네, 뭐라도 좀 먹겠나?」

「아뇨, 됐습니다.」

「왜 그렇게 오래 걸렸어? 아무튼 나는 이제 기도나 드려야겠네.」 그녀는 안경을 쓰고 의자에 앉아 그 창백한 입술을 움직이며 중얼거리기 시작했다.

헤르만은 조심스럽게 침실 문을 열었다. 마샤는 평소 시프라 푸아가 쓰던 침대에서 자고 있었다. 창백하지만 평온한 얼굴이었다. 헤르만은 오랫동안 그녀를 지켜보았다. 그녀를 향한 사랑과 자신에 대한 수치심이 가슴을 가득 채웠다. 〈난 어떻게 해야 하나? 나 때문에 이런 고통을 겪고 있는 마샤에게 무엇으로 보답할 수 있을까?〉 그는 문을 닫고 자신의 방으로 향했다. 부분적으로 성에가 낀 유리창 너머로 안마당의 나무가 내다보였다. 불과 얼마 전까지만 해도 푸른 잎이 무성했지만 지금은 눈과 고드름으로 뒤덮여 있었다. 여기저기 흩어져 있는 고철 쪼가리와 쇠창살 나부랭이도 모두 두툼하고 푸르스름한 백설 이불을 뒤집어쓰고 있었다. 눈이 인간의 쓰레기를 파묻어 묘지를 만들어 놓은 것이다.

헤르만은 침대에 누웠다가 이내 잠이 들었다. 이윽고 눈을 떠보니 벌써 저녁때였고 시프라 푸아가 그를 흔들어 깨우고 있었다.

「헤르만, 헤르만, 마샤가 깨어났어. 어서 가서 만나 보게.」

지금 여기가 어디인지, 그리고 무슨 일이 있었는지를 기억해 내기까지 약간의 시간이 필요했다.

침실에는 전등 하나가 빛나고 있었다. 마샤는 아까와 똑같은 자세로 누워 있었지만 지금은 눈을 뜨고 있었다. 그녀는 헤르만을 쳐다보면서도 아무 말 하지 않았다.

「기분이 좀 어때?」

「내겐 이제 그 어떤 감정도 남아 있지 않아요.」

3

다시 눈이 내리고 있었다. 야드비가는 치프케프에서 만들어 먹던 조리법대로 스튜를 끓이는 중이었다. 곡식 가루와 리마 콩, 말린 버섯, 감자 따위를 섞어 놓고 파프리카와 파슬리를 뿌리는 방식이었다. 라디오에서 이디시어 오페레타의 노래가 흘러나왔는데, 야드비가는 그것을 경건한 찬송가로 오해하고 있었다. 잉꼬들도 자기들 나름대로 노래에 반응을 보였다. 그들은 끼익끼익 소리치거나 휘파람 소리를 내거나 재잘거리며 방 안을 이리저리 날아다녔다. 야드비가는 만에 하나라도 새들이 냄비 속에 빠져 버리는 불상사가 생길까 봐 뚜껑을 닫아 놓아야 했다.

헤르만은 원고를 쓰다가 문득 피로를 느꼈다. 그래서 펜을 내려놓고 안락의자에 머리를 기대고 잠시 낮잠을 자려 했다. 브롱크스에 있는 마샤는 아직 기운을 회복하지 못했기에 직장에 나갈 수 없었다. 그녀는 일종의 무감각 상태에 빠져 있었다. 헤르만이 말을 걸면 짤막하게 대답했고, 그때마다 적절한 대답이었지만 그녀의 말투 때문에 두 사람은 더 이상 대화를 이어 가지 못했다. 시프라 푸아는 마치 마샤가 여전히 중태라는 듯이 하루 종일 기도에 열중했다. 헤르만은 마샤가 돈벌이를 하지 못하면 그들 모녀가 생필품을 구입할 돈조차 부족해진다는 것을 알고 있었지만 돈에 쪼들리기는 헤르만 자신도 마찬가지였다. 마샤는 어느 대출 회사의 이름을 대면서 이자가 좀 비싸긴 하지만 헤르만이 찾아가면 1백 달러쯤 빌릴 수 있을 거라고 말했다. 그러나 그 정도의 돈으로 얼마나 버틸 수 있겠는가? 게다가 보증인도 필요할 터였다.

야드비가가 부엌에서 방으로 들어왔다.「헤르만, 스튜가 다 됐어요.」

「나도 그래. 경제적으로도, 육체적으로도, 정신적으로도 다 돼 버렸다고.」

「알아듣게 좀 말해 봐요.」

「이디시어로 말하라고 했잖아.」

「당신 어머님이 말씀하시던 것처럼 해봐요.」

「난 어머니처럼 말할 수가 없어. 어머니는 신자였지만 난 하다못해 무신론자도 아니니까.」

「도대체 뭐라고 하는 건지 모르겠네요. 아무튼 와서 식사나 해요. 치프케프식 보리 스튜를 끓였어요.」

헤르만이 막 일어나려고 할 때 초인종이 울렸다.

그는 이렇게 말했다. 「또 어떤 아줌마가 당신을 가르치러 온 모양이군.」

야드비가가 문을 열어 주러 갔다. 헤르만은 마지막으로 썼던 반 페이지 분량을 지워 버리고 이렇게 중얼거렸다. 「자, 랍비 램퍼트, 설교문이 좀 짧아져도 세상엔 아무 일도 없을 겁니다.」 그때 갑자기 억눌린 듯한 외마디 소리가 들려왔다. 야드비가가 도로 방 안으로 뛰어들어 오더니 문을 쾅 닫아 버렸다. 얼굴이 하얗게 질렸고 두 눈이 자꾸 위로 뒤집어지려 했다. 그녀는 마치 누군가 억지로 밀고 들어오기라도 할 것처럼 손잡이를 움켜쥐고 그 자리에 우뚝 서서 부들부들 떨고 있었다. 〈학살이 다시 시작됐나?〉 하는 생각이 헤르만의 뇌리를 스쳐 갔다. 「누군데 그래?」

「나가지 말아요! 나가지 마! 오, 하느님!」 죽자 살자 헤르만의 앞을 막아서는 야드비가의 입가에서 침이 흘러내렸다. 잔뜩 일그러진 얼굴이었다. 헤르만은 창문 쪽을 힐끔 돌아보았다. 이 방에는 비상구가 없었다. 그가 야드비가 쪽으로 한 걸음 다가서자 그녀가 그의 양쪽 손목을 붙잡았다. 그 순간 문이 열렸고, 헤르만은 허름한 모피 코트와 모자와 부츠 차림의 타마라를 보게 되었다. 그 즉시 모든 것을 이해할 수 있었다.

헤르만은 야드비가에게 버럭 고함을 질렀다. 「그만 좀 떨어, 이 바보야! 타마라는 살아 있어!」

「예수님, 성모님!」 야드비가는 미친 듯이 머리를 흔들어 대고 있었다. 그러면서 있는 힘껏 헤르만을 밀어붙여 하마터면 그를 넘어뜨릴 뻔했다.

타마라가 말했다. 「야드비가가 나를 알아볼 줄은 몰랐어.」

헤르만이 소리쳤다. 「타마라는 살아 있어! 살아 있다니까! 죽지 않았다고!」 그는 야드비가와 힘겨루기를 하면서 그녀를 진정시키는 동시에 밀어내려고 했다. 그러나 야드비가는 한사코 그에게 매달려 울부짖고 있었다. 마치 짐승이 울부짖는 소리 같았다.

헤르만은 다시 소리쳤다. 「타마라는 살아 있단 말이야! 살아 있다고! 제발 진정해! 이 멍청한 촌뜨기야!」

「오, 성모 마리아님! 내 심장이야!」 야드비가는 가슴에 성호를 그었다. 그러더니 곧 유대인 여자는 성호를 긋지 않는다는 것을 깨닫고 얼른 두 손을 맞잡았다. 그녀의 두 눈이 당장이라도 툭 튀어나올 것만 같았고, 그녀의 입술은 외침을 내뱉지도 못한 채 잔뜩 일그러져 있었다.

타마라가 한 걸음 뒤로 물러났다. 「설마 야드비가가 나를 알아볼 줄은 상상도 못했어. 지금의 내 모습은 우리 엄마도 못 알아볼 텐데 말이야.」 그러더니 폴란드어로 이렇게 말했다. 「자, 마음 좀 가라앉혀, 야지아. 난 시체도 아니고 너를 괴롭히러 온 유령도 아니야.」

「오, 주님!」

야드비가는 두 주먹으로 자신의 머리를 마구 때렸다. 헤르만이 타마라에게 말했다. 「어쩌자고 이런 짓을 하는 거야? 야드비가가 놀라서 죽을 뻔했잖아.」

「미안해, 미안해. 난 내가 많이 변한 줄 알았어. 옛날과는 딴판이라고 생각했지. 당신이 어디서 어떻게 사는지 보고 싶었어.」

「적어도 미리 전화쯤은 해줄 수 있었잖아.」

그때 야드비가가 소리쳤다. 「오, 하느님! 오, 하느님! 이젠 어떡해요? 난 임신까지 해버렸는데.」 그러면서 자신의 배에 손을 얹는 것이었다.

타마라는 놀라는 듯했지만 금방이라도 폭소를 터뜨릴 것처럼 보이기도 했다. 헤르만은 그녀를 유심히 살펴보았다. 「당신 미친 거야, 아니면 술 취한 거야?」

그 말을 하자마자 헤르만은 그녀에게서 술 냄새가 풀풀 풍긴다는 것을 깨달았다. 일주일 전에 타마라는 곧 병원에 가서 골반에 박힌 총알을 제거할 거라고 말했었다. 「독주까지 마시기 시작한 거야?」

「인생에서 부드러운 것들을 맛볼 수 없는 사람은 으레 독한 것들에 맛 들이기 마련이지. 당신은 아주 편안한 보금자리를 갖고 있었네.」 문득 타마라의 말투가 달라졌다. 「나랑 살 때는 언제나 엉망진창이었는데 말이야. 당신 원고나 책들이 사방에 널려 있었지. 그런데 여긴 아주 깨끗하잖아.」

「야드비가가 늘 집안 청소를 하니까. 당신은 포알레이 시온 당에서 연설을 한답시고 이리저리 돌아다니기만 했잖아.」

그러자 타마라가 폴란드어로 물었다. 「십자가는 어디 있지? 왜 여긴 십자가를 하나도 안 걸어 놨어? 메주자를 안 걸었으면 십자가라도 걸어 놔야지.」

야드비가가 대답했다. 「메주자는 있어요.」

「십자가도 있어야지. 내가 두 사람의 행복을 방해하러 온 거라고 오해하지 마. 난 러시아에서 술을 배웠는데, 한잔하고 나면 호기심이 발동하더라고. 두 사람이 어떻게 살고 있는지 내 눈으로 직접 보고 싶었어. 따지고 보면 우린 아직도 공통점이 있지. 둘 다 내가 살아 있던 시절을 기억하니까.」

「예수님! 성모님!」

「난 안 죽었어, 안 죽었다고. 살아 있는 것도 아니지만 죽은 것도 아니지.」 타마라는 헤르만을 가리키며 말을 이었다. 「사실 난 이 사람을 도로 빼앗을 권리가 없어. 저이는 내가 어딘가에서 살아남으려고 발버둥 치고 있다는 걸 전혀 몰랐고, 게다가 아마 옛날부터 야지아 너를 사랑했을 거야. 나보다 너랑 잔 게 먼저였겠지.」

「아뇨, 아뇨! 저는 순결한 몸이었어요. 시집오기 전에는 숫처녀였죠.」

「그래? 그거 축하할 일이네. 남자들은 처녀를 좋아하지. 뭐든지 남자들이 원하는 대로 이뤄진다면 모든 여자가 잠자리에 누울 때마다 창녀가 되고 일어날 때마다 도로 처녀가 되겠지. 어쨌든 난 아무래도 불청객인 것 같으니까 이만 가볼게.」

「타마라 아씨, 앉으세요. 아씨 때문에 좀 놀라서 비명을 질렀을 뿐이에요. 커피라도 내올게요. 하느님께 맹세하는데, 아씨가 살아 계신 줄 알았다면 저이 곁엔 얼씬도 하지 않았을 거예요.」

「너한테는 아무 유감도 없어, 야지아. 우리가 사는 이 세상은 원래 탐욕스러운 곳이지.」 타마라는 헤르만을 가리키며 이렇게 말을 이었다. 「네가 저이한테 시집온 게 대단한 행운이라고 할 순 없겠지만 그나마 혼자 사는 것보다는 나을 거야. 집도 참 좋네. 우린 이렇게 좋은 집에서 살아 본 적이 없는데.」

「커피 가져올게요. 타마라 아씨, 혹시 뭐 좀 드시겠어요?」

타마라는 대답하지 않았다. 야드비가는 촌스럽게 실내용 슬리퍼로 철썩철썩 소리를 내며 부엌으로 들어갔다. 문은 열어 두었다. 헤르만은 타마라의 머리가 마구 헝클어진 것을 보았다. 눈 밑에 늘어진 누르스름한 살집도 눈에 띄었다.

「당신이 술을 마시는 줄은 몰랐어.」

「당신이 모르는 건 그것 말고도 많아. 당신은 사람이 지옥을 경험한 뒤에도 멀쩡할 거라고 생각하지? 하지만 그건 불가능한 일이야! 러시아에서는 어떤 병에 걸리든지 약이라고는 하나밖에 없었어. 그게 바로 보드카였지. 실컷 퍼마시고 나서 지푸라기나 맨땅에 드러누우면 세상만사를 잊게 되니까. 하느님이든 스탈린이든 자기들 멋대로 해보라 이거야. 어제는 주류 판매점을 운영하는 사람들을 만나러 갔어. 거기도 브루클린이지만 다른 동네였지. 그런데 그 사람들이 쇼핑백에 위스키를 잔뜩 담아 주더라고.」

「난 당신이 병원에 갈 줄 알았는데.」

「내일이 병원에 가기로 한 날인데, 지금은 별로 가고 싶지도 않아.」 타마라는 골반에 손을 갖다 댔다. 「이 총알은 내가 얻은 최고의 기념품이거든. 내게도 한때는 집과 부모님과 자식들이 있었다는 걸 상기시켜 주니까. 이걸 꺼내 버리면 내겐 아무것도 안 남게 되잖아. 처음엔 독일제 총알이었지만 그렇게 오랫동안 유대인의 몸속에 박혀 있었으니 이젠 유대인의 총알이라고 해도 되겠지. 언젠가는 터져 버릴지도 모르지만 지금은 조용히 박혀 있을 뿐이야. 우린 사이좋게 잘 지내고 있어. 자, 원한다면 만져 봐도 돼. 이 문제는 당신과도 무관하지 않으니까. 왜냐하면 그 권총이 우리 아이들을 죽였는지도······.」

「타마라, 제발······.」

그러자 타마라는 짓궂은 표정으로 헤르만을 향해 혀를 쏙 내밀더니 그의 말을 그대로 흉내 냈다.

「〈타마라, 제발!〉 걱정하지 마. 야드비가는 당신과 이혼하지 않을 테니까. 혹시 이혼하더라도 다른 여자한테 가면 되잖아. 그 여자 이름이 뭐랬지? 그리고 그 여자도 당신을 차버리면 그때는 나한테 오면 될 테고. 야지아가 커피를 가져오네!」

야드비가는 커피 두 잔과 크림과 설탕, 그리고 집에서 만든 과자 한 접시를 쟁반에 담아 들고 들어왔다. 앞치마를 두른 모습이 하녀였던 옛날과 똑같았다. 전쟁이 터지기 전에 헤르만과 타마라가 바르샤바에서 찾아왔을 때도 야드비가는 이렇게 두 사람의 시중을 들었던 것이다. 조금 전까지만 해도 그토록 창백했던 야드비가의 얼굴이 지금은 불그스름하고 축축했다. 이마엔 땀방울이 맺혀 있었다. 타마라가 놀라워하면서도 웃음 띤 얼굴로 야드비가를 쳐다보았다.

헤르만이 말했다. 「거기 내려놓고 당신도 한 잔 가져와.」

「저는 부엌에서 마실게요.」

야드비가가 다시 슬리퍼를 철썩거리며 부엌으로 사라졌다. 이번에는 나가면서 방문을 닫아 주었다.

4

타마라가 말했다. 「내가 너무 마구잡이로 쳐들어온 것 같네. 한번 일이 잘못되기 시작하면 뭐 하나도 제대로 하기가 힘들어진단 말이야. 내가 술을 마신 건 사실이지만 절대로 취하진 않았어. 야드비가를 다시 불러. 내가 설명을 해줘야겠어.」

「설명은 내가 할게.」

「아냐, 어서 불러. 야드비가는 내가 자기 남편을 빼앗으러

왔다고 생각할 거야.」

 헤르만은 방문을 닫고 부엌으로 건너갔다. 야드비가는 방쪽을 등지고 창가에 서 있었다. 그러다가 헤르만의 발소리를 듣고 화들짝 놀라면서 황급히 돌아섰다. 머리는 엉망이었고, 두 눈엔 눈물이 글썽글썽했고, 얼굴은 빨갛게 부어 있었다. 갑자기 늙어 버린 것 같았다. 헤르만이 미처 뭐라고 말하기도 전에 그녀가 두 주먹을 머리에 갖다 대며 울부짖었다. 「난 이제 어디로 가죠?」

 「야지아, 아무것도 달라지지 않아.」

 야드비가의 목구멍 속에서 거위가 쉭쉭거리는 듯한 소리가 터져 나왔다. 「왜 아씨가 죽었다고 했어요? 당신은 책을 팔러 나간 게 아니라 아씨랑 같이 있었던 거야!」

 「야지아, 하느님께 맹세코 그건 아니야. 타마라는 최근에 미국으로 건너온 거라고. 타마라가 살아 있다는 건 나도 전혀 몰랐어.」

 「난 이제 어떡해요? 아씨는 당신 아내잖아요.」

 「내 아내는 당신이야.」

 「아씨가 먼저였어요. 내가 떠날게요. 폴란드로 돌아갈게요. 차라리 당신 아이를 갖지 않았으면 좋았을걸.」 야드비가는 좌우로 몸을 흔들기 시작했다. 시골 사람들이 죽은 자들을 애도하며 곡을 할 때의 동작이었다. 「아이고, 아이고, 아이고!」

 타마라가 문을 열었다. 「야지아, 그렇게 울지 마. 나는 네 남편을 빼앗으러 온 게 아니라니까. 그저 두 사람이 어떻게 사는지 한번 보고 싶었을 뿐이야.」

 그러자 야드비가는 타마라의 발치에 엎드리기라도 할 것처럼 비틀비틀 달려갔다.

「타마라 아씨는 저이의 부인이고 앞으로도 그럴 거예요. 하느님께서 아씨를 살려 주셨으니 크나큰 은총이죠. 제가 물러날게요. 여긴 아씨의 집이에요. 저는 고향으로 돌아갈래요. 우리 엄마가 나를 쫓아내진 않을 거예요.」

「아냐, 야지아. 그럴 필요 없어. 넌 저이의 아이를 가졌고, 난 이미 흔히들 말하는 석녀(石女)가 돼버렸어. 내 아이들은 하느님이 데려가 버렸고.」

「오, 타마라 아씨!」 야드비가는 울음을 터뜨리며 양쪽 뺨을 손바닥으로 철썩 때렸다. 그리고 몸을 앞뒤로 흔들면서 마치 쓰러질 자리를 찾는 사람처럼 허리를 구부렸다. 헤르만은 이웃집 여자들이 야드비가의 울음소리를 듣게 될까 봐 걱정스러운 얼굴로 문 쪽을 돌아보았다.

타마라가 단호하게 말했다. 「야지아, 이러지 말고 진정해야지. 난 살았어도 죽은 거나 마찬가지야. 가끔은 죽은 사람이 산 사람을 찾아오는 일도 있다는데, 어떤 면에선 나도 그런 손님이야. 어떻게들 사는지 보러 온 거지. 그렇지만 걱정하지 마. 다시는 안 올 테니까.」

야드비가가 얼굴에서 손을 떼었다. 두 뺨이 날고기처럼 새빨갰다.

「아뇨, 타마라 아씨가 여기서 사셔야죠! 저는 무식하고 어리석은 시골뜨기지만 그래도 양심은 있다고요. 저이는 아씨의 남편이고 이 집도 아씨의 집이에요. 아씨는 충분히 오래 고생하셨어요.」

「가만 좀 있어 봐! 난 저이를 원하지 않아. 네가 폴란드로 돌아가고 싶은 거라면 안 말리겠는데, 나 때문에 그럴 필요는 없어. 네가 떠나더라도 난 저이와 함께 살지 않을 테니까.」

그러자 야드비가가 잠잠해졌다. 그녀는 미심쩍고 수상하

다는 표정으로 타마라를 곁눈질했다. 「그럼 어디로 가시려고요? 여긴 아씨를 위한 집도 있고 가족도 있잖아요. 제가 요리도 하고 청소도 할게요. 다시 하녀가 되는 거죠. 하느님도 내가 그러길 바라실 거예요.」

「아냐, 야드비가. 너는 정말 착하지만 나는 그런 희생을 받아들일 수 없어. 한번 잘린 목은 도로 꿰매어 붙일 수 없는 거라고.」

타마라는 모자를 고쳐 쓰고 흐트러진 머리카락을 매만지면서 나갈 준비를 했다. 헤르만이 그녀에게 한 걸음 다가섰다. 「가지 마. 이젠 야드비가도 알게 됐으니 우리 모두 사이좋게 지낼 수 있을 거야. 내가 거짓말을 해야 하는 일도 줄어들 테고.」

바로 그 순간에 초인종이 울렸다. 길고 요란한 소리였다. 새장 지붕에 내려앉아 사람들의 대화를 듣고 있던 잉꼬 두 마리가 깜짝 놀라 이리저리 날아다녔다. 헤르만이 소리쳐 물었다.「누구세요?」

뭐라고 중얼거리는 목소리가 들려왔지만 남자인지 여자인지조차 분간할 수 없었다. 헤르만은 문을 열었다. 복도에 키 작은 남녀가 서 있었다. 여자 쪽은 혈색이 안 좋고 얼굴이 쪼글쪼글했으며 눈은 누르스름한 빛을 띠었고 머리카락은 당근색이었다. 이마와 뺨의 주름살이 마치 찰흙을 긁어 새겨놓은 듯 뚜렷했다. 그런데도 그리 늙은 것 같진 않았다. 나이가 많아 봤자 40대 이상은 아닐 터였다. 그녀는 실내복에 슬리퍼 차림이었다. 뜨개질감을 가져와서 문밖에서 기다리는 동안에도 바삐 바늘을 움직이는 중이었다. 그녀 곁에는 깃털이 꽂힌 중절모를 쓴 조그마한 남자가 서 있었다. 차디찬 겨울날인데도 지나치게 얇은 체크무늬 재킷에 분홍색 셔츠와

줄무늬 바지를 받쳐 입고 황갈색 구두를 신었으며 노란색과 빨간색과 초록색이 섞인 넥타이를 매고 있었다. 어처구니가 없을 만큼 우스꽝스러운 모습이었다. 마치 더운 지방에서 방금 도착하여 미처 옷을 갈아입지 못한 사람처럼 보였다. 두상은 길고 좁았으며 코는 매부리코였고 두 뺨은 움푹 꺼졌고 턱은 뾰족했다. 그의 검은 눈동자에는 익살기가 가득했다. 마치 지금의 이 방문은 장난에 지나지 않는다는 듯이.

여자가 폴란드 억양의 이디시어로 말했다. 「제가 누군지 모르시겠지만 저는 브로데르 씨를 잘 알아요. 우린 아래층에 살죠. 부인도 집에 계신가요?」

「거실에 있습니다만.」

「정말 좋은 분이죠. 부인이 개종할 때 저도 그 자리에 있었어요. 의식용 목욕탕에 부인을 데려다주고 뭘 어떻게 해야 하는지 가르쳐 준 것도 바로 저였죠. 태어날 때부터 유대인이었던 여자들도 부인처럼 유대인으로서의 삶을 깊이 사랑하면 좋을 텐데 말이에요. 부인은 지금 바쁘신가요?」

「네, 좀 그러네요.」

「이쪽은 제 친구 페셀레스 씨예요. 여기 사는 분은 아니고, 댁은 시 게이트[133]에 있죠. 뉴욕과 필라델피아에도 집을 갖고 계시고요. 부디 이분에게 액운이 닥치는 일은 없기를. 아무튼 오늘 우리 집에 오셨는데, 브로데르 씨에 대해 말씀드리면서 책도 팔고 글도 쓰신다고 했더니 무슨 사업 문제로 의논을 하고 싶다고 하셨어요.」

그러자 페셀레스 씨가 얼른 끼어들었다. 「사업 문제가 아닙니다! 사업 문제라니, 당치도 않죠! 제 사업은 책이 아니라 부동산인데 그나마도 요즘은 손을 뗐어요. 따지고 보면 사

---

[133] Sea Gate. 코니아일랜드 서쪽 끝의 주택 단지.

람이 사업을 얼마나 많이 벌여 놔야 직성이 풀리겠습니까? 록펠러 같은 사람도 하루 세 끼를 먹는 게 고작인데 말입니다. 다만 저는 읽기를 좋아해서 신문이든 잡지든 책이든 닥치는 대로 읽어 치우거든요. 그래서 혹시 몇 분만 시간을 내주신다면 잠시 잡담이라도 나누고 싶어서요.」

헤르만은 머뭇거렸다. 「정말 죄송하지만 지금은 제가 몹시 바쁘거든요.」

그러자 여자가 졸라 댔다. 「오래 걸리진 않을 거예요. 길어 봤자 10분이나 15분쯤이면 충분해요. 페셀레스 씨는 겨우 6개월에 한 번 정도만 저를 만나러 오시는데, 가끔은 그만큼도 못 오실 때가 있어요. 부디 이분에게 액운이 닥치는 일은 없기를. 페셀레스 씨는 워낙 부자시니까 혹시 브로데르 씨가 아파트를 구할 일이 생긴다면 이분이 도와 드릴 수도 있을 거예요.」

「도와 드리다뇨? 저는 남들을 도와주는 사람이 아닙니다. 저 자신도 집세를 내야 하는 처지인걸요. 여긴 미국이니까요. 하지만 혹시 아파트가 필요하다면 제가 추천해 드릴 수는 있습니다. 손해 보진 않으실 거예요.」

「글쎄요. 그럼 들어오시죠. 죄송하지만 부엌으로 모셔야겠습니다. 아내가 몸이 좀 안 좋아서요.」

「어디서 얘기하면 어때요? 페셀레스 씨는 명예로운 대우를 받겠다고 찾아오신 게 아니에요. 명예라면 충분히 남아돌 만큼 갖고 계신 분이니까요. 부디 이분에게 액운이 닥치는 일은 없기를. 페셀레스 씨는 요즘 뉴욕에서 제일 큰 양로원의 원장님이 되셨어요. 네이선 페셀레스라고 하면 미국 전역에 모르는 사람이 없다고요. 그리고 또 최근엔 예루살렘에 예시바를 두 개나, 한 개도 아니고 두 개씩이나 세우셨어요.

거기서 수백 명의 사내아이들이 이분의 돈으로 토라를 공부하게 될 텐데……」

「부탁인데요, 슈레이어 부인. 홍보 따위는 필요 없어요. 홍보 담당자가 필요했다면 어디서 한 명 고용했겠죠. 이분한테 그렇게 시시콜콜한 것까지 말씀드릴 필요는 없잖아요. 내가 그런 일을 하는 건 칭찬을 듣기 위해서가 아니라고요.」 페셀레스 씨는 말이 아주 빨랐다. 마치 속사포처럼 말을 뱉어 내는 것이었다. 입이 움푹 들어간 합죽이라서 아랫입술이 거의 안 보였다. 그는 모든 사정을 알고 있다는 듯이 미소를 지었다. 가난한 집을 방문한 부자답게 느긋한 태도였다. 두 사람은 계속 문밖에 서 있다가 그제야 부엌으로 걸음을 옮겼다. 헤르만이 미처 타마라를 소개하기도 전에 타마라가 말했다. 「난 이제 가보는 게 좋겠어.」

그러자 페셀레스 씨가 말했다. 「도망치지 마세요. 저 때문에 가실 필요는 없어요. 예쁜 여자분이긴 하지만 저는 곰도 아니고 사람을 잡아먹지도 않거든요.」

헤르만도 이렇게 말했다. 「앉아 있어, 앉아 있어. 가지 마, 타마라.」 그리고 덧붙였다. 「의자가 모자라는군요. 하지만 이제 곧 다른 방으로 자리를 옮길 겁니다. 잠시만요!」

헤르만은 거실로 들어갔다. 야드비가는 이제 울지 않았다. 낯선 이들을 두려워하는 시골 여인 특유의 걱정스러운 표정을 하고 우두커니 서서 문 쪽을 바라보고 있을 뿐이었다. 「누가 왔어요?」

「슈레이어 부인이야. 어떤 남자를 데려왔더라고.」

「무슨 일로 왔대요? 난 지금 아무도 만날 수 없어요. 아, 이러다가 정말 돌아 버리겠어!」

헤르만은 의자 하나를 집어 들고 부엌으로 돌아갔다. 슈레이어 부인은 벌써 식탁 앞에 앉아 있었다. 보이투스가 타마라의 어깨 위에 내려앉아 그녀의 귀고리를 잡아당겼다. 페셸레스 씨가 타마라에게 말했다. 「겨우 몇 주 전이었다고요? 하지만 아무리 봐도 갓 들어오신 분 같진 않은데요. 예전엔 새로 이민 온 사람이라면 제가 1킬로미터 밖에서도 한눈에 알아볼 수 있었죠. 그런데 당신은 꼭 미국인처럼 보입니다. 정말이에요.」

5

헤르만이 말했다. 「야드비가는 몸이 안 좋아서 아무래도 못 나올 것 같네요. 죄송합니다. 여긴 별로 편하질 않으니 말입니다.」

그러자 슈레이어 부인이 말을 가로막았다. 「편하지 않으면 또 어때요? 히틀러 덕분에 우린 편하지는 않더라도 그럭저럭 살아가는 법을 터득했어요.」

헤르만이 물었다. 「부인도 그쪽 출신이십니까?」

「네, 그쪽 출신이죠.」

「강제 수용소 말씀인가요?」

「러시아에서 왔다는 거예요.」

이번엔 타마라가 물었다. 「러시아에선 어디 계셨죠?」

「잠불에 있었어요.」

「수용소에 계셨나요?」

「수용소에도 있었죠. 나브로즈나야 거리에 살았어요.」

그 말을 듣고 타마라가 소리쳤다. 「이럴 수가! 저도 나브로즈나야 거리에 살았는데요. 지코프에서 오신 레베친과 그

아드님도 함께 있었죠.」

그러자 페셸레스 씨가 손뼉을 치면서 말했다. 「세상 참 좁네요, 세상 참 좁아요.」 그의 손가락은 뾰족했고 손톱도 잘 손질된 상태였다. 그는 이렇게 말을 이었다. 「러시아는 아주 광활한 나라인데도 난민 두 명이 만나서 확인해 보면 이렇게 같은 수용소에 있던 사이이거나 서로 친척이기 일쑤죠. 자, 이렇게 하는 게 어떨까요?」 그러더니 슈레이어 부인을 바라보며 말했다. 「우리 모두 부인 댁으로 내려가는 겁니다. 제가 사람을 보내서 베이글과 훈제 연어를 사 오라고 하죠. 코냑도 좀 있으면 좋겠네요. 두 분 다 잠불에 계셨으니 서로 나눌 얘기도 많을 텐데요. 어서 내려갑시다, 브, 브, 브로데르 씨. 저는 사람 얼굴은 잘 기억하는데 이름을 자꾸 잊어버려서 탈이죠. 한번은 마누라 이름까지 잊어버리는 바람에……..」

그러자 슈레이어 부인이 윙크를 하면서 말했다. 「남자들이 걸핏하면 잊어버리는 게 바로 그거죠.」

그때 헤르만이 말했다. 「아쉽지만 그건 좀 곤란합니다.」

「왜요? 부인도 모시고 내려오세요. 요즘 세상에 이교도가 유대교로 개종한다는 건 절대로 흔한 일이 아니죠. 부인께서 선생을 몇 년 동안이나 건초 다락에 숨겨 주셨다는 얘기도 들었습니다. 선생이 파는 책은 어떤 것들이죠? 저는 고서에 관심이 많습니다. 한번은 링컨이 서명한 책을 구입한 적도 있었죠. 경매장도 즐겨 찾고요. 글도 쓰신다는 말을 들었는데, 주로 어떤 글을 쓰십니까?」

헤르만이 대답하려고 할 때 전화벨이 울렸다. 타마라가 고개를 들었고 보이투스가 다시 날아다니기 시작했다. 전화기는 부엌 가까이, 침실로 통하는 작은 홀에 있었다. 헤르만은 마샤에게 분노를 느꼈다. 내가 곧 간다는 걸 알면서 왜 자꾸 전화하는 거야? 차라리 받지 말까? 그러나 그는 곧 수화기를 집어 들고 말했다. 「여보세요.」

그 순간 문득 레온 토르치네르일지도 모른다는 생각이 떠올랐다. 헤르만은 카페테리아에서 그를 만난 이후로 그에게서 전화가 걸려 올 경우에 대비하여 줄곧 마음의 준비를 하고 있었다. 이윽고 남자 목소리가 들려왔지만 레온 토르치네르는 아니었다. 굵직한 베이스 톤의 목소리가 영어로 이렇게 물었다. 「헤르만 브로데르 씨 맞습니까?」

「그런데요.」

「랍비 램퍼트일세.」 부엌에 있는 사람들이 이야기를 중단해서 주위가 조용했다.

「네, 랍비님.」

「이제 보니 자네 집에도 전화기가 있었군. 게다가 브롱크스가 아니라 브루클린이었고. 에스플러네이드 2번가라면 코니아일랜드 어디쯤일 텐데.」

「제 친구가 이사했거든요.」

헤르만은 이 거짓말 때문에 새로운 문제가 생길 것을 뻔히 알면서도 그렇게 중얼거렸다.

랍비가 목청을 가다듬었다. 「친구가 이사한 다음에 전화를 설치했다 이거지? 그래, 퍽도 그랬겠지. 난 정말 멍청한 놈이지만 자네가 생각하는 것처럼 멍청하지는 않다네.」 랍비의 목소리가 한 단계 높아졌다. 「자넨 지금 우스꽝스러운 연극을 하고 있지만 다 쓸데없는 짓이야. 난 모든 걸 알고 있으니까. 정말 모르는 게 없다고. 자넨 결혼을 하면서도 나한테는 일언반구도 안 했어. 그 바람에 축하해 줄 기회도 없었잖아. 혹시 또 알아? 내가 자네한테 근사한 결혼 선물을 줬을지도 모르는데 말이야. 어쨌든 자네가 원하는 게 이런 식이라면 그건 자네 자유겠지. 내가 전화한 이유는 자네가 써준 카발라에 대한 기사에 몇 가지 중대한 오류가 있어서 우리 둘 다 위신이 깎이게 됐기 때문일세.」

「어떤 오류 말입니까?」

「전화로 설명하긴 힘들어. 랍비 모스코비츠가 연락해 줬는데, 천사 산달폰인지 메타트론인지에 대한 내용이었어. 그 기사는 지금 조판이 끝난 상태야. 그걸 막 인쇄하려고 할 때 랍비가 오류를 발견한 거지. 그래서 그 지면을 비워 버리고 잡지 전체를 다시 배열하게 됐단 말일세. 자네가 나한테 한 짓이 그거라고.」

「정말 죄송합니다. 그런 일이 있었다면 제가 그만둬야죠. 그 일에 대한 보수는 안 주셔도 됩니다.」

「그런다고 나한테 무슨 도움이 된다는 거야? 난 자네만 믿었어. 왜 다시 확인해 보지 않았나? 내가 자네를 고용한 이유가 바로 그거잖아. 세상 사람들이 나를 얼간이로 생각하지 않도록 미리미리 자료 조사를 해달라는 거잖아. 자네도 알다시피 난 너무 바빠서…….」

「제가 어떤 실수를 했는지 모르겠지만 실수가 있었다면 이 일을 맡지 않는 게 좋을 것 같습니다.」

「지금 와서 내가 어디서 딴 사람을 구하겠나? 자넨 나한테까지 숨기는 비밀이 있었어. 왜 그랬나? 남자가 여자를 사랑하는 건 죄가 아닌데 말이야. 난 자네를 친구로 대하면서 마음을 활짝 열어 줬는데 자넨 모국에서 찾아온 동포가 어쨌느니, 히틀러의 피해자가 어쨌느니 하면서 거짓말을 꾸며 댔잖아. 아내가 있다는 사실을 나한테까지 감출 이유가 도대체 뭐야? 나라면 적어도 자네한테 축하 인사를 할 자격은 충분하다고 보는데.」

「물론이죠. 정말 감사합니다.」

「왜 그렇게 작은 소리로 얘기하는 거야? 목감기라도 걸렸나?」

「아뇨, 아뇨.」

「벌써 여러 번 얘기한 거지만 나는 주소도 전화번호도 가르쳐 주지 않는 사람과는 함께 일할 수가 없네. 당장 만나야겠으니까 자네가 사는 데가 어딘지 말해 봐. 우리가 빨리 고쳐 주면 그쪽에서도 내일까지 인쇄를 미룰 테니까.」

「저는 여기 사는 게 아니라 브롱크스에 살아요.」

헤르만은 수화기에 대고 거의 속삭이다시피 하고 있었다.

「또 브롱크스라는 거야? 브롱크스 어딘데? 난 솔직히 자네를 이해할 수가 없네.」

「나중에 모든 걸 말씀드리죠. 지금은 임시로 여기 있는 겁니다.」

「임시라고? 자네 도대체 왜 그래? 혹시 두 집 살림 차린 거 아니야?」

「그럴지도 모르죠.」

「흠, 그럼 브롱크스엔 언제 갈 건가?」

「오늘 밤에 갑니다.」

「주소를 불러 봐. 지금 당장! 이 헷갈리는 상태를 끝내 버리잔 말이야!」

헤르만은 마지못해 마샤의 주소를 불러 주었다. 부엌에 있는 사람들이 듣지 못하도록 손으로 입을 가려야 했다.

「몇 시쯤에 그 집에 가 있을 거지?」

헤르만은 시간을 말해 주었다.

「이거 확실한 거야, 아니면 또 허풍이야?」

「아뇨, 틀림없이 거기 있을 거예요.」

「그럼 내가 그리로 가지. 그렇게 안절부절못할 거 없네. 자네 부인을 훔쳐 가진 않을 테니까.」

헤르만이 부엌으로 돌아가 보니 그곳에 야드비가가 있었다. 거실에서 나온 것이다. 얼굴과 눈이 아직도 빨갰다. 그녀는 양쪽 주먹을 허리춤에 대고 조금 전까지 그가 서 있던 쪽을 바라보고 있었다. 통화 내용을 듣고 있었던 것이 분명했다. 슈레이어 부인이 타마라에게 물었다. 「러시아엔 어떻게 건너갔죠? 군대를 따라갔나요?」

타마라가 대답했다. 「아뇨, 우린 국경을 넘어 밀입국을 했어요.」

그러자 슈레이어 부인이 말했다. 「우린 가축용 화물칸에 타고 갔어요. 콩나물시루 같은 열차 속에서 3주 동안이나 시달렸죠. 배설물은 — 죄송해요 — 작은 창문으로 처리할 수밖에 없었고요. 한번 생각해 보세요. 남자들과 여자들이 다 함께 타고 있었는데 말이에요. 그런 상황에서 우리가 어떻게 살아남았는지 난 영원히 이해할 수 없을 거예요. 물론 살아남지 못한 사람들도 있었죠. 그 사람들은 선 채로 죽었어요. 시체는 열차 밖으로 던져 버렸죠. 그러다가 강추위가 기승을 부릴 때쯤 어느 숲에 도착했는데, 우린 우선 나무를 베어 막사부터 지어야 했어요. 얼어붙은 땅에 참호를 파고 그 속에서 자면서……」

「그런 거라면 저도 너무 잘 알죠.」

그때 페셀레스 씨가 타마라에게 물었다. 「이곳에 혹시 친척이라도 있습니까?」

「외삼촌과 외숙모가 계세요. 이스트 브로드웨이에 사시죠.」

「이스트 브로드웨이? 그럼 저분과는 어떤 사이예요?」 페셀레스 씨가 헤르만을 가리켰다.

「아, 우린 친구예요.」

「그럼 슈레이어 부인 댁으로 내려가시죠. 우리 모두 친구가 되는 겁니다. 한참 동안 굶주림에 대한 얘기만 했더니 배가 고프네요. 이제 먹고 마시면서 얘기합시다. 자, 가십시다, 브, 브, 브로데르 씨. 이렇게 추운 날씨엔 마음을 털어놓는 것도 좋은 일이죠.」

그 말을 듣고 헤르만이 말했다. 「죄송하지만 저는 이제 나가 봐야 합니다.」

타마라도 뒤따라 말했다. 「저도 가야 돼요.」

그러자 야드비가 갑자기 잠에서 깨어난 사람처럼 말했다.

「타마라 아씨, 어딜 가시려고요? 제발 여기 계세요. 제가 저녁을 차릴게요.」

「아냐, 야지아. 다음에 먹을게.」

그러자 페셀레스 씨가 말했다. 「아무래도 여러분은 제 초대를 거절하실 모양이군요. 자, 슈레이어 부인, 오늘은 우리가 실패했네요. 혹시 오래된 책을 갖고 계시다면 나중에 다시 만나서 거래하기로 하죠. 아까도 말씀드렸지만 저도 어느 정도는 수집가라고 할 수 있으니까요. 그것 말고도……」

그때 슈레이어 부인이 야드비가에게 말했다. 「우리도 나중에 얘기해요. 앞으로 페셀레스 씨는 그렇게 드문드문 찾아오는 손님이 아닐 거예요. 저분이 나한테 무슨 일을 해주셨는지는 하느님만 아시죠. 남들은 유대인들의 불행에 대해 그저 슬퍼할 뿐이었지만 저분은 비자를 얻어 주셨어요. 생면부지인 내가 편지를 썼는데, 저분의 아버지와 우리 아버지가 동업자였고 두 분 다 농산물을 취급하셨다는 이유만으로 그랬던 건데, 4주 뒤에 재정 보증서가 날아오더라고요. 우리가 영사관에 찾아갔더니 그 사람들은 벌써 페셀레스 씨를 알고 있었어요. 모르는 사람이 없었죠.」

「자, 그만하면 됐어요. 그렇게 나를 칭찬하지 말아요. 칭찬하지 마시라고요. 그까짓 보증서가 뭡니까? 종이 쪼가리에 불과하죠.」

「그런 종이 쪼가리로 수천 명의 목숨을 구할 수도 있었죠.」

페셀레스 씨가 일어섰다. 그리고 타마라에게 물었다. 「성함이 뭡니까?」

타마라는 뭐라고 대답해야 할지 모르겠다는 듯이 페셀레스 씨와 헤르만과 야드비가를 차례로 둘러보았다.

「타마라예요.」

「미혼? 기혼?」

「마음대로 생각하세요.」

「타마라 뭐죠? 그래도 성은 있을 텐데요.」

「타마라 브로데르.」

「또 브로데르예요? 남매간이신가요?」

타마라 대신 헤르만이 대답했다. 「사촌이죠.」

「정말 좁은 세상이군요. 이상하기 짝이 없는 시대예요. 한번은 신문에서 어느 난민에 대한 기사를 읽었어요. 그 남자는 새로 얻은 아내와 저녁을 먹고 있었는데, 갑자기 문이 열리더니 게토에서 죽은 줄로만 알고 있던 전처가 불쑥 들어서더랍니다. 결국 히틀러와 스탈린 패거리 때문에 이런 난장판이 벌어진 거죠.」

그러자 슈레이어 부인의 얼굴에 미소가 번져 갔다. 그녀의 누르스름한 눈이 알랑거리는 웃음을 머금고 반짝였다. 얼굴의 주름살이 더욱 깊어지면서 마치 어느 원시 부족의 얼굴에 새겨진 줄무늬 문신처럼 보였다.

「그 얘기의 요점이 뭐죠, 페셀레스 씨?」

「아, 별거 아닙니다. 살다 보면 별의별 일이 다 생긴다는 거죠. 모든 게 뒤죽박죽이 돼버린 요즘 같은 시절엔 더욱더 그렇죠.」

페셸레스 씨는 오른쪽 눈꺼풀을 내리깔고 휘파람을 불려는 것처럼 입술을 삐죽 내밀었다. 그러더니 가슴에 달린 호주머니에서 명함 두 장을 꺼내 타마라에게 건네주었다.

「누구시든 간에 서로 알고나 지냅시다.」

6

손님들이 떠나자마자 야드비가가 울음을 터뜨렸다. 그녀의 얼굴이 순식간에 다시 일그러졌다. 「이번엔 또 어딜 가려고요? 왜 자꾸 나를 내버려 두고 나가 버리죠? 타마라 아씨! 저이는 책을 팔러 다니는 게 아니에요. 그건 거짓말이라고요. 애인을 만나러 가는 거예요. 모르는 사람이 없어요. 동네 사람들이 모두 저를 비웃어요. 제가 저이 목숨을 구해 줬는데 말이에요! 건초 다락에 숨어 있던 저이한테 내 입에 들어갈 음식을 아낌없이 갖다 바치고 똥오줌까지 받아 냈는데 말이에요.」

그때 헤르만이 말했다. 「제발, 야드비가! 그만 좀 해!」

「헤르만, 난 가야 돼. 그리고 야시아, 한 가지만 말해 둘게. 저이는 내가 살아 있다는 걸 몰랐어. 내가 러시아에서 이리로 건너온 지도 얼마 안 됐고.」

「그년은 날마다 전화질을 해요. 저 사람 애인 말이에요. 저이는 제가 못 알아듣는 줄 알지만 저도 다 알아들어요. 저이는 그년과 몇 날 며칠을 보내다가 빈털터리에 녹초가 돼서 돌아오죠. 집주인 아줌마는 날마다 찾아와서 빨리 집세를 내지 않으면 이 엄동설한에 길바닥으로 내쫓겠다고 을러대는데 말이에요. 내가 임신하지만 않았다면 공장에 나가서 일할 수 있을 텐데. 여기서는 병원도 의사도 미리 예약을 해둬야 해요. 집에서 아이를 낳는 여자는 아무도 없다고요. 아무튼 보내 드릴 수 없어요, 타마라 아씨.」

「야지아, 난 가야 한다니까.」

「저이가 아씨한테 돌아가고 싶다면 제 아이를 포기하겠어요. 여기서는 아이를 남한테 줘버릴 수도 있거든요. 게다가 돈까지 준다니까⋯⋯.」

「헛소리 좀 그만해, 야지아. 난 저이한테 돌아가지 않을 거니까 너도 아이를 포기할 필요는 없어. 의사와 병원은 내가 알아볼게.」

「오, 타마라 아씨!」

그때 헤르만이 말했다. 「야지아, 나 좀 보내 줘!」 그는 벌써 외투를 걸치고 있었다.

「아무 데도 못 가요!」

「야지아, 랍비가 기다리고 있단 말이야. 난 그 사람 밑에서 일한다고. 지금 그 랍비를 만나지 못하면 우린 빵 껍질 하나도 얻어먹지 못하게 될 거야.」

「거짓말하지 말아요! 랍비가 아니라 어느 갈보 같은 년이 기다리는 거겠지.」

그러자 타마라가 말했다. 「흠, 뭐가 어떻게 돌아가는지 알 만하네.」 반은 혼잣말이었고 반은 야드비가와 헤르만에게 하는 말이었다. 「이젠 정말 가봐야 돼. 혹시 마음이 달라져 병원에 갈 결심이 서게 되면 빨래도 하고 준비도 해야 하니까. 나 좀 보내 줘, 야지아.」

헤르만이 물었다.「결국 병원에 가기로 마음먹은 거야? 어느 병원으로 갈 건데? 병원 이름이 뭐야?」

「그건 알아서 뭐 하게? 어차피 내가 살아나면 병원에서 나올 테고, 죽으면 거기서 어떻게든 묻어 줄 텐데. 문병은 안 와도 괜찮아. 당신이 내 남편이라는 걸 병원에서 알게 되면 당신한테 치료비를 내라고 할 거야. 내가 벌써 친척도 없다고 말해 뒀으니까 그 말을 고수하는 수밖에 없다고.」

타마라는 야드비가에게 다가가 입맞춤을 했다. 야드비가는 타마라의 어깨에 잠시 머리를 기댔다. 그러더니 소리 내어 엉엉 울면서 타마라의 이마와 두 뺨과 양손에 입맞춤을 퍼부었다. 그녀는 거의 주저앉다시피 하면서 시골 사투리로 중얼거렸지만 무슨 말인지 전혀 알아들을 수가 없었.

그러나 타마라가 나가자마자 야드비가는 다시 문 앞을 가로막았다.「오늘은 아무 데도 못 가요!」

「어디 두고 보자고.」

헤르만은 타마라의 발소리가 더 이상 들리지 않을 때까지 기다렸다. 그리고 번개처럼 야드비가의 양쪽 손목을 낚아채고 소리 없이 힘겨루기를 했다. 그러다가 헤르만이 야드비가를 확 밀어 버리자 그녀는 쿵 소리와 함께 방바닥에 쓰러지고 말았다. 헤르만은 문을 열어젖히고 뛰쳐나갔다. 그리고 고르지 않은 계단을 허둥지둥 달려 내려가다가 문득 고함 소리 같기도 하고 신음 소리 같기도 한 어떤 소리를 들었다. 그 순간 옛날에 깨달았던 교훈이 다시 떠올랐다. 십계명 가운데 하나를 어긴 자는 결국 십계명 전부를 어기게 된다는 것. 헤르만은 이런 생각을 했다. 〈난 결국 살인자가 되고 말 거야.〉

지금까지는 몰랐지만 어느새 땅거미가 내린 뒤였다. 벌써 계단이 어두컴컴했다. 여기저기서 문이 열리는 소리가 들렸지만 헤르만은 돌아보지 않았다. 이윽고 건물 밖으로 나섰다. 타마라가 눈길에 서서 그를 기다리고 있었다.

그녀가 소리쳤다. 「고무 덧신은 어디 있어? 그대로 나가면 큰일 난다고!」

「어쩔 수 없어.」

「죽고 싶어서 그래? 폐렴에 걸리지 않으려면 가서 덧신을 가져오란 말이야.」

「내가 무슨 병에 걸리든 당신이 걱정할 일이 아니잖아. 어서 꺼져 버려. 다들 꺼져 버리라고!」

「아무튼 여전하다니까. 그럼 여기서 기다려. 내가 올라가서 덧신을 갖다 줄 테니까.」

「가긴 어딜 간다는 거야!」

「정 그렇다면 이 세상에서 바보 하나가 줄어들겠네.」

타마라는 눈길을 걸어가기 시작했다. 쌓인 눈이 푸르스름한 수정처럼 반짝거렸다. 가로등이 켜지긴 했지만 아직은 황혼 무렵이었다. 하늘엔 쇳녹처럼 불그스름하고 누르스름한 구름이 잔뜩 끼어 금방이라도 폭설을 쏟아부을 듯 험상궂은 날씨였다. 바다 쪽에서 한 줄기 차디찬 바람이 불어왔다. 그때 갑자기 위층 창문 하나가 벌컥 열리더니 고무 덧신 두 짝이 차례로 떨어져 내렸다. 야드비가가 헤르만의 덧신을 던져 준 것이다. 헤르만이 고개를 들고 창문을 쳐다보았지만 야드비가는 얼른 창문을 닫고 커튼까지 쳐버렸다. 타마라가 헤르만 쪽을 돌아보며 깔깔 웃었다. 그리고 윙크를 하더니 주먹을 흔들어 보였다. 헤르만은 간신히 덧신을 신었지만 먼저 신고 있던 구두 속에는 이미 눈이 잔뜩 들어가 버린 뒤였다. 타마라는 헤르만이 다가올 때까지 기다려 주었다.

「역시 제일 못돼 먹은 개가 제일 좋은 뼈다귀를 차지한다니까. 도대체 이유가 뭘까?」

그녀가 헤르만의 팔짱을 끼었다. 두 사람은 늙은 부부처럼 조심스럽고 느릿느릿하게 눈길을 뚫고 함께 걸어갔다. 이따금씩 지붕 위에서 눈이나 얼음 덩어리가 떨어졌다. 머메이드 애비뉴는 깊은 눈 속에 파묻혔다. 죽은 비둘기 한 마리가 눈길에 떨어졌는데 밖으로 드러난 부분은 두 개의 빨간 발이 전부였다. 헤르만은 마음속으로 그 비둘기에게 말을 걸었다. 〈그래, 신성한 새야. 넌 벌써 너의 삶을 다 살았구나. 넌 운이 좋은 거란다.〉 그러다가 문득 슬픔에 휩싸였다. 〈저렇게 죽을 운명이었다면 도대체 저 새를 왜 창조하신 겁니까? 도대체 언제까지 침묵만 지키시렵니까, 전지전능하신 사디스트여?〉

헤르만과 타마라는 역까지 걸어가서 열차에 탑승했다. 타마라는 14번까지만 가고 헤르만은 타임스 스퀘어까지 가야 했다. 좌석이 모두 차버리고 구석의 작은 좌석 하나만 남아 있어서 헤르만과 타마라는 그 자리에 끼어 앉았다.

헤르만이 말했다. 「그래서 결국 수술을 받기로 결심했다는 거지?」

「어차피 내가 손해 볼 게 뭐 있어? 기껏해야 비참한 인생이 끝나 버릴 뿐인데.」

헤르만은 고개를 푹 수그렸다. 유니언 스퀘어가 가까워지자 타마라가 작별 인사를 했다. 헤르만도 자리에서 일어났고 두 사람은 입맞춤을 했다.

타마라가 말했다. 「가끔은 내 생각도 해줘.」

「날 용서해 줘!」

타마라가 황급히 열차에서 내렸다. 헤르만은 그 어둑어둑한 구석 자리에 다시 앉았다. 그때 문득 아버지의 목소리가 들려오는 듯했다. 〈자, 어디 한번 물어보자. 도대체 네가 이

룩한 게 뭐냐? 너 자신은 물론이고 다른 사람들까지 모두 비참하게 만들었지. 하늘에 있는 우리는 그저 네가 부끄러울 뿐이구나.〉

헤르만은 타임스 스퀘어에 내려 IRT 지하철 쪽으로 건너갔다. 그리고 역에서 시프라 푸아의 집까지 걸어갔다. 랍비의 캐딜락이 사실상 눈 덮인 도로를 독차지하고 있었다. 집 안의 전등이란 전등은 모조리 켜놓아서 자동차가 어둠 속에서 빛나는 것처럼 보였다. 헤르만은 지금처럼 초라한 옷차림에 빨갛게 얼어 버린 코와 창백한 얼굴을 하고 그렇게 훤히 불을 밝힌 집 안으로 들어가기가 창피했다. 그는 어두운 출입구 앞에서 눈을 털어 내고 얼굴을 비벼 혈색이 돌아오게 만들었다. 그리고 넥타이를 고쳐 매고 이마에 묻은 물기를 손수건으로 닦았다. 그때 문득 기사에 오류가 있었다는 랍비의 말은 사실이 아니었을지도 모른다는 생각이 떠올랐다. 그의 전화는 헤르만의 사생활에 끼어들기 위한 핑계에 불과했는지도 모를 일이었다.

마침내 헤르만이 문을 열고 들어갔을 때 제일 먼저 눈에 띈 것은 화장대 위의 화병에 꽂혀 있는 거대한 장미 꽃다발이었다. 그리고 식탁보를 씌운 식탁 위에 즐비한 과자류와 오렌지들 사이에 큼직한 샴페인 병 하나가 우뚝 서 있었다. 랍비와 마샤가 때마침 술잔을 마주치며 건배를 했다. 그들은 헤르만이 들어오는 소리를 못 들은 모양이었다. 마샤는 벌써 알딸딸하게 취해서 큰 소리로 웃고 떠들었다. 그녀는 파티 드레스를 입고 있었다. 랍비의 목소리도 우렁차게 울려 퍼졌다. 시프라 푸아는 부엌에서 팬케이크를 굽는 중이었다. 헤르만은 기름이 지글지글 끓는 소리를 들었고 감자가 노릇노릇 익어 가는 냄새를 맡았다. 랍비는 밝은 색 양복을 입었는데, 이렇게 비좁고 천장이 낮은 아파트 안에서 보니 신기할 정도로 키도 크고 체구도 당당해 보였다.

그때 랍비가 벌떡 일어나더니 성큼 한 걸음을 내디뎌 단숨에 헤르만 앞에 이르렀다. 그리고 손뼉을 치면서 큰 소리로 외쳤다. 「축하하네, 새신랑!」

마샤도 술잔을 내려놓았다. 「드디어 왔군요!」 마샤가 헤르만을 가리키며 까르르 웃음을 터뜨렸다. 그러더니 그녀도 일어나서 헤르만에게 다가왔다. 「그렇게 멍하니 문 앞에 서 있지 말아요. 여긴 당신 집이고 난 당신 아내잖아. 이 안에 있는 것들은 전부 다 당신 거라고요.」

그녀는 헤르만의 품속으로 뛰어들어 입맞춤을 했다.

제8장

1

 벌써 이틀째 눈이 내리고 있었다. 시프라 푸아의 아파트에는 한 점의 열기도 남아 있지 않았다. 지하실에 사는 관리인은 술에 취해 인사불성이 되어 자기 방에서 뻗어 버렸다. 보일러가 고장 났는데도 고칠 사람이 아무도 없는 것이다.
 시프라 푸아는 무거운 부츠를 신고, 독일에서 가져온 낡아빠진 털 코트를 입고, 머리에는 털실로 짠 숄을 뒤집어쓴 채 집 안 곳곳을 배회했다. 추위와 고뇌 때문에 얼굴이 창백했다. 그녀는 안경을 쓰고 기도서를 읽으며 이리저리 서성거렸다. 그러면서 기도를 드리다가도 느닷없이 가난한 입주자들이 한겨울에 얼어 죽도록 내버려 두는 사기꾼 같은 집주인들에게 저주를 퍼붓곤 했다. 그녀의 입술이 시퍼렇게 얼어 있었다. 그녀가 기도문을 한 줄 읽고 나서 이렇게 말했다. 「우린 여기 오기 전에도 고생할 만큼 고생했어. 그런데 이젠 미국에서까지 이런 고생을 하는구나. 여기도 강제 수용소보다 나을 게 별로 없잖아. 이제 나치 한 놈이 들어와서 우릴 두들겨 패기만 하면 되겠네.」

그러자 랍비 램퍼트의 집에서 열리는 파티에 참석할 준비를 하느라 출근도 안 한 마샤가 어머니를 질책했다. 「엄마, 부끄러운 줄 아세요! 슈투트호프[134]에 있을 때 지금처럼 많은 것들을 누릴 수 있었다면 엄마는 너무 좋아서 미쳐 버렸을 거라고요.」

「사람이 강하면 얼마나 강하겠니? 거기서는 희망이라도 있었으니까 버틸 수 있었지. 지금은 온몸이 꽁꽁 얼어붙은 것 같다. 화로(火爐)라도 하나 사야겠어. 이젠 피까지 점점 굳어지는구나.」

「미국에서 화로를 어디 가서 사 오라는 거예요? 우린 곧 이 집에서 나갈 거예요. 봄이 올 때까지만 기다리세요.」

「난 봄까지 견디지도 못할 거야.」

그러자 마샤가 왈칵 짜증을 내며 날카롭게 외쳤다. 「거참, 엄마는 우리보다 더 오래 사실 거예요!」

랍비가 마샤와 헤르만을 파티에 초대하는 바람에 마샤는 광란에 휩싸이고 말았다. 처음에는 가지 않겠다고 했다. 이번 초대는 레온 토르치네르가 뭔가 음모를 꾸미고 배후에서 손을 쓴 게 틀림없다는 것이었다. 마샤는 랍비가 집으로 찾아오고 자신에게 샴페인을 먹여 취하게 만든 것도 자신과 헤르만을 갈라놓으려는 레온 토르치네르의 수작이라고 의심했다. 마샤는 자꾸 랍비를 비하하면서 줏대 없는 인간이라느니 허풍쟁이라느니 위선자라느니 악담을 했다. 랍비에 대한 비난이 끝나면 그다음엔 레온 토르치네르를 정신병자에 사기꾼에 선동가로 몰아붙이며 욕설을 퍼부었다.

상상 임신을 했던 이후로 마샤는 밤잠을 이루지 못했다. 수면제를 복용해도 효과가 전혀 없었다. 간신히 잠이 들었다

---

[134] 폴란드 슈투토보Sztutowo 부근에 있던 나치의 강제 수용소.

가도 악몽 때문에 도로 깨어나기 일쑤였다. 그녀의 아버지가 수의를 걸치고 나타나서 그녀의 귀에 대고 성서의 구절들을 소리 내어 낭송했다. 돌돌 말린 뿔과 뾰족한 주둥이를 가진 괴상한 짐승들이 등장하기도 했다. 여기저기 주머니와 돌기가 달리고 온몸이 상처로 뒤덮인 괴물들이었다. 그런 것들이 그녀를 노려보며 컹컹 짖고 으르렁거리고 침을 질질 흘렸다. 마샤는 2주에 한 번씩 월경을 하면서 심한 통증에 시달렸고 검붉은 핏덩어리를 쏟아 냈다. 시프라 푸아가 제발 의사에게 가보라고 권했지만 마샤는 의사들을 믿지 않는다고 말했다. 의사들이 오히려 환자들을 독살한다는 것이었다.

그러던 마샤가 갑자기 생각을 바꿔 파티에 참석하기로 결심했다. 지금에 와서 레온 토르치네르를 두려워할 필요가 있을까? 세속적으로 보나 종교적으로 보나 그녀는 이미 토르치네르와 이혼한 몸이었다. 혹시 그가 아는 체하더라도 외면해 버리면 그만이고, 뭔가 수작을 부린다면 그 얼굴에 침을 뱉어 주면 되는 것이었다.

헤르만은 극과 극을 오가는 마샤의 성격을 다시 확인할 수 있었다. 그녀는 파티 준비에 점점 더 열을 올리기 시작했다. 벽장이나 화장대 서랍들을 발칵 뒤집어 드레스와 블라우스와 구두들을 있는 대로 끄집어냈다. 대부분 독일에서 가져온 것들이었다. 마샤는 결국 드레스 한 벌을 고쳐 입기로 결정했다. 그리고 그때부터 끊임없이 줄담배를 피우면서 솔기를 뜯어내고 바느질을 했다. 스타킹과 란제리를 산더미처럼 쌓아 두기도 했다. 그러면서 쉴 새 없이 수다를 떨고 — 주로 그녀를 쫓아다니던 남자들에 대한 이야기였는데, 전쟁 전에도, 전시에도, 전쟁이 끝난 뒤에도, 수용소에서도, 그리고 〈연합〉 사무실에서도 그런 일이 있었다고 했다 — 시프라 푸아에게 자신의 말을 확인해 달라고 요구했다. 그러다 잠시 바느질을 멈추고 오래된 편지와 사진들을 증거물로 제시하기도 했다.

헤르만은 그녀가 자신의 남다른 미모와 품위로 다른 여자들을 압도하여 이번 파티의 주인공이 되고 싶어 한다는 것을 알아차렸다. 마샤가 일단 파티에 반대하긴 했지만 결국 참석하게 되리라는 것도 헤르만은 처음부터 알고 있었다. 마샤는 뭐든지 그렇게 극적인 사건으로 만들어야 직성이 풀리는 여자였다.

느닷없이 라디에이터에서 칙칙 소리가 나기 시작했다. 드디어 보일러가 고쳐진 것이다. 금세 집 안이 온통 수증기로 가득 찼다. 시프라 푸아는 이 주정뱅이 관리인이 이번엔 건물 전체를 태워 버리려고 작정한 모양이라고 투덜거렸다. 그렇게 되면 집을 포기하고 저 무서운 강추위 속으로 도망쳐야 한다는 것이었다. 탄내와 석탄 가스 냄새가 진동했다. 마샤는 욕조에 뜨거운 물을 받았다. 그녀는 여러 가지 일들을 한꺼번에 해냈다. 목욕할 준비를 하면서 히브리어와 이디시어와 폴란드어와 러시아어와 독일어로 노래를 불렀다. 놀라운 속도로 낡은 드레스를 새 옷처럼 바꿔 놓는 한편, 그 옷에 어울리는 하이힐과 함께 누군가 독일에서 선물로 준 목도리를 찾아내기도 했다.

저녁 무렵에는 눈이 그쳤다. 그러나 공기는 차디찼다. 브롱크스 동부의 길거리가 모스크바나 코이비셰프의 한겨울을 연상시켰다.

파티 자체를 반대하는 시프라 푸아는 대학살 이후 살아남은 유대인들은 그렇게 흥청망청 즐거워할 자격이 없다고 툴툴거리면서도 마샤의 차림새를 살펴보고 개선할 부분들을 지적해 주었다. 마샤가 파티 준비에 몰두한 나머지 식사마저 까맣게 잊어버렸기 때문에 그녀의 어머니가 마샤와 헤르만을 위해 쌀밥과 우유를 내놓았다. 랍비 부인이 마샤에게 미리 연락하여 자기들이 사는 웨스트 엔드 애비뉴 칠십 몇 번가로 오는 길을 가르쳐 주었다. 시프라 푸아가 마샤에게 스웨터나 따뜻한 속바지를 챙겨 입으라고 성화였지만 마샤는 들은 체도 하지 않았다. 그리고 몇 분에 한 번씩 병나발로 코냑을 들이켰다.

헤르만과 마샤가 집을 나설 때쯤에는 벌써 어둠이 내려앉고 있었다. 살이 에일 듯한 바람이 헤르만의 어깨를 움켜쥐더니 모자를 휙 벗겨 갔다. 헤르만은 공중에서 재빨리 모자를 낚아챘다. 마샤의 파티 드레스가 마구 펄럭거리며 풍선처럼 부풀어 올랐다. 그녀가 걸음을 옮길 때마다 깊이 쌓인 눈이 부츠를 물고 늘어졌다. 스타킹을 신은 발이 흠뻑 젖어 버렸다. 공들여 세팅한 머리도 모자에 가려진 부분 말고는 온통 눈으로 뒤덮여 마치 순식간에 늙어 버린 듯 새하얗게 변해 버렸다. 마샤는 한 손으로 모자를 붙잡고 다른 손으로는 드레스 끝자락을 잡아 눌렀다. 그녀가 헤르만에게 뭐라고 소리쳤지만 바람 소리 때문에 들리지 않았다.

고가 철도역까지 걸어가는 길은 평소엔 5분 거리에 불과했지만 지금은 만만찮은 난관이었다. 마침내 그곳에 도착해 보니 열차가 방금 떠나 버린 뒤였다. 철제 난로를 피운 매표소 안에 앉아 있던 매표원의 말에 의하면 철도에 눈이 쌓여 열차들이 오도 가도 못하는 상황이라서 다음 열차가 언제 들어올지 알 수 없다는 것이었다. 마샤가 와들와들 떨면서 꽁꽁 언 발을 녹이려고 깡충깡충 뛰었다. 그녀의 얼굴이 병자처럼 창백했다.

15분이 지났지만 열차는 오지 않았다. 열차를 기다리는 승객들이 벌써 꽤 많이 모여 있었다. 남자들은 고무장화나 덧신을 신고 도시락 통을 들었고, 여자들은 두툼한 외투를 입고 머릿수건을 둘렀다. 그들의 얼굴은 저마다 권태나 탐욕, 불안을 내비치고 있는 듯했다. 비좁은 이마, 근심 어린 시선, 넓적한 콧방울과 큼직한 콧구멍, 각진 턱, 풍만한 젖가슴, 펑퍼짐한 엉덩이······. 그 모든 부분들이 한결같이 유토피아의 가능성을 반박하고 있었다. 진화의 가마솥은 아직도 부글부글 끓고 있다. 여기서 누가 한마디만 외치면 당장 폭동이 일어날 수도 있다. 시기적절한 선동 문구 하나가 이 사람들을 폭도로 돌변시켜 학살극을 유발할 수도 있는 것이다.

 이윽고 경적을 울리며 열차가 달려 들어왔다. 객차마다 반쯤 비어 있었다. 차창엔 성에가 하얗게 끼어 있었다. 객차 안은 싸늘했고, 바닥은 진흙과 지저분한 신문지와 껌 따위로 엉망이었다. 헤르만은 이런 생각을 했다. 〈이 열차보다 꼴사나운 광경이 또 있을까? 마치 일부러 이렇게 꾸며 놓은 것처럼 흉하기 짝이 없구나.〉 주정뱅이 하나가 혀 꼬부라진 소리로 히틀러와 유대인들에 대해 일장 연설을 늘어놓았다. 마샤가 핸드백에서 작은 거울을 꺼내더니 김 서린 거울에 자신의 모습을 비춰 보느라고 애를 썼다. 그녀는 손끝에 침을 묻혀 흐트러진 머리를 매만졌지만 열차에서 내리기만 하면 바람 때문에 다시 뒤죽박죽이 되어 버릴 것이 뻔했다.

 열차가 지상에서 달리는 동안 헤르만은 차창 한 부분의 성에를 닦아 내고 줄곧 바깥을 내다보았다. 신문지들이 바람을 타고 이리저리 날아다녔다. 식료품점 주인이 가게 앞의 인도에 소금을 뿌리고 있었다. 자동차 한 대가 진창에서 빠져나오려고 안간힘을 썼지만 바퀴들은 한자리에서 맥없이 헛돌기만 했다. 헤르만은 착실한 유대인이 되어 『슐칸 아루흐』와 「게마라」를 지키겠다고 결심했던 일을 문득 떠올렸다. 그렇게 결심한 적이 얼마나 많았던가! 세속적인 삶을 청산하려다가 도로 끌려들고 만 것이 도대체 몇 번이었던가! 그런데 지금도 이렇게 파티에 참석하러 가는 길이다. 동족의 절반이 고문당하고 학살당했는데도 나머지 절반은 파티를 연다. 그는 마샤에게 깊은 연민의 정을 느꼈다. 그녀는 너무 여위고 핼쑥하고 병약해 보였다.

헤르만과 마샤가 열차에서 내려 길거리로 접어들었을 때는 벌써 시간이 많이 흐른 뒤였다. 얼어붙은 허드슨 강 쪽에서 사나운 바람이 불어 닥쳤다. 마샤가 헤르만에게 죽자 살자 매달렸다. 헤르만도 뒤로 밀리지 않기 위해 바람을 향해 몸을 기울이고 온 체중을 실어야 했다. 그의 눈꺼풀이 눈으로 뒤덮였다. 마샤가 숨이 막혀 헉헉거리며 뭐라고 소리쳤다. 헤르만의 모자가 자꾸 날아가려고 했다. 외투 자락과 바지가 마구 펄럭이며 다리를 후려쳤다. 그들이 랍비가 사는 건물의 번지수를 알아본 것은 기적이었다. 헤르만과 마샤는 헐떡이며 로비 안으로 뛰어들었다. 그곳은 따뜻하고 평온했다. 벽마다 금색 액자에 넣은 그림들이 걸렸고, 바닥에는 카펫이 깔렸고, 샹들리에가 은은한 불빛을 뿌렸고, 편안한 소파와 안락의자들이 손님들을 기다리고 있었다.

마샤가 거울 앞으로 다가가서 엉망이 되어 버린 드레스와 치장 상태를 조금이라도 바로잡으려고 애썼다. 그러면서 이렇게 말했다. 「내가 이런 일을 당하고도 살아남는다면 영원히 죽지 않을 거예요.」

2

 마샤가 머리 손질을 마치고 엘리베이터 쪽으로 걸어갔다. 헤르만은 넥타이를 바로잡았다. 전신 거울이 그의 생김새와 차림새의 모든 결함들을 고스란히 비춰 주었다. 등은 구부정했고 얼굴은 초췌했다. 살이 빠진 탓에 외투와 양복이 너무 커 보였다. 엘리베이터 맨이 문을 열어 주기 전에 잠깐 머뭇거렸다. 그리고 랍비가 사는 층에 도착한 뒤에도 수상쩍다는 듯이 헤르만이 초인종을 누를 때까지 지켜보았다.

 아무도 나오지 않았다. 헤르만은 아파트 안의 왁자지껄한 소음을 들을 수 있었다. 사람들이 대화를 나누었고 랍비도 큰 소리로 이야기하고 있었다. 잠시 후 하얀 앞치마를 두르고 하얀 모자를 쓴 흑인 하녀가 문을 열어 주었다. 그녀의 뒤에는 레베친, 즉 랍비의 아내가 서 있었다. 키가 크고 위엄이 엿보이는 여자였는데, 아마 남편보다 더 큰 듯싶었다. 머리는 곱슬곱슬한 금발이었고, 코는 들창코였고, 긴 금색 드레스를 입고 있었다. 그리고 여기저기 보석을 달고 있었다. 그녀의 외모는 구석구석 한결같이 길고 앙상하고 뾰족뾰족했다. 이교도였다. 헤르만과 마샤를 내려다보는 그녀의 눈이 반짝 빛났다.

 그때 랍비가 불쑥 나타나더니 우렁차게 외쳤다. 「드디어 오셨구먼!」 그러더니 헤르만과 마샤에게 각각 한 손을 내미는 동시에 마샤에게 입맞춤을 했다. 그리고 다시 소리쳤다.

 「정말 미인이시군! 이제 보니 이 친구가 미국에서 제일 예쁜 여자를 낚아챘잖아. 아일린, 이분 좀 보라고!」

 「외투 이리 주세요. 날씨가 꽤 춥죠? 두 분이 못 오실까 봐 걱정했어요. 남편한테서 말씀 많이 들었어요. 정말 반갑네요,

이렇게…….」

그때 랍비가 마샤와 헤르만을 감싸고 거실로 안내했다. 그는 사람들 사이를 비집고 지나가면서 두 사람을 소개했다. 희부연 연기 속에서 헤르만은 얼굴을 깨끗이 면도하고 숱 많은 머리에 조그마한 스컬캡을 쓴 남자들을 보았고, 스컬캡을 쓰지 않은 남자들도, 수염을 풍성하게 기르거나 염소수염만 남겨 놓은 남자들도 보았다. 여자들의 머리 색은 그들의 드레스 색만큼이나 다양했다. 헤르만은 사방에서 영어와 히브리어와 독일어, 심지어 프랑스어까지 들을 수 있었다. 향수와 술과 촙트리버 냄새가 감돌고 있었다.

집사가 다가와 새로 온 손님들에게 어떤 술을 원하느냐고 물었다. 랍비가 헤르만을 혼자 남겨 두고 마샤를 바 쪽으로 데려갔다. 그는 마샤의 허리에 손을 얹고 마치 춤을 추듯이 그녀를 이끌고 있었다. 헤르만은 어딘가에 좀 앉고 싶었지만 빈 의자가 눈에 띄지 않았다. 하녀 한 명이 쟁반에 담긴 각종 생선과 얇게 썬 냉육(冷肉)과 계란과 크래커 따위를 권했다. 헤르만은 반으로 쪼개 놓은 계란을 이쑤시개로 찍으려 했지만 자꾸 미끄러지기만 했다. 사람들이 너무 시끄럽게 떠들어 귀가 멍멍할 정도였다. 한 여자가 깔깔거리며 웃었다.

헤르만은 이런 미국식 파티에 참석해 본 적이 없었다. 그래서 그는 손님들이 앉아 있으면 하인들이 음식을 갖다 줄 거라고 예상했다. 그러나 이 파티에는 앉을 자리도 없었고 음식을 갖다 주는 사람도 없었다. 누군가 영어로 말을 걸었지만 소음 때문에 한마디도 알아들을 수 없었다. 도대체 마샤는 어디로 갔을까? 군중들 속으로 사라져 버렸는지 흔적도 보이지 않았다. 헤르만은 어떤 그림 앞에서 걸음을 멈추고 특별한 이유도 없이 물끄러미 쳐다보았다.

이윽고 그는 안락의자와 소파 몇 개가 있는 방으로 들어갔다. 벽마다 바닥에서 천장까지 온통 책으로 뒤덮인 방이었다. 몇몇 남녀가 각기 술잔을 들고 둘러앉아 있었다. 한쪽 구석에 빈 의자 하나가 보였다. 헤르만은 그리로 가서 앉았다. 그 방에 모인 사람들은 책 한 권을 쓰는 데 5천 달러의 보조금을 받았다는 어느 교수에 대해 이야기하는 중이었다. 그들은 그 교수와 그의 책을 싸잡아 조롱했다. 헤르만은 여러 대학이나 재단, 장학금 제도, 보조금 등의 이름과 함께 유대 문헌과 사회주의와 역사학과 심리학 등을 다룬 각종 출판물의 제목을 들어 볼 수 있었다. 그리고 이런 생각을 했다. 〈도대체 어떤 여자들일까? 어쩌면 저렇게 유식하지?〉 그는 자신의 초라한 행색을 의식하면서 혹시라도 그들이 자기를 대화에 끌어들일까 봐 걱정했다. 〈나 같은 사람은 이 자리에 어울리지 않아. 난 그냥 『탈무드』 학자로 사는 건데 그랬어.〉 그는 의자의 방향을 틀어 다른 사람들을 더욱더 외면했다.

헤르만은 소일거리를 찾으려고 책장에 꽂힌 플라톤의 『대화편』을 뽑아 들었다. 그리고 아무렇게나 펼쳐 보니 「파이돈」이었고 그곳에는 이런 말이 적혀 있었다. 〈얼핏 생각하면 미심쩍겠지만 철학에 대하여 진지한 관심을 가진 이들은 결국 어떻게 죽어야 하는지를 탐구하고 있는 것이오.〉 거기서 몇 페이지를 휙 되넘겨 보니 이번엔 「소크라테스의 변명」이었는데, 헤르만의 시선이 닿은 곳에 이런 말이 있었다. 〈더 나은 자가 더 못난 자에게 해를 입는 것은 자연의 법칙에 어긋나는 일이라고 믿기 때문이오.〉 정말 그럴까? 그렇다면 나치들이 유대인들을 몇백만 명이나 학살한 것도 자연의 법칙에 어긋나는 일이었을까?

하인 한 명이 문 앞으로 다가와서 뭐라고 알려 주었지만 헤르만은 그 말을 알아듣지 못했다. 그러나 다른 사람들은 모두 일어나 방에서 나갔다. 남은 사람은 헤르만뿐이었다. 그는 나치들이 뉴욕에 들어왔다고 상상했다. 그런데 누군가 — 어쩌면 랍비였는지도 모른다 — 그를 이 서재 안에 숨겨 준 것이다. 음식은 벽에 뚫린 구멍을 통해 전달된다.

어딘지 낯익은 사람 하나가 문 앞에 나타났다. 디너 재킷을 입은 작달막한 남자였다. 웃음기를 머금은 그의 눈은 헤르만을 알아보고 신기하게 여기는 듯했다. 남자가 이디시어로 말했다. 「이게 누구신가? 흔히 하는 말처럼 세상 정말 좁군요.」

헤르만이 엉거주춤 일어서자 남자가 물었다.

「저를 모르시겠습니까?」

「지금 제가 좀 얼떨떨한 상태라서…….」

「페셸레스예요! 네이션 페셸레스! 몇 주 전에 선생 댁에 갔었는데…….」

「아, 그렇군요.」

「왜 여기 혼자 계시죠? 책이나 읽으려고 오신 겁니까? 선생이 랍비 램퍼트를 아시는 줄은 몰랐네요. 하긴, 그분을 모르는 사람도 있나요? 뭐라도 좀 드시지 그러세요? 저쪽 방에 카페테리아식으로 음식을 차려 놨던데요. 테이블에서 직접 갖다 드시면 됩니다. 부인은 어디 계시죠?」

「여기 어딘가에 있을 거예요. 어쩌다가 헤어져 버렸네요.」

그 말을 내뱉자마자 헤르만은 페셸레스가 말한 부인은 마샤가 아니라 야드비가라는 사실을 깨달았다. 헤르만이 두려워했던 파멸의 순간이 드디어 닥쳐오고 만 것이다. 페셸레스가 그의 팔을 붙잡았다.

「자, 같이 가서 찾아봅시다. 우리 마누라는 오늘 밤엔 못

왔어요. 독감에 걸렸거든요. 어디 가야 할 일만 생기면 꼭 그렇게 앓아눕는 여자들이 있죠.」

페셀레스는 헤르만을 거실로 데려갔다. 저마다 접시를 든 사람들이 선 채로 음식을 먹으면서 이야기를 나누고 있었다. 더러는 창턱이든 라디에이터든 가리지 않고 빈자리만 있으면 아무 데나 걸터앉았다. 페셀레스가 헤르만을 끌고 식당으로 향했다. 음식이 차려진 긴 테이블 주위에 많은 사람이 모여 있었다. 헤르만은 그곳에서 마샤를 발견했다. 그녀는 키 작은 남자와 함께였는데, 남자가 그녀의 팔을 붙잡고 있었다. 그가 아주 재미있는 말을 했는지 마샤가 폭소를 터뜨리며 손뼉을 쳤다. 그러다가 헤르만을 보더니 남자의 손에서 빠져나와 헤르만 곁으로 다가왔다. 함께 있던 남자도 따라왔다. 마샤는 얼굴이 발그레하게 상기되었고 기분이 좋아서 눈이 반짝반짝 빛나고 있었다.

그녀가 크게 외쳤다. 「오랫동안 안 보이던 우리 낭군님이 드디어 나타나셨네!」 그러더니 마치 긴 여행에서 막 돌아온 남편을 맞이하듯 헤르만의 목을 두 팔로 끌어안고 입맞춤을 했다. 그녀의 숨결에서 술 냄새가 확 풍겼다.

이윽고 마샤가 지금까지 대화를 나누던 남자를 가리키면서 말했다. 「이쪽은 내 남편, 이쪽은 야샤 코틱이라고 해요.」 남자는 옷깃이 좀 낡은 유럽식 턱시도를 입고 있었다. 바지는 양쪽 옆에 공단으로 만든 굵은 줄무늬가 들어간 것이었다. 검은 머리는 가르마를 탔고 포마드를 발라 반들반들했다. 코는 매부리코였고 턱은 가운데가 오목하게 패어 있었다. 이목구비는 젊어 보였지만 이마와 입가에 주름살이 많아서 기묘한 대조를 이루고 있었으며 웃을 때마다 틀니가 드러나곤 했다. 그의 시선과 미소와 태도는 어쩐지 약삭빠르고 사람을 비웃는 듯한 인상을 주었다. 그는 금방이라도 마샤를 도로 데려갈 것처럼 여전히 팔을 구부리고 있었다. 그가 입술을 오므리는 순간 얼굴에 더 많은 주름살이 나타났다.

야샤 코틱이 익살스럽게 한쪽 눈썹을 추켜올리며 입을 열었다. 「그래, 이분이 남편이란 말이지?」

「헤르만, 야샤 코틱은 내가 얘기하던 그 배우예요. 우린 수용소에서 같이 있었죠. 이분도 뉴욕에 온 줄은 몰랐어요.」

그러자 야샤 코틱이 헤르만에게 말했다. 「누군가 마샤가 팔레스타인으로 갔다고 하더군요. 그래서 지금쯤 통곡의 벽[135]이나 라헬의 무덤[136] 근처에 있을 거라고 생각했죠. 그런데 주위를 둘러보니 이렇게 랍비 램퍼트의 거실에서 위스키를 마시고 있지 뭡니까. 미국이라는 데가 이런 곳이다, 미치광이 콜럼버스야. 하!」

그는 엄지와 검지로 총 모양을 만들어 탕 쏘는 시늉을 했다. 그의 몸 전체가 곡예사처럼 민첩하게 움직였다. 특히 그의 얼굴은 찡그리는 동시에 흉내를 내면서 끊임없이 변화했다. 한쪽 눈은 놀랐다는 듯 치켜뜨고 다른 눈은 울고 있는 듯 내리깔기도 했다. 그리고 콧구멍도 벌름거렸다.

헤르만은 마샤로부터 야샤 코틱에 대하여 많은 이야기를 들었다. 그는 자신의 무덤을 파는 동안에도 농담을 늘어놓았고, 그래서 나치들이 신나게 웃다가 결국 그를 살려 주었다고 했다. 볼셰비키 치하에서도 그런 익살 가득한 재간으로 톡톡히 덕을 보았다. 그는 죽음 앞에서도 그렇게 농담을 하고 우스꽝스러운 짓을 하면서 무수한 위기를 넘길 수 있었

---

[135] 기원후 70년 로마군이 파괴한 예루살렘 제2성전의 서쪽 벽. 유대인들의 성지.

[136] 야곱의 아내 라헬의 무덤. 베들레헴에 있으며 역시 유대인들의 성지.

다. 마샤는 야샤도 자기를 사랑했지만 결국 단념하게 만들었다고 헤르만에게 자랑하기도 했다.

야샤 코틱이 헤르만에게 말했다. 「그러니까 선생은 남편이고 마샤는 여편네다 이거죠? 도대체 마샤를 어떻게 붙잡은 겁니까? 난 마샤를 찾겠다고 세상의 절반을 뒤지고 다녔는데 선생은 그렇게 쉽게 결혼해 버렸다니 말입니다. 도대체 무슨 권리로 그러신 거죠? 죄송한 말씀이지만 이거야말로 썩어 빠진 제국주의적 만행이며……」

그때 마샤가 말했다. 「익살은 여전하네요. 당신이 아르헨티나에 있다는 말을 들은 것 같은데요.」

「아르헨티나에도 갔었지. 내가 안 가본 데가 있는 줄 알아? 그게 다 비행기 덕분이지. 편안히 앉아서 술이나 한잔 마시다 보면 미처 코를 골거나 클레오파트라 꿈을 꾸기도 전에 남미 대륙에 도착해 버리거든. 여기서는 오순절(五旬節)[137]에 사람들이 코니아일랜드에서 수영을 하지만 거기서는 난방도 안 되는 아파트에서 덜덜 떨지. 바깥이 꽁꽁 얼어붙었는데 오순절에 먹는 유제품이 맛있을 것 같아? 수전절엔 무더위로 녹아내릴 지경이니 다들 마르델플라타[138]로 피서를 떠나지. 그래 봤자 카지노에서 몇 페소쯤 잃고 나면 다시 후끈 달아오르지만. 그건 그렇고, 넌 도대체 뭘 보고 이 양반과 결혼한 거야?」 야샤 코틱은 그 질문을 강조하려고 양쪽 어깨를 잔뜩 추켜올리더니 다시 이렇게 말을 이었다. 「예를 들자면 말이지, 도대체 나보다 나은 점이 뭐냐고. 꼭 알고 싶어.」

137 *Shavuot*. 〈샤부오트.〉 태양력으로는 5, 6월에 해당하는데, 유월절에 추수한 곡물을 바친 뒤 7주 또는 50일째 되는 날이므로 〈오순절〉이라고 부른다. 보리 수확기의 명절이라는 뜻에서 〈맥추절(麥秋節)〉이라고도 한다.

138 Mar-del-Plata. 아르헨티나 동해안의 해변 도시.

그러자 마샤가 대답했다.「그야 이 사람은 진지한 사람이고 당신은 골칫거리니까요.」

그 말을 듣고 야샤 코틱이 마샤를 가리키며 헤르만에게 말했다.「이 여자가 어떤 여자인지 아세요? 절대로 평범한 여자가 아니에요. 대단한 선동가라고요. 천국에서 왔는지 지옥에서 왔는지는 나도 아직 모르겠지만 말입니다. 우리가 끝까지 살아남은 것도 다 마샤의 기지(機智) 덕분이었죠. 만약 스탈린이 수용소를 찾아왔다면 아마 그 인간도 마샤한테 설득당했을 겁니다.」그러더니 마샤를 돌아보며 이렇게 물었다.「그런데 모셰 페이페르는 어떻게 됐어? 네가 그 친구랑 같이 간 줄 알았는데······.」

「그 사람이랑? 도대체 무슨 헛소리죠? 취한 거예요, 아니면 남편과 나 사이에 문제를 일으키려고 일부러 그러는 거예요? 모셰 페이페르에 대해서라면 아는 것도 없고 알고 싶지도 않아요. 누가 들으면 그 사람과 내가 애인 사이였다고 오해하겠어요. 그 사람은 아내가 있었고 다들 그 사실을 알고 있었잖아요. 둘 다 살아 있다면 아마 지금도 같이 있겠죠.」

「글쎄, 난 아무 말도 안 했어. 질투하실 필요는 없어요. 저기, 성함이 뭐였죠? 브로데르? 그냥 브로데르라고 해두죠. 전쟁 때는 우리 모두 인간이 아니었어요. 나치 놈들은 우리를 가지고 비누를 만들었죠. 유대인 비누. 그리고 볼셰비키 놈들한테는 우리가 혁명을 위한 똥거름에 불과했어요. 똥거름한테 뭘 기대하겠어요? 나 같으면 차라리 그 시절을 역사에서 지워 버리고 싶어요.」

그러자 마샤가 중얼거렸다.「이 사람 너무 취했네요.」

3

그런 대화가 오가는 동안 페셸레스는 줄곧 한 걸음 뒤쪽에 있었는데, 놀랍다는 듯이 눈썹을 추켜올린 채 마치 으뜸패를 쥐고 있는 도박꾼처럼 참을성 있게 기다리고 있었다. 입술도 보이지 않는 그의 입이 미소를 머금은 채 그대로 굳어 있었다. 헤르만은 너무 당황해서 페셸레스를 까맣게 잊고 있다가 이제야 비로소 그를 돌아보았다. 「마샤, 이분은 페셸레스 씨라고 해.」

그러자 마샤가 말했다. 「페셸레스? 언젠가 페셸레스라는 성을 가진 사람을 만났던 것 같은데요. 러시아에서였나, 폴란드에서였나……. 이젠 어디였는지도 생각이 안 나네요.」

「저희 집안은 친척들이 많지 않습니다. 아마 페셰나 페셸레라는 성을 가진 할머니가 계셨을 거예요. 제가 브로데르 씨를 만난 건 브루클린의 코니아일랜드에서였는데…… 그때는 몰랐지만…….」

페셸레스는 마지막 말을 내뱉다가 〈큭〉 하고 웃음을 터뜨렸다. 마샤가 영문을 모르겠다는 듯이 헤르만을 쳐다보았다. 그러자 야샤 코틱이 새끼손가락의 손톱으로 장난스럽게 머리를 긁적거리며 말했다.

「코니아일랜드? 나도 거기서 공연한 적이 있었는데, 아니, 공연하려고 노력했다고 해야 하나? 아무튼 거기가 어디였더라? 아, 그렇지, 브라이튼. 그 극장엔 늙은 여자들만 잔뜩 모였더군요. 미국엔 왜 그렇게 늙은 여자들이 많은 겁니까? 다들 귀머거리인 데다 이디시어도 다 잊어버렸더라고요. 내 말을 듣지도 못하고 혹시 듣더라도 무슨 소린지 전혀 모르는 관객들 앞에서 어떻게 희극 공연을 하겠습니까? 자칭 매니저라는 놈은 꼭 성공을 거둬야 한다고 귀에 못이 박이도록 떠들어 댔죠. 양로원에 가서 성공을 거두라니! 보시다시피 난 40년 동안이나 이디시어로 연예계 활동을 했습니다. 열한 살 때 시작했죠. 바르샤바에서 공연하지 못하게 된 다음엔 우치,[139] 빌나,[140] 이시쇼크 등지를 전전했어요. 게토에서도 공연했죠. 귀머거리 관객보다는 차라리 굶주린 관객이 나으니까요. 그러다가 뉴욕으로 건너왔더니 배우 협회에서 오디션을 받으러 오라고 했어요. 협회 측 전문가들이 나한테 쿠니 레믈[141] 역을 연기해 보라고 해놓고 자기들끼리 카드놀이를 하면서 구경하더군요. 난 합격하지 못했어요. 발음이 문제였죠. 간단히 얘기하자면 어느 지하실에 루마니아 식당을 차린 사람을 만나게 됐습니다. 식당 이름은 〈나이트스포트 카바레〉예요. 유대인 트럭 운전사 출신들이 식세들을 데려오는 곳이죠. 그 사람들은 모두 일흔 살 이상입니다. 다들 마누라도 있고 벌써 교수가 된 손자까지 있는 사람들이에요. 여자들은 값비싼 밍크코트를 입고 다니고요. 야샤 코틱은 그런 사람들을 즐겁게 해줘야 하는 겁니다. 내 특기는 엉터리 영어에 이디시어를 몇 마디씩 끼워 넣는 거예요. 가스실을 탈출했던 내가, 그리고 카자흐스탄에서 스탈린 동무를 위해 얌전히 죽어 주기를 거부했던 내가 그 대가로 얻은 게 바로 그겁니다. 다 팔자소관이죠. 미국에 있는 동안 관절염이 생기더니 이젠 심장도 말썽을 부리기 시작했어요. 그런데 페셸레스 씨는 어떤 일을 하십니까? 사업가이신가요?」

139 Łudź. 폴란드 중부에 있는 우치 주의 주도이며 폴란드 제2의 대도시.
140 Vilna. 리투아니아의 수도 빌뉴스Vil'nyus의 옛 이름.
141 Cuny Leml. 이스라엘 뮤지컬 「슈네이 쿠니 레믈Shnei Cuny Leml」의 남자 주인공.

「어떤 일이든 무슨 상관이 있겠습니까? 선생한테서는 아무것도 빼앗지 않을 텐데요.」

「빼앗아 주세요!」

그때 헤르만이 말했다.「페셸레스 씨는 부동산 거래를 하십니다.」

그러자 야샤 코틱이 말했다.「혹시 나한테 셋집 하나 빌려주실 수 없나요? 벽돌을 뜯어 먹진 않겠다고 보증서를 써드리죠.」

그때 마샤가 끼어들었다.「왜들 이렇게 서 있는 거죠? 우리도 뭐 좀 먹자고요. 솔직히 말하자면요, 야샤, 당신은 하나도 안 변했어요. 여전히 어딜 가도 적응을 못 하고 덜거덕거리는군요.」

「그리고 넌 정말 예뻐졌어.」

그때 페셸레스가 마샤에게 물었다.「두 분은 언제 결혼하셨나요?」

그러자 마샤가 얼굴을 찡그렸다.「이혼을 생각할 만큼 오래됐죠.」

「어디 사십니까? 역시 코니아일랜드인가요?」

그러자 마샤가 수상하다는 듯이 말했다.「왜 자꾸 코니아일랜드 얘기를 하시는 거죠? 코니아일랜드에서 무슨 일이 있었나요?」

헤르만은 마음속으로 이런 생각을 했다. 〈그래, 드디어 올 것이 왔구나!〉 그는 자기가 상상했던 파멸의 순간이 현실보다 훨씬 더 지독했다는 것을 깨닫고 놀라워했다. 그는 아직도 멀쩡하게 두 발로 서 있었다. 기절하지도 않았다. 야샤 코틱이 한쪽 눈을 감고 코를 씰룩거렸다. 페셸레스가 한 걸음 다가섰다.

「이건 제가 지어낸 얘기가 아닙니다, 부인······. 뭐라고 불러 드리면 좋을까요? 저는 코니아일랜드에 있는 브로데르 씨 댁에 가봤어요. 그게 어디쯤이었더라? 머메이드 애비뉴와 넵튠 애비뉴 사이였나? 저는 유대교로 개종했다는 그 여자 분이 브로데르 씨의 부인인 줄 알았어요. 그런데 알고 보니 이렇게 예쁜 부인이 따로 계셨군요. 역시 새로 이민 오신 분들은 인생을 멋지게 사는 방법을 아신다니까요. 우리 같은 미국인들은 한번 결혼하면 좋든 싫든 그대로 사는 거죠. 그게 아니면 이혼해서 꼬박꼬박 이혼 수당을 지불하고, 그 돈을 못 주면 교도소에 가는 겁니다. 그런데 또 다른 미녀분은 어떻게 된 거죠? 타마라? 타마라 브로데르? 그 이름을 수첩에 적어 놓기까지 했는데요.」

그러자 마샤가 물었다. 「타마라가 누구죠? 죽었다는 당신 부인도 타마라 아니었어요?」

헤르만은 이렇게 대답했다. 「죽은 내 아내가 미국에 있어.」 그 말을 하는 순간 무릎이 후들거리면서 속이 메슥거렸다. 이러다가 결국 기절해 버리는 게 아닐까?

마샤의 얼굴에 노기가 어렸다. 「당신 부인이 죽었다가 부활했다는 거예요?」

「그런 모양이야.」

「당신이 그 여자 외삼촌 댁에 간 것도 바로 그 여자를 만나러 간 거였어요?」

「그래.」

「그 여자는 늙고 못생겼다고 했잖아요.」

그러자 야샤 코틱이 웃으면서 말했다. 「마누라한테는 모든 남자가 그렇게 둘러대는 거라고.」 그러더니 혀끝을 쏙 내밀고는 한쪽 눈알을 빙그르르 굴렸다. 페셸레스가 턱을 쓰다듬으며 말했다.

「이거 지금 누가 오해하는 건지 모르겠군요. 내 쪽인지, 아니면 나만 빼고 다들 정신이 헷갈리는 건지 말입니다.」 그는 헤르만을 돌아보며 이렇게 말을 이었다. 「코니아일랜드에 갔을 때 슈레이어 부인을 만났더니 위층에 유대교로 개종한 여자분이 산다면서 선생이 그 남편이라고 하더군요. 슈레이어 부인은 선생이 무슨 작가인지 랍비인지 아무튼 그런 사람인데 책을 팔러 다닌다고 했어요. 그런데 저는 워낙 문학을 좋아해서 이디시어든 히브리어든 터키어든 가리지 않거든요. 부인은 이런저런 얘기를 하면서 선생을 극찬했어요. 그리고 저는 서재를 꾸며 놓고 이것저것 주워 모으는 중이라 선생한테서 책을 좀 살 수 있을까 생각한 거죠. 자, 타마라가 누굽니까?」

「페셸레스 씨, 저로서는 당신이 원하는 게 뭔지, 왜 이렇게 남의 일에 끼어드는지 모르겠군요. 뭔가 잘못됐다고 생각하시면 차라리 경찰을 부르지 그러세요.」

그 말을 하고 있을 때 헤르만의 눈앞에 불타는 고리들이 나타났다. 그 고리들은 그의 시야 안에서 천천히 너울거리고 있었다. 이것은 그가 어릴 때부터 줄곧 경험해 온 현상이었다. 그 작은 고리들은 그의 눈알 뒤쪽에 숨어 있다가 그가 스트레스를 받을 때마다 다시 나타나는 것 같았다. 고리 하나가 한쪽 옆으로 물러났다가 둥실둥실 되돌아왔다. 헤르만은 이런 생각을 했다. 〈사람이 기절한 뒤에도 그대로 서 있는 것이 가능할까?〉

「경찰이라뇨? 무슨 말씀을 하시는 겁니까? 저는 흔히 말하는 하느님의 투사가 아니라고요. 선생이 부인을 열몇 명쯤 거느린들 내가 알 바 아니죠. 선생이 살고 있는 세계는 내가 사는 세계와 다르니까요. 저는 선생을 도와 드릴 수 있을 거라고 생각했을 뿐입니다. 어쨌든 선생은 난민이고, 게다가 이교도 여자가 유대교로 개종하는 것도 흔한 일은 아니니까요. 듣자 하니 선생은 방방곡곡을 돌아다니며 백과사전을 판다고 하더군요. 선생을 만나고 나서 며칠 뒤에 저는 여자들만의 문제로 수술을 받은 어떤 여자를 문병하러 병원에 가게 됐죠. 그 여자는 옛 친구의 딸이었어요. 그런데 병실에 들어가 보니 그 타마라가 거기 있지 뭡니까. 두 사람이 같은 병실에 입원했던 겁니다. 부인은 골반에 박힌 총알을 제거했다고 하더군요. 뉴욕은 엄청난 대도시지만, 그야말로 하나의 세계라고 해도 되겠지만, 한편으로는 작은 마을이기도 하죠. 부인은 자기가 선생의 아내라고 했어요. 어쩌면 정신이 몽롱한 상태에서 헛소리를 한 건지도 모르지만 말입니다.」

헤르만은 대답을 하려고 입을 열었다. 그런데 바로 그 순간 랍비가 나타났다. 술에 취해 얼굴이 불그스름했다. 랍비가 소리쳤다.

「여태 사방으로 찾아다녔는데 여기들 모여 있었군! 다들 서로 아는 사이요? 내 친구 네이선 페셸레스는 도무지 모르는 사람이 없고, 이 친구를 모르는 사람도 찾아보기 힘들지. 마샤, 오늘 파티에 참석한 여자들 중에서 당신이 제일 예뻐! 유럽에 아직도 이렇게 사랑스러운 여자들이 남아 있는 줄은 몰랐는데 말이야. 야샤 코틱도 여기 있었네!」

그러자 야샤 코틱이 말했다. 「마샤는 랍비 님보다 제가 먼저 알았는걸요.」

「그야 내 친구 헤르만이 마샤를 감춰 놓고 나한테만 보여 주지 않았으니까.」

그때 페셸레스가 넌지시 덧붙였다. 「이분이 감춰 둔 여자가 한 명이 아닌 것 같은데요.」

「그렇게 생각하시오? 헤르만을 잘 아시는 모양이군. 이 친구는 나한테 어린 양처럼 순진한 척했지. 그래서 혹시 고자가 아닐까 생각했는데…….」

그러자 페셀레스가 랍비의 말을 가로막았다. 「저도 그런 고자가 되어 봤으면 좋겠네요.」

랍비는 웃음을 터뜨렸다. 「페셀레스 씨한테는 아무것도 감출 수가 없지. 사방에 첩자들을 두고 있거든. 도대체 알고 있는 게 뭐요? 나도 좀 가르쳐 주시오.」

「저는 남의 비밀을 폭로하지 않는데요.」

「이리 와서 식사나 합시다. 거실로 들어오시오. 다른 사람들처럼 우리도 줄을 서야지.」

그때 헤르만이 불쑥 이렇게 말했다. 「죄송합니다, 랍비 님. 금방 돌아오겠습니다.」

「어딜 가려고?」

「금방 돌아올게요.」

헤르만이 재빨리 자리를 뜨자 마샤가 부리나케 따라왔다. 그들은 사람들 사이를 비집고 지나가야 했다.

「금방 돌아올 테니까 따라오지 마.」

「페셀레스라는 사람은 누구죠? 타마라는 또 누구예요?」 마샤가 헤르만의 옷소매를 붙잡았다.

「제발 부탁인데 이것 좀 놔!」

「솔직하게 대답해 봐요!」

「토할 것 같단 말이야!」

그는 마샤를 뿌리치고서 화장실을 찾으러 달려갔다. 그러다가 사람들과 부딪쳤고 그들도 그를 밀어 버렸다. 헤르만이 한 여자의 발가락을 밟는 바람에 여자가 버럭 고함을 질렸다. 복도로 나가 보니 자욱한 연기 속에 수많은 문들이 보였다. 머리가 빙빙 돌기 시작했다. 바닥이 발밑에서 나룻배처럼 기우뚱거렸다. 그때 문 하나가 열리더니 누군가 화장실에서 걸어 나왔다. 헤르만은 허둥지둥 뛰어들다가 때마침 그곳을 빠져나오던 다른 남자와 뒤엉켰고 남자가 그에게 호통을 쳤다.

헤르만은 변기 앞에 도착하기가 무섭게 토하기 시작했다. 귓속에서 윙윙거리는 소리가 들리고 관자놀이에서 맥박이 쿵쿵거렸다. 위장은 발작하듯 신물을 게워 냈고, 쓴맛과 함께 그동안 잊고 있던 지독한 악취가 진동했다. 뱃속이 완전히 비어 버렸다고 생각하여 휴지로 입을 닦기 시작하면 곧바로 다시 발작이 일어나곤 했다. 그는 허리를 점점 더 깊이 꺾으면서 신음 소리를 내고 구역질을 했다. 마지막으로 한 번 더 토하고 몸을 일으키자 완전히 녹초가 된 기분이었다. 누군가 문을 탕탕 두드리며 억지로 밀고 들어오려 했다. 타일 바닥도 토사물로 엉망이 되었고 벽도 더러워졌으니 우선 그것부터 닦아 내야 했다. 그는 거울에 비친 창백한 얼굴을 바라보았다. 수건걸이에 걸려 있던 작은 수건으로 재킷의 옷깃을 문질러 닦았다. 냄새를 빼기 위해 창문을 열려고 했지만 창문을 들어 올릴 힘도 없었다. 마지막으로 한 번 더 힘을 주는 순간 겨우 창문이 열렸다. 창틀에는 얼어붙은 눈과 고드름이 주렁주렁 달려 있었다. 헤르만은 숨을 깊이 들이마셨고 맑은 공기가 기운을 북돋워 주었다. 다시 문을 두드리는 소리와 함께 문손잡이가 덜거덕거렸다. 헤르만이 문을 열자 마샤가 서 있었다.

「아예 문을 부숴 버릴 작정이야?」
「의사를 부를까요?」

「의사는 필요 없어. 우린 여기서 나가야 돼.」

「온몸이 엉망이네요.」

마샤는 핸드백에서 손수건을 꺼냈다. 그리고 헤르만의 몸을 닦아 주면서 이렇게 물었다. 「도대체 마누라가 몇 명이에요? 세 명?」

「열 명.」

「당신이 나한테 창피를 준 것처럼 하느님이 당신에게도 창피를 주셨으면 좋겠어요.」

「난 집으로 갈래.」

「마음대로 해요. 하지만 나 말고 그 촌년한테나 가버려요. 우리 사이는 다 끝났어요.」

「끝났다면 끝난 거겠지.」

마샤는 거실로 돌아갔고 헤르만은 외투와 모자와 고무 덧신을 찾아 나섰다. 그러나 어디로 가서 찾아야 할지 짐작할 길이 없었다. 그것들을 받아 갔던 랍비 부인은 어디론가 사라져 버렸고 하녀도 눈에 띄지 않았다. 그는 현관홀에 모인 사람들 속에서 이리저리 돌아다녔다. 그러다가 한 남자에게 외투를 보관하는 곳이 어디냐고 물어봤지만 그 사람도 모른다는 듯이 어깨만 으쓱거렸다. 헤르만은 서재로 가서 안락의자에 털썩 주저앉았다. 작은 탁자 위에 누군가 먹다 남긴 위스키 반 잔과 샌드위치 한 조각이 놓여 있었다. 헤르만은 그 빵과 냄새가 강한 치즈와 위스키를 모두 먹어 치웠다. 방 안이 회전목마처럼 빙글빙글 돌았다. 눈앞에서 수많은 점과 선들이 춤을 추었고 손끝으로 눈꺼풀을 꾹 누르고 있을 때처럼 현란한 색상들이 나타났다. 모든 사물이 가물가물 흔들리며 형태를 바꾸는 것처럼 보였다. 사람들이 문간에서 고개를 들이밀기도 했지만 헤르만은 그들을 제대로 볼 수 없었다. 그들의 얼굴도 희미하게 이리저리 떠다닐 뿐이었다. 누군가 말을 걸어왔지만 헤르만의 귓속에는 물이 가득 담겨 있는 것 같았다. 그는 폭풍이 몰아치는 바다에서 속절없이 흔들리고 있었다. 이런 혼돈 속에도 그나마 질서가 남아 있다니 얼마나 신기한 일인가. 그가 보고 있는 형상들은 비록 일그러지긴 했지만 모두 기하학적 도형이었다. 색상들은 빠르게 변화하고 있었다. 이윽고 마샤가 들어왔을 때 헤르만은 그녀를 알아볼 수 있었다. 그녀는 술잔을 들고 다가와 이렇게 말했다.「아직도 여기 있었어요?」

그녀의 목소리가 멀리서 들려오는 듯했다. 그는 자신의 청각에 일어난 변화에 놀랐고 또한 자기 자신에 대한 무관심에 놀랐다. 마샤가 의자를 끌어다 놓고 헤르만과 무릎이 맞닿을 만큼 가까이 다가앉았다.

「타마라가 누구죠?」
「내 아내가 살아 있다니까. 지금 미국에 있다고.」
「우리 사이는 이미 끝났지만 그래도 마지막으로 이번만은 나한테 솔직하게 말해 줘야 한다고 생각하는데요.」
「사실대로 말한 거야.」
「그럼 페셀레스는 누구죠?」
「나도 몰라.」
「랍비 램퍼트가 나한테 일자리를 주겠다고 했어요. 어느 요양원의 관리자 자리예요. 급료는 주급 75달러를 주겠대요.」
「당신 어머님은 어쩌려고?」
「거기 가면 엄마가 계실 곳도 있어요.」

헤르만은 마샤의 말이 무엇을 의미하는지 모두 이해했지만 이젠 아무래도 상관없다고 생각했다. 그는 마치 하시디즘에서 무아(無我)의 경지를 가리키는〈사지분리(四肢分離)〉현

상을 직접 경험하고 있는 듯했다. 그는 이렇게 생각했다. 〈언제나 이런 식이라면 얼마나 좋을까!〉

마샤가 잠시 기다렸다가 말했다. 「당신은 바로 이런 일이 벌어지길 바랐던 거예요. 이건 당신이 의도한 결과라고요. 난 이제 노인이나 환자들 속에 들어박혀 나오지 않을 거예요. 유대인 여자들이 들어갈 수 있는 수녀원은 없으니까 거길 수녀원으로 삼는 거죠. 엄마가 돌아가실 때까지 말이에요. 그다음엔 이 코미디 같은 인생을 깨끗이 끝내 버리겠어요. 뭐 좀 갖다 줘요? 당신이 사기꾼으로 태어난 건 당신 잘못이 아니에요.」

마샤가 방을 나갔다. 헤르만은 의자 등받이에 머리를 기댔다. 지금 그가 바라는 게 있다면 그저 어딘가에 편안히 드러눕는 것뿐이었다. 그는 말소리, 웃음소리, 발소리, 그리고 접시와 유리잔들이 달그락거리는 소리를 듣고 있었다. 이윽고 흐리멍덩하던 머리가 차츰 맑아지면서 빙글빙글 돌아가던 방이 비로소 멈춰 섰다. 의자도 제자리에 멀쩡히 놓여 있었다. 정신도 정상으로 돌아왔다. 이제 남은 증상이라고는 힘 빠진 무릎과 입안의 씁쓸한 뒷맛이 전부였다. 심지어 약간의 시장기까지 느껴졌다.

헤르만은 페셀레스와 야샤 코틱을 떠올렸다. 오늘의 시련을 이겨 내고 살아남는다고 하더라도 랍비 램퍼트가 다시는 그에게 일을 맡기지 않을 것이 분명했다. 이번 소동은 인생만사를 멋대로 주무르는 신이 계획적으로 꾸민 일이었다. 랍비는 분명히 마샤와 헤르만을 떼어 놓으려 하는 것이었다. 그게 아니라면 그가 그런 일을 배우지도 못했고 경험도 없는 여자에게 주급 75달러나 주겠다고 할 리가 없지 않은가. 게다가 마샤의 어머니를 돌봐 주려면 최소한 주당 75달러의 돈이 더 들어갈 텐데, 랍비가 그렇게 손해 보는 짓을 할 리가 없었다.

헤르만은 문득 모셰 페이페르에 대하여 야샤 코틱이 했던 말들을 떠올렸다. 이번 파티는 헤르만이 지금까지 마샤에 대하여 품고 있던 몇몇 환상들을 완전히 깨뜨리고 말았다. 그는 오랫동안 기다렸지만 마샤는 다시 나타나지 않았다. 그는 이런 공상을 해보았다. 〈누가 알아? 마샤가 경찰에 신고하러 갔는지도 모를 일이지.〉 그리고 곧 경찰이 들이닥쳐 자신을 체포하고 엘리스 섬[142]으로 이송했다가 결국 폴란드로 추방하는 과정을 상상해 보았다.

어느새 페셀레스가 바로 앞에 서 있었다. 페셀레스는 고개를 갸우뚱하고 헤르만을 바라보며 조롱하듯이 말했다. 「아, 여기 계셨구먼! 그분들이 찾고 있어요.」

「누가 말입니까?」

「랍비와 레베친 말입니다. 마샤는 참 예쁜 여자예요. 시원시원하고. 그런 여자들을 어디서 찾아내시는 겁니까? 이건 악의로 하는 말은 아닌데, 제가 보기에 선생은 아무래도 별 볼일 없는 분인 것 같아서 말입니다.」

헤르만은 대꾸하지 않았다.

「도대체 어떻게 하신 겁니까? 저도 그 비결을 알고 싶네요.」

「페셀레스 씨, 나 같은 놈을 부러워할 필요는 없어요.」

「없긴 왜 없어요? 브루클린에선 이교도 여자가 선생을 위해 개종까지 했어요. 지금 이곳엔 그림처럼 아리따운 미녀가 있고요. 그리고 타마라도 결코 평범한 여자가 아니죠. 선생을 해칠 뜻은 없었지만 제가 랍비 램퍼트한테 선생 때문에

---

142 Ellis Island. 뉴욕 항의 작은 섬. 옛 이민국이 있던 곳으로, 지금은 자유의 여신상 국립 기념지의 일부로 관광객들에게 개방되었다.

이교도 여자가 개종했다는 얘기를 했거든요. 그래서 지금 랍비는 완전히 어리둥절한 상태죠. 랍비가 선생한테 책 쓰는 일을 맡겼다고 하더군요. 그런데 야샤 코틱이라는 사람은 누굽니까? 제가 전혀 모르는 사람이더군요.」

「저도 잘 몰라요.」

「부인과는 아주 절친한 사이인 것 같던데요. 이거 정말 정신 나간 세상 아닙니까? 오래 살다 보면 별의별 일들을 다 보게 되죠. 그래도 미국 땅에선 좀 더 조심하시는 게 좋을 겁니다. 오랫동안 무사히 지냈는데 갑자기 난장판이 벌어지기도 하니까요. 언젠가 주지사나 상원 의원 같은 고위층과 주로 어울리던 사기꾼이 있었죠. 잘나가다가 누군가 소란을 피우기 시작하더니 지금은 교도소에서 푹 썩는 신세가 됐고, 머지않아 고향 이탈리아로 추방될 겁니다. 딱히 누구와 비교하려고 꺼낸 얘기는 아니지만 미국에서는 법이 곧 법이거든요. 제가 충고 한 말씀 드리자면, 적어도 부인들을 지금 상태로 그냥 놔두면 안 된다는 겁니다. 타마라는 크나큰 고난을 겪은 분입니다. 제가 중매라도 서볼까 했는데 이미 선생과 결혼한 몸이라고 하시더군요. 물론 이건 비밀이고 저도 남들한테 발설하진 않겠습니다.」

「저는 타마라가 살아 있는 것도 몰랐어요.」

「하지만 타마라는 유럽에 있을 때부터 〈연합〉이나 하이어스[143]에 연락해서 이곳 신문에 광고를 냈다고 하던데요. 선생은 그런 신문들을 안 보시는 모양이죠?」

「혹시 제 외투가 어디쯤 있는지 아십니까? 가려고 하는데

---

143 Hias. 유대 이민 지원 협회 Hebrew Immigrant Aid Society. 1880년대부터 유대인들의 이주 및 정착 과정을 지원하고 인권 보호 활동에 종사하는 단체.

외투를 찾을 수가 없어서요.」

「그래요? 여자들은 잘도 찾아내신 분이 그까짓 외투 하나를 못 찾는단 말입니까? 아마 선생은 누구 못지않은 명배우일 겁니다. 외투는 아무도 훔쳐 가지 않을 테니까 걱정 마세요. 외투나 목도리 같은 것들은 아마 침실에 있을 겁니다. 뉴욕엔 파티에 참석한 사람들의 외투를 모두 걸어 둘 만큼 벽장이 넓은 집이 별로 없거든요. 그런데 뭐가 그렇게 급하십니까? 설마 부인을 두고 혼자 가시는 건 아닐 텐데 말입니다. 듣자니 랍비가 방금 부인께 좋은 일자리를 제안했다던데요. 혹시 담배 피우십니까?」

「가끔은요.」

「자, 한 대 피우세요. 긴장이 풀릴 겁니다.」 페셀레스는 금제 담배 케이스와 역시 금으로 된 라이터를 꺼냈다. 담배는 미제보다 짤막하고 끝 부분에 금박을 입힌 수입품이었다. 페셀레스가 말을 이었다. 「사실 요즘 같은 세상에 미래를 걱정해 봤자 모슨 소용이 있습니까? 내일 당장 무슨 일이 벌어질지 누가 알아요? 오늘 자기가 가질 수 있는 것들을 포기하는 사람은 결국 아무것도 갖지 못하게 되죠. 유럽의 부귀영화가 지금 어떻게 됐습니까? 전부 잿더미가 돼버렸잖아요.」 페셀레스는 담배 연기를 빨아들였다가 동그란 고리 모양으로 뱉어 냈다. 문득 그의 얼굴이 우울해지면서 삽시간에 늙어 버린 것 같았다. 마치 영원히 위로받을 수 없는 깊은 슬픔을 떠올리고 있는 듯했다.

이윽고 페셀레스가 문 쪽을 가리키면서 말했다. 「난 이제 바깥에서 무슨 일이 벌어지는지 가봐야겠네요.」

4

 혼자 남은 헤르만은 고개를 푹 숙인 채 앉아 있었다. 그러다가 허리를 굽혀 아까 의자 근처의 책꽂이에서 보았던 성서를 집어 들었다. 그리고 책장을 뒤적거리다가 「시편」 부분을 찾았다. 〈여호와여, 내가 고통에 빠졌사오니 부디 긍휼히 여기소서. 내가 번민으로 인하여 눈과 혼과 몸이 쇠약해지니, 이는 내가 슬픔 속에 인생을 보내며 한숨 속에 세월을 보내는 까닭이라. 나의 죄악으로 말미암아 기력이 떨어지고 뼈마디가 날로 약해지나이다. 나의 적들로 인하여 내가 이웃에게조차 질책의 표적이 되었으며 나를 아는 이들에게 두려움의 대상이 되었나이다.〉
 헤르만은 그 말들을 읽어 보았다. 이 문장들이 온갖 상황과 시대와 풍조를 막론하고 언제 어디서나 시기적절하게 느껴지는 것은 도대체 무엇 때문일까? 세속적인 글들은 제아무리 잘 썼다 해도 세월이 흘러가면 타당성을 잃어버리기 마련이건만.
 그때 마샤가 비틀거리면서 들어왔다. 완전히 취해 버린 모양이었다. 그녀는 접시 하나와 위스키 잔을 들고 있었다. 얼굴은 창백했지만 눈에는 비웃음이 가득했다. 그녀는 위태위태한 동작으로 헤르만의 의자 팔걸이 위에 접시를 내려놓았다.
 「지금 뭐 하는 거예요? 성경을 읽어요? 이 비열한 위선자!」
 「마샤, 좀 앉아.」
 「내가 지금 앉고 싶어 하는지 당신이 어떻게 알아요? 내가 정말 원하는 건 빨리 드러눕는 거겠죠. 아니, 다시 생각해 보니 당신 무릎에 앉는 것도 좋겠네.」

「안 돼, 마샤. 여기선 곤란해.」

「곤란하긴 뭐가 곤란해? 그 사람이 랍비라는 건 알지만 그 사람 집은 성전이 아니라고요. 게다가 전쟁 때는 성전조차도 전혀 도움이 안 됐어요. 그놈들은 유대인 여자들을 성전에 몰아넣고……」

「그건 나치들이 한 짓이지.」

「나치들이 도대체 뭐였는데요? 역시 남자들이죠. 그놈들이 원하는 것도 똑같았어요. 당신, 야샤 코틱, 심지어 랍비까지 원하는 바로 그거 말이에요. 어쩌면 당신도 그놈들과 똑같은 짓을 했을지도 몰라요. 독일에 있을 때는 남자들이 나치 여자들과 동침하는 일도 많았어요. 미제 담배 한 갑이나 초콜릿 한 개로 여자를 샀죠. 소위 〈지배자 민족〉의 딸들이 게토 남자들과 몸을 섞으면서 부둥켜안고 입맞춤을 해대는 꼴을 당신도 봤어야 하는 건데. 어떤 년들은 유대인 남자와 결혼까지 하더라고요. 그런 판국에 나치라는 말이 그렇게 중요해요? 우린 모두 다 나치들이에요. 인류 전체가 나치라고요! 하지만 당신은 나치일 뿐만 아니라 자기 그림자도 무서워서 벌벌 떠는 겁쟁이죠.」

마샤는 억지로 웃으려 하다가 금방 다시 심각해졌다. 「술을 너무 많이 마셨어요. 위스키 한 병이 있기에 계속 따라 마셨죠. 자, 굶어 죽기 싫으면 어서 먹어요.」 마샤는 의자에 털썩 주저앉았다. 그리고 핸드백에서 담뱃갑을 꺼냈지만 성냥을 찾지 못했다. 「뭘 그렇게 빤히 쳐다봐요? 내가 랍비랑 자는 일은 없을 거예요.」

「당신하고 야샤 코틱은 어떤 사이였지?」

「내 이(蝨)들이 그 사람 이들과 동침하는 사이였죠. 타마라가 누구예요? 속 시원하게 말해 봐요.」

「몇 번이나 말했잖아. 내 아내가 살아 있었다고.」

「그게 사실이에요, 아니면 아직도 나를 속이려는 수작이에요?」

「사실이야.」

「총살당했다고 했잖아요.」

「살아 있어.」

「그럼 아이들도?」

「아니, 아이들은 아니야.」

「그랬군요. 그건 나 같은 여자도 감당할 수 없는 지옥이겠죠. 당신의 식세도 타마라에 대해 알고 있어요?」

「타마라가 우리 집에 찾아왔거든.」

「내가 보기엔 온 세상이 다 똑같아요. 미국으로 건너오기만 하면 그 더러운 구렁텅이를 벗어날 수 있을 거라고 믿었지만, 이제 보니 제일 깊은 구렁텅이에 빠져 버린 것 같네요. 당신을 만나는 건 이번이 마지막일 테니까 하는 얘긴데, 당신이야말로 내 평생 만나 본 사기꾼들 중에서 최악이었어요. 쥐새끼 같은 놈들이라면 질리도록 봤으니까 내 말을 믿어도 좋을 거예요. 그건 그렇고, 당신의 부활한 마누라는 어디 있는 거죠? 한번 만나 보고 싶네요. 최소한 얼굴이라도 보고 싶어요.」

「가구가 딸린 셋집에 살고 있어.」

「주소하고 전화번호 좀 가르쳐 줘요.」

「그건 왜? 알았어, 가르쳐 줄게. 그런데 지금은 주소록 수첩을 안 가져왔어.」

「내가 죽었다는 소식을 듣더라도 장례식장엔 오지 말아요.」

5

 이윽고 헤르만이 건물을 벗어나 바깥 날씨가 얼마나 무시무시하게 추운지 새삼 깨달았을 때 가슴속의 그 무엇이 웃기 시작했다. 그것은 철저한 절망에서 터져 나오는 웃음소리였다. 허드슨 강 쪽에서 불어오는 매서운 바람이 윙윙거리며 흐느꼈다. 불과 몇 초 만에 냉기가 뼛속 깊이 파고들었다. 새벽 1시였다. 도저히 코니아일랜드로 가는 기나긴 여정을 감당할 힘이 없었다. 그는 문에 바짝 붙은 채 움직일 엄두를 내지 못했다. 호텔에 묵을 돈이 있다면 오죽이나 좋을까. 그러나 호주머니에 들어 있는 돈은 3달러도 안 되는데, 혹시 바워리에 간다면 또 모를까, 3달러로는 어디서도 방을 구할 수 없다. 도로 들어가서 랍비에게 돈을 좀 빌려 볼까? 위층에 가면 차를 가져온 손님들이 있으니 틀림없이 마샤를 집까지 데려다줄 것이다. 「아니, 차라리 죽는 게 낫지!」 그는 그렇게 중얼거리고 브로드웨이 쪽으로 걷기 시작했다. 그곳은 바람이 덜 불었다. 추위도 그리 심하지 않았고 길거리도 웨스트 엔드 애비뉴보다 밝은 편이었다. 이제 눈은 그쳤지만 이따금씩 하늘이나 지붕에서 눈송이 하나가 흩날리며 떨어지곤 했다. 헤르만은 카페테리아를 발견했다. 황급히 길을 건너다가 하마터면 택시에 치일 뻔했다. 운전사가 고함을 질렀다. 헤르만은 고개를 가로저으며 미안하다는 뜻으로 손을 흔들었다.
 그는 추위 때문에 숨이 차고 몸이 뻣뻣해진 상태로 비틀거리며 카페테리아 안으로 들어갔다. 그곳은 밝고 따뜻했으며 벌써 아침 식사를 제공하고 있었다. 접시가 달그락거리는 소리가 들렸다. 사람들은 조간신문을 읽으면서 시럽을 바른 프렌치토스트, 크림을 넣은 오트밀, 우유를 부은 통밀 시리얼,

소시지를 곁들인 와플 따위를 먹고 있었다. 음식 냄새만 맡았는데도 머리가 어찔했다. 그는 벽 앞에 놓인 테이블을 발견하고 모자와 외투를 걸어 놓았다. 그러다가 전표를 받아 오지 않았다는 것을 깨닫고 다시 출납원에게 가서 상황을 설명했다.

출납원이 말했다. 「네, 손님이 들어오시는 걸 봤어요. 온몸이 꽁꽁 얼어 버린 것 같던데요.」

헤르만은 음식 카운터에서 오트밀과 계란과 롤빵과 커피를 주문했다. 음식 값은 모두 55센트였다. 쟁반을 테이블까지 가져가는 동안에도 다리가 후들거렸고 쟁반 무게를 감당하기가 버거웠다. 그러나 식사를 시작하자마자 체력이 되살아났다. 커피 향기는 황홀할 정도였다. 이제 그가 바라는 것은 오직 하나뿐이었는데, 그것은 이 카페테리아가 밤새도록 영업을 하는 것이었다.

푸에르토리코인 남자가 테이블로 다가와 그릇을 치우기 시작했다. 헤르만이 카페테리아가 언제 문을 닫느냐고 묻자 그가 대답했다. 「2시에 닫습니다.」

앞으로 한 시간도 못 되어 다시 저 눈 덮인 추위 속으로 쫓겨나야 하는 것이다. 빨리 뭔가 계획을 세우고 결정을 내려야 했다. 건너편에 전화 부스가 있었다. 어쩌면 타마라가 아직 깨어 있을지도 모른다. 이제 그를 미워하지 않는 사람은 타마라뿐이었다.

그는 전화 부스 안으로 들어가 동전을 넣고 타마라의 전화번호를 돌렸다. 어떤 여자가 전화를 받더니 타마라를 불러 주겠다고 했다. 채 1분이 지나기 전에 타마라의 목소리가 들려왔다.

「내가 잠을 깨운 건 아닌지 모르겠네. 나야, 헤르만.」

「그래, 헤르만.」
「자고 있었어?」
「아니, 신문 보는 중이었어.」
「타마라, 나 지금 브로드웨이에 있는 어떤 카페테리아에 들어왔어. 그런데 2시에 문을 닫는대. 갈 데도 없는데 말이야.」
타마라가 잠시 머뭇거렸다. 「당신 마누라들은 어쩌고?」
「둘 다 나하고 말도 안 하려고 하거든.」
「이 시간에 브로드웨이에서 뭐 하는 거야?」
「랍비 집에서 열린 파티에 다녀오는 길이야.」
「그랬구나. 그럼 우리 집으로 올래? 너무 추워서 나도 지금 스웨터 옷소매에 다리를 넣고 있어. 유리창이 모조리 깨져 버린 것처럼 집 안에까지 바람이 윙윙거리며 돌아다녀. 마누라들하고는 왜 싸운 거야? 다시 생각해 봤는데, 지금 당장 우리 집으로 오는 게 어떨까? 어차피 내일쯤 전화할 생각이었어. 당신한테 할 얘기가 있거든. 문제는 사람들이 바깥문을 잠가 버린다는 거야. 바깥에서 두 시간 동안 초인종을 눌러 대도 관리인은 그 문을 열어 주지 않는다고. 언제쯤 여기 도착할 것 같아? 내가 내려가서 직접 열어 줄게.」
「타마라, 당신을 이렇게 귀찮게 하다니 정말 면목이 없어. 그런데 딱히 잘 곳도 없고 호텔 숙박비도 없어서 말이야.」
「야드비가가 임신하더니 당신한테 시위를 하기 시작한 거야?」
「사방에서 충동질을 하거든. 당신을 원망하긴 싫지만, 어쩌자고 페셀레스한테 우리 얘기를 해버린 거야?」
그러자 타마라가 한숨을 푹 쉬었다. 「그 사람이 병원에 나타나서 온갖 질문을 끝도 없이 퍼붓더라고. 어떻게 거기까지 찾아왔는지 아직도 모르겠어. 내 침대 옆에 앉아서 무슨 형사처럼 꼬치꼬치 캐묻더라니까. 그리고 중매를 서주겠다는 말도 했어. 난 그때 수술 받은 직후였다고. 어떻게 그런 인간들이 다 있지?」

「상황이 아주 엉망진창이 돼버렸어. 이젠 모든 게 절망적이야. 난 그냥 코니아일랜드로 돌아가는 게 낫겠어.」

「이 시간에? 밤새도록 가야 할 거야. 안 돼, 헤르만, 우리 집으로 와. 난 잠을 못 자서 어차피 밤새도록 깨어 있을 테니까.」

타마라가 무슨 말을 더 하려고 했지만 교환원이 끼어들어 동전을 더 넣으라고 했다. 그러나 헤르만에게는 더 이상 동전이 없었다. 그는 타마라에게 최대한 빨리 가겠다고 말한 후 전화를 끊었다. 그리고 카페테리아를 나와 79번가의 지하철역으로 걸어갔다. 그의 앞에는 텅 빈 브로드웨이가 길게 뻗어 있었다. 밝게 빛나는 가로등들이 마치 요정들처럼 신비롭고 쓸쓸한 휴일 분위기를 자아냈다. 헤르만은 계단을 내려가 완행열차를 기다렸다. 승강장에 다른 사람이라고는 흑인 한 명이 전부였다. 그 남자는 이 추운 날씨에도 외투조차 걸치지 않고 있었다. 헤르만은 15분 동안이나 기다렸지만 열차도 들어오지 않았고 다른 승객도 나타나지 않았다. 불빛들만 눈부시게 빛날 뿐이었다. 천장의 쇠창살 사이로 밀가루처럼 곱디고운 눈송이들이 떨어져 내리기 시작했다.

이제 그는 타마라에게 연락한 것을 후회하고 있었다. 차라리 코니아일랜드로 가는 편이 더 현명했을 듯싶었다. 그랬다면 적어도 몇 시간 정도는 따뜻하게 잠을 잘 수 있었을 것이다. 물론 야드비가가 귀찮게 하지만 않는다면. 그리고 그는 문득 깨달았다. 타마라가 초인종 소리를 들으려면 다시 겉옷을 입고 미리 아래층으로 내려와 차디찬 현관 통로에서 기다려야 할 것이다.

선로가 진동하기 시작하더니 곧 열차가 굉음을 울리며 달려 들어왔다. 객차 안에는 남자들만 몇 명 앉아 있었다. 혼자 중얼거리며 오만상을 찌푸리는 주정뱅이, 선로 보수원들이 사용하는 신호봉 한 상자와 빗자루를 든 남자, 그리고 금속제 도시락 통과 목제 구두 골을 가지고 있는 노동자였다. 그들의 신발 주변에는 흙탕물이 질펀했다. 다들 추위에 시달려 코가 빨갛게 반들거렸고 손톱은 거칠고 지저분했다. 밤늦도록 일하는 사람들 특유의 불안한 분위기가 감돌았다. 헤르만은 열차의 벽과 전등과 차창과 광고판조차 추위와 소음과 눈부신 불빛 때문에 지쳐 버린 것 같다고 생각했다. 열차는 끊임없이 경적이나 요란한 경고 사이렌을 울려 대고 있었다. 마치 기관사가 열차를 통제하지 못하게 되었거나 빨간 신호등을 지나쳐 버린 후 뒤늦게 실수를 알아차린 것처럼 보일 정도였다. 이윽고 타임스 스퀘어에서 내린 헤르만은 그랜드 센트럴 역으로 가는 왕복선 열차를 타기 위해 한참 동안 걸어야 했다.

그는 18번가로 가는 완행열차가 도착할 때까지 다시 오랫동안 기다렸다. 열차를 기다리는 다른 승객들도 헤르만과 비슷한 상황인 듯했다. 가족과 헤어져 버린 사람들, 사회에 동화되지도 못하고, 그렇다고 쫓겨나지도 않은 채 이리저리 표류하는 떠돌이들. 그들의 얼굴은 패배감과 후회와 죄책감을 드러내고 있었다. 제대로 면도를 하고 말쑥하게 차려입은 사람은 한 명도 없었다. 헤르만은 그들을 유심히 관찰했지만 그들은 그를 무시했고 자기들끼리도 서로 못 본 체했다. 그는 18번가에서 내려 타마라의 집까지 한 블록을 걸어갔다. 사무실 건물들이 눈에 띄었지만 모두 불이 꺼졌고 사람은 아무도 없었다. 불과 몇 시간 전만 하더라도 수많은 사람들이 그곳에서 일하고 있었다는 사실이 믿기지 않을 정도였다. 지붕들 너머로 보이는 하늘은 별도 없이 어슴푸레하게 빛나고 있었다. 헤르만은 미끌미끌한 계단 몇 개를 올라가서 타마라가 사는 건물의 유리문 앞에 섰다. 그러자 알전구 한 개의 침침한 불빛 아래 우두커니 서 있는 타마라가 보였다. 그녀는 외투를 입고 그를 기다리고 있었는데, 외투 자락 밑으로 비어져 나온 잠옷 끄트머리가 눈에 띄었다. 불면증에 시달려 안색이 창백했고 머리도 헝클어진 상태였다. 그녀는 소리 없이 문을 열어 주었고, 두 사람은 주춤주춤 계단을 올라갔다. 엘리베이터 운행 시간이 아니었기 때문이다.

헤르만이 물었다. 「언제부터 기다린 거야?」

「그게 무슨 상관이야? 기다리는 데는 이골이 났어.」

이 여자가 그의 아내라니, 거의 25년 전에 어느 강연회에서 처음 만났던 그 타마라라니, 도저히 믿기지 않는 일이었다. 그날의 논제는 〈팔레스타인이 유대인 문제를 해결해 줄 수 있을 것인가?〉였다. 3층에 이르렀을 때 타마라가 걸음을 멈추고 말했다. 「아이고, 다리야!」

헤르만도 장딴지가 뻐근했다.

타마라가 호흡을 가다듬다가 이렇게 물었다. 「병원은 정했어?」

「야드비가 말이야? 이제 그 일은 완전히 동네 여자들 손으로 넘어가 버렸어.」

「그래도 당신 아이잖아.」

헤르만은 〈그래서 어쩌라고?〉 하고 되묻고 싶었지만 잠자코 있었다.

6

헤르만은 한 시간쯤 눈을 붙이고 깨어났다. 그는 옷도 벗지 않고 재킷과 바지와 양말과 셔츠를 다 입은 채로 침대에 누워 있었다. 타마라는 어느새 다시 두 발을 스웨터 옷소매 속에 집어넣고 있었다. 그리고 담요 위에는 자신의 허름한 모피 코트와 헤르만의 외투를 덮어 놓았다.

그녀가 말했다. 「고맙게도 내 고통의 시간은 아직 끝나지 않았어. 여전히 한창이지. 우리가 잠불에서 고생할 때도 지금과 비슷한 상황이었어. 당신은 못 믿겠지만, 헤르만, 난 이런 게 오히려 편하기도 해. 우리가 겪은 일들을 잊고 싶지 않거든. 방 안이 따뜻하면 유럽에 있는 유대인들을 배신한 기분이 든단 말이야. 우리 외삼촌은 유대인들이 영원히 시바의 율법을 지켜야 한다고 생각하셔. 온 민족이 낮은 걸상에 쭈그리고 앉아 〈욥기〉를 읽어야 한다는 거지.」

「믿음이 없는 사람은 죽은 이들을 위해 슬퍼할 수도 없어.」

「바로 그것도 슬퍼할 만한 이유잖아.」

「아까 통화할 때 나한테 연락할 생각이었다고 했지. 할 얘기가 뭐였어?」

타마라는 잠시 생각에 잠겼다. 「아, 어디서부터 말해야 좋을지 모르겠어. 헤르만, 난 당신처럼 끊임없이 거짓말을 하는 재주가 없거든. 외삼촌과 외숙모가 우리 문제로 나를 다그치셨어. 내가 벌써 페셸레스처럼 아무 상관도 없는 사람한테 사실을 털어놔 버렸는데 이 세상에 둘만 남은 친척들한테 어떻게 그걸 감추겠어? 당신에 대해 불평할 생각은 없었지만, 그리고 그건 나에게도 남부끄러운 일이지만, 두 분한테는 말씀드릴 수밖에 없다고 생각한 거야. 당신이 이교도 여자와 결혼했다고 하면 두 분이 놀라서 돌아가실 거라고 생각했지. 그런데 외삼촌은 그냥 한숨만 쉬면서 이러시더라. 수술을 받으면 통증이 있는 게 당연하다나. 그걸 내가 모르면 누가 알겠어? 수술 직후엔 잘 몰랐는데 다음 날 아침이 되니까 아프기 시작하더라고. 물론 외삼촌은 우리가 이혼하길 바라셔. 외삼촌은 내 신랑감을 한 명도 아니고 열 명이나 생각해 놓고 계시지. 학자들, 점잖은 유대인들, 모두 유럽에서 아내와 사별한 난민들이야. 내가 무슨 말을 할 수 있겠어? 재혼하고 싶은 마음은 눈곱만큼도 없지만, 외삼촌과 외숙모는 당신이 야드비가와 이혼하고 나한테 돌아오거나, 아니면 나하고 이혼해야 한다고 우기시는 거야. 두 분의 관점에서 본다면 그 말씀이 옳아. 우리 어머니가 — 부디 편히 쉬시길! — 언젠가 나한테 이런 얘기를 해주셨어. 죽은 사람들이 자기가 죽었다는 사실을 모르는 경우도 있다는 거야. 그래서 먹고 마시고 결혼까지 한다는 거지. 우리도 한때는 같이 살았고, 둘이서 아이들도 낳았고, 지금은 이렇게 〈망상의 세계〉에서 배회하는 중이야. 그런데 왜 굳이 이혼을 해야 한다는 거지?」

「타마라, 시체도 교도소에 갇히는 세상이야.」

「당신을 교도소로 보낼 사람은 아무도 없어. 그건 그렇고, 왜 그렇게 교도소를 무서워하지? 지금보다 차라리 거기가 더 나을 텐데.」

「추방당하는 게 싫어서 그래. 폴란드 땅에 묻히긴 싫다고.」

「당신을 신고할 사람이 누가 있어? 당신 애인?」

「페셀레스가 그럴지도 몰라.」

「그 사람이 왜 당신을 신고해? 그리고 그 사람한테 무슨 증거가 있어? 당신이 미국에서 결혼한 것도 아니잖아.」

「마샤한테 유대식 혼전 각서를 써줬어.」

「그 여자가 그걸 갖고 뭘 어쩌겠어? 내 충고는 야드비가한테 돌아가서 화해하라는 거야.」

「나한테 하려던 얘기가 그거였어? 난 이제 랍비 밑에서 일을 계속할 수도 없게 됐다고. 그건 두말할 나위도 없지. 그런데 집세도 내야 돼. 당장 내일까지 살아갈 돈도 없는데 말이야.」

「헤르만, 말하고 싶은 게 있는데 제발 화내지 마.」

「뭔데 그래?」

「헤르만, 당신 같은 사람은 스스로 결정을 내리는 능력이 없어. 이건 사실이야. 나도 그런 일엔 별로 자신이 없지만, 가끔 자기 문제보다 남의 문제를 처리하기가 더 쉬울 때도 있잖아. 미국에서 어떤 사람들은 매니저라는 사람을 쓰지. 내가 당신 매니저가 되어 줄게. 모든 걸 나한테 맡기는 거야. 당신이 지금 강제 수용소에 갇혀 있어서 뭐든지 내가 시키는 대로 해야 한다고 생각하면 돼. 내가 할 일을 말해 주면 당신은 그대로 따르는 거야. 일자리도 내가 구해 줄게. 당신은 지금 스스로 앞가림을 할 만한 상태가 아니니까.」

「당신이 왜 그런 일을 해주겠다는 거지? 그리고 어떻게?」

「그건 당신이 걱정할 문제가 아니야. 내가 어떻게든 해볼게. 내일부터 당신한테 필요한 것들은 전부 내가 알아서 해줄 테니까 당신은 뭐든지 내가 시키는 대로 따르기만 하면 돼. 내가 나가서 땅을 파라고 하면 무조건 나가서 땅을 파라고.」

「교도소에 갇히게 되면 어쩌지?」

「그럼 내가 교도소에 반입품을 넣어 줄게.」

「타마라, 그러다간 얼마 안 되는 당신 돈까지 나한테 다 빼앗길 뿐이야.」

「아니야, 헤르만. 내가 당신한테 빼앗기는 건 아무것도 없을 거야. 내일부터 내가 당신 문제들을 다 책임질게. 세상 물정을 모르긴 나도 마찬가지지만, 그래도 나는 낯선 곳에서 살아가는 데 이골이 났거든. 아무리 봐도 당신은 지금의 상황이 너무 벅차서 금방이라도 무너져 버릴 것 같단 말이야.」

헤르만은 잠자코 있다가 이렇게 말했다. 「당신 혹시 천사 아니야?」

「그럴지도 모르지. 천사가 어떤 건지 누가 알겠어?」

「난 그렇게 밤늦게 당신한테 전화하는 건 미친 짓이라고 생각했어. 그러면서도 무엇 때문인지 전화를 걸게 되더군. 그래, 모든 걸 당신한테 맡겨 볼게. 어차피 더 이상 버틸 기운도 없고…….」

「우선 옷부터 벗어. 양복이 다 구겨지겠어.」

헤르만은 침대에서 내려와 재킷과 바지를 벗고 넥타이를 풀었다. 남은 것은 속옷과 양말뿐이었다. 그는 어둠 속에서 벗은 옷들을 의자에 걸쳐 놓았다. 옷을 벗는 동안에 라디에이터에서 수증기가 새어 나오는 소리가 들렸다.

그가 다시 침대로 들어가자 타마라가 가까이 다가와 그의 옆구리에 손을 얹었다. 헤르만은 졸기 시작했다. 이따금씩 눈을 뜨기도 했다. 서서히 어둠이 걷혀 갔다. 소음도 들려왔다. 복도에서 문을 여닫는 소리, 발자국 소리. 이 건물에 세든 사람들은 아침 일찍 일어나 출근해야 하는 직업을 가진 모양이었다. 이렇게 형편없는 방에 사는 것조차 돈을 벌어야만 가능한 것이다. 헤르만은 얼마 후 잠이 들었다. 깨어나 보니 타마라는 벌써 옷을 입고 있었다. 그녀는 복도 화장실에서 목욕을 했다고 말했다. 그리고 헤르만을 찬찬히 뜯어보더니 단호한 표정으로 이렇게 말했다.

「간밤에 약속한 거 생각나지? 가서 씻고 와. 수건 여기 있어.」

헤르만은 외투를 어깨에 걸치고 복도로 나갔다. 아침 내내 사람들이 화장실에 들어가려고 차례를 기다렸지만 지금은 문이 열려 있었다. 헤르만은 누군가 두고 간 비누를 발견하고 세면대에서 세수를 했다. 물은 미지근했다. 그는 이런 생각을 했다. 〈타마라의 고운 마음씨는 어디서 나오는 것일까?〉 헤르만이 기억하는 타마라는 고집 세고 질투심 많은 여자였다. 그러나 지금은 그가 그녀 대신 다른 여자들을 택했는데도 오직 그녀만이 기꺼이 그를 도와주려 한다. 이건 무슨 뜻일까?

그는 방으로 돌아와 옷을 입었다. 타마라는 그에게 한 층 아래로 내려가서 엘리베이터를 타라고 말했다. 그녀가 간밤에 남자와 함께 있었다는 사실을 그 건물에 사는 사람들에게 알리기 싫다는 것이었다. 그녀는 그에게 건물 밖으로 나가서 기다리라고 했다. 바깥으로 나서는 순간 아침 햇살에 잠시 눈이 부셨다. 19번가는 소포와 짐과 나무 상자 따위를 내리는 트럭들 때문에 꽉 막혀 있었다. 4번 애비뉴에서는 거대한 제설차들이 눈을 치우고 있었다. 인도마다 행인들로 붐볐다. 밤새 살아남은 비둘기들이 눈 속에서 먹이를 찾아 헤맸고 참새들도 깡충거리며 따라다녔다. 타마라는 헤르만을 23번가의 카페테리아로 데려갔다. 냄새는 간밤에 브로드웨이에서 맡았던 것들과 똑같았지만 이곳에는 바닥 청소에 사용한 살균제 냄새도 섞여 있었다. 타마라는 헤르만에게 무엇을 먹겠느냐고 물어보지도 않았다. 한 테이블에 앉아 있으라고 하더니 오렌지 주스와 롤빵과 오믈렛과 커피를 갖다 주었다. 그리고 그가 먹는 모습을 잠시 지켜보더니 자신의 아침 식사를 가지러 갔다. 헤르만은 커피를 마시지 않은 채 그냥 커피 잔을 양손으로 감싸 쥐고 그 온기로 몸을 녹였다. 그러는 동안 고개가 점점 아래로 숙여졌다. 그를 파멸시킨 것도 여자들이지만 그에게 동정심을 보여 준 것도 여자들이었다. 그는 이렇게 자신을 위로했다. 〈난 마샤가 없어도 살 수 있을 거야. 타마라의 말이 옳았어. 우린 이제 진짜로 살아 있는 게 아니야.〉

제9장

1

 겨울이 지나갔다. 야드비가는 불룩한 배를 안고 뒤뚱뒤뚱 걸어다녔다. 타마라가 그녀를 위해 병원을 예약해 주었고 날마다 전화를 걸어 폴란드어로 그녀와 이야기를 나누었다. 이웃 여자들도 야드비가의 주변을 맴돌았다. 보이투스는 이른 아침부터 저녁때까지 재잘거리며 노래를 불렀다. 마리아나는 작은 알 하나를 낳았다. 야드비가는 너무 힘들게 일하지 말라는 주의를 받았는데도 끊임없이 집 안을 쓸고 닦았다. 바닥이 반짝거릴 정도였다. 그녀는 페인트를 사 왔고, 유럽에서 페인트공으로 일했던 이웃 사람의 도움을 받아 벽을 새로 칠했다. 마샤와 시프라 푸아는 유월절 저녁 만찬을 뉴저지에 있는 랍비의 요양원에서 노인과 환자들과 함께 먹었다. 타마라는 야드비가의 명절 준비를 거들어 주었다.

 이웃 사람들에게는 타마라가 헤르만의 사촌이라고 말해 두었다. 그들에게는 입방아를 찧을 새로운 소재가 생긴 셈이었다. 그러나 남자가 사람들에게 따돌림당할 각오를 하고 여자 쪽에서도 그런 행동을 묵인해 주는 경우에는 남들이 간섭

할 여지가 별로 없는 법이다. 손윗사람들은 타마라와 이야기를 나누고 싶어 했는데, 주로 강제 수용소에 대하여, 그리고 러시아와 볼셰비키에 대하여 물어보곤 했다. 대부분은 반공주의자였지만 개중에는 러시아에 대하여 신문에 보도되는 내용이 모두 날조된 것이라고 우기는 사람도 있었다. 예전에 행상이었다는 그는 타마라가 거짓말을 한다고 비난했다. 강제 노동 수용소, 굶주림, 암시장, 숙청……. 그 모든 것이 상상의 산물이라는 것이었다. 타마라의 이야기를 들을 때마다 그는 이렇게 대꾸했다. 「그래 봤자 내가 할 말은 이것뿐이오. 스탈린 만세!」

「그럼 스탈린한테 가지 그러세요?」

「그쪽 사람들이 이리로 올 거요.」 그는 철저한 유대식 식단을 고집하는 자기 아내가 금요일 저녁마다 포도주를 따라 놓고서 억지로 기도를 시키고 시나고그에도 가라고 강요한다며 투덜거렸다. 유월절을 앞두고는 여자들이 직접 만드는 무교병과 보르시치, 달착지근한 포도주, 양고추냉이, 그 밖에도 옛 조국에서 건너온 온갖 음식들의 냄새가 건물 전체에 진동하더니 지금은 바다와 해변에서 날아오는 온갖 냄새와 뒤섞여 버렸다.

헤르만은 믿기 힘들었지만 타마라가 정말 그에게 일자리를 구해 주었다. 레브 아브라함 니센 야로슬라베르와 그 아내 셰바 하다스가 이스라엘에 가서 오랫동안 머물기로 결정한 덕분이었다. 레브 아브라함 니센은 아주 그곳에 눌러앉을지도 모른다는 뜻을 비치기도 했다. 그는 이미 몇천 달러를 저금해 두었고 사회 보장 연금도 받고 있었다. 그는 뉴욕 공동묘지의 수염 깎은 유대인들 틈에 묻히기보다 예루살렘의 감람산에 묻히기를 원했다. 그래서 얼마 전부터 서점을 처분

하고 싶어 했지만 사람들이 제시하는 헐값에 넘기는 것은 자신이 그토록 정성껏 사 모았던 책들을 모독하는 짓이라고 생각했다. 게다가 본인이 이스라엘에 머물고 싶지 않을 가능성도 배제할 수 없었다. 결국 타마라가 서점을 자신에게 맡겨 달라고 외삼촌을 설득하는 데 성공했다. 서점 운영은 헤르만이 도와줄 거라고 했다. 헤르만은 단점이 많은 사람이지만 돈 문제에 대해서만은 정직하니까. 타마라는 외삼촌의 아파트에 살면서 집세를 내기로 했다.

레브 아브라함 니센은 헤르만을 불러 서점에 있는 책들을 보여 주었다. 모두 고서들이었다. 레브 아브라함 니센은 지금까지 그 책들을 제대로 정리하지 못했다. 책들은 먼지를 뒤집어쓴 채 바닥에 쌓여 있었는데, 그중에는 제본이 떨어지거나 표지가 너덜거리는 것도 많았다. 어딘가에 목록을 만들어 두긴 했지만 찾아낼 수가 없었다. 레브 아브라함 니센은 절대로 손님들과 흥정을 하지 않고 손님이 제시하는 금액을 그대로 받아들였다. 자신과 셰바 하다스에게는 더 이상 부족한 것이 없으니까. 그들이 살던 이스트 브로드웨이의 낡은 건물도 임대료 인상 규제를 받고 있었다.

노인은 헤르만의 행실을 다 알고 타마라에게 어서 이혼하라고 계속 독촉하면서도 한편으로는 헤르만을 용서할 수 있는 구실을 찾았다. 레브 아브라함 니센 자신도 온갖 의혹에 시달리고 있는데 어떻게 그런 젊은이들이 믿음을 지키기를 기대할 수 있겠는가? 파멸을 경험하고 살아남은 사람들이 어떻게 전능하신 하느님과 그의 자비로우심을 믿을 수 있겠는가? 레브 아브라함 니센의 마음속 깊은 곳에는 마치 유럽에서의 대학살이 없었던 일인 양 모르는 체하는 정통파 유대인들에 대한 반감이 도사리고 있었다.

레브 아브라함 니센은 이스라엘로 떠나기 전에 헤르만과 한참 동안 이야기를 나누면서 그런 생각들을 피력했다. 그가 성지에 정착하고 싶어 하는 이유는 사람이 죽은 후 지하 동굴을 통해 성지까지 가야 하는 그 길고 험난한 여행을 피하기 위해서였다. 그곳에 가 있어야 메시아가 오셨을 때 부활할 수 있을 테니까. 노인은 헤르만과 서면 계약서를 작성하지 않았다. 다만 헤르만이 서점 수익금 중에서 자기가 살아가는 데 필요한 금액을 가져간다는 내용으로 구두 계약을 했을 뿐이었다.

마샤가 요양원에 취직한 이후 헤르만은 더 이상 자기가 모든 것을 책임지고 있다는 기분을 느낄 수 없었고 또한 그것을 원하지도 않았다. 그는 이론뿐만 아니라 행동에서도 숙명론자가 되었다. 그래서 기꺼이 외부의 힘에 몸을 맡겼다. 그 힘이 운명이든 섭리이든 아니면 타마라이든 상관없었다. 헤르만의 유일한 고민거리는 환각 증상이었다. 지하철을 타면 반대편 열차에 타고 있는 마샤가 보였다. 서점 전화벨이 울리면 마샤의 목소리가 들렸다. 몇 초가 지난 뒤에야 비로소 마샤가 아니라는 사실을 깨닫게 되는 것이었다. 제일 자주 걸려 오는 전화는 선친이 물려준 책들을 팔거나 기증할 수 있느냐고 묻는 젊은 미국인들의 전화였다. 그들이 어떻게 레브 아브라함 니센의 서점을 알고 있는지 헤르만은 짐작할 길이 없었다. 노인은 지금까지 어디에도 광고를 낸 적이 없기 때문이다.

헤르만에게는 모든 것이 수수께끼였다. 레브 아브라함 니센이 그를 신뢰하는 것, 타마라가 기꺼이 그를 도와주는 것, 그리고 그녀가 야드비가에게 지극 정성이라는 것 등등. 캐츠킬 산맥에서의 그날 밤 이후 타마라는 헤르만과의 육체적 접촉을 피했다. 두 사람은 철저히 플라토닉한 관계를 유지했다.

타마라의 내면에 잠들어 있던 사업 감각이 눈을 떴다. 그녀는 헤르만의 도움을 받으며 도서 목록을 작성하고 가격을 정하고 제본이 떨어진 책들을 제본소로 보내 다시 손보게 했다. 그리고 유월절을 앞두고 「하가다」[144]와 만찬용 접시, 무교병 덮개, 각양각색의 스컬캡, 심지어 양초와 무교병 접시까지 잔뜩 들여놓았다. 그 밖에 기도용 숄과 성구함, 영어와 히브리어를 함께 수록한 기도서, 그리고 사내아이들이 바르 미츠바를 준비할 때 공부하는 교과서도 준비해 두었다.

헤르만이 야드비가에게 무수히 되풀이했던 〈책을 판다〉는 거짓말이 이젠 사실이 되었다. 어느 날 아침, 그는 야드비가를 시내로 데려가서 서점을 구경시켰다. 그리고 나중에 타마라가 그녀를 집까지 데려다주었다. 야드비가는 아직도 혼자 지하철을 타는 것을 무서워했는데, 출산을 앞둔 마지막 몇 달 동안은 더욱더 그랬기 때문이다.

타마라와 야드비가와 함께 유월절 만찬 식탁에 둘러앉아 일제히 「하가다」를 낭송한 것은 참으로 기묘한 경험이었다. 두 여자는 헤르만에게 반드시 스컬캡을 써야 하고 또한 모든 의식을 제대로 치러야 한다고 요구했다. 포도주에 대한 기도, 그리고 파슬리, 잘게 썬 사과와 견과류와 계피, 계란과 소금물 따위를 먹는 상징적 식사 등등. 타마라가 〈네 가지 질문〉[145]을 던졌다. 아마 타마라에게도 마찬가지였겠지만 사실 헤르만에게는 이런 의식들이 일종의 놀이이며 향수(鄕愁)의 표현에 불과했다. 그러나 따지고 보면 놀이가 아닌 것이 뭐가 있으랴? 그는 어디에서도 〈진짜〉를 발견할 수 없었다. 이

---

144 Haggadah. 유월절 만찬 때 낭송하는 제문.
145 유월절 만찬의 의식 중 하나로, 그날 밤이 특별한 이유를 묻고 답한다.

른바 〈정밀과학〉도 예외가 아니었다.

헤르만의 인생철학에 의하면 생존 그 자체가 속임수에 바탕을 두고 있었다. 미생물에서 인간에 이르기까지 모든 생명체는 그것을 파괴하려는 집요한 세력들을 따돌리며 대를 이어 간다. 제1차 세계 대전 때 치프케프의 밀수꾼들이 장화나 블라우스 속에 담배를 감추는 등 온갖 암거래 품목을 몸에 지닌 채 법을 어기고 공무원들에게 뇌물을 먹여 가며 몰래 국경을 넘었듯이 모든 원형질이, 혹은 원형질의 집합체들이 남의 눈을 속여 가며 시대에서 시대로 이어지고 있다. 먼 옛날 바닷가 갯벌에서 최초의 박테리아가 나타났을 때도 그랬고, 먼 훗날 태양이 재가 되어 지구상 최후의 생명체가 얼어 죽는다든지, 아무튼 마지막 생물학적 사건 때문에 어떤 식으로든 멸망하게 될 때도 그럴 것이다. 동물들은 일찌감치 존재의 불확실성을 받아들이고 도피 및 은신 능력의 필요성을 인정했다. 그런 와중에도 확실성을 추구하다 오히려 몰락을 자초하는 것은 인간뿐이다. 유대인들은 까마득한 옛날부터 범죄와 광기를 통하여 은근슬쩍 생존해 왔다. 그들은 가나안과 이집트에도 몰래 잠입했다. 아브라함은 사라가 자기 누이라고 거짓말했다. 알렉산드리아, 바빌론, 로마에서부터 바르샤바, 우치, 빌나의 게토에 이르기까지 장장 2천 년에 걸친 유랑 생활이 결국 속임수의 연속이었던 것이다. 성서와 『탈무드』와 주석서들은 유대인들에게 한 가지 전략만을 가르치고 있다. 악을 만나면 도망쳐라, 위험을 만나면 숨어라, 정면 대결을 피해라, 세상에 존재하는 포악한 세력들을 최대한 멀리해라. 유대인들은 군대가 시가전을 벌일 때 지하실이나 다락방으로 숨어 버리는 도망자들을 결코 비난하지 않는다.

현대의 유대인 헤르만은 이 원칙을 한 걸음 더 발전시켰다. 그는 이제 토라조차 믿고 의지하지 않았다. 아비멜렉뿐만 아니라 사라와 하갈[146]까지 속이고 있는 것이다. 헤르만은 하느님과 성약(聖約)을 맺은 바 없었고 하느님이 필요하다고 여기지도 않았다. 그는 자신의 자손이 바닷가 모래알처럼 번성하기를 바라지도 않았다. 그의 한평생은 은밀한 놀이에 지나지 않았다. 랍비 램퍼트를 위해 설교문을 써준 것도 그랬고, 랍비들과 예시바 학생들에게 책을 팔아먹은 것도 그랬고, 야드비가가 유대교로 개종하는 것을 허락하고 타마라의 도움을 받아들인 것도 그랬다.

헤르만은 「하가다」를 읽으며 하품을 했다. 포도주 잔을 집어 들고 파라오에게 닥친 열 가지 재앙을 상징하는 의미로 열 방울의 술을 떨어뜨렸다. 타마라가 야드비가가 만든 경단을 칭찬했다. 헤르만과 타마라와 야드비가가 이집트 탈출 당시의 기적들을 상기하도록 하기 위하여 허드슨 강이나 어느 호수에서 잡혀 온 생선 한 마리가 목숨을 바쳤다. 그리고 유월절의 제물을 기념하기 위하여 닭 한 마리가 목을 내놓았다.

독일은 물론이고 미국에서도 신나치 정당들이 결성되고 있었다. 공산주의자들은 레닌과 스탈린의 이름으로 늙은 교사들을 고문했고 한국과 중국에서는 〈문화혁명〉이라는 미명하에 마을 전체를 말살해 버리기도 했다. 뮌헨의 술집에서는 아이들의 두개골을 가지고 공놀이를 하던 자들이 큼직한 잔으로 맥주를 마시고 교회에 가서 찬송가를 불렀다. 모스크바에서는 유대인 작가들을 숙청해 버렸다. 그런데도 뉴욕, 파리, 부에노스아이레스 등지의 유대인 공산주의자들은 오히려 살인자들을 찬양하고 어제의 지도자들을 비난했다. 진

---

146 Hagar. 아브라함의 아내 사라의 시녀. 나중에 아브라함의 아들 이스마엘을 낳았다.

실? 이 정글엔 없다. 뜨거운 용암 위에 떠 있는 이 지구라는 이름의 접시 위에 진리 따위는 존재하지 않는다. 하느님? 누구의 하느님이란 말이냐? 유대인들의? 파라오의?

헤르만과 야드비가는 타마라에게 하룻밤 자고 가라고 입을 모아 간청했지만 타마라는 굳이 집으로 가겠다고 고집을 부렸다. 그 대신 아침에 다시 와서 두 번째 만찬 준비를 거들겠다고 약속했다. 그녀와 야드비가는 설거지를 했다. 타마라가 야드비가와 헤르만에게 명절 덕담을 해주고 자기 집으로 돌아갔다.

헤르만은 침실로 가서 침대에 누웠다. 마샤에 대해서는 생각하고 싶지 않았지만 자꾸 생각이 떠올랐다. 마샤는 지금 무엇을 하고 있을까? 가끔 내 생각도 해줄까?

전화벨이 울렸다. 헤르만은 허둥지둥 달려가 수화기를 들었다. 마샤의 전화이기를 바랐고, 그녀가 마음을 바꿀까 봐 걱정스러웠기 때문이다. 하마터면 넘어질 뻔했지만 〈여보세요〉 하고 숨 가쁘게 외쳤다.

대답이 없었다.

「여보세요! 여보세요! 여보세요!」

전화를 걸어 놓고 아무 말도 하지 않는 것은 마샤의 오래된 버릇이었다. 어쩌면 그냥 그의 목소리를 듣고 싶었는지도 모른다.

「바보처럼 굴지 말고 말 좀 해봐!」

여전히 묵묵부답이었다.

헤르만은 불현듯 이렇게 말해 버렸다. 「떠난 사람은 내가 아니라 당신이었어.」

아무 대답도 없었다. 그는 잠시 기다렸다가 이렇게 말했다. 「내 평생 이렇게 비참한 적은 없었어.」

2

 몇 주가 지나갔다. 헤르만은 잠을 자다가 꿈속에서 마샤를 보았다. 그때 전화벨이 울렸고, 그는 담요를 홱 집어 던지고 침대에서 뛰쳐나갔다. 야드비가는 계속 코를 골고 있었다. 헤르만은 복도로 달려 나가다가 어둠 속에서 무릎을 호되게 부딪혔다. 수화기를 집어 들고 〈여보세요〉 하고 말했지만 대답이 없었다.

「대답하지 않으면 끊어 버릴 거야.」

「잠깐!」 마샤의 목소리였다. 목이 메어 말을 잇지 못하는 듯했다. 잠시 후 그녀의 음성이 한결 또렷해졌다. 「나 지금 코니아일랜드에 있어요.」

「코니아일랜드엔 웬일로 왔어? 거기 어디야?」

「맨해튼 비치 호텔이에요. 저녁 내내 당신한테 전화했어요. 어디 있었어요? 한 번 더 걸어 보려고 했는데 깜박 잠들었지 뭐예요.」

「맨해튼 비치 호텔엔 무슨 일로 갔어? 혼자 있는 거야?」

「혼자예요. 당신 곁으로 돌아온 거예요.」

「어머님은 어디 계셔?」

「뉴저지 요양원에.」

「무슨 소린지 모르겠군.」

「엄마가 거기 계실 수 있도록 해놨어요. 랍비가 엄마도 연금 같은 걸 받을 수 있게 해줄 거예요. 내가 랍비한테 다 말해 버렸어요. 당신 없이는 못 살겠다고, 그런데 엄마가 유일한 장애물이라고 했어요. 랍비는 나를 말리려고 했지만 이건 말로 해결될 문제가 아니죠.」

「야드비가가 곧 아이를 낳을 거야.」

「야드비가도 랍비가 돌봐 줄 거예요. 살짝 돌긴 했지만 참 좋은 사람이에요. 당신에 비하면 정말 마음씨가 비단결 같은 사람이죠. 차라리 그 사람을 사랑할 수 있다면 좋을 텐데! 하지만 그게 잘 안 되거든요. 랍비가 내 몸에 손대기만 해도 소름이 쫙 끼쳐요. 랍비가 곧 당신한테 연락할 거예요. 그 사람은 당신이 시작한 일을 마저 끝내 주길 원해요. 랍비는 나를 사랑하고, 그래서 내가 결혼을 승낙하기만 하면 부인과 이혼할 거예요. 그러면서도 내 감정을 이해해 줘요. 그렇게 따뜻한 사람인 줄은 미처 몰랐어요.」

헤르만은 잠시 기다렸다가 떨리는 목소리로 말했다.「그런 얘기는 뉴저지에서도 할 수 있었잖아.」

「나를 원하지 않는다면 억지로 매달리진 않겠어요. 이번에도 나를 외면한다면 맹세코 다시는 당신 얼굴을 안 볼 거예요. 이제 모든 것이 절정에 도달했어요. 지금 당장 결론을 듣고 싶어요. 좋아요, 싫어요?」

「일자리는 포기한 거야?」

「난 모든 걸 포기했어요. 아주 짐을 꾸려 당신 곁으로 돌아온 거라고요.」

「당신 아파트는 어떻게 할 건데? 그것도 포기해 버렸어?」

「우린 이제 모든 걸 정리해서 현금으로 바꾸는 거예요. 난 뉴욕에 남아 있기 싫어요. 랍비 램퍼트가 기막힌 추천서를 써주었기 때문에 어디에 가더라도 일자리는 얼마든지 구할 수 있어요. 요양원 사람들은 나를 정말 좋아했어요. 내가 말 그대로 되살려 낸 환자들도 많았어요. 랍비는 플로리다에도 요양원을 차려 놨는데, 내가 거기 가서 일하겠다고 하면 당장이라도 주급 백 달러를 받을 수 있죠. 혹시 당신이 플로리다가 싫다면 캘리포니아에도 랍비의 요양원이 있어요. 당신도 거기 취직할 수 있어요. 랍비는 정말 천사 같은 사람이거든요.」

「난 지금 야드비가 곁을 떠날 수 없어. 금방이라도 아이를 낳을 거라고.」

「아이를 낳은 다음엔 또 다른 핑계가 생기겠죠. 난 이미 마음을 정했어요. 내가 내일 캘리포니아로 날아가 버리면 당신은 두 번 다시 내 소식을 들을 수 없을 거예요. 우리 아빠 유골을 두고 맹세하죠.」

「잠깐 기다려 봐!」

「뭘 기다리라고요? 새로운 핑계를? 딱 한 시간 줄 테니까 그 안에 짐 챙겨 이리로 와요. 그 시골뜨기에 대한 거라면 랍비 램퍼트가 병원비든 뭐든 전부 대주면서 보살펴 줄 거예요. 그 사람은 어느 산부인과 원장이기도 하거든요. 병원 이름은 잊어버렸어요. 난 랍비한테 아무것도 감추지 않았어요. 그 사람은 충격을 받았지만 이해해 줬어요. 좀 천박하긴 해도 정말 성자 같은 사람이에요. 그런데 당신 혹시 그새 또 애인이 생긴 거 아니에요?」

「애인이 아니라 서점이 하나 생겼지.」

「뭐라고요? 당신이 서점을 차렸단 말이에요?」

헤르만은 간단하게 사정을 설명해 주었다.

「그럼 타마라 곁으로 돌아간 거예요?」

「그건 절대로 아니야. 다만 타마라도 천사 같은 사람이거든.」

「타마라를 랍비한테 소개해 줘요. 천사 두 명이 만나면 새로운 신을 탄생시킬지도 모르잖아요. 우린 둘 다 악마 같은 사람이라서 서로 아픔만 주고 있지만.」

「이런 한밤중에 짐을 꾸리긴 곤란해.」

「그럼 아무것도 챙기지 말아요. 어차피 가진 것도 별로 없잖아요? 랍비가 돈을 빌려줬어요. 앞으로의 내 행동에 달렸지만 봉급을 가불해 줬다고 해도 되겠죠. 아무튼 성서에 나오는 그 노예처럼 모든 걸 버리고 맨몸으로 와요.」

「어느 노예 말이야? 이건 야드비가를 죽이는 짓이라고.」

「야드비가는 강인한 시골 여자예요. 곧 다른 남자를 만나서 행복해질 거예요. 아이를 입양시키는 방법도 있어요. 랍비는 그런 기관에도 연줄이 있거든요. 도무지 손을 안 뻗친 데가 없는 사람이죠. 당신이 원한다면 우리도 아이를 데려올 수 있어요. 어쨌든 얘기할 시간은 끝났어요. 아브라함이 이삭[147]을 희생시킬 수 있었다면 당신도 에서[148]를 희생시킬 수 있을 거예요. 나중에 우리가 그 아이를 데려다 키울 수도 있고요. 자, 어쩔 거예요?」

「내가 정확히 어떻게 해주길 바라는 거야?」

「옷 입고 이리로 와요. 이건 아주 흔해 빠진 일이에요.」

「난 하느님이 두려워.」

「그렇게 두려우면 그 여자하고 살아요. 영원히 안녕!」

「잠깐, 마샤, 잠깐만!」

「좋아요, 싫어요?」

「좋아.」

「내 방 번호를 말해 줄게요.」

헤르만은 수화기를 내려놓았다. 그리고 열심히 귀를 기울였다. 야드비가는 여전히 코를 골고 있었다. 헤르만은 전화기 앞을 떠나지 않았다. 이제야 자기가 그동안 마샤를 얼마나 그리워했는지 깨달았다. 그는 자신의 의지를 포기해 버리고 말없이 순종하는 사람처럼 어둠 속에 우두커니 서 있었다.

---

147 Isaac. 아브라함의 아들.
148 Esau. 이삭의 아들.

그리고 한참이 지난 뒤에야 비로소 행동을 취할 수 있었다. 그는 서랍 어딘가에 손전등이 하나 있다는 것을 생각해 냈다. 그것을 찾아 전화기를 비췄다. 전화를 걸기 위해서였다. 일단 타마라와 의논해 봐야 했다. 그는 레브 아브라함 니센 야로슬라베르의 전화번호를 돌렸다. 몇 분 동안 신호가 가더니 드디어 타마라의 졸린 목소리가 들려왔다.

「타마라, 미안해. 나 헤르만이야.」

「그래, 헤르만. 무슨 일이야?」

「나 지금 야드비가 곁을 떠날 거야. 마샤와 함께 떠나 버릴 거라고.」

타마라는 한동안 아무 말도 하지 않다가 마침내 이렇게 말했다.「지금 당신이 무슨 짓을 하려는 건지 알기나 해?」

「알아. 그래도 어쩔 수 없어.」

「그런 희생을 요구하는 여자는 그럴 만한 가치도 없는 여자야. 당신이 그렇게 완전히 자제력을 잃어버린 줄은 몰랐는데.」

「이건 이미 정해진 일이야.」

「서점은 어떻게 하고?」

「그건 당신이 알아서 해야지. 내가 일을 해주던 그 랍비가 야드비가를 돌봐 주겠대. 내가 주소와 전화번호를 가르쳐 줄게. 그 사람한테 연락해 봐.」

「기다려. 종이랑 연필 가져올게.」

헤르만이 수화기를 든 채로 기다리는 동안 적막이 흘렀다. 언제부터인지 야드비가가 코를 고는 소리도 들리지 않았다.

헤르만은 이런 생각을 했다. 〈지금 몇 시쯤 됐을까?〉 평소에는 시간 감각이 정확한 편이었다. 분 단위까지 딱 맞히는 일도 많았다. 그런데 지금은 그 재주를 잃어버린 것 같았다. 지금 이 순간 하느님에게 죄를 짓고 있으면서도 바로 그 하느님에게 제발 야드비가가 깨어나지 않도록 해달라고 빌었다. 이윽고 타마라가 다시 수화기를 들었다.「번호가 뭐야?」

헤르만은 랍비 램퍼트의 이름과 전화번호를 불러 주었다.

「야드비가가 아이를 낳을 때까지만이라도 기다려 줄 수 없겠어?」

「그럴 순 없어.」

「헤르만, 서점 열쇠를 당신이 갖고 있잖아. 아침에 문 좀 열어 줄래? 내가 10시까지 그리로 갈 테니까.」

「그럴게.」

「아무튼 뿌린 대로 거둔다는 말을 명심하라고.」 타마라는 그렇게 말하고 전화를 끊었다.

헤르만은 어둠 속에서 자기 내면의 목소리에 귀를 기울였다. 그러다가 부엌으로 가서 시계를 보았다. 놀랍게도 이제 겨우 2시 15분이었다. 밤새도록 잔 것 같았지만 사실은 한 시간 정도밖에 못 잤던 것이다. 그는 셔츠와 속옷을 챙기려고 여행 가방을 꺼내 왔다. 그리고 조심스럽게 서랍을 열고 셔츠 몇 벌과 속옷 몇 장과 잠옷을 꺼냈다. 그는 야드비가가 이미 깨어났고 지금도 자는 체하고 있을 뿐이라는 것을 알아차렸다. 어쩌면 그녀 역시 그가 나가 버리기를 바라는지도 모를 일이다. 이젠 모든 것이 지긋지긋해진 것일까? 어쩌면 마지막 순간에 한바탕 소란을 피우려고 때를 기다리고 있는지도 모른다. 헤르만은 여행 가방 속에 옷가지들을 쑤셔 넣다가 문득 랍비의 원고를 떠올렸다. 그게 어디 있더라? 그때 야드비가가 부스럭거리며 몸을 일으켰다.

「무슨 일이에요?」

「어디 갈 데가 있어서 그래.」

「그게 어딘데요? 아, 됐어요.」 야드비가는 도로 누워 버렸다. 침대가 삐걱거렸다.

헤르만은 어둠 속에서 옷을 입었다. 몸이 으슬으슬한데도 땀이 났다. 바지 호주머니에서 잔돈이 우수수 떨어졌다. 그는 여기저기서 가구에 자꾸 부딪혔다.

전화벨이 울렸다. 그는 황급히 수화기를 들었다. 이번에도 마샤였다.「올 거예요, 말 거예요?」

「갈게. 선택의 여지가 없잖아.」

3

헤르만은 금방이라도 야드비가가 생각을 바꿔 우격다짐으로 못 나가게 할까 봐 걱정했지만 그녀는 조용히 누워 있을 뿐이었다. 그녀는 그가 준비하는 동안 줄곧 깨어 있었다. 그런데 왜 아무 말도 하지 않을까? 헤르만이 그녀를 알게 된 후 지금까지 그녀는 한 번도 이렇게 예측할 수 없는 행동을 한 적이 없었다. 마치 그녀도 그를 해치려는 음모에 가담한 것 같았고, 마치 그가 모르는 무엇인가를 알고 있는 것 같았다. 그게 아니라면 정말 궁극적인 체념의 경지에 도달한 것일까? 이 수수께끼는 그에게 불안감을 심어 주었다. 어쩌면 마지막 순간에 그녀가 칼을 쥐고 덤벼들지도 모른다. 그는 떠나기 전에 침실로 들어가서 이렇게 말했다.「야드비가, 나 지금 나간다.」

그녀는 대답하지 않았다.

그는 소리 없이 문을 닫으려고 했지만 쾅 소리가 나버렸다. 그는 이웃 사람들을 깨우지 않으려고 조용히 계단을 내려갔다. 그리고 머메이드 애비뉴를 건너 서프 애비뉴를 따라 걸었다. 새벽의 코니아일랜드는 어찌나 어둡고 적막한지! 공원 영업장들도 문을 닫고 어둠에 잠겨 있었다. 그의 앞에 펼쳐진 길거리도 시골 길처럼 인적이 전혀 없었다. 그는 해변 산책로 너머에서 파도가 쏴아 하고 밀려드는 소리를 들었다. 생선을 비롯한 해물들의 냄새가 풍겼다. 헤르만은 하늘에 몇 개의 별들이 떠 있는 것을 보았다. 그러다가 택시를 발견하고 소리쳐 불렀다. 수중에는 10달러밖에 없었다. 그는 택시의 차창을 열어 담배 연기를 내보냈다. 산들바람이 불고 있었지만 그의 이마는 여전히 축축했다. 그는 심호흡을 했다. 밤이라서 아직은 선선했지만 낮에는 꽤 더워질 기미를 벌써부터 느낄 수 있었다. 그때 문득 어떤 생각이 떠올랐다. 살인자가 누군가를 죽이려 할 때 바로 이런 기분이 아닐까? 그는 마음속으로 이렇게 중얼거렸다. 〈그 여자는 내 원수야! 내 원수!〉 그것은 마샤에 대한 생각이었다. 그는 언젠가 이런 사건을 이미 경험한 것 같은 섬뜩한 기분에 사로잡혔다. 그러나 그게 언제였을까? 혹시 꿈에서 본 게 아닐까? 그는 심한 갈증을 느꼈다. 아니, 마샤를 향한 열망일까?

택시가 맨해튼 비치 호텔 앞에 멈춰 섰다. 헤르만은 운전사가 10달러짜리 지폐를 바꿔 줄 만한 잔돈이 없다고 할까 봐 걱정했다. 그러나 그 남자는 말없이 한 장 한 장 헤아리며 거스름돈을 건네주었다. 로비는 조용했다. 호텔 직원이 카운터와 열쇠 상자 사이에서 꾸벅꾸벅 졸고 있었다. 헤르만은 엘리베이터 맨이 틀림없이 이 시간에 어디 가느냐고 물어볼 거라고 생각했지만 그 남자는 헤르만이 말한 층까지 아무 말 없이 데려다주었다. 헤르만은 금방 방을 찾을 수 있었다. 노크를 하기가 무섭게 마샤가 문을 열었다. 그녀는 네글리제 차림에 슬리퍼를 신고 있었다. 방 안의 조명은 길거리에서 스며드는 은은한 불빛이 전부였다. 두 사람은 말없이 서로의 품속으로 뛰어들어 와락 부둥켜안고 무거운 침묵 속으로 빠져 들었다. 이윽고 해가 떠올랐지만 헤르만은 거의 의식하지도 못했다. 마침내 마샤가 그의 품을 빠져나가 창문에 커튼을 쳤다.

그들은 대화도 별로 나누지 못한 채 잠이 들었다. 헤르만은 깊은 잠을 잤고, 깨어났을 때는 다시 욕망을 느꼈다. 그리고 꿈이 기억나지 않을 때 찾아오는 두려움도 느꼈다. 생각나는 것이라고는 혼란과 비명, 그리고 어떤 비웃음 같은 것이 전부였다. 그러나 이 어수선한 기억조차 금방 사라져 버렸다. 마샤가 눈을 뜨고 이렇게 물었다.「지금 몇 시예요?」그러더니 다시 잠들어 버렸다.

헤르만은 마샤를 깨워 자기가 10시까지 서점에 가야 한다는 것을 설명했다. 그들은 화장실에 들어가 세수를 했다. 마샤가 입을 열었다.「우리가 제일 먼저 해야 할 일은 우선 우리 집으로 가는 거예요. 거기 내 물건들이 남아 있기도 하고, 또 임대 계약도 정리해야죠. 우리 엄마도 다시 그 집으로 돌아가진 않으실 테니까.」

「며칠쯤 걸리겠네.」

「아뇨, 몇 시간이면 충분해요. 우린 여기서 그 이상 머뭇거릴 수 없어요.」

헤르만은 조금 전에도 마샤의 육체를 실컷 탐한 터였다. 그런데도 자기가 어떻게 그녀와 헤어져 그렇게 오랫동안 버틸 수 있었는지 상상조차 할 수 없었다. 마샤는 못 보던 사이에 다소 살이 찐 모양이었다. 그래서인지 좀 더 젊어진 것 같았다.

마샤가 물었다.「그 시골뜨기가 소란을 피우던가요?」

「아니, 아무 말도 안 하던데.」

두 사람은 서둘러 옷을 입었고 마샤가 호텔에서 체크아웃을 했다. 그들은 시프스헤드 만(灣)의 지하철역까지 걸어갔다. 만은 햇빛에 반짝거렸고 배들로 북적거렸다. 그중에는 이른 새벽에 바다로 나갔다가 방금 돌아온 배들도 많았다. 불과 몇 시간 전까지만 해도 물속에서 헤엄치던 물고기들이 지금은 갑판 위에 뒹굴고 있었다. 그들의 눈은 흐리멍덩했고 입가엔 상처가 있었고 비늘은 피투성이였다. 돈 많은 낚시꾼들이 물고기의 무게를 달아 보며 자기가 잡은 것들을 자랑하고 있었다. 사람들이 짐승이나 물고기를 죽이는 광경을 볼 때마다 헤르만은 언제나 똑같은 생각을 했다. 즉 동물을 대하는 태도에서는 모든 인간이 나치라는 생각이었다. 인간이 다른 동물들을 마음대로 다루면서 잘난 체하는 모습은 차별주의적 성향의 가장 극단적인 예가 아닐 수 없다. 그것은 힘이 곧 정의라는 사고방식이다. 헤르만은 채식주의자가 되겠다고 몇 번이나 다짐했지만 야드비가는 매번 들은 척도 하지 않았다. 고향 마을에 있을 때, 그리고 나중에 수용소에서도 충분히 굶주렸는데 이 풍요로운 나라 미국에서까지 굶주릴 필요가 있느냐는 것이었다. 게다가 이웃 여자들은 야드비가에게 율법에 따른 도살과 카시루트야말로 유대교의 근본이라고 가르쳤다. 암탉이 의례 도살업자의 손에 죽임을 당하는 것은 명예로운 일이라는 것이었다. 도살업자는 암탉의 목을 자르기 전에 기도문을 암송하기 때문이다.

헤르만과 마샤는 어느 카페테리아에 들러 아침 식사를 했다. 헤르만은 타마라를 만나 서점 열쇠를 넘겨줘야 하기 때문에 마샤와 함께 곧장 브롱크스로 갈 수 없다는 것을 다시 설명했다. 그러나 마샤는 의심쩍은 표정이었다. 「타마라가 말릴 거예요.」

「그럼 같이 가자고. 열쇠만 넘겨주고 나랑 같이 집으로 가면 되잖아.」

「그럴 기운이 없어요. 요양원에서는 하루하루가 지옥 같았어요. 엄마는 날마다 브롱크스로 돌아가고 싶다고 졸라 댔어요. 거긴 안락한 방에, 간호사에, 의사까지, 아무튼 환자에게 필요한 것들이 다 있는데도 말이에요. 사람들이 기도할 수 있는 시나고그도 있어요. 그리고 랍비는 요양원에 찾아올 때마다 엄마한테 선물을 갖다 줬어요. 엄마에겐 천국 못지않은 환경이죠. 그런데도 엄마는 내가 자기를 양로원에 처넣었다고 끊임없이 투덜거리는 거예요. 머지않아 다른 노인들도 우리 엄마를 행복하게 해주긴 불가능하다는 걸 알게 됐죠. 거기엔 정원도 있어서 사람들이 모두 나와 앉아 신문을 읽거나 카드놀이를 했지만 엄마는 줄곧 방 안에만 틀어박혀 있어요. 노인들이 나를 동정할 정도라고요. 내가 랍비에 대해서 했던 얘기는 전부 사실이에요. 나랑 결혼할 수 있다면 기꺼이 부인과 이혼하겠다고 했죠. 내가 승낙하기만 한다면 말이에요.」

지하철을 탄 후 마샤는 입을 다물었다. 그녀는 눈을 감은 채 앉아 있었다. 헤르만이 말을 걸 때마다 그녀는 마치 자다가 깬 사람처럼 깜짝깜짝 놀랐다. 그날 아침엔 통통하고 젊어 보이던 얼굴이 지금은 다시 핼쑥해 보였다. 헤르만은 그녀의 머리에서 새치 한 가닥을 발견했다. 마샤는 드디어 둘만의 드라마를 절정으로 끌어올렸다. 그녀와 함께 있으면 모든 일이 얽히고 꼬여 한바탕 연극 같은 상황이 되어 버렸다. 헤르만은 자꾸 손목시계를 들여다보았다. 10시에 서점에서 타마라를 만나기로 했는데 벌써 20분이나 지나 버렸고 열차가 그의 목적지에 도착하려면 아직도 한참 더 가야 했다. 마침내 열차가 터널 가에 멈춰 섰고 헤르만은 얼른 일어섰다. 그리고 마샤에게 곧 전화하겠다고, 그리고 최대한 빨리 브롱크스로 가겠다고 약속했다. 그는 계단을 한 번에 두 칸씩 뛰어 올라갔다. 그렇게 허둥지둥 서점으로 달려갔지만 타마라는 그곳에 없었다. 집으로 돌아가 버린 모양이었다. 그는 타마라에게 전화를 걸어 자기가 도착했음을 알리기 위해 문을 열고 서점 안으로 들어갔다. 타마라의 전화번호를 돌렸지만 응답이 없었다.

헤르만은 지금쯤 마샤도 집에 도착했을 거라고 생각하며 그녀에게 전화를 걸었다. 전화벨이 여러 번 울렸지만 그쪽도 아무런 응답이 없었다. 그는 전화를 다시 걸었고, 막 끊으려는 순간 마샤의 목소리가 들려왔다. 그녀는 울면서 소리치고 있었다. 처음엔 무슨 말을 하는지 알아들을 수도 없었다. 그러다가 간신히 그녀가 울부짖는 소리를 이해할 수 있었다.

「도둑이 들었어요! 우리 물건들을 모조리 훔쳐 갔다고요! 남겨 둔 게 아무것도 없어서 집 안이 텅텅 비었어요!」

「언제 그런 거야?」

「그걸 어떻게 알아요? 오, 하느님! 다른 유대인들은 전부 화장터로 실려 갔는데 왜 나만 살아남아서 이런 꼴을 당하는 거죠?」

「경찰에 신고했어?」

「경찰이 무슨 소용이에요? 그놈들도 똑같은 도둑놈들이라고요!」 마샤가 전화를 끊어 버렸다. 아직도 그녀의 울음소리가 귀에 쟁쟁 울리는 듯했다.

4

타마라는 어디 갔을까? 왜 기다리지 않았을까? 헤르만은 거듭거듭 그녀의 전화번호를 돌려 보았다. 그러다가 근심을 가라앉히려고 책 한 권을 펼쳤다. 『레위족의 존엄성』[149]이었는데, 거기 이런 말이 적혀 있었다. 〈사실은 모든 천사들과 신성한 동물들이 심판의 날을 앞두고 전율하였다. 그리고 인간도 오금이 저리도록 심판의 날을 두려워한다.〉

그때 문이 열리더니 타마라가 서점 안으로 들어왔다. 그녀는 너무 길고 너무 펑퍼짐해 보이는 드레스를 입고 있었다. 안색도 창백하고 초췌했다. 그녀는 고함을 지르고 싶은 충동을 겨우겨우 억누르면서 목쉰 소리로 떠들썩하게 말했다.
「도대체 어디 있었던 거야? 10시부터 10시 반까지 기다렸다고. 손님도 한 명 다녀갔어. 〈미슈나 전집〉을 사겠다는데 문을 열 수가 있어야 말이지. 당신 집으로 전화를 걸어 봤지만 아무도 안 받더라. 야드비가는 자살해 버렸는지도 몰라.」

「타마라, 이젠 나도 어쩔 수가 없어.」

「아무튼 당신은 지금 스스로 자기 무덤을 파고 있는 거야. 그 마샤라는 여자는 당신보다 더 나빠. 막달에 접어든 여자한테서 남자를 빼앗아 가는 법이 어디 있어? 그건 정말 못돼 먹은 여자들이나 하는 짓이라고.」

「뜻대로 행동하지 못하고 질질 끌려가는 건 마샤도 나와 마찬가지야.」

「당신은 옛날부터 〈자유의지〉라는 말을 강조했어. 당신이

---

[149] *The Sanctity of Levi*. 랍비 레비 이츠하크Levi Yitzchak(1740~1810)의 토라 해설집. 원제『케두샤스 레비*Kedushas Levi*』. 레위족은 고대 이스라엘에서 종교 행사를 관장하던 씨족의 이름이다.

랍비한테 대필해 준 책을 읽어 봤는데, 그 책에도 〈자유의지〉라는 말이 무수히 나오더라.」

「랍비가 그 말을 많이 써달라고 해서 그랬을 뿐이야.」

「그만 좀 해! 당신이 한심하긴 해도 그 정도는 아니잖아. 여자는 남자를 미치게 만들 수도 있는 거야. 우리가 나치 놈들을 피해 도망칠 때였는데, 포알레이 시온 당의 유명 인사 하나가 자기 단짝 친구의 마누라를 가로챘어. 나중에 우린 모두 한방에서 잘 수밖에 없었는데, 한 서른 명쯤 됐지. 그런데 그 뻔뻔스러운 여자가 자기 남편한테서 겨우 두 걸음 떨어진 자리에 애인이랑 나란히 눕더라고. 지금은 셋 다 죽어 버렸지만. 아무튼 당신은 어디로 갈 생각이야? 그 모든 재앙을 겪은 마당에 하느님이 당신한테 아이를 허락하셨잖아. 그 정도면 충분한 거 아니야?」

「타마라, 아무리 얘기해도 소용없어. 난 마샤 없이는 못 살아. 그렇다고 자살해 버릴 용기도 없고.」

「자살할 필요는 없어. 우리가 힘을 합쳐 그 아이를 기를 테니까. 랍비가 뭔가 대책을 세워 줄 테고, 나도 아주 무력한 여자는 아니거든. 내가 죽지만 않는다면 그 아이한테 두 번째 엄마가 되어 줄 거야. 당신 아마 돈도 별로 없겠지?」

「당신한테서는 한 푼도 더 받을 수 없어.」

「그렇게 서두르지 마. 그 여자가 지금까지 기다렸다면 10분 정도는 더 기다려 줄 테니까. 앞으로 어떻게 살 거야?」

「우린 아직 결정하지 못했어. 랍비가 마샤한테 마이애미나 캘리포니아에 있는 일자리를 주겠다고 했대. 나도 일자리를 구할 거야. 아이 앞으로 돈을 보내 줄게.」

「돈이 문제가 아니야. 내가 야드비가가 사는 집으로 이사하는 방법도 있겠지만 그 집은 서점에서 너무 멀어서 곤란해. 차라리 야드비가를 이리로 데려오는 편이 나을 것 같아. 외삼촌과 외숙모가 아주 열광적인 편지를 보내셨어. 아마 안 돌아오실 거야. 벌써 신성한 무덤들을 다 돌아보셨대. 라헬 성모님이 아직도 하느님한테 말발이 선다면 나중에 틀림없이 두 분을 위해 선처를 부탁해 주실 거야. 그런데 그 마샤는 어디서 살아?」

「이스트 브롱크스에 산다고 했잖아. 그런데 그 집에 도둑이 들었대. 깡그리 훔쳐 갔다는 거야.」

「뉴욕엔 도둑이 들끓는다지만 이 서점에 대해서는 걱정할 필요가 없으니 다행이야. 며칠 전에 서점 문을 닫고 있을 때 옆집에서 실 가게를 하는 사람이 나한테 도둑이 무섭지 않느냐고 묻더라. 그래서 내가 무서워하는 건 오히려 어느 이디시어 작가가 한밤중에 쳐들어와서 책을 더 많이 갖다 놓는 거라고 대답했지.」

「타마라, 난 가야겠어. 키스 한 번 할게, 타마라. 오늘이 마지막이니까.」

헤르만은 여행 가방을 집어 들고 황황히 서점을 빠져나왔다. 그 시간에는 지하철도 거의 비어 있었다. 헤르만은 목적지에서 내려 마샤가 사는 작은 골목까지 걸어갔다. 그는 아직도 그녀의 아파트 열쇠를 갖고 있었다. 문을 열자 마샤가 방 한복판에 우두커니 서 있었다. 보아하니 이젠 마음을 좀 가라앉힌 모양이었다. 벽장문도 화장대 서랍도 모조리 열려 있었다. 마치 이삿짐을 옮기는 도중인 듯 어수선하기 짝이 없었다. 개인 소유물은 이미 다 챙겼고 이제 가구들만 남은 것 같았다. 헤르만은 도둑들이 전구까지 깡그리 가져가 버린 것을 보았다.

헤르만이 집 안으로 들어가자 마샤는 이웃 사람들이 멋대로 들어오지 못하도록 문을 잠가 버렸다. 그리고 헤르만의 방으로 들어가 침대 위에 걸터앉았다. 베개와 침대 시트도 온데간데없었다. 그녀가 담뱃불을 붙였다.

헤르만이 물었다. 「어머님한테는 뭐라고 말씀드렸어?」

「사실대로.」

「뭐라고 하셔?」

「늘 듣던 얘기들이죠. 곧 후회하게 될 거라는 둥, 당신이 나를 버릴 거라는 둥, 어쩌고저쩌고. 당신이 나를 버리면 버리는 거죠, 뭐. 나한테 중요한 건 현재뿐이에요. 이렇게 도둑맞은 것도 평범한 일이 아니에요. 이건 우리가 더 이상 여기 머물지 말아야 한다는 경고의 뜻이라고요. 성서에도 이런 말이 있잖아요. 〈내가 어머니의 자궁에서 알몸으로 나왔사오니 또한 알몸으로 그곳에 돌아가리다.〉[150] 그런데 왜 하필 거기죠? 우린 어머니의 자궁 속으로 돌아가는 게 아니잖아요.」

「대지도 어머니와 같으니까.」

「그렇군요. 하지만 어머니 곁으로 돌아갈 때까지는 어떻게든 살아 봐야겠죠. 우선 어디로 갈 건지부터 지금 당장 결정해야 돼요. 캘리포니아냐, 플로리다냐. 기차를 탈 수도 있고 버스를 탈 수도 있어요. 버스 쪽이 더 싸긴 하지만 캘리포니아까지는 꼬박 일주일이나 걸리는데, 그때쯤엔 둘 다 초주검이 돼버릴 거예요. 내 생각엔 마이애미로 가는 게 좋을 것 같아요. 곧바로 요양원 일을 시작할 수 있을 테니까. 지금은 비수기라서 모든 게 반값이죠. 날씨가 좀 덥긴 하겠지만 우리 엄마 말대로 지옥이 훨씬 더 뜨거울 거예요.」

「버스는 언제 출발하지?」

「전화로 알아볼게요. 도둑놈들이 전화기는 안 가져갔더라

150 「욥기」 1:21.

고요. 낡은 여행 가방도 남겨 놨고요. 우리한테 필요한 건 다 있는 셈이네요. 유럽에서 이리저리 떠돌아다닐 때도 이런 식이었어요. 그때는 여행 가방도 없어서 달랑 보따리 하나가 전부였죠. 그렇게 비참한 표정 짓지 말아요! 플로리다에 가면 당신도 일자리를 구할 수 있을 거예요. 랍비 밑에서 대필 작업을 하는 게 싫어졌다면 교사 노릇을 하면 되잖아요. 노인들한테 모세 5경이나 주석서를 가르쳐 줄 사람도 필요하거든요. 적어도 주급 40달러 정도는 충분히 벌 수 있을 거예요. 거기다 내가 버는 백 달러를 합치면 남부럽지 않게 떵떵거리며 살 수 있어요.」

「그럼 그렇게 하자고.」

「어차피 그런 잡동사니들을 다 가져갈 생각은 아니었어요. 도둑맞은 게 오히려 잘된 일인지도 모르죠!」

마샤의 눈이 밝은 웃음을 머금었다. 쏟아지는 햇살이 그녀의 머리카락을 불꽃처럼 빨갛게 물들였다. 바깥에는 겨우내 눈을 뒤집어쓰고 있던 나무가 다시 반짝거리는 잎들로 갈아입고 있었다. 헤르만은 놀란 눈으로 그 나무를 바라보았다. 겨울철마다 그는 쓰레기와 깡통들 틈에 서 있는 이 나무가 결국 말라 죽었을 거라고 생각했다. 바람이 나뭇가지를 뚝뚝 부러뜨렸고, 집 없는 개들이 나무줄기에 오줌을 갈겼다. 나무는 날이 갈수록 오히려 점점 더 가늘어지고 울퉁불퉁해지는 것 같았다. 그리고 동네 아이들이 나무껍질에 자신의 머리글자와 하트 모양, 심지어 음탕한 낙서까지 새겨 놓았다. 그런데도 여름철만 되면 나무는 다시 무성한 잎으로 뒤덮였다. 그 짙은 녹음 속에서 새들이 노래했다. 나무는 올해도 어김없이 자신의 사명을 다한 것이다. 나무는 톱날도 도끼도 두려워하지 않았고, 심지어 마샤가 습관처럼 창밖으로 내던지는 불붙은 담배꽁초 때문에 언젠가 자신이 영영 사라져 버릴지도 모른다는 걱정도 하지 않았다.

헤르만이 마샤에게 물었다. 「혹시 멕시코에도 랍비의 요양원이 있나?」

「멕시코는 왜요? 금방 돌아올 테니까 여기서 기다려요. 요양원으로 떠나기 전에 드라이클리닝을 맡긴 옷들이 있어요. 중국인 세탁소에 당신 옷도 몇 벌 갖다 줬고요. 그리고 은행에 아직 몇 달러가 남았는데 그것도 마저 찾아야겠어요. 30분쯤 걸릴 거예요.」

마샤가 나갔다. 헤르만은 그녀가 문을 잠그는 소리를 들었다. 그는 자신의 책들을 뒤적거리기 시작했다. 그러다가 혹시 랍비의 일을 계속하게 될 경우 꼭 필요한 사전 한 권을 챙겼다. 그리고 서랍 속에서 각양각색의 공책들과 함께 도둑들이 미처 찾아내지 못한 낡은 만년필 한 자루도 발견했다. 헤르만은 자신의 여행 가방을 열고 그 속에 책과 공책을 쑤셔 넣었다. 그런데 가방을 닫을 수가 없었다. 문득 야드비가에게 전화하고 싶은 충동을 느꼈지만 쓸데없는 짓이라는 것을 알고 있었다. 그는 휑뎅그렁한 침대에 벌렁 드러누웠다. 깜박 잠들어 꿈을 꾸었다. 그리고 다시 눈을 떴지만 마샤는 아직 돌아오지 않았다. 햇빛이 사라져 방 안이 어두컴컴했다. 그때 갑자기 문밖이 소란스러워지면서 발소리와 고함 소리가 들려왔다. 뭔가 무거운 물건을 질질 끄는 듯한 소리도 들렸다. 헤르만은 일어나서 바깥문을 열어 보았다. 두 남녀가 시프라 푸아를 부축하고 들어 나르다시피 데려오고 있었다. 시프라 푸아의 얼굴은 병색이 완연했고 딴사람처럼 변해 버렸다. 남자가 소리쳤다. 「이분이 내 택시 안에서 실신하셨어요. 아드님이십니까?」

그때 여자가 물었다. 「마샤는 어디 있어요?」 헤르만은 그녀가 이웃집 여자임을 알아보았다.

「외출했어요.」

「의사부터 부르세요!」

헤르만은 계단 몇 개를 뛰어 내려가 시프라 푸아에게 달려갔다. 그가 부축하려고 하자 시프라 푸아가 준엄한 표정으로 노려보았다.

「의사를 부를까요?」

시프라 푸아는 고개를 가로저었다. 헤르만은 뒷걸음치며 아파트 안으로 물러섰다. 택시 운전사가 시프라 푸아의 핸드백과 작은 여행 가방을 넘겨주었다. 헤르만이 처음 보는 물건들이었다. 그는 자기 돈으로 택시 운전사에게 요금을 치렀다. 그들은 시프라 푸아를 어둑어둑한 침실로 데려갔다. 헤르만이 전등 스위치를 눌렀지만 그 방의 전구도 도둑들이 가져가 버린 뒤였다. 택시 운전사가 왜 아무도 불을 켜지 않느냐고 물었다. 여자가 자기 아파트에서 전구를 가져오겠다면서 나갔다. 시프라 푸아가 울먹이는 소리로 말했다. 「여긴 왜 이렇게 어두워? 마샤는 어디 갔나? 아, 비참한 내 신세야!」

헤르만은 시프라 푸아의 팔과 어깨를 붙잡았다. 그사이에 여자가 돌아와 전구를 끼웠다. 시프라 푸아가 자신의 침대를 보더니 거의 건강한 사람의 말투로 말했다. 「이부자리가 다 어디 갔지?」

그러자 이웃집 여자가 말했다. 「제가 베개와 홑이불을 갖다 드릴게요. 일단 누워 계세요.」

헤르만은 시프라 푸아를 침대로 데려갔다. 그는 그녀의 몸이 부들부들 떨리는 것을 느낄 수 있었다. 헤르만이 그녀를 번쩍 안아 올려 침대 매트리스에 눕히는 동안 그녀가 그의 목에 매달렸다. 시프라 푸아가 신음 소리를 냈다. 그새 얼굴이 더 오그라든 것 같았다. 이웃집 여자가 베개와 홑이불을 가지고 돌아왔다. 「당장 구급차를 불러야겠어요.」

계단에서 다시 발소리가 들리더니 마샤가 들어왔다. 한 손에는 옷걸이에 걸린 옷들을 들었고 다른 손에는 세탁물 보따리를 들고 있었다. 그녀가 침실로 들어오기 전에 헤르만이 열린 문 너머로 말했다. 「어머님이 오셨어!」

마샤가 동작을 딱 멈추었다. 「벌써 쪼르르 달려오셨단 말이에요?」

「좀 편찮으셔.」

마샤가 옷과 보따리를 헤르만에게 넘겨주었고, 헤르만은 그것들을 부엌의 식탁 위에 갖다 놓았다. 마샤가 자기 어머니에게 성난 목소리로 고함을 지르고 있었다. 그는 의사를 불러야 한다는 것을 알았지만 어디로 연락해야 할지 난감하기만 했다. 이웃집 여자가 침실에서 나오더니 어떻게 하면 좋겠느냐는 듯 양손을 펼쳐 보였다. 헤르만은 자기 방으로 갔다. 여자가 전화로 누군가에게 투덜거리는 소리가 들려왔다.

「경찰관이라니? 경찰관을 어디서 데려오란 말이에요? 이러는 동안에 할머니가 돌아가실지도 모른다고요!」

그때 마샤가 빽 소리쳤다. 「의사! 의사! 엄마가 죽어 가요! 이건 자살이야! 순전히 나를 괴롭히려고 이러는 거라고!」

그러더니 곧 길게 울부짖었다. 불과 몇 시간 전에 헤르만이 전화했을 때 마샤가 도난 사건에 대해 얘기하면서 냈던 그 소리와 비슷했다. 평소의 목소리와는 전혀 달라서 마치 고양이가 울부짖는 듯 야성적인 소리였다. 그녀의 얼굴이 잔뜩 일그러졌다. 그녀는 머리카락을 마구 쥐어뜯으며 발을 동동 구르다가 마치 때려죽일 듯한 기세로 헤르만에게 덤벼들었다. 이웃집 여자가 경악한 표정으로 수화기를 가슴에 갖다 댔다.

마샤가 다시 절규했다. 「당신이 원한 게 바로 이거였어! 원수들! 철천지원수들!」

그녀는 숨이 차서 헐떡거리다가 고꾸라질 듯이 허리를 꺾었다. 이웃집 여자가 수화기를 팽개치고 마샤의 양쪽 어깨를 붙잡았다. 그리고 마치 숨통이 막혀 죽어 가는 아이를 구하려는 사람처럼 마샤의 몸을 마구 뒤흔들었다.

「살인자들!」

제10장

1

마샤가 임신한 줄 알았을 때 그녀를 돌봐 주었던 의사가 와서 시프라 푸아에게 주사를 놓았다. 그러고 나서 구급차가 도착했고, 마샤도 어머니와 함께 병원으로 갔다. 몇 분 후 경찰관이 문을 두드렸다. 헤르만은 시프라 푸아가 이미 병원으로 실려 갔다고 했지만 경찰관은 도난 사건 때문에 온 거라고 말했다. 경찰관은 헤르만의 이름과 주소를 묻고 마샤 모녀와 어떤 관계냐고 물었다. 헤르만은 창백한 얼굴로 말을 더듬었다. 경찰관은 수상쩍다는 듯이 헤르만을 노려보면서 미국엔 언제 왔느냐, 시민권은 있느냐고 물었다. 그리고 수첩에 뭔가를 적고 가버렸다. 베개와 홑이불은 옆집 여자가 도로 가져가 버린 뒤였다. 헤르만은 마샤가 병원에서 전화할 거라고 생각했지만 두 시간이 지나도 감감무소식이었다.

밤이 되었지만 아파트 안에서 불을 켠 곳은 침실뿐이었다. 헤르만은 침실 전구를 자기 방으로 가져가려고 전등에서 돌려 뺐다. 그러나 침실에서 나오다가 문기둥에 몸을 부딪혔고, 전구 속에서 필라멘트가 달그락거렸다. 그는 자기 방에

가서 침대 옆의 스탠드에 전구를 꽂아 보았지만 불이 켜지지 않았다. 부엌으로 가서 성냥과 양초를 찾아보았지만 아무것도 발견하지 못했다. 그는 창가에 서서 밤 풍경을 내다보았다. 몇 시간 전만 하더라도 나뭇잎 하나하나가 햇빛을 반사하며 일렁이던 나무가 지금은 어둠을 등지고 시꺼멓게 서 있었다. 불그스름하게 빛나는 하늘에 별 하나가 반짝거렸다. 고양이 한 마리가 조심스럽게 걸음을 옮기며 마당을 가로지르더니 고철 쪼가리와 쓰레기 사이의 공간으로 기어 들어갔다. 고함 소리, 자동차들의 소음, 그리고 고가 철도의 희미한 굉음이 아득히 메아리치고 있었다. 헤르만은 일찍이 경험하지 못했던 극심한 우울증에 빠져 들었다. 이렇게 약탈당하고 캄캄한 집에 밤새도록 혼자 있을 수는 없었다. 혹시 시프라 푸아가 죽었다면 유령이 되어 찾아올지도 모른다.

그는 밖으로 나가 전구를 사 와야겠다고 마음먹었다. 게다가 아침 식사 이후엔 아무것도 먹지 못한 터였다. 그는 아파트를 나섰다. 그러나 등 뒤에서 문이 닫히는 순간 열쇠를 두고 나왔다는 사실을 깨달았다. 열쇠가 있을 리가 없다는 것을 알면서도 호주머니를 뒤져 보았다. 아마 식탁 위에 놓아두었을 것이다. 그때 아파트 안에서 전화벨이 울리기 시작했다. 헤르만은 문을 밀어 보았지만 이미 단단히 잠겨 있었다. 전화벨 소리가 끊임없이 되풀이되었다. 헤르만은 있는 힘껏 문을 밀었지만 문은 꼼짝도 하지 않았고 전화벨 소리는 계속되었다.

「저건 마샤 전화야! 마샤!」 그는 시프라 푸아가 어느 병원으로 실려 갔는지도 기억하지 못했다.

전화벨 소리가 그쳤지만 헤르만은 그대로 문밖에 서 있었다. 문을 부수고라도 들어가야 하는 게 아닐까 생각했다. 틀림없이 곧 전화벨이 다시 울릴 것 같았다. 그는 꼬박 5분 동안 기다리다가 계단을 내려가기 시작했다. 길거리로 나가는 출입구 앞에 막 이르렀을 때 다시 전화벨이 울리기 시작했다. 그 소리는 몇 분 동안이나 계속되었다. 그 집요한 벨소리 속에서 헤르만은 마샤의 분노를 느낄 수 있었다. 고뇌로 일그러진 마샤의 얼굴이 눈에 선했다.

이제 와서 돌아가 봤자 소용없는 일이었다. 그는 트레몬트 애비뉴 쪽으로 걸어가다가 마샤가 출납원으로 일하던 카페테리아에 도착했다.

그는 커피 한 잔을 마시고 돌아가서 마샤가 올 때까지 계단에서 기다리기로 마음먹었다. 카운터 앞으로 다가갔다. 조끼 호주머니를 만져 보다가 열쇠 하나를 발견했지만 그것은 브루클린 아파트의 열쇠였다.

그는 커피를 주문하는 대신에 타마라에게 전화하려고 했지만 모든 부스가 사용 중이었다. 그는 참을성을 가지려고 노력했다. 마음속에 이런 생각이 떠올랐다. 〈영원도 언제까지나 계속되는 것은 아니다. 우주가 언제 시작되었다고 말할 수 없다면 이미 한 번의 영원이 지나가 버린 것이다.〉 헤르만은 혼자 빙그레 웃었다. 다시 제논의 역설[151]로 돌아가는구나! 통화에 열중하던 세 명 중에서 한 명이 전화를 끊었다. 헤르만은 재빨리 부스 안으로 들어갔다. 타마라의 전화번호를 돌렸지만 아무도 받지 않았다. 동전이 도로 나오자 이번에는 무심결에 브루클린 아파트의 번호를 돌렸다. 설령 적대적인 목소리일지라도 귀에 익은 목소리를 듣고 싶었다. 그런

---

151 *Zeno's paradoxes*. 엘레아 학파의 일원이었던 그리스 철학자 제논(B.C. 490?~430?)이 제시한 몇 개의 역설. 〈아킬레스와 거북의 역설〉, 〈이분법의 역설〉, 〈화살의 역설〉 등이 유명하다.

데 야드비가도 집에 없었다. 그는 신호가 열 번 울릴 때까지 듣고 있었다.

헤르만은 우선 빈 테이블에 자리를 잡고 30분쯤 기다렸다가 마샤의 아파트로 전화해야겠다고 생각했다. 호주머니에서 종이 한 장을 꺼내 자신과 마샤가 지금 가지고 있는 돈으로 얼마나 오래 버틸 수 있을지 계산해 보았다. 그러나 버스 요금을 모르니 쓸데없는 짓이었다. 그는 이것저것 계산하거나 낙서를 하면서 몇 분마다 한 번씩 손목시계를 들여다보았다. 이 시계를 팔면 얼마나 받을 수 있을까? 기껏해야 1달러가 고작일 것이다.

그는 그곳에 앉아서 현재의 상황을 정리해 보았다. 건초 다락에 숨어 있을 때만 하더라도 이 세상에 뭔가 근본적인 변화가 일어날 거라는 환상을 품었지만 달라진 것은 아무것도 없었다. 정치도 여전하고, 미사여구도 여전하고, 헛된 약속도 여전하다. 교수들은 여전히 살인의 이데올로기, 고문의 사회학, 강간의 철학, 공포의 심리학 따위에 대한 책을 쓴다. 발명가들은 새로운 살인 무기를 만들어 낸다. 문화와 정의에 대한 대화는 만행과 불의에 대한 대화보다 더 혐오스럽다. 헤르만은 이렇게 중얼거렸다. 「나는 똥물 속에 빠져 버렸다. 내가 바로 똥이다. 탈출할 방법이 없다. 가르친다고? 가르칠 것이 뭐가 있단 말이냐? 그리고 내가 무슨 자격으로 남을 가르친다는 거냐?」 그는 랍비의 저녁 파티에서 경험했던 것과 똑같은 메스꺼움을 느꼈다. 20분이 지난 후 마샤의 전화번호를 돌렸다. 그녀가 전화를 받았다.

마샤의 음성을 듣는 순간 헤르만은 시프라 푸아가 죽었다는 것을 알아차렸다. 단조로운 음성이었다. 지극히 일상적인 일에 대해서도 지나치게 극적인 말투를 사용하는 마샤였지만 오늘은 정반대였다.

헤르만은 그래도 일단 물어보았다. 「어머님은 좀 어떠셔?」

마샤가 대답했다. 「난 이제 엄마가 없어요.」

둘 다 입을 다물었다.

잠시 후 마샤가 물었다. 「거기 어디예요? 당신이 나를 기다릴 줄 알았는데.」

「맙소사, 언제 돌아가신 거야?」

「병원에 도착하기도 전에 돌아가셨어요. 마지막으로 하신 말씀이 이거였죠. 〈헤르만은 어디 있니?〉 도대체 어디 있는 거예요? 빨리 돌아와요.」

헤르만은 출납원에게 전표를 돌려주는 것도 잊어버리고 황급히 카페테리아를 뛰쳐나왔다. 출납원이 뒤에서 소리쳐 불렀다. 헤르만은 그녀에게 전표를 집어 던졌다.

2

헤르만은 이웃 사람들이 마샤와 함께 있을 거라고 예상했지만 아무도 없었다. 아파트는 그가 나올 때와 다름없이 여전히 캄캄했다. 두 사람은 말도 없이 가까이 서 있었다.

이윽고 헤르만이 말했다. 「전구를 사 오려고 나갔는데 열쇠를 안 가져갔어. 혹시 어디 양초 하나 없어?」

「그건 왜요? 양초 같은 건 필요 없어요.」

헤르만은 마샤를 자기 방으로 데려갔다. 그 방은 좀 더 밝은 편이었다. 그는 의자에 앉았고 마샤는 침대 모서리에 걸터앉았다.

헤르만이 물었다. 「우리 말고 또 누가 알지?」

「아무도 모르고 아무도 관심 없어요.」

「내가 랍비한테 연락해 볼까?」

마샤는 대답하지 않았다. 슬픔에 빠져 미처 못 들은 모양이라고 생각하려는데 그녀가 갑자기 입을 열었다. 「헤르만, 더 이상은 못 참겠어요. 이런 일엔 여러 가지 절차도 필요하고 돈도 들잖아요.」

「랍비는 어디 있어? 아직 집에 있나?」

「내가 나올 때까지는 있었지만 비행기로 어딜 간댔어요. 그게 어딘지는 생각 안 나요.」

「일단 그 집으로 연락해 볼게. 성냥은 있어?」

「내 핸드백이 어디 있죠?」

「갖고 들어왔다면 찾을 수 있겠지.」

헤르만은 일어나서 핸드백을 찾으러 갔다. 맹인처럼 손으로 더듬거리며 돌아다녀야 했다. 그는 부엌에 가서 식탁과 의자들을 더듬어 보았다. 시프라 푸아의 침실에도 들어가 보고 싶었지만 왠지 두려웠다. 혹시 마샤가 핸드백을 병원에 두고 온 게 아닐까? 그는 마샤 곁으로 돌아갔다.

「못 찾겠어.」

「분명히 집으로 가져왔어요. 그 속에서 열쇠를 꺼냈거든요.」

마샤도 일어섰다. 두 사람은 어둠 속에서 더듬거리며 돌아다녔다. 의자 하나가 쓰러졌고 마샤가 도로 일으켜 세웠다. 헤르만은 화장실에 들어가서 습관적으로 스위치를 올렸다. 불이 켜졌다. 빨래 바구니 위에 마샤의 핸드백이 놓여 있었다. 도둑들이 화장실 선반 위의 전구를 빠뜨리고 안 가져간 모양이었다.

헤르만은 핸드백을 집어 들다가 뜻밖의 무게에 놀랐지만 마샤에게 핸드백을 찾아냈으며 화장실 전등이 켜진다고 소리쳤다. 그리고 손목시계를 보았지만 깜박 잊고 태엽을 안 감은 터라 시계가 멈춘 뒤였다.

마샤가 화장실 문 앞에 나타났다. 얼굴이 딴사람 같았고 머리도 엉망이었다. 그녀가 눈을 깜박거렸고 헤르만은 그녀에게 핸드백을 건네주었다. 차마 그녀를 똑바로 쳐다볼 수가 없었다. 그래서 낯선 여자를 함부로 쳐다보지 않는 신앙심 깊은 유대인처럼 얼굴을 돌린 채 그녀에게 말했다.

「이 전구를 전화기 근처에 있는 스탠드로 옮겨야겠어.」

「왜요? 글쎄…….」

헤르만은 조심스럽게 전구를 빼내서 몸 가까이에 들고 있었다. 마샤가 그를 책망하거나 울고불고 소란을 피우지 않는 것이 고마울 따름이었다. 그는 바닥에 놓인 스탠드에 전구를 끼웠고, 불이 켜지는 순간 만족감을 느꼈다. 랍비의 집에 전화했더니 어떤 여자가 받았다. 「랍비 램퍼트는 캘리포니아에 가셨어요.」

「언제 돌아오시는지 아십니까?」

「일주일 이상 걸릴 거예요.」

헤르만은 그 말이 무엇을 의미하는지 알고 있었다. 랍비가 이곳에 있다면 각종 절차를 알아서 처리해 줄 테고, 어쩌면 장례 비용까지 해결해 줄지도 모른다. 헤르만은 잠시 망설이다가 랍비에게 연락할 방법이 있느냐고 물어보았다.

그러나 여자의 대답은 도도했다. 「그건 말씀드릴 수 없는데요.」

헤르만은 불을 꺼버렸다. 왜 그랬는지는 자신도 알지 못했다. 그리고 자기 방으로 돌아갔다. 마샤는 핸드백을 무릎 위에 올려놓고 앉아 있었다.

「랍비는 캘리포니아로 갔대.」

「그랬군요……」

「어디서부터 시작하지?」 그것은 마샤와 자신에게 동시에 던지는 질문이었다. 언젠가 마샤는 자기네 모녀가 구성원들의 장례식을 주관해 주는 그 어떤 단체나 시나고그에도 소속되지 않았다고 말한 적이 있었다. 그렇다면 장례식과 묏자리 등 모든 비용을 그들이 부담해야 했다. 헤르만이 담당자들을 만나고, 청탁을 하고, 대출을 받고, 담보물을 제시해야 할 것이다. 그러나 그를 아는 사람이 누가 있단 말인가? 그는 문득 동물들을 떠올렸다. 동물들은 살아 있는 동안 복잡한 상황에 말려드는 일도 없고 죽은 뒤에 남에게 짐이 되는 일도 없다.

헤르만은 이렇게 말했다. 「마샤, 난 살고 싶지 않아.」

「당신 언젠가 나랑 같이 죽겠다고 약속한 적이 있었죠. 지금 그렇게 하자고요. 둘이 먹어도 충분한 분량의 수면제가 있어요.」

「그래, 먹어 버리자.」 그 말이 진심인지는 헤르만 자신도 알지 못했다.

「수면제는 내 핸드백에 들어 있어요. 이제 물 한 잔만 있으면 돼요.」

「딴 건 몰라도 물은 있지.」

헤르만은 목이 메어 말을 하기가 힘들었다. 지금까지 일어난 일들 때문에, 그리고 그 모든 일이 순식간에 절정으로 치달았던 놀라운 속도 때문에 머리가 얼떨떨했다. 마샤가 핸드백을 뒤적거리는 동안 헤르만은 열쇠와 동전과 립스틱 따위가 달그락거리고 짤랑이는 소리를 들었다. 그리고 이런 생각을 했다. 〈마샤가 나를 찾아온 죽음의 사자라는 건 진작부터 알고 있었지.〉

헤르만은 자기도 모르게 말했다.「죽기 전에 진실을 알고 싶어.」

「뭐 말이에요?」

「나를 만난 다음에는 나한테만 충실했는지.」

「당신은 나한테만 충실했어요? 당신이 진실을 말해 주면 나도 그럴게요.」

「진실을 말해 줄게.」

「잠깐, 담배 한 대 피우고 싶어요.」

마샤는 담뱃갑 속에서 담배 한 개비를 꺼냈다. 그녀는 모든 동작을 천천히 했다. 헤르만은 그녀가 엄지와 검지로 담배 끄트머리를 쥐고 빙빙 돌리는 소리를 들을 수 있었다. 마샤가 성냥을 켰고, 그 불빛 속에서 그녀의 두 눈이 다그쳐 묻는 표정으로 헤르만을 쳐다보고 있었다. 그녀가 담배를 한 모금 빨고 성냥불을 껐다. 성냥 머리가 잠시 빛나면서 그녀의 손톱을 비춰 주었다.「자, 어서 말해 봐요.」

헤르만은 아주 힘들게 입을 열었다.「타마라하고만 그랬어. 그것뿐이야.」

「언제?」

「타마라가 캐츠킬 산맥에 있는 호텔에 묵고 있을 때.」

「당신은 캐츠킬 산맥에 간 적이 없잖아요.」

「당신한테는 랍비 램퍼트랑 애틀랜틱시티에 가서 회의에 참석한다고 말했지. 이제 당신 차례야.」

그러자 마샤가 짧게 웃었다.

「당신이 마누라와 한 짓을 나는 남편하고 했어요.」

「그럼 그 사람 말이 사실이었다는 거야?」

「모처럼 사실을 말한 거죠. 내가 가서 이혼해 달라고 했을 때 그 인간이 강요했어요. 자기와 이혼하는 방법은 그것뿐이라면서.」

「당신은 거짓말이라면서 맹세까지 했잖아.」

「거짓 맹세였어요.」

두 사람은 말없이 앉아서 각자 생각에 골몰했다.

이윽고 헤르만이 말했다. 「이 마당에 죽는다는 건 별로 의미가 없겠군.」

「그래서 어떻게 하고 싶어요? 나를 버릴 거예요?」

헤르만은 대답하지 않았다. 그저 멍하니 앉아 있었다. 머릿속이 텅 비어 버린 것 같았다. 이윽고 그가 말했다. 「마샤, 우린 오늘 밤에 떠나야 돼.」

「나치 놈들도 유대인들이 죽은 사람들을 매장하는 건 허락했어요.」

「우린 이제 유대인도 아니고 난 더 이상 여기 머물 수 없어.」

「내가 어떻게 했으면 좋겠어요? 내 후손들까지 대대손손 저주를 받을 거예요.」

「우린 이미 저주받은 몸이야.」

「최소한 장례식이 끝날 때까지만이라도 기다려 줘요.」 마샤는 〈장례식〉이라는 말을 간신히 입 밖에 낼 수 있었다.

헤르만이 일어섰다. 「난 지금 갈 거야.」

「잠깐, 나도 같이 갈게요. 화장실 다녀올 테니까 조금만 기다려요.」

마샤가 일어났다. 그녀는 발을 질질 끌면서 걸었다. 구두 뒤축이 바닥을 드르륵드르륵 긁었다. 바깥에는 그 나무가 어둠 속에 미동도 없이 서 있었다. 헤르만은 나무에게 작별 인사를 했다. 마지막으로 나무의 수수께끼를 헤아려 보려고 했다. 첨벙거리는 물소리가 들려왔다. 마샤가 세수를 하는 모양이었다. 헤르만은 조용히 서서 열심히 귀를 기울였다. 그러먼서 자신에 대하여, 그리고 마샤가 함께 가겠다고 나섰다는 데 대하여 놀라움을 느꼈다.

마샤가 화장실에서 나왔다. 「헤르만, 어디 있어요?」

「여기야.」

마샤가 조용히 말했다. 「헤르만, 난 도저히 엄마 곁을 떠날 수 없어요.」

「어차피 떠날 수밖에 없잖아.」

「엄마 곁에 묻히고 싶어요. 낯선 사람들 틈에 묻히긴 싫다고요.」

「내 곁에 묻히면 되잖아.」

「당신도 낯선 사람이에요.」

「마샤, 난 정말 가야 돼.」

「잠깐 기다려요. 어차피 이렇게 될 바엔 차라리 그 시골뜨기한테 돌아가요. 당신 아이를 버리지 말아요.」

「난 모두 다 버릴 거야.」

에필로그

오순절 전날 밤, 야드비가는 딸을 낳았다. 그 전에 랍비는 혹시 이 아이가 계집애라면 마샤라고 부르는 것이 좋겠다고 말했었다. 모든 일은 그가 도맡아 처리했다. 시프라 푸아와 마샤의 장례식, 야드비가의 병원비까지, 그리고 아기에게는 유모차, 이불, 배냇저고리, 심지어 장난감까지 사주었다. 레브 아브라함 니센과 셰바 하다스는 결국 이스라엘에 남기로 했고, 타마라는 외삼촌의 아파트와 서점을 아주 물려받게 되었다.

타마라는 야드비가를 혼자 내버려 둘 수 없어 아기와 함께 자기 집으로 데려왔다. 타마라는 하루 종일 서점에서 일했고 야드비가는 집안일을 돌보았다.

남들처럼 마샤도 유언을 남겼다. 자신의 죽음은 누구의 책임도 아니라고 했다. 그리고 어머니 곁에 묻어 달라고 부탁했다. 그러나 랍비가 캘리포니아에 가 있어서 그들은 하마터면 극빈자 묘지에 묻힐 뻔했다. 무슨 일이 생겼는지 아무도 모르는 채 이틀이 훌쩍 지나갔다. 그런데 한 이디시어 신문에 실린 기사에 의하면 배우 야샤 코틱의 꿈속에 마샤가 나타나 자신의 죽음을 알렸다고 한다. 그래서 야샤 코틱이 이튿날 아침 레온 토르치네르에게 전화를 걸었다는 것이다. 마샤의 아파트 열쇠를 간직하고 있던 토르치네르는 그 집으로 가서 그녀의 시신을 발견했고, 캘리포니아의 랍비에게 연락한 사람도 토르치네르였다고 했다. 그런데 나중에 마샤의 이웃집 여자가 신문사로 편지를 보내 기사 내용에 이의를 제기했다. 그 여자는 자기가 병원에 연락해 보았고, 그래서 시프라 푸아가 죽었는데도 아무도 시신을 인수해 가지 않았다는 것을 알게 되었다고 주장했다. 그래서 관리인에게 연락했고, 관리인이 마샤의 아파트 문을 열어 그녀의 시신을 발견하게 되었다는 것이다.

랍비는 타마라와 어린 마샤를 자주 찾아왔다. 종종 타마라의 서점 앞에 차를 세워 놓고 들어와 이 책 저 책 뒤적거리기도 했다. 그는 타마라에게 손님들을 보내 주었다. 그리고 그가 보내 주는 다른 이들은 그녀에게 책을 공짜로 주거나 헐값에 넘기곤 했다. 랍비는 타마라의 서점에서 한 블록쯤 떨어진 커낼 가의 묘비 제작자에게 의뢰하여 마샤 모녀의 합동 묘비를 만들었다.

타마라는 헤르만을 찾으려고 이디시어 신문에 몇 번이나 심인 광고를 실었지만 아무런 성과도 얻지 못했다. 그녀는 헤르만이 자살했거나 아니면 미국 땅 어딘가에 숨어 폴란드에서의 건초 다락 생활을 재현하고 있을 거라고 믿었다. 어느 날 랍비가 타마라에게 새로운 소식을 알려 주었다. 랍비 최고 회의가 대학살을 이유로 규정을 완화시켜 이젠 남편에게 버림받은 아내들도 재혼할 수 있게 되었다는 것이었다.

그러자 타마라는 이렇게 대답했다. 「다시 태어난다면 생각해 보죠. 헤르만과 재혼하는 거라면요.」

노벨 문학상 수상 연설[1]
아이작 바셰비스 싱어

어느 시대에나 그렇듯이 우리 시대에도 작가와 시인들은 단순히 사회적 또는 정치적 이상을 설교하는 데 그치지 않고 완전한 의미의 정신적 즐거움을 줄 수 있어야 합니다. 지루함을 느끼는 독자들에게는 낙원이 없고, 따라서 독자를 매혹하고 영혼을 고양시켜, 진정한 예술에 반드시 수반되는 기쁨과 피난처를 제공하지 못하는 따분한 문학은 변명의 여지가 없습니다. 그러나 이 시대를 살아가는 진지한 작가라면 당대의 문제점들에 대하여 깊은 관심을 가져야 하는 것도 사실입니다. 우리는 인류 역사상 그 어떤 시대보다도 오늘날 종교의 힘, 특히 계시에 대한 믿음이 크게 약화되었음을 간과할 수 없습니다. 점점 더 많은 아이들이 하느님을 믿지 않고, 인과응보나 영혼의 불멸성, 심지어 윤리의 타당성마저 의심하게 되었습니다. 진정한 작가라면 가족의 정신적 기반이 무너져 간다는 사실을 결코 무시할 수 없습니다. 제2차 세계 대전 이후 오스발트 슈펭글러[2]의 암담한 예언들이 모두 현실화되었

---

[1] 이 내용은 1978년 아이작 바셰비스 싱어가 노벨 문학상 수상식장에서 한 연설을 번역한 것이다.

[2] Oswald Spengler(1880~1936). 독일 철학자, 역사학자. 문명도 유기체

습니다. 기술이 아무리 발전해도 현대인의 실망, 고독, 열등감, 그리고 전쟁과 혁명과 테러에 대한 두려움을 덜어 줄 수는 없습니다. 우리 세대는 하느님의 섭리에 대한 믿음을 잃었을 뿐만 아니라 인간, 인간이 만든 제도, 그리고 자신과 가장 가까운 사람들에 대한 믿음까지 잃어버리고 말았습니다.

우리 시대의 지도자들을 더 이상 신뢰할 수 없게 된 많은 이들이 지금 절망하면서 언어의 달인인 작가들을 쳐다봅니다. 가망이 없다는 것을 알면서도 그들은 재능과 감수성을 겸비한 작가들이 문명을 구원해 주길 바랍니다. 예술가에게는 예언자의 불꽃이 깃들어 있을지도 모르기 때문입니다.

인간의 광기가 불러온 최악의 재난을 겪어야 했던 불행한 민족의 한 사람으로서 저는 다가오는 위험들을 깊이 우려할 수밖에 없습니다. 그러면서 올바른 해결책을 찾기란 불가능하다고 체념해 버린 적도 한두 번이 아닙니다. 그러나 그때마다 새로운 희망이 고개를 듭니다. 아직 늦지 않았다고, 언젠가는 우리 모두가 현실을 직시하고 결단을 내릴 수 있을 거라고 말입니다. 저는 자유 의지를 믿으라고 교육받았습니다. 비록 모든 계시를 의심하게 되긴 했지만, 이 세계가 어떤 물리적 또는 화학적 우연의 산물이며 맹목적인 진화의 결과물에 불과하다는 생각만은 결코 받아들일 수 없습니다. 그리고 비록 인간의 정신이 만들어 낸 온갖 거짓말과 상투어와 미신들을 꿰뚫어 볼 수 있게 되었지만 아직도 몇 가지 진실들을 소중히 간직하면서 언젠가는 우리 모두가 그것을 받아들이게 될 거라고 생각합니다. 자연이 인간에게 허락하는 모든 즐거움과 능력과 지식을 고스란히 향유하면서도 여전히

처럼 생성, 번영, 쇠퇴, 몰락의 과정을 밟는다고 주장하였다. 대표작으로 『서구의 몰락Der Untergang des Abendlandes』이 있다.

하느님을 섬길 수 있는 길이 틀림없이 있을 것입니다. 말씀이 아니라 행동으로 보여 주시는 하느님, 우주 그 자체가 곧 언어인 하느님 말입니다.

저는 문학이 새로운 시각과 지평을 열어 줄 수 있을 거라고 상상하는 사람들 중 하나라는 사실을 거리낌 없이 인정합니다. 철학적, 종교적, 심미적, 심지어 사회적인 면에서도 말입니다. 옛 유대 문학의 역사에서 시인과 예언자 사이에는 본질적인 차이가 전혀 없었습니다. 오래된 시가 곧 율법이나 생활 방식으로 굳어지는 일도 흔했습니다.

뉴욕 『주이시 데일리 포워드』사 부근의 카페테리아에서 저와 자주 어울리는 친구들은 더러 제가 비관주의자이며 퇴폐주의자라고 말하기도 합니다. 그러나 체념 뒤에는 반드시 믿음이라는 배경이 있게 마련입니다. 저는 보들레르, 베를렌, 에드거 앨런 포, 스트린드베리 같은 비관주의자들과 퇴폐주의자들로부터 위안을 얻었습니다. 그리고 심령 연구에 대한 관심 때문에 스베덴보리와 브라츨라브의 랍비 나흐만Rabbi Nachman of Bratzlav, 그리고 몇 년 전에 세상을 떠났지만 우리 시대의 위대한 시인으로서 주로 이디시어로 탁월한 문학적 유산을 남긴 제 친구 아론 제이틀린Aron Zeitlin 같은 신비주의자들에게서도 위안을 얻었습니다.

창의적인 사람의 비관주의는 퇴폐적인 것이 아니라 인간의 구원을 추구하는 뜨거운 열정입니다. 시인은 독자들에게 즐거움을 주면서도 끊임없이 영원한 진리와 존재의 본질을 탐색합니다. 그리고 자기 나름의 방법으로 시간과 변화의 수수께끼를 풀고, 고통의 해결책을 찾고, 불의와 잔인성의 심연 속에서도 사랑의 힘을 보여 주려고 노력합니다. 이 말은 조금 이상하게 들리겠지만, 저는 모든 사회 이론이 무너져 버리고 전쟁과 혁명이 인류를 참담한 암흑 속으로 몰아넣더라도 언젠가 시인이 ― 플라톤이 자신의 공화국에서 추방해 버렸던 그 시인이 ― 우리를 구해 줄 거라는 생각을 자주 합니다.

스웨덴 한림원이 저에게 이렇게 과분한 영광을 베푼 것은 곧 이디시어의 가치를 인정한다는 뜻이기도 합니다. 이디시어는 국토도 없고 국경도 없는, 그리고 그 어떤 정부도 보살펴 주지 않는 망명자들의 언어이며, 무기, 탄약, 군사 훈련, 전략 등을 가리키는 낱말이 아예 존재하지 않는 언어이며, 이교도는 물론이고 해방된 유대인들마저 멸시하는 언어입니다. 그러나 진실을 말씀드리자면 이디시어를 사용하는 사람들은 게토에 갇혀 지내면서도 몇몇 위대한 종교에서 설교하는 덕목들을 날마다 실천하며 살았습니다. 그들이야말로 진정한 의미에서 성서를 따르는 사람들이었습니다. 그들은 인간과 〈인간관계〉를 연구하는 것을 가장 큰 기쁨으로 여겼고, 그 결과물이 바로 『토라』와 『탈무드』와 무사르[3]와 『카발라』입니다. 게토는 박해받는 소수가 사는 수용소였을 뿐만 아니라 평화와 자기 수양과 인도주의를 실천하는 위대한 실험의 장이었습니다. 게토는 지금도 그런 곳이며, 주변 세력의 온갖 잔학 행위에도 불구하고 여전히 포기할 줄 모릅니다.

저는 그런 사람들 속에서 성장했습니다. 바르샤바의 크로흐말나Krochmalna 거리에 있던 우리 집은 율법 학교인 동시에 재판소였고 예배당이었고 이야기 방이었고 결혼식장이었으며 또한 하시디즘의 연회장이기도 했습니다. 저의 친형이며 스승이었던, 그리고 나중에 『아슈케나지 형제들The

---

[3] *Mussar*. 징계를 의미하는 히브리어로, 잘못한 자를 응징하는 단순한 〈형벌〉이 아니라 사랑으로 돌이키기 위한 〈책망〉, 〈훈계〉 등을 가리킨다.

Brothers Ashkenazi』을 쓴 소설가이기도 했던 이스라엘 조슈아 싱어는 어린 시절 저에게 스피노자와 막스 S. 노르다우 Max S. Nordau 같은 합리주의자들이 종교를 비판하면서 했던 말들을 낱낱이 들려주었습니다. 그리고 아버지와 어머니는 하느님에 대한 믿음이야말로 의혹을 품고 진리를 찾으려 하는 사람들에게 모든 해답을 줄 수 있다고 말씀하셨습니다. 우리 집뿐만 아니라 다른 수많은 가정에서도 마찬가지였지만, 이디시어 신문에 실린 최신 뉴스보다는 우리가 품은 영원한 의문들이 더 절박한 문제였습니다. 저 역시 무수한 환멸과 회의를 경험했지만 저는 여전히 전 세계 여러 민족이 유대인들로부터 배울 점이 많다고 믿습니다. 그들의 사고방식, 그들의 자녀 교육법, 그리고 남들이 보기에는 한없이 비참하고 굴욕적인 상황에서도 행복을 찾아낼 수 있는 그들의 능력 같은 것들 말입니다.

저에게 이디시어는 곧 그것을 사용하는 사람들의 행동 그 자체를 의미합니다. 우리는 이디시어와 이디시어의 정신 속에서 종교적 환희, 삶에 대한 욕구, 메시아에 대한 갈망, 인내력, 그리고 인간의 개성을 존중하는 마음 등을 발견합니다. 이디시어 속에는 은근한 유머가 있고, 일상의 생활과 크고 작은 성공과 사랑의 만남에 대하여 언제나 감사하는 마음이 담겨 있습니다. 이디시어의 정신은 오만하지 않습니다. 승리를 당연시하지도 않고 무엇을 요구하거나 명령하지도 않습니다. 다만 파괴적인 힘을 가진 세력들 사이에서 몰래 피하거나 몸을 숨기면서 겨우겨우 살아갈 뿐입니다. 그러면서도 하느님이 의도하신 창조의 계획은 아직도 시작 단계에 불과하다고 생각합니다.

어떤 이들은 이디시어가 이미 죽은 언어라고 말합니다. 그러나 히브리어도 2천 년 동안이나 그런 말을 들어야 했습니다. 그러다가 우리 시대에 이르러 거의 기적에 가까운 놀라운 사건을 통하여 부활했습니다. 아람어도 수세기 동안 분명히 죽은 언어였지만 결국 숭고한 가치를 지닌 신비주의 경전 『조하르Zohar』가 빛을 보게 되었습니다. 그리고 이디시어 문학의 고전들은 곧 현대 히브리어 문학의 고전이라는 것도 엄연한 사실입니다. 이디시어는 아직 숨을 거두지 않았습니다. 이디시어는 지금까지 세상에 알려지지 않은 수많은 보물들을 간직하고 있습니다. 이디시어는 순교자들과 성자들, 그리고 몽상가들과 신비주의자들의 언어였으며, 그 속에는 인류가 결코 잊지 말아야 할 수많은 기억과 풍부한 유머가 담겨 있습니다. 비유적으로 말하자면 이디시어는 지혜롭고 겸손한 언어이며, 그것은 우리 모두의 언어, 즉 두려움 속에서도 희망을 잃지 않는 인류 전체의 언어입니다.

1978년 12월 8일

역자 해설
〈망명자의 언어〉 이디시어를 전 세계에 알린 작가

  오늘날 유대인이란 유대교를 믿는 사람들, 더 넓은 의미에서는 혈연이나 개종에 의하여 유대 민족에 속하는 사람들 전체를 가리킨다. 그러나 〈유대인〉이라는 낱말 속에는 매우 복잡하고 논쟁적인 인종 문제와 종교 문제가 내포되어 있다. 그들의 역사가 결코 순탄치 않았기 때문이다.

  유대인들의 역사는 한마디로 시련의 역사였다. 모세가 유대 민족을 이끌고 이집트를 탈출하여 약속의 땅 가나안에 도착한 뒤에도 그들은 주변 강대국들의 영향으로부터 자유롭지 못했다. 그러다가 결국 로마 제국에 멸망하면서 팔레스타인에서 쫓겨나 전 세계로 흩어지게 되었다. 그것이 2천 년에 걸친 디아스포라[1]의 시작이었다.

  19세기 말에 시오니즘 운동이 일어나고 1948년 다시 팔레스타인에 이스라엘을 건국하기까지 유대 민족은 대대로 〈나라 없는 민족〉의 설움을 겪어야 했다. 그들은 전 세계 어디서나 이방인에 불과했고 전 세계 어디서도 오래 뿌리를 내리지 못했다. 나라가 없으니 자연히 가족과 혈연관계를 더 중요시

---

[1] 팔레스타인을 떠나 전 세계에 흩어져 살면서 유대교의 규범과 생활 습관을 유지하는 유대인들을 이른다.

할 수밖에 없었고, 그들만의 종교와 규범과 관습을 고집하는 유대인들에 대한 반감, 즉 반유대주의가 망령처럼 그들을 따라다녔다. 기나긴 탄압과 추방의 역사는 그들의 정체성을 형성하고 종교 의식까지 변화시켰다. 그들이 주로 금융업과 상업에 치중한 것도 유사시에 손실을 최소화하기 위한 자구책이었다고 한다.

유대인들이 경험한 가장 참혹한 탄압은 1941년부터 1945년까지 6백만 명이 희생된 홀로코스트였다. 오늘날 대한민국에 살고 있는 우리는 그때의 그 악몽에 대하여 현실감을 느끼지 못한다. 디스토피아 영화에나 나올 법한 일들이 불과 반세기 전에 실제로 일어났고, 나치의 만행이 인류에게 던진 충격은 아직도 완전히 가시지 않았다.

2007년 이스라엘이 발표한 전 세계 유대인들의 숫자는 1,320만 명이며 이는 세계 인구의 0.2퍼센트에 해당한다. 그 중 540만 명(40.9퍼센트)은 이스라엘, 530만 명(40.2퍼센트)은 미국에 거주한다. 이렇게 상대적으로 소수인 유대 민족이 세계적으로 크나큰 영향력을 발휘하는 까닭은 그들이 남다른 근면성과 교육열을 바탕으로 정치, 경제, 사회, 문화 등 각 분야에서 두각을 드러내고 있기 때문이다.

아이작 바셰비스 싱어는 1902년 11월 21일 폴란드에서 태어났다. 아버지는 랍비였고 어머니도 랍비의 딸이었다. 싱어는 매우 종교적인 가풍 속에서 성장하여 신학교에 입학하기도 했지만 결국 잡지사의 교정원과 번역가, 신문 기자를 거쳐 작가의 길로 들어섰다. 1935년 나치의 유대인 박해를 피해 미국으로 망명했고 1943년 미국 시민이 되었다. 처음에는 이디시어 문단에서만 인정받았으나 여러 장편소설과 단편소설이 속속 영어로 번역되면서 서서히 세계적인 작가로 발돋움했고, 1978년 노벨상 선정 위원회는 〈폴란드계 유대인의 문화적 전통을 바탕으로 인류의 보편적 상황을 이야기하는 감동적인 문학〉이라는 찬사를 보냈다. 그는 1991년 7월 24일 플로리다 주 마이애미에서 숨을 거두었다.

싱어의 생애는 크게 폴란드 시대와 미국 시대로 나눌 수 있다. 30여 년 동안 살았던 폴란드를 떠나 미국으로 건너간 것은 문학을 천직으로 삼은 작가에게 크나큰 충격이었을 것이다. 더구나 그는 동유럽 유대인들의 언어인 이디시어로 작품을 썼다. 국가도 없이 수천 년 방황했던 유대 민족의 한 작가에게 〈겨레말〉이란 얼마나 애틋한 것이었을까. 제2차 세계 대전 후 이디시어 사용자들이 전멸하다시피 하면서 이디시어는 이미 죽은 언어로 여겨지고 있었다. 그러나 두 차례의 세계 대전과 동족의 참상을 목격한 싱어는 미국 땅에서 50여 년을 살면서도 〈망명자의 언어〉 이디시어를 끝내 포기하지 못했다.

1978년의 노벨 문학상은 전 세계가 이디시어를 주목하는 계기가 되었지만 역설적으로 이디시어의 소멸을 알리는 신호탄으로 여겨지기도 했다. 수상식장에서 싱어는 원래 수상 연설을 이디시어로 발표하고 싶었다고 밝혔다. 그 자리에서 이디시어로 연설한 사람은 지금까지 아무도 없었고 아마 앞으로도 없을 것이기 때문이라는 그의 뼈아픈 농담은 청중의 폭소와 함께 따뜻한 박수갈채를 이끌어 냈다. 그리고 잠시 동안 그는 청중의 대부분이 알아듣지 못하는 이디시어로 소감을 말하다가 비로소 영어로 바꾸었다.

그의 작품 세계를 말할 때 유대교의 영향을 빼놓을 수 없다. 그는 늘 무신론자를 자처했으나 정신적 뿌리가 유대교였다는 사실은 결코 부정하지 않았다. 『탈무드』와 『카발라』, 그리고 이디시어 문학의 고전들은 그가 작가로 성장하는 밑거름이 되었고 그의 윤리관과 인생관의 밑바탕이 되었다. 그리고 역시 작가로 성장한 누이 힌데 에스터Hinde Esther와 형 이스라엘 조슈아Israel Joshua도 어린 아이작에게 큰 영향을 미쳤다. 특히 형은 싱어가 20세기 초의 정치적, 사회적, 문화적 변화에 눈뜨고 정신적 자유주의를 지향하는 중요한 계기를 마련해 주었다. 습작기에는 스피노자, 고골리, 도스토예프스키, 톨스토이, 레마르크, 토마스 만 등의 작품을 폭넓게 읽었고, 특히 노르웨이 소설가 크누트 함순Knut Hamsun에 깊이 매료되었다. 이 같은 경험들은 싱어의 문학에도 고스란히 반영되었다.

싱어는 다작으로 유명하다. 장편소설, 단편소설은 물론이고 동화와 회고록도 다수 발표했다. 주요 작품에는 장편소설 『모스카트 일가The Family Moskat』, 『장원The Manor』, 『영지The Estate』, 『원수들, 사랑 이야기Enemies, A Love Story』, 『쇼샤Shosha』 등이 있고, 단편집으로는 『바보 김펠Gimpel the Fool』, 『저잣거리의 스피노자The Spinoza of Market Street』, 『깃털 왕관A Crown of Feathers』, 『옛 사랑Old Love』 등이 있다. 특히 『모스카트 일가』에서 『장원』과 『영지』로 이어지는 장편소설들은 대개 홀로코스트 전후의 폴란드계 유대인 사회를 재현하는 사실주의적 성향을 띠며, 수많은 단편소설과 동화들은 유대인들의 민담, 전설, 신비주의 등을 다채롭게 담고 있다. 개별적인 작품들도 전통과 개혁의 충돌 현장을 보여 줄 때가 많다. 한쪽에는 신앙과 신비주의가 있고 다른 쪽에는 의혹과 세속주의가 있다. 결과적으로 그의 등장인물들은 종교적 윤리와 사회의식, 그리고 개인적 욕망 사이에서 갈등하는 존재로 묘사된다.

그는 주로 폴란드와 미국 유대인들의 삶을 소재로 한 작품들을 썼다. 그러나 인간의 나약한 본성을 집요하게 파헤쳤다는 점에서 그의 작품들은 유대 민족의 틀을 벗어나 인류 전체에 호소하는 설득력을 갖게 되었다.

싱어는 죽기 전까지 35년 동안 채식을 했다. 죄 없는 동물들을 희생시키는 것은 유대인들에 대한 나치의 만행과 다름없다고 생각했기 때문이다. 육식은 모든 이상과 종교를 부정하는 짓이며, 따라서 인권과 정의를 논할 자격을 스스로 포기하는 행동이라고 그는 주장했다. 그가 지녔던 철학의 일면을 엿볼 수 있는 대목이다.

싱어의 대표작 가운데 하나인 『원수들, 사랑 이야기』는 그가 고향 폴란드를 떠난 지 거의 40년이 지나서 고희를 앞두고 있던 1972년에 출간한 작품으로, 1940년대 말엽의 뉴욕을 배경으로 어느 유대인 지식인의 고단한 일상을 다루었다.

대필 작가로 생계를 이어 가는 헤르만 브로데르는 뜻하지 않게 세 명의 아내를 갖게 된다. 나치의 박해를 피해 폴란드에서 미국으로 건너온 그는 나치로부터 그를 숨겨 주었던 순박한 시골 여인 야드비가와 결혼했고, 그 후 홀로코스트 생존자인 미녀 마샤를 만나 불륜 관계를 이어 왔다. 그런데 나치들의 손에 죽은 줄로만 알았던 첫 아내 타마라가 나타나고 설상가상으로 마샤도 결혼을 요구한다. 상황은 점점 더 복잡해지고, 헤르만은 끊임없이 다가오는 파멸의 그림자를 예감하면서도 거짓으로 얼룩진 하루하루를 살아간다.

이 책은 주인공 헤르만과 그의 여자들을 중심으로 미국에 거주하는 유대인들의 과거와 현재를 생생하게 보여 주고 있다. 정신적 풍요와 물질적 빈곤, 홀로코스트의 상처와 믿음의 상실, 그리고 개인적 욕망과 가족 내부의 갈등을 섬세하게 묘사한 수작이다. 소설의 내용은 무겁고 심각하지만 역설과 유머가 풍부한 싱어의 문장들은 시종일관 긴박감을 놓치지 않고 독자를 사로잡는다.

헤르만은 우유부단한 사람이다. 야드비가를 사랑하지 않으면서도 은혜를 갚기 위해 그녀와 결혼했고, 마샤를 진심으로 사랑하면서도 차마 야드비가를 버리지 못한다. 경제적으로 무능하여 쩔쩔매는 처지인데도 아무런 결단을 내리지 못하고 주변 상황에 질질 끌려 다닌다. 그런데 왜 여자들은 모두 그를 사랑하는 것일까? 헤르만은 부도덕한 사람일까, 오히려 도덕에 얽매인 사람일까? 벼랑 끝으로 내몰린 헤르만의 마지막 선택은 정당했을까? 과연 종교는 홀로코스트를 극복할 수 있을까? 판단은 독자들의 몫이다.

1989년 폴 마주르스키 감독이 『원수들, 사랑 이야기』를 영화화했다. 영상미가 돋보이는 이 영화는 아카데미상 3개 부문 후보에 올랐고 캔자스 비평가 협회 여우 조연상, 전미 비평가 협회 여우 조연상, 뉴욕 비평가 협회 감독상을 수상했다. 우리나라에는 「적 그리고 사랑 이야기」로 개봉됐다.

몇 년 전 뉴욕에 잠시 머물 때 몇몇 유대인들을 만났다. 치렁치렁한 검은 옷을 걸친 그들의 모습은 인종 전시장 같은 그곳에서도 유난히 돋보이며 깊은 인상을 남겼다. 그들의 삶이 얼마나 처절했는지 감히 짐작할 수도 없지만 그들은 지금도 그렇게 꼭 지켜야 할 것들을 지켜 가고 있었다.

노벨 문학상 수상자 아이작 바셰비스 싱어가 작가로서 원숙한 나이에 내놓은 소설 『원수들, 사랑 이야기』를 우리 독자들에게 소개하게 되어 기쁘다. 이번 작업을 통하여 유대인들의 낯선 문화를 조금이나마 이해하게 되었고, 그 과정에서 한민족의 파란만장했던 역사를 자주 떠올렸다. 어느새 봄이 가까이 왔다.

김진준

아이작 바셰비스 싱어 연보*

1902년 출생 11월 21일 폴란드 바르샤바 부근의 유대인 마을 레온친 Leoncin에서 태어남. 아버지는 하시디즘을 신봉하는 랍비였고 어머니 바셰바도 랍비의 딸임. 싱어의 필명 〈바셰비스〉는 〈바셰바의 아들〉이라는 뜻. 일반적으로 싱어의 생년월일은 1904년 7월 14일로 알려져 있으나 이는 징병을 피하기 위한 수단이었고, 실제 생년월일은 1902년 11월 21일임. 손위 형제로는 역시 작가로 성장한 누이 힌데 에스터(1891~1954)와 형 이스라엘 조슈아(1893~1944)가 있었음.

1907년 5세 아버지가 예시바Yeshiva의 교장으로 부임하면서 라지민 Radzymin으로 이사하게 됨. 흔히 그곳을 아이작 바셰비스 싱어의 출생지로 알고 있으나 이는 잘못 알려진 것임.

1908년 6세 예시바 건물이 화재로 소실된 후 바르샤바의 가난한 유대인 구역으로 이사하여 성장기를 보냄.

1917년 15세 제1차 세계 대전의 발발로 싱어 일가도 뿔뿔이 흩어지

---

* 작품 연대는 영문판을 중심으로 정리했다. 아이작 바셰비스 싱어는 먼저 이디시어로 작품을 발표했다. 그러나 영어에도 능통하여 영역 작업에 직접 참여했고 이를 〈두 번째 원본〉이라고 불렀다. 따라서 소수의 이디시어 독자들을 제외하면 대부분의 독자들이 영문판으로 그의 작품을 대하게 되었고, 다른 언어의 번역도 주로 이를 바탕으로 이루어졌다. 싱어의 이디시어 원본 중에는 아직 번역되지 않은 작품도 많다.

게 됨. 싱어는 동생 모셰Moshe와 함께 어머니를 따라 외가가 있는 유대인 마을 비우고라이Bilgoraj로 감.

1921년 19세 아버지가 다시 랍비로 부임했고, 싱어는 바르샤바의 랍비 신학교에 입학했다가 적성에 맞지 않아 자퇴함. 이후 부모로부터 독립하여 비우고라이에서 히브리어 수업으로 생계를 유지하려 했으나 곧 포기하고 본가로 돌아감.

1923년 21세 형 이스라엘 조슈아가 편집장으로 일하던 잡지사에 교정원으로 취직함.

1928년 26세 노르웨이 소설가 크누트 함순의 『목신』(1894)을 번역함.

1930년 28세 에리히 마리아 레마르크의 『서부 전선 이상 없다』(1929)와 토마스 만의 『마의 산』(1924)을 번역함.

1932년 30세 첫 번째 장편소설 『고레이의 악마*Satan in Goray*』를 출간함.

1933년 31세 문예지 『글로부스*Globus*』의 부주필로 활동하기 시작함.

1935년 33세 나치의 유대인 박해를 피해 미국으로 이주함. 뉴욕 시에 정착하여 이디시어 신문 『주이시 데일리 포워드*Jewish Daily Forward*』의 기자 겸 칼럼니스트가 됨. 언론인으로서는 〈바르쇼프스키Warshofsky〉라는 필명을 사용함. 처음에는 왕성하게 활동했으나 한동안 공백기를 겪음.

1940년 38세 독일계 유대인 알마 바서만Alma Wassermann과 결혼한 후 다시 창작 활동에 전념하기 시작함. 1940년대는 주로 이디시어 문단에서 인정받는 시기였음.

1943년 41세 미국 시민권을 획득함.

1944년 42세 형 이스라엘 조슈아 싱어가 사망함.

1950년 48세 장편소설 『모스카트 일가』를 출간함.

1953년 51세　이디시어로 쓴 단편소설 「바보 김펠」이 문학 비평가 어빙 하우Irving Howe의 눈에 띄어 소설가 솔 벨로Saul Bellow의 영역으로 『파티전 리뷰Partisan Review』에 실림. 이를 계기로 미국 문단에서 본격적으로 활동하기 시작함.

1955년 53세　장편소설 『고레이의 악마』의 영문판을 출간함.

1957년 55세　첫 번째 단편집 『바보 김펠』을 출간함.

1960년 58세　장편소설 『루블린의 마술사The Magician of Lublin』를 출간함.

1961년 59세　단편집 『저잣거리의 스피노자』를 출간함. 1960년대에는 개인의 도덕성을 다룬 작품을 많이 썼음.

1962년 60세　장편소설 『노예The Slave』를 출간함.

1964년 62세　『짧은 금요일Short Friday』을 출간함.

1966년 64세　자전적 소설 『아버지의 법정에서In My Father's Court』를 출간함.

1967년 65세　장편소설 『장원』을 출간함.

1968년 66세　단편집 『집회The Seance』와 동화 『슐레밀이 바르샤바로 갔을 때When Shlemiel Went to Warsaw』를 출간함.

1969년 67세　『장원』 후속편 『영지』를 출간함. 동화 『기쁜 날A Day of Pleasure』을 출간함.

1970년 68세　단편집 『카프카의 친구A Friend of Kafka』와 동화 『노예 엘리야Elijah the Slave』, 『요셉과 코자Joseph and Koza』를 출간함.

1972년 70세　장편소설 『원수들, 사랑 이야기』와 동화 『사악한 도시The Wicked City』를 출간함. 1970년대는 싱어가 세계적인 작가로 발돋움하는 시기였음. 당시 수많은 단편소설을 발표했는데, 이디시어와 영어는 물론이고 세계 각국의 여러 언어로 활발히 번역되었음.

1973년 71세　단편집 『깃털 왕관』을 출간함.

1974년 72세　아동서 『노아가 비둘기를 선택한 이유 *Why Noah Chose the Dove*』를 출간함. 『깃털 왕관』으로 전미 도서상 National Book Award을 수상함.

1975년 73세　단편집 『거울 *The Mirror*』과 『열정 *Passions*』을 출간함. 아동서 『세 가지 소원 *A Tale of Three Wishes*』을 출간함.

1976년 74세　회고록 『신을 찾는 소년 *A Little Boy in Search of God*』과 아동서 『이야기꾼 나프탈리와 그의 말 수스 *Naftali the Storyteller and His Horse, Sus*』를 출간함.

1978년 76세　노벨 문학상을 수상함. 장편소설 『쇼샤』와 회고록 『사랑을 찾는 청년 *A Young Man in Search of Love*』을 출간함. 희곡 「옌틀 Yentl」을 발표함.

1979년 77세　단편집 『옛 사랑』과 회고록 『미국에서 길을 잃다 *Lost in America*』를 출간함. 「루블린의 마술사」 영화화됨(감독 메나헴 골란).

1982년 80세　『아이작 싱어 단편집 *The Collected Stories of Isaac Bashevis Singer*』과 아동서 『골렘 *The Golem*』을 출간함.

1983년 81세　장편 『참회자 *The Penitent*』를 출간함. 「옌틀」 영화화됨(감독 바브라 스트라이샌드).

1984년 82세　자전적 소설 『사랑과 유랑 *Love and Exile*』을 출간함.

1985년 83세　단편집 『이미지 *The Image*』를 출간함.

1988년 86세　단편집 『므두셀라의 죽음 *The Death of the Methuselah*』을 출간함.

1989년 87세　「원수들, 사랑 이야기」가 영화화됨(감독 폴 마주르스키).

1991년 89세　7월 24일 플로리다 주 마이애미에서 사망함. 뉴저지 주 에머슨의 시더파크 공동묘지에 안장됨.

열린책들 세계문학 014 원수들, 사랑 이야기

옮긴이 김진준 1964년에 태어났다. 연세대학교 사회학과 및 영어영문학과를 거쳐 미국 마이애미 대학교에서 영문학을 공부했다. 현재 전문 번역가로 활동 중이다. 옮긴 책으로 제레드 다이아몬드의 『총, 균, 쇠』, 스티븐 킹의 『유혹하는 글쓰기』, 살만 루슈디의 『악마의 시』, 『분노』, 아그네스 로시의 『스플릿 스커트』, 글로리아 네일러의 『브루스터 플레이스의 여인들』, 마거릿 애트우드의 『페넬로피아드』, 『도둑신부』, 루시 그릴리의 『서른 개의 슬픈 내 얼굴』, 피넬로피 피츠제럴드의 『푸른 꽃』 등이 있다.

지은이 아이작 바셰비스 싱어 **옮긴이** 김진준 **발행인** 홍지웅·홍예빈
발행처 주식회사 열린책들 **주소** 경기도 파주시 문발로 253 파주출판도시
전화 031-955-4000 **팩스** 031-955-4004 **홈페이지** www.openbooks.co.kr
Copyright (C) 주식회사 열린책들, 2008, 2009, *Printed in Korea*.
ISBN 978-89-329-0927-1 04840 ISBN 978-89-329-1499-2 (세트)
발행일 2008년 2월 29일 초판 1쇄 2009년 11월 10일 세계문학판 1쇄 2018년 5월 30일 세계문학판 2쇄

이 도서의 국립중앙도서관 출판예정도서목록(CIP)은 서지정보유통지원시스템 홈페이지(http://seoji.nl.go.kr)와 국가자료공동목록시스템(http://www.nl.go.kr/kolisnet)에서 이용하실 수 있습니다.(CIP제어번호 : CIP2009003286)

열린책들 세계문학
Open Books World Literature

001 **죄와 벌** 표도르 도스또예프스끼 장편소설 | 홍대화 옮김 | 전2권 | 각 408, 504면

003 **최초의 인간** 알베르 카뮈 장편소설 | 김화영 옮김 | 392면

004 **소설** 제임스 미치너 장편소설 | 윤희기 옮김 | 전2권 | 각 280, 368면

006 **개를 데리고 다니는 부인** 안똔 체호프 소설선집 | 오종우 옮김 | 368면

007 **우주 만화** 이탈로 칼비노 장편소설 | 김운찬 옮김 | 416면

008 **댈러웨이 부인** 버지니아 울프 장편소설 | 최애리 옮김 | 296면

009 **어머니** 막심 고리끼 장편소설 | 최윤락 옮김 | 544면

010 **변신** 프란츠 카프카 중단편집 | 홍성광 옮김 | 464면

011 **전도서에 바치는 장미** 로저 젤라즈니 중단편집 | 김상훈 옮김 | 432면

012 **대위의 딸** 알렉산드르 뿌쉬낀 장편소설 | 석영중 옮김 | 240면

013 **바다의 침묵** 베르코르 소설선집 | 이상해 옮김 | 256면

014 **원수들, 사랑 이야기** 아이작 싱어 장편소설 | 김진준 옮김 | 320면

015 **백치** 표도르 도스또예프스끼 장편소설 | 김근식 옮김 | 전2권 | 각 500, 528면

017 **1984년** 조지 오웰 장편소설 | 박경서 옮김 | 392면

018 **수용소군도** 알렉산드르 솔제니찐 기록문학 | 김학수 옮김 | 480면

019 **이상한 나라의 앨리스** 루이스 캐럴 환상동화 | 머빈 피크 그림 | 최용준 옮김 | 336면

020 **베네치아에서의 죽음** 토마스 만 중단편집 | 홍성광 옮김 | 432면

021 **그리스인 조르바** 니코스 카잔차키스 장편소설 | 이윤기 옮김 | 488면

022 **벚꽃 동산** 안똔 체호프 희곡선집 | 오종우 옮김 | 336면

023 **연애 소설 읽는 노인** 루이스 세풀베다 장편소설 | 정창 옮김 | 192면

024 **젊은 사자들** 어윈 쇼 장편소설 | 정영문 옮김 | 전2권 | 각 416, 408면

026 **젊은 베르테르의 슬픔** 요한 볼프강 폰 괴테 장편소설 | 김인순 옮김 | 240면

027 **시라노** 에드몽 로스탕 희곡 | 이상해 옮김 | 256면

028 **전망 좋은 방** E. M. 포스터 장편소설 | 고정아 옮김 | 352면

029 **까라마조프 씨네 형제들** 표도르 도스또예프스끼 장편소설 | 이대우 옮김 | 전3권 | 각 496, 496, 460면

032 **프랑스 중위의 여자** 존 파울즈 장편소설 | 김석희 옮김 | 전2권 | 각 344면

034 **소립자** 미셸 우엘벡 장편소설 | 이세욱 옮김 | 448면

035 **영혼의 자서전** 니코스 카잔차키스 자서전 | 안정효 옮김 | 전2권 | 각 352, 408면

037 **우리들** 예브게니 자먀찐 장편소설 | 석영중 옮김 | 320면

038 **뉴욕 3부작** 폴 오스터 장편소설 | 황보석 옮김 | 480면

039 **닥터 지바고** 보리스 빠스쩨르나끄 장편소설 | 박형규 옮김 | 전2권 | 각 400, 512면

041 **고리오 영감** 오노레 드 발자크 장편소설 | 임희근 옮김 | 456면

042 **뿌리** 알렉스 헤일리 장편소설 | 안정효 옮김 | 전2권 | 각 400, 448면

044 **백년보다 긴 하루** 친기즈 아이뜨마또프 장편소설 | 황보석 옮김 | 560면

045 **최후의 세계** 크리스토프 란스마이어 장편소설 | 장희권 옮김 | 264면

046 **추운 나라에서 돌아온 스파이** 존 르카레 장편소설 | 김석희 옮김 | 368면

047 **산도칸 – 몸프라쳄의 호랑이** 에밀리오 살가리 장편소설 | 유향란 옮김 | 428면

048 **기적의 시대** 보리슬라프 페키치 장편소설 | 이윤기 옮김 | 560면

049 **그리고 죽음** 짐 크레이스 장편소설 | 김석희 옮김 | 224면

050 **세설** 다니자키 준이치로 장편소설 | 송태욱 옮김 | 전2권 | 각 480면

052 **세상이 끝날 때까지 아직 10억 년** 스뜨루가츠끼 형제 장편소설 | 석영중 옮김 | 224면

053 **동물 농장** 조지 오웰 장편소설 | 박경서 옮김 | 208면

054 **캉디드 혹은 낙관주의** 볼테르 장편소설 | 이봉지 옮김 | 232면

055 **도적 떼** 프리드리히 폰 실러 희곡 | 김인순 옮김 | 264면

056 **플로베르의 앵무새** 줄리언 반스 장편소설 | 신재실 옮김 | 320면

057 **악령** 표도르 도스또예프스끼 장편소설 | 김연경 옮김 | 전3권 | 각 324, 396, 496면

060 **의심스러운 싸움** 존 스타인벡 장편소설 | 윤희기 옮김 | 340면

061 **몽유병자들** 헤르만 브로흐 장편소설 | 김경연 옮김 | 전2권 | 각 568, 544면

063 **몰타의 매** 대실 해밋 장편소설 | 고정아 옮김 | 304면

064 **마야꼬프스끼 선집** 블라지미르 마야꼬프스끼 선집 | 석영중 옮김 | 384면

065 **드라큘라** 브램 스토커 장편소설 | 이세욱 옮김 | 전2권 | 각 340, 344면

067 **서부 전선 이상 없다** 에리히 마리아 레마르크 장편소설 | 홍성광 옮김 | 336면

068 **적과 흑** 스탕달 장편소설 | 임미경 옮김 | 전2권 | 각 376, 368면

070 **지상에서 영원으로** 제임스 존스 장편소설 | 이종인 옮김 | 전3권 | 각 396, 380, 388면

073 **파우스트** 요한 볼프강 폰 괴테 희곡 | 김인순 옮김 | 568면

074 **쾌걸 조로** 존스턴 매컬리 장편소설 | 김훈 옮김 | 316면

075 **거장과 마르가리따** 미하일 불가꼬프 장편소설 | 홍대화 옮김 | 전2권 | 각 364, 328면

077 **순수의 시대** 이디스 워튼 장편소설 | 고정아 옮김 | 448면

078 **검의 대가** 아르투로 페레스 레베르테 장편소설 | 김수진 옮김 | 376면

079 **예브게니 오네긴** 알렉산드르 뿌쉬낀 운문소설 | 석영중 옮김 | 328면

080 **장미의 이름** 움베르토 에코 장편소설 | 이윤기 옮김 | 전2권 | 각 440, 448면

082 **향수** 파트리크 쥐스킨트 장편소설 | 강명순 옮김 | 384면

083 **여자를 안다는 것** 아모스 오즈 장편소설 | 최창모 옮김 | 280면

084 **나는 고양이로소이다** 나쓰메 소세키 장편소설 | 김난주 옮김 | 544면

085 **웃는 남자** 빅토르 위고 장편소설 | 이형식 옮김 | 전2권 | 각 472, 496면

087 **아웃 오브 아프리카** 카렌 블릭센 장편소설 | 민승남 옮김 | 480면

088 **무엇을 할 것인가** 니꼴라이 체르니셰프스끼 장편소설 | 서정록 옮김 | 전2권 | 각 360, 404면

090 **도나 플로르와 그녀의 두 남편** 조르지 아마두 장편소설 | 오숙은 옮김 | 전2권 | 각 328, 308면

092 **미사고의 숲** 로버트 홀드스톡 장편소설 | 김상훈 옮김 | 416면

093 **신곡** 단테 알리기에리 장편서사시 | 김운찬 옮김 | 전3권 | 각 292, 296, 328면

096 **교수** 샬럿 브론테 장편소설 | 배미영 옮김 | 368면

097 **노름꾼** 표도르 도스또예프스끼 장편소설 | 이재필 옮김 | 320면

098 **하워즈 엔드** E. M. 포스터 장편소설 | 고정아 옮김 | 512면

099 **최후의 유혹** 니코스 카잔차키스 장편소설 | 안정효 옮김 | 전2권 | 각 408면

101 **키리냐가** 마이크 레스닉 장편소설 | 최용준 옮김 | 464면

102 **바스커빌가의 개** 아서 코넌 도일 장편소설 | 조영학 옮김 | 264면

103 **버마 시절** 조지 오웰 장편소설 | 박경서 옮김 | 400면

104 **10 1/2장으로 쓴 세계 역사** 줄리언 반스 장편소설 | 신재실 옮김 | 464면

105 **죽음의 집의 기록** 표도르 도스또예프스끼 장편소설 | 이덕형 옮김 | 528면

106 **소유** 앤토니어 수전 바이어트 장편소설 | 윤희기 옮김 | 전2권 | 각 440, 480면

108 **미성년** 표도르 도스또예프스끼 장편소설 | 이상룡 옮김 | 전2권 | 각 512, 544면

110 **성 앙투안느의 유혹** 귀스타브 플로베르 희곡소설 | 김용은 옮김 | 584면

111 **밤으로의 긴 여로** 유진 오닐 희곡 | 강유나 옮김 | 240면

112 **마법사** 존 파울즈 장편소설 | 정영문 옮김 | 전2권 | 각 512, 552면

114 **스쩨빤치꼬보 마을 사람들** 표도르 도스또예프스끼 장편소설 | 변현태 옮김 | 416면

115 **플랑드르 거장의 그림** 아르투로 페레스 레베르테 장편소설 | 정창 옮김 | 512면

116 **분신** 표도르 도스또예프스끼 장편소설 | 석영중 옮김 | 288면

117 **가난한 사람들** 표도르 도스또예프스끼 장편소설 | 석영중 옮김 | 256면

118 **인형의 집** 헨리크 입센 희곡 | 김창화 옮김 | 272면

119 **영원한 남편** 표도르 도스또예프스끼 장편소설 | 정명자 외 옮김 | 448면

120 **알코올** 기욤 아폴리네르 시집 | 황현산 옮김 | 352면

121 **지하로부터의 수기** 표도르 도스또예프스끼 장편소설 | 계동준 옮김 | 256면

122 **어느 작가의 오후** 페터 한트케 중편소설 | 홍성광 옮김 | 160면

123 **아저씨의 꿈** 표도르 도스또예프스끼 장편소설 | 박종소 옮김 | 304면

124 **네또츠까 네즈바노바** 표도르 도스또예프스끼 장편소설 | 박재만 옮김 | 316면

125 **곤두박질** 마이클 프레인 장편소설 | 최용준 옮김 | 528면

126 **백야 외** 표도르 도스또예프스끼 소설선집 | 석영중 외 옮김 | 408면

127 **살라미나의 병사들** 하비에르 세르카스 장편소설 | 김창민 옮김 | 304면

128 **뻬쩨르부르그 연대기 외** 표도르 도스또예프스끼 소설선집 | 이항재 옮김 | 296면

129 **상처받은 사람들** 표도르 도스또예프스끼 장편소설 | 윤우섭 옮김 | 전2권 | 각 296, 392면

131 **악어 외** 표도르 도스또예프스끼 소설선집 | 박혜경 외 옮김 | 312면

132 **허클베리 핀의 모험** 마크 트웨인 장편소설 | 윤교찬 옮김 | 416면

133 **부활** 레프 똘스또이 장편소설 | 이대우 옮김 | 전2권 | 각 308, 416면

135 **보물섬** 로버트 루이스 스티븐슨 장편소설 | 머빈 피크 그림 | 최용준 옮김 | 360면

136 **천일야화** 앙투안 갈랑 엮음 | 임호경 옮김 | 전6권 | 각 336, 328, 372, 392, 344, 320면

142 **아버지와 아들** 이반 뚜르게네프 장편소설 | 이상원 옮김 | 328면

143 **오만과 편견** 제인 오스틴 장편소설 | 원유경 옮김 | 480면

144 **천로 역정** 존 버니언 우화소설 | 이동일 옮김 | 432면

145 **대주교에게 죽음이 오다** 윌라 캐더 장편소설 | 윤명옥 옮김 | 352면

146 **권력과 영광** 그레이엄 그린 장편소설 | 김연수 옮김 | 384면

147 **80일간의 세계 일주** 쥘 베른 장편소설 | 고정아 옮김 | 352면

148 **바람과 함께 사라지다** 마거릿 미첼 장편소설 | 안정효 옮김 | 전3권 | 각 616, 640, 640면

151 **기탄잘리** 라빈드라나트 타고르 시집 | 장경렬 옮김 | 224면

152 **도리언 그레이의 초상** 오스카 와일드 장편소설 | 윤희기 옮김 | 384면

153 **레우코와의 대화** 체사레 파베세 희곡소설 | 김운찬 옮김 | 280면

154 **햄릿** 윌리엄 셰익스피어 희곡 | 박우수 옮김 | 256면

155 **맥베스** 윌리엄 셰익스피어 희곡 | 권오숙 옮김 | 176면

156 **아들과 연인** 데이비드 허버트 로런스 장편소설 | 최희섭 옮김 | 전2권 | 각 464, 432면

158 **그리고 아무 말도 하지 않았다** 하인리히 뵐 장편소설 | 홍성광 옮김 | 272면

159 **미덕의 불운** 싸드 장편소설 | 이형식 옮김 | 248면

160 **프랑켄슈타인** 메리 W. 셸리 장편소설 | 오숙은 옮김 | 320면

161 **위대한 개츠비** 프랜시스 스콧 피츠제럴드 장편소설 | 한애경 옮김 | 280면

162 **아Q정전** 루쉰 중단편집 | 김태성 옮김 | 320면

163 **로빈슨 크루소** 대니얼 디포 장편소설 | 류경희 옮김 | 456면

164 **타임머신** 허버트 조지 웰스 소설선집 | 김석희 옮김 | 304면
165 **제인 에어** 샬럿 브론테 장편소설 | 이미선 옮김 | 전2권 | 각 392, 384면
167 **풀잎** 월트 휘트먼 시집 | 허현숙 옮김 | 280면
168 **표류자들의 집** 기예르모 로살레스 장편소설 | 최유정 옮김 | 216면
169 **배빗** 싱클레어 루이스 장편소설 | 이종인 옮김 | 520면
170 **이토록 긴 편지** 마리아마 바 장편소설 | 백선희 옮김 | 192면
171 **느릅나무 아래 욕망** 유진 오닐 희곡 | 손동호 옮김 | 168면
172 **이방인** 알베르 카뮈 장편소설 | 김예령 옮김 | 208면
173 **미라마르** 나기브 마푸즈 장편소설 | 허진 옮김 | 288면
174 **지킬 박사와 하이드 씨** 로버트 루이스 스티븐슨 소설선집 | 조영학 옮김 | 320면
175 **루진** 이반 뚜르게네프 장편소설 | 이항재 옮김 | 264면
176 **피그말리온** 조지 버나드 쇼 희곡 | 김소임 옮김 | 256면
177 **목로주점** 에밀 졸라 장편소설 | 유기환 옮김 | 전2권 | 각 336면
179 **엠마** 제인 오스틴 장편소설 | 이미애 옮김 | 전2권 | 각 336, 360면
181 **비숍 살인 사건** S. S. 밴 다인 장편소설 | 최인자 옮김 | 464면
182 **우신예찬** 에라스무스 풍자문 | 김남우 옮김 | 296면
183 **하자르 사전** 밀로라드 파비치 장편소설 | 신현철 옮김 | 488면
184 **테스** 토머스 하디 장편소설 | 김문숙 옮김 | 전2권 | 각 392, 336면
186 **투명 인간** 허버트 조지 웰스 장편소설 | 김석희 옮김 | 288면
187 **93년** 빅토르 위고 장편소설 | 이형식 옮김 | 전2권 | 각 288, 360면
189 **젊은 예술가의 초상** 제임스 조이스 장편소설 | 성은애 옮김 | 384면
190 **소네트집** 윌리엄 셰익스피어 연작시집 | 박우수 옮김 | 200면
191 **메뚜기의 날** 너새니얼 웨스트 장편소설 | 김진준 옮김 | 280면
192 **나사의 회전** 헨리 제임스 중편소설 | 이승은 옮김 | 256면
193 **오셀로** 윌리엄 셰익스피어 희곡 | 권오숙 옮김 | 216면
194 **소송** 프란츠 카프카 장편소설 | 김재혁 옮김 | 376면
195 **나의 안토니아** 윌라 캐더 장편소설 | 전경자 옮김 | 368면
196 **자성록** 마르쿠스 아우렐리우스 명상록 | 박민수 옮김 | 240면
197 **오레스테이아** 아이스킬로스 비극 | 두행숙 옮김 | 336면
198 **노인과 바다** 어니스트 헤밍웨이 소설선집 | 이종인 옮김 | 320면
199 **무기여 잘 있거라** 어니스트 헤밍웨이 장편소설 | 이종인 옮김 | 464면
200 **서푼짜리 오페라** 베르톨트 브레히트 희곡선집 | 이은희 옮김 | 320면

201 **리어 왕** 윌리엄 셰익스피어 희곡 | 박우수 옮김 | 224면

202 **주홍 글자** 너대니얼 호손 장편소설 | 곽영미 옮김 | 360면

203 **모히칸족의 최후** 제임스 페니모어 쿠퍼 장편소설 | 이나경 옮김 | 512면

204 **곤충 극장** 카렐 차페크 희곡선집 | 김선형 옮김 | 360면

205 **누구를 위하여 종은 울리나** 어니스트 헤밍웨이 장편소설 | 이종인 옮김 | 전2권 | 각 416, 400면

207 **타르튀프** 몰리에르 희곡선집 | 신은영 옮김 | 416면

208 **유토피아** 토머스 모어 소설 | 전경자 옮김 | 288면

209 **인간과 초인** 조지 버나드 쇼 희곡 | 이후지 옮김 | 320면

210 **페드르와 이폴리트** 장 라신 희곡 | 신정아 옮김 | 200면

211 **말테의 수기** 라이너 마리아 릴케 장편소설 | 안문영 옮김 | 320면

212 **등대로** 버지니아 울프 장편소설 | 최애리 옮김 | 328면

213 **개의 심장** 미하일 불가꼬프 중편소설집 | 정연호 옮김 | 352면

214 **모비 딕** 허먼 멜빌 장편소설 | 강수정 옮김 | 전2권 | 각 464, 488면

216 **더블린 사람들** 제임스 조이스 단편소설집 | 이강훈 옮김 | 336면

217 **마의 산** 토마스 만 장편소설 | 윤순식 옮김 | 전3권 | 각 496, 488, 512면

220 **비극의 탄생** 프리드리히 니체 | 김남우 옮김 | 304면

221 **위대한 유산** 찰스 디킨스 장편소설 | 류경희 옮김 | 전2권 | 각 432, 448면

223 **사람은 무엇으로 사는가** 레프 똘스또이 소설선집 | 윤새라 옮김 | 464면

224 **자살 클럽** 로버트 루이스 스티븐슨 소설선집 | 임종기 옮김 | 272면

225 **채털리 부인의 연인** 데이비드 허버트 로런스 장편소설 | 이미선 옮김 | 전2권 | 각 336, 328면

227 **데미안** 헤르만 헤세 장편소설 | 김인순 옮김 | 272면

228 **두이노의 비가** 라이너 마리아 릴케 시 선집 | 손재준 옮김 | 504면

229 **페스트** 알베르 카뮈 장편소설 | 최윤주 옮김 | 432면

230 **여인의 초상** 헨리 제임스 장편소설 | 정상준 옮김 | 전2권 | 각 520, 544면

232 **성** 프란츠 카프카 장편소설 | 이재황 옮김 | 560면

233 **차라투스트라는 이렇게 말했다** 프리드리히 니체 산문시 | 김인순 옮김 | 464면

234 **노래의 책** 하인리히 하이네 시집 | 이재영 옮김 | 384면

235 **변신 이야기** 오비디우스 서사시 | 이종인 옮김 | 632면

각 권 8,800~15,800원